普通高等教育"十二五"规划教材

# 城乡总体规划

隗剑秋　主　编

李　杰　胡开明　副主编

U0133986

化学工业出版社

·北京·

本书是普通高等教育"十二五"规划教材。

　　全书共分为六章，主要内容包括城乡总体规划的基本理论及内容，城镇体系规划，城市总体规划，镇、乡和村庄规划，城乡总体规划实施。教材力求系统、全面地阐述城乡总体规划，并对城乡总体规划的具体规划设计工作给予明确的指导。

　　本书可作为高等院校城市规划类、资源环境类专业本科生、专科生的教材，也可供相关设计单位的工作者参考使用。

**图书在版编目（CIP）数据**

城乡总体规划/隗剑秋主编．—北京：化学工业出版社，2011.3
普通高等教育"十二五"规划教材
ISBN 978-7-122-10534-9

Ⅰ．城…　Ⅱ．隗…　Ⅲ．城乡规划：总体规划-高等学校-教材　Ⅳ．TU984

中国版本图书馆 CIP 数据核字（2011）第 021470 号

---

责任编辑：满悦芝　　　　　　　　　　　文字编辑：荣世芳
责任校对：蒋　宇　　　　　　　　　　　装帧设计：尹琳琳

---

出版发行：化学工业出版社（北京市东城区青年湖南街 13 号　邮政编码 100011）
印　　装：化学工业出版社印刷厂
787mm×1092mm　1/16　印张 13　字数 328 千字　　2011 年 4 月北京第 1 版第 1 次印刷

---

购书咨询：010-64518888（传真：010-64519686）　售后服务：010-64518899
网　　址：http://www.cip.com.cn
凡购买本书，如有缺损质量问题，本社销售中心负责调换。

---

定　　价：**29.00 元**　　　　　　　　　　　　　　　　版权所有　违者必究

# 前　　言

进入 21 世纪，经过了 20 多年改革开放和发展的积累，中国已经步入持续、稳定、健康发展的轨道，中国的城市发展也呈现一派生机勃勃的局面，尤其是在 2006 年中国的一系列"惠农政策"出台、2008 年元月 1 日《中华人民共和国城乡规划法》颁布实施以来，全国各地的城乡建设在更加切合实际的基础上有章可循、有法可依，开创了城乡建设可喜的势头。

城乡总体规划必须遵循科学发展观和"统筹城乡发展、统筹区域发展、统筹经济社会发展、统筹人与自然和谐发展、统筹国内发展和对外开放"的思想，推动城乡的各方面合作建设，实现城市乡村社会、经济、文化的可持续发展。本教材就是基于这一目的，试图从城市、乡村的发展历史、城乡关系等方面来阐述城乡统筹发展的重要性；而城乡的统筹发展，必须要规划先行，本书在阐述了城乡关系及其统筹发展重要性之后，重点从建设规划的角度介绍了城乡规划体系的内容及其要点，包括城乡规划的相关基本理论及内容、城镇体系规划、城市总体规划、镇（乡）和村庄规划、城乡总体规划实施等章节，力求更加系统、更加全面地阐述城乡总体规划，并对城乡总体规划的具体规划设计工作给予明确的指导。

本书共分为六章，具体编写分工如下：武汉工程大学隗剑秋（第一章、第二章、第三章、第四章部分章节）、胡开明（第六章、第五章）、华中科技大学文华学院吴妍（第四章第五节、第七节）、河南城市建设学院刘宁斌（第四章第八节）、孝感学院宋阳（第四章第九节）。同时也感谢武汉工程大学环境与城市建设学院城市规划教学团队李杰教授、卢新海教授、田昌贵教授、宋会访、张薇、杨华、杨珺、王庆国以及福建工程学院邱永谦、内蒙古建筑职业技术学院董小云、武汉商贸学院雷颖的参与，他们对本教材的框架及内容编排提出了宝贵的意见。全书由隗剑秋负责统稿。

本书可作为高等院校城市规划专业、资源环境专业本科生、专科生的教材，也可供相关设计单位的工作者参考使用。

由于城乡问题的复杂性、乡建设过程的长期性以及具体实际操作的灵活性，使得城乡规划专业基础课教材的编写难度变大，尽管本教材总体上体系比较完整，内容相对完善，但也难免存在疏漏和不全面之处，恳请使用本教材的教师和读者提出宝贵意见，以臻完善。

编者

2011 年 2 月

# 目　　录

# 第一章 绪 论

## 第一节 城市与乡村

### 一、城市与乡村的区别和联系

人类活动要素的不同组合（空间上的组合、种类上的组合、数量上的组合等）形成了各种聚落景观。聚落就是人类各种形式的居住场所，它不仅是房屋的集合体，还包括与居住地直接相关的其他生活设施和生产设施。聚落因其基本职能和结构特点以及所处地域的不同，基本被分为城市聚落和乡村聚落，并由此形成了城市和乡村不同的特征。城市的基本特征大致可以归纳为人口高度集中、有较强的异质性、建筑密度高、社会结构复杂；相反，乡村的特征为人口相对分散、有明显的同质性、建筑密度低、社会结构较单一等。

**1. 城市与乡村的基本区别**

城市和乡村为两个相对的概念，存在着一些基本的区别，主要有：

① 集聚规模的差异。城市与乡村的首要差别主要体现在空间要素的集中程度（也可以说成分散程度）上。

② 生产效率的差异。城市的经济活动是高效率的，而高效率的取得，不仅是由于人口、资源、生产工具和科学技术等物质要素的高度集中，更主要的是由于高度的组织。因此可以说，城市的经济活动是一种社会化的生产、消费、交换的过程，它充分发挥了工商、交通、文化、军事和政治等机能，属于高级生产或服务性质；相反的，乡村经济活动则还依附于土地等初级生产要素。

③ 生产力结构的差异。城市是以非农业人口为主的居民点，因而在职业构成上是不同于乡村的，这也造成了城乡生产力结构的根本区别。

④ 职能差异。城市一般是工业、商业、交通、文教的集中地，是一定地域的政治、经济、文化的中心，在职能上是有别于乡村的。

⑤ 物质形态差异。城市具有比较健全的市政设施和公共设施，在物质空间形态上不同于乡村。

⑥ 文化观念差异。城市与乡村不同的社会关系，使得两者之间产生了很多文化内容、意识形态、风俗习惯、传统观念等差别，这也是城乡差别的一个方面。

**2. 城市与乡村的基本联系**

尽管城市与乡村有着很多不同之处，但它们是一个统一体，并不存在截然的界限。尤其是随着社会经济的发展及各种交通、通信技术条件的支撑，城乡一体发展的现象愈发明显（图 1-1）。

实际上，城乡联系包含的内容非常丰富（表 1-1）。城乡要素与资源的配置、城乡联系方式的选择是多样的，对于具体不同城乡联系模式的选择，完全取决于不同国家、地区的具体情况和城乡发展的基本战略。

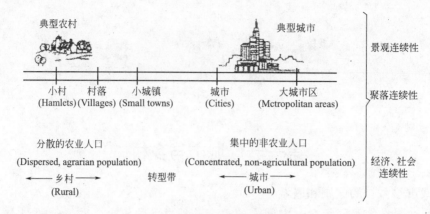

图 1-1　城乡聚落景观连续变化

资料来源：张小林.乡村空间系统及其演变研究.南京：南京师范大学出版社，1999.

表 1-1　城乡联系分类与要素

| 联系类型 | 要　素 |
|---|---|
| 物质联系 | 公路网、水网、铁路网、生态相互联系 |
| 经济联系 | 市场形式、原材料和中间产品流、资本流动、生产联系、消费和购物形式、收入流、行业结构和地区间商品流动 |
| 人口移动联系 | 临时和永久性人口流动、通勤 |
| 技术联系 | 技术相互依赖、灌溉系统、通信系统 |
| 社会作用联系 | 访问形式、亲戚关系、仪式、宗教行为、社会团体相互作用 |
| 服务联系 | 能量流和网络、信用和金融网络、教育培训、医疗、职业、商业和技术服务形式、交通服务形式 |
| 政治、行政组织联系 | 结构关系、政府预算流、组织相互依赖性、权力及监督形式、行政区域交易形式、非正式政治决策联系 |

资料来源：曾菊新.现代城乡网络化发展模式.北京：科学出版社，2001：166.

### 3. 我国城乡社会经济的特点

在我国，由于实行长期的城乡二元体制，形成了城市、乡村社会不同的经济特点：工业和服务业（也可称为非农经济）是城市社会经济的主要特点；而农业和畜牧业则是乡村社会经济的主要特点。

## 二、城乡划分和建制体系

### 1. 城乡聚落的划分

在日常生活中，区别城乡聚落似乎是轻而易举的事。而实际上，目前世界上还没有为定义城镇找到一个统一的标准。世界各国各地区根据各自社会经济发展的特点，制定了不同的城镇定义标准。这些标准很少离开上述的城镇本质特征，所不同的是有些国家的标准侧重于强调某一个特征，有些强调几个特征，有些有明确的数量指标，有些只有定性指标。

要真正在城市和乡村之间划出一条有严格科学意义的界线绝非易事。首先这是因为从城市到乡村是渐变的，有的是交错的。这中间并不存在一个城市消失和乡村开始的明显的标志点，人们在城乡过渡带或城乡交接带划出的城乡界线必然带有一定的任意性和主观性。第二个原因是城市本身是一定历史阶段的产物，城市的概念在不同的历史条件下发生着不断的变化。世界各国处在不同的历史发展阶段，甚至在一个国家的不同地区，所处的发展阶段也不尽相同，这也给城乡划分带来困难。城市，尤其是大城市与周围地区的联系在空间上日趋广泛，在内容上日益复杂，使划分城乡界线又增加了难度。

**2. 我国城市建制体系**

从 20 世纪 50 年代起，中国就制定了具体的城市（市镇）设置标准，以后一度随着实际情况的变化而不断修改。概括起来，中国的市镇设置主要基于两个方面的标准：①聚集人口规模。目前将人口聚居规模超过 100 万的作为特大城市，50 万～100 万的作为大城市，20 万～50 万的作为中等城市，20 万以下的作为小城市。②城镇的政治经济地位。城镇的政治经济地位往往是市镇设置中的重要考虑内容，如在首都、直辖市、省会城市等的设立中最为典型。此外，中国对市镇的设置标准还有经济、社会等方面一系列指标的要求。

我国市制有两个基本特点：

① 市制由多层次的建制构成。从地域类型上划分，包括了直辖市、省（或自治区）辖设区市、不设区市（或自治州辖市）三个层次。从行政等级上划分，包括了省级市、副省级市、地级市、县级市四个等级。目前我国有北京、天津、上海、重庆四个直辖市，25 个副省级城市，280 余个地级市，370 余个县级市。

② 市制兼具城市管理和区域管理的双重性。市既有自己的直属辖区——市区，又管辖了下级政区（县或乡镇）。因此，中国的市制实行的是城区型与地域型相结合的行政区划建制模式，一般称为广域型市制。

**三、我国城乡发展的总体现状**

**1. 新中国成立后我国城乡关系演变的基本历程**

新中国成立后，我国的城乡关系经历了大大小小数次变迁，这个过程是和国家政策、生产力发展水平等因素密切相关的。

1949～1978 年中国根本的问题就是如何解决农业快速发展并为工业化奠定基础和提供保障，当时普遍认为只有工业化才能最终解决中国的贫穷落后，才能最终解决农民问题。因此，在快速推进工业化的过程中，逐渐采取了前苏联的社会主义工业化模式，即依靠建立单一的公有制和计划经济来推行优先快速发展重工业的战略。由此逐步建立起农业支持工业、农村支持城市和城乡分隔的"二元经济"体制，城镇化进程相当缓慢。农民主要是通过提供农副产品而进入城市的方式，为工业和城市的发展提供农业剩余产品和降低工业发展成本。

1978 年中共十一届三中全会后，城乡关系进入了一个新的历史时期，过去完全由政府控制的城乡关系开始越来越多地通过市场来调节，但是农业支持工业、乡村支持城市的趋向并没有改变。农民和农村主要是通过直接投资（乡镇企业）、提供廉价劳动力（大量农民工）、提供廉价土地资源三种方式，为工业城市的发展提供强大的动力。

近年来，城乡统筹、建设社会主义新农村成为新时期城乡工作的主轴。2005 年，中央政府对城乡关系做出了具有历史性转折的重大调整，在我国延续了 2600 多年的农业税退出了历史舞台。中央政府还利用公共财政加大对农村教育、基础设施、医疗卫生等方面的投入，我国的城乡关系进入了一个新的历史阶段。

**2. 我国城乡差异的基本现状**

城乡关系是我国国民经济和社会发展系统中最重要的一对关系。中国的城乡发展的历程表明：城乡之间的良性互动和相互开放，必然推动国民经济的全面发展；相反，城乡之间的隔离甚至对立，则必然导致国民经济发展的失衡，甚至使国民经济发展的进程停滞不前或倒退。长期以来，我国呈现出城乡分割，人才、资本、信息单向流动，城乡居民生活差距拉大，城乡关系呈现不均等、不和谐等发展状况。

（1）城乡结构"二元化" 长期以来，我国一直实行"一国两策，城乡分治"的二元经济社会体制和"城市偏向，工业优先"的战略和政策选择。改革开放以后，尽管这种制度有所松动，但要根本消除二元结构体制还需一个相当长时期的过程。

（2）城乡收入差距拉大  考虑到相关因素，目前我国城乡居民实际收入差距已达6∶1～7∶1，为新中国成立以来最高峰时期。农民收入增长缓慢，不仅直接影响国内需求，而且成为制约整个国民经济实现良性循环的障碍。

（3）优势发展资源向城市单向集中  由于我国城乡差距大，城市一直是我国各类生产要素聚集的中心，而人才、技术、资金等向农村流动量少、进程慢，城乡资源流动单向化、不均衡现象十分明显。

（4）城乡公共产品供给体制的严重失衡  各级政府为增进自身绩效都尽可能地上收财权、下放事权，下级政府得到的财权与事权相比明显失衡。失衡的分配体制决定了失衡的义务教育、基础设施和社会保障等公共产品供给体制，农村公共服务体系尚未建立，农民与城市居民享受的公共服务的差距依然很大。

我国目前正处在一个从城乡二元经济结构向城乡一体化发展阶段迈进的历史转折点上，综合运用市场和非市场力量，积极促进城乡产业结构调整、人力资源配置、金融资源配置和社会发展等各个领域的良性互动和协调发展，具有长远而重要的战略意义。

**3. 科学发展观与城乡统筹**

从中国经济社会发展的实际出发，以全面、协调、可持续的科学发展观指导中国社会主义发展实践，就是要认真贯彻"五个统筹"——"统筹城乡发展、统筹区域发展、统筹经济社会发展、统筹人与自然和谐发展、统筹国内发展和对外开放"。党的十六大提出了"城乡统筹"的要求，城乡统筹实际上包括经济和社会发展两大方面，统筹城乡经济社会发展的根本目标是扭转城乡二元结构、解决"三农"难题、推动城乡经济社会协调发展；统筹城乡经济社会发展的主体应该是政府；统筹城乡经济社会发展的重点是对农村社会政治、经济、文化等各领域进行战略性调整和深层次变革。

① 统筹城乡经济资源，实现城乡经济协调增长和良性互动。平等的市场主体应该享有平等的接近和享用经济要素的权利，统筹城乡经济资源，保证农民平等地享用经济资源，是统筹城乡经济社会发展的关键。

② 统筹城乡政治资源，实现城乡政治文明共同发展。必须统筹城乡政治资源，使农民具有与城镇居民平等的政治地位，使其真正地参与国家、社会事务的管理，体现和维护自身利益。统筹城乡政治资源最为重要的是体制和政策的转换问题。

③ 统筹城乡社会资源，实现城乡精神文明共同繁荣。努力实现城乡社会资源的统筹安排、有序使用，促进城乡精神文明的共同进步。

# 第二节  城镇化及其发展

## 一、城镇化的基本概念

**1. 城镇化的基本概念与内涵**

社会学、经济学、地理学等不同学科对城镇化的概念有不同的理解，概括起来主要包括两个方面的含义。

（1）"有形的城镇化"  即物质上和形态上的城镇化，具体反映在：

① 人口的集中。包括人口总量的集中，即城镇人口比重的增大；城镇点的增加，城镇密度的加大；每个集中点——城镇规模的扩大。

② 空间形态的改变。城市建设用地增加，城市用地功能的分化，土地景观的变化（大量建筑物、构筑物的出现）。

③ 经济社会结构的变化。产业结构的变化，由第一产业向第二、第三产业的转变；社会组织结构的变化，由分散的家庭到集体的街道，从个体的、自始自营到各种经济文化组织和集团。

（2）"无形的城镇化" 即精神上、意识上的城镇化，生活方式的城镇化，具体也可包括三个方面：

① 城市生活方式的扩散。

② 农村意识、行为方式、生活方式转化为城市意识、行为方式、生活方式的过程。

③ 农村居民逐渐脱离固有的乡土式生活态度、方式，而采取城市生活态度、方式的过程。

综合上述，城镇化一词有四个含义：①城市对农村影响的传播过程；②全社会人口接受城市文化的过程；③人口集中的过程，包括集中点的增加和每个集中点的扩大；④城市人口比例提高的过程。

城镇化的核心是人口就业结构、经济产业结构的转化过程和城乡空间社区结构的变迁过程。城镇化的本质特征主要体现在三个方面：一是农村人口在空间上的转换；二是非农产业向城镇聚集；三是农业劳动力向非农业劳动力转移。对城镇化的特征，可以从不同的角度进行分析，这对进一步理解其本质特征是有益无害的。

从农村城镇化的角度而言，城镇化具有四个方面的特征：一是时间特征，表现为过程和阶段的统一，以渐进为主；二是空间特征，表现为城镇结合，以镇为主；三是就业特征，表现为亦工亦农，非农为主；四是生活方式特征，表现为亦土亦"洋"，以"洋"为主，亦新亦旧，以新为主。从世界城镇化发展类型看可分为发达型城镇化与发展型城镇化，其特点是不一样的。包括重庆在内的中国西部均属发展型城镇化。发展型城镇化有五个特点：一是城镇化原始积累主要来自于农业；二是城镇化偏重于发展第三产业，而非发展第二产业即工业化；三是城镇化具有明显的二元结构；四是城镇化的动力机制主要是推力而非拉力；五是城镇化中城市贫民占有很大比重。

美国学者弗里德曼（J. Friedmann）将城镇化过程分为城镇化 I 和城镇化 II。前者包括人口和非农业活动在规模不同的城市环境中的地域集中过程，非城市型景观转化为城市型景观的地域推进过程；后者包括城市文化、城市生活方式和价值观在农村的地域扩散过程。因此，城镇化 I 是可见了的、物化了的或实体性的过程；而城镇化 II 则是抽象的、精神上的过程。

**2. 城镇化水平的测度**

城镇化水平指城镇人口占总人口的比重。

人口按其从事的职业一般可分为农业人口和非农业人口（第二、第三产业人口）。按照目前的户籍管理办法又可分为城镇人口与农村人口。

一个国家或地区的城镇化进程需要借用一定的指标来进行测度、衡量。由于城镇化是一个广泛涉及经济、社会与景观变化的复杂过程，所以对城镇化水平进行测度并非易事，必须建立一系列反映城镇化本质特征的指标体系，才能准确反映城镇化的实际进程和水平。基于前文对城镇化基本概念的理解，除生活方式、思想观念等无形转化过程难以用量化指标反映外，人口、土地、产业等的变化过程均可用量化指标来反映。

在实际工作中，为了简便起见和易于进行不同历史时期、不同地区之间的比较，我们通常采用国际通行的方法——将城镇常住人口占区域总人口的比重作为反映城镇化过程的最主要的指标，通称为"城镇化水平"或"城镇化率"，这一指标既直接反映了人口的集聚程度，又反映了劳动力的转移程度。这一指标目前在世界范围内被广泛采用，并应用这一指标作为城镇化进程阶段划分的重要依据。

城镇化率的计算公式为：$PU = \dfrac{U}{P}$

式中，$PU$ 为城镇化率；$U$ 为城镇常住人口；$P$ 为区域总人口。

需要强调的是，对一个地区城镇化发展水平的衡量应该从多个角度进行考察，应该至少包括了城镇化发展的数量水平和质量水平这两个基本的方面，而且反映城镇化真正发展水平的不应是表面的数量指标，更重要的是质量指标。

### 二、城镇化的机制与进程

#### 1. 城镇化的基本动力机制

（1）农业剩余贡献　城市是农业和手工业分离后的产物，这就意味着农业生产力的发展及农业剩余贡献是城市兴起和成长的前提。城市率先在农业发达地区兴起，农产品的剩余刺激了人口劳动结构的分化，进而在社会中出现了一批专门从事非农业活动的人口来支持城市的进一步发展。这个过程不断往复、叠加、上升，城镇化也就随之得到了发展。

（2）工业化推进　城镇化进程是随着生产力水平的发展而变化的。工业化的集聚要求促成了资本、人力、资源和技术等生产要素在有限空间上的高度组合，从而促进了城市的形成和发展，并进而启动了城镇化的进程。

（3）比较利益驱动　城镇化发生的规模与速度受到城乡间比较利益差异的引导和制约。决定人口从乡村向城市转移的规模和速度的两种基本力——一是城市的拉力，二是乡村的推力。其中，城市的拉力主要来自对劳动力的需求，以及城市相对于农村的各方面物质、精神优越地位所产生的诱惑力等；而乡村的推力则来源于农业人口的增加、土地面积的有限性、农业生产率的提高、农业劳动力的剩余以及寻求城市"理想乐土"的精神推力等。

（4）制度变迁促进　制度变迁对于城镇化进程在根本动力上具有显著的加速或滞缓作用，合理的制度安排与创新是城镇化进程顺利推进的重要保障。就中国的城镇化的历史进程而言，户籍管理制度、城乡土地使用制度、住房制度等，都从不同方面影响或推动了中国城镇化的发展。

（5）市场机制导向　市场的一个重要自发作用就是推动资源利用效益的最大化配置，由于城市相比于乡村对要素具有巨大的增殖效应，所以在市场力的作用下，城镇化的进程也就得到了不断的推进。

（6）生态环境诱导与制约的双重作用　生态环境对于城镇化的影响包括诱导作用与制约作用两个基本的方面，它们常常是同时叠加于一个地区的城镇化过程之中。一方面，随着城镇化的推进和城市的过度集聚，一些生态环境优良的郊区开始吸引高品质居住、休闲旅游和先进产业的发展；另一方面，有限的生态环境的容量将会很大程度上制约城镇化的进程。

（7）城乡规划调控　合理运用城乡规划调控手段，可以实现空间等要素资源的集约利用，引导区域城镇合理布局，这些不仅将对城镇化起到积极的推动作用，而且可以从根本上提升城市与区域的竞争力与可持续发展能力。

#### 2. 城镇化的基本阶段

依据时间序列，城镇化进程一般可以分为四个基本阶段。

（1）集聚城镇化阶段　其显著的特征是由于巨大的城乡差异，导致人口与产业等要素从乡村向城市单向集聚。

（2）郊区化阶段 随着城市环境的恶化、人们收入水平差距的加大以及通勤条件的改善，城市中上阶层开始移居到市郊或外围地带，该阶段的显著特点是住宅、商业服务部门、事务部门以及大量就业岗位相继向城市郊区迁移。

（3）逆城镇化阶段 随着郊区化的进一步发展，一些大都市市区人口外迁出现了新的动向——不仅中心市区人口继续外迁，郊区人口也向更大的外围区域迁移，出现了大都市市区人口负增长的局面，人们的通勤半径甚至可以扩大到 100 公里左右。

（4）再城镇化阶段 面对城市中由于大量人口和产业外迁导致的经济衰退、人口贫困、社会萧条等问题，许多城市开始积极调整产业结构、发展高科技产业和第三产业、积极开发市中心衰落区、努力改善城市环境和提升城市功能，来吸引一部分特定人口从郊区回流到中心城市。

**3. 城镇化进程的表现特征**

① 城镇化是城市人口占总人口的比重不断上升。城镇化首先表现为大批乡村人口进入城市，城市人口在总人口的比重逐步提高。

② 城镇化是产业结构转变的过程。随着城市化的推进，使得原来从事传统低效的第一产业的劳动力转向从事高效的第二、第三产业，产业结构逐步升级转换，国家和区域创造财富的能力不断提高（表 1-2）。

表 1-2　国际产业结构变化（1960～2004 年）

| 项　目 | 各产业占 GDP 的百分比/% | | | | | | | | |
|---|---|---|---|---|---|---|---|---|---|
| | 1960 | | | 1995 | | | 2004 | | |
| 产业类型 | Ⅰ | Ⅱ | Ⅲ | Ⅰ | Ⅱ | Ⅲ | Ⅰ | Ⅱ | Ⅲ |
| 低收入经济 | 50 | 17 | 33 | 25 | 38 | 35 | 23 | 25 | 52 |
| 中等收入经济 | 22 | 32 | 46 | 11 | 35 | 52 | 10 | 34 | 56 |
| 高收入经济 | 6 | 40 | 54 | 2 | 32 | 66 | 6 | 24 | 70 |

资料来源：世界银行理念报告。

农业的比重持续下降，不可逆转；工业的比重有一个上升时期，或也有停滞和下降；第三产业的比重增加，总的发展趋势如此。但是，不同性质城市的第二、第三产业的比重的发展趋势也不尽相同。表 1-2 中引用世界银行三个不同年代的发展报告中的数据展现了国际产业结构的变化趋势。虽然不同年份报告对高收入经济有不同的界定，但对长期趋势的影响不大。从表中所反映的产业结构变化的长期趋势看，一次产业占 GDP 的比重随发展而下降，而第二、第三产业则趋于上升，但第三产业在长期趋势中又随发展而上升，而第二产业则下降。截至 2008 年，全世界第一产业比重仅占 3%，第二产业降至 28%，第三产业已上升为 69%。

③ 城镇化水平高，不仅是建立在第二、第三产业发展的基础上，也是农业现代化的结果。农业人口的减少产生在农业发展的基础上，农业人口的剩余也成为城市化的推动力。

## 三、中国城镇化的历程与现状

**1. 新中国成立后中国城镇化的总体历程**

1949 年新中国成立后，我国步入了一个新的历史阶段，开启了中国具有现代化意义的工业化道路，也揭开了现代中国城镇化发展的序幕。然而，我国的城镇化进程并不是一帆风顺的，经历了一条坎坷曲折的发展道路。总的来看，可以划分为以下四个阶段。

（1）城镇化启动阶段（1949～1957年）　这一阶段正处于我国国民经济恢复和"一五"计划顺利实施的时期。此期间的重点是建设工业城市，形成了以工业为基本内容和动力的城镇化。随工业化水平的提高，城市人口骤增，工人新村迅速崛起，城市基础设施建设加快，产生了许多新型工矿城市。

（2）城镇化的波动发展阶段（1958～1965年）　这个阶段是城镇化大起大落时期。1958年农村人口大规模涌入城市，但由于种种原因，国家又调整政策，通过行政手段精简职工，动员城镇人口回乡，并同时调整了市镇设置。

（3）城镇化的停滞阶段（1966～1978年）　由于十年动乱，粮食生产停滞不前，当时的城市甚至无法容纳因自然增长而形成的城市人口，再加上大批知青和干部下放到农村，城市人口下降，大量工业配置到"三线"，分散的工业布局难以形成聚集优势来发展城镇，小城镇出现萎缩。

（4）城镇化的快速发展阶段（1979年以来）　党的十一届三中全会后，采取了一系列方针、政策，如颁布新的户籍管理政策，调整市镇建制标准等，从而使城镇人口特别是大城市的人口机械增加较快，出现了城镇化水平的整体提高，有力地促进了城乡经济的持续发展。随着改革开放和现代化建设的推进，我国的城镇化过程也摆脱了长期徘徊不前的局面，步入了新中国成立以来城镇化发展最快的一个时期。特别是20世纪90年代末以来，国家及地方各级政府都将推进城镇化作为一项重大战略予以实施，不断消除阻碍城镇化发展的种种制度性障碍，跟进了若干配套制度，积极运用市场机制等，加速了城镇化的进程。

**2. 中国城镇化的典型模式**

所谓城镇化的模式，是指对一个国家、一个地区在特定阶段、特定环境背景中城镇化基本特征的模式化归纳、总结。中国幅员辽阔，各地的社会与自然发展环境、发展阶段等都差异很大，在城镇化的实践中，许多地方结合自身的条件和特点走了一些具有明显特色的城镇化道路。大致可以概括为如下几种城镇化"模式"。

① 计划经济体制下以国有企业为主导的城镇化模式。这种模式是计划经济的产物，其城镇化的原动力来自于国家计划对资源的大规模开发和生产建设。城镇化水平的提高主要是因为资源开发所引起的大量外来人口的迁入以及相关政策的强制性推动。攀枝花、大庆、鞍山、东营、克拉玛依等许多城市的兴起是典型案例。

② 商品短缺时期以乡镇集体经济为主导的城镇化模式。这是一种通过乡村集体经济和乡镇企业的发展，促进乡村工业化和农村城镇化进而推动城市发展的模式。这种模式在当时特定的历史背景下，就地解决农村剩余劳动力，大大积累了地方经济的基础，有效地促进了小城镇的发展，当然也带来了布局分散、投资效率低等问题。

③ 市场经济早期以分散家庭工业为主导的城镇化模式。在由计划经济向市场经济转轨过程中，通过家庭手工业、个体私营企业以及批发零售商业来推动农村工业化，并以此带动乡村人口转化为城市人口。

④ 以外资及混合型经济为主导的城镇化模式。进入20世纪90年代中后期以来，随着全球资本与产业的转移，部分地区积极把握机遇、大力推动资本结构转型，进入了吸引外资的高潮期，以外向型经济园区为主体的空间成为集聚人口与产业、推动城镇化的有力载体。

需要特别指出的是，对于任何一个国家和地区而言，城镇化都是一个复杂、动态的过程。而所谓"模式"，是对特定地域、特定发展环境、特定发展阶段城镇化进程中最主要、最明显特征的简单化提炼，事实上并不能涵盖一个地区城镇化特征的全部。因此，我们既要关注各种城镇化"模式"的研究和总结，但是也不能简单地对其进行移植和复制，而要根据各地的时代特点开展积极、创造性的探索实践。

### 3. 中国城镇化的现状、特征与趋势

我国城镇化起步较晚，而新中国成立以来的城镇化道路又是一波三折。从20世纪80年代起，我国实行改革开放，经济发展迅速，带动了城镇化空前发展。新中国成立以来，我国城镇化发展总体呈现以下基本特征。

① 城镇化过程经历了大起大落段以后，已经进入了持续、加速和健康发展阶段。

② 城镇化发展的区域重点经历了由西向东的转移过程，总体上东部快于中西部，南方快于北方。

③ 在各级城市普遍得到发展的同时，区域中心城市及城市密集地区发展加速，成为区域甚至是国家经济发展的中枢地区，成为接轨世界经济和应对全球化挑战的重要空间单元。

④ 部分城市正逐步走向国际化。改革开放以来，我国经济的快速发展和综合经济实力的增强，为一些国际城市的形成提供了经济基础，除了香港以外，北京、上海、广州、深圳等有可能最先进入国际城市行列。

在新的城镇化机制的作用下，我国的城镇化进程出现了一些新的发展趋势：

① 东部沿海地区城镇化总体快于中西部内陆地区，但中西部地区将不断加速。随着西部大开发地推进，中西部地区的城镇化进程将大大加快，城市数量和城市等级都会有较大的提升。为了保护生态环境、提升经济社会发展的质量和提高城镇化的效益，发展区域中心城市、大城市将成为中西部地区城镇化的重点。

② 以大城市为主体的多元化的城镇化道路将成为我国城镇化战略的主要选择。大城市的经济效益、就业机会、文化生活等方面都高于中小城市，更高于农村。因此，在未来相当长的一段时间内，大城市仍然具有很强的"拉力"，广大农村地区尤其是西部内陆地区经济还不够发达，还存在巨大的"推力"，大量农村人口还会向大城市流动。大城市人口实际增长率虽然还将大幅上升，但更重要的是扮演经济发展主要基地的角色。中、小城市和小城镇将成为吸收农村人口实现城镇化的主战场。

③ 城市群、都市圈等将成为城镇化的重要空间单元。面对全球日益竞争的环境，一定区域内的城镇群体通过空间整合的方式谋求共同的、更高的发展，已经成为世界性的趋势，中国也不例外。随着城镇化进程的加快，我国已经出现了若干大城市群，例如长江三角洲城市群、珠江三角洲城市群、京津唐城市群、辽中南城市群，它们不仅是高度城镇化的地区，而且已经成为国家、区域经济社会发展的中枢，正在积极与世界城市体系接轨。

④ 在沿海一些发达的特大城市，开始出现了社会居住分化、"郊区化"趋势。尽管我国城镇化发展总体水平较低，但是在相对发达的东南沿海地区，一些特大城市中由于社会阶层收入的差异加大，已经出现了居住地域的明显社会分化。而一部分城市人口开始出现向郊区外迁的"郊区化"趋势，对城乡空间集约利用、生态环境保护、城市交通、社会公平等带来了新的挑战

### 4. 中国城镇化面临的主要挑战

中国城镇化水平与工业化水平相比，还明显滞后。由于缺少科学规划和城镇管理，一些城镇空间布局与人口环境承载能力不匹配，人口环境资源矛盾加剧，一些城镇脱离实际追求奢华和高标准，资源浪费突出，严重制约了城镇化健康、协调、可持续发展。我国城镇化面临以下四大挑战。

一是城镇资源环境承受巨大压力。在经济快速发展过程中，城镇化付出了巨大的资源环境代价。特别是在城镇开发和"拆旧造新"过程中，消耗了大量钢材、水泥、玻璃、化学材

料，不仅造成了环境污染，也牵制了建筑节能减排工作。

二是城镇公共事业面临更大挑战。在城镇化快速推进和挤压下，中国 655 个城市中，近 400 个城市缺水，约 200 个城市严重缺水，约有 1/3 城市联结城镇的交通，在进出城时出现高峰时段的拥堵。特别是随着城镇用水用电消耗的增加，不得不让国家通过大规模的资源转移、长距离的油气调运来解决日益紧张的资源和能源依赖。

三是城镇建设过度依赖土地情况严重。一些地方在城镇建设中过度征用土地甚至耕地，一些城镇在推行"拆农居，建社区"过程中，操作不规范，配套政策不到位，让住上楼房后的农民失去了社会保障；一些农村人口迁往城镇后，由于无法得到住房保障，成为了边缘化的"二等市民"。

四是城镇开发建设手段十分落后。在城镇建设和开发过程中，住宅建造采用工厂化方式生产的住宅比例较低，质量通病较为严重。城镇商品住房的"毛坯房"比例高，装修二次污染和资源浪费情况十分普遍，住宅使用寿命短、维护成本高的情况在城镇建设中尤为突出。

今后五年，中国城镇化率将突破 50%，每年将有上千万人口从农村转移到城镇。这样大规模的人口迁移，不只是工作地点、交通手段、居住方式的转变，也是生活方式、消费模式、城市发展理念的转变。因此，必须引导城镇化遵循重规划、省资源，宜居住、便出行，以人为本、实现城镇有序发展等发展新理念。

**5. 推进健康城镇化对国家发展的战略意义**

现代城市发展的总趋势不是单纯追求人口规模意义的城镇化，而是依靠第二产业和第三产业的发展促进城镇化，更注重城市整体质量的提高。追求高质量的城镇化，即追求更高的经济效益、更好的城镇环境、更完善的城市服务功能、更高的居民素质和城乡统筹发展。

中国共产党十六届五中全会提出了新时期城镇化的方针："坚持大中小城市和小城镇协调发展，提高城镇综合承载能力，按循序渐进、节约土地、集约发展、合理布局的原则，积极稳妥地推进城镇化。"这说明了健康城镇化已经成为资源节约型社会的建立和科学发展观落实的核心内容，也是我国社会经济发展的必然趋势。

# 第二章　城乡总体规划的基本理论及内容

## 第一节　城乡总体规划的基本概念及作用

### 一、城市总体规划、乡镇总体规划、城乡统筹规划的概念

城乡规划包括了城镇体系规划、城市规划、镇规划、乡规划和村庄规划，城市规划、镇规划分为总体规划和详细规划。

城市总体规划是指城市人民政府依据国民经济和社会发展规划以及当地的自然环境、资源条件、历史情况、现状特点，统筹兼顾、综合部署，为确定城市的规模和发展方向，实现城市的经济和社会发展目标，合理利用城市土地，协调城市空间布局等所做的一定期限内的综合部署和具体安排。城市总体规划是城市规划编制工作的第一阶段，也是城市建设和管理的依据。简单地理解，城市总体规划就是指一定年限内对城市市区、郊区及与城市发展有关的地区各项发展建设的综合部署。

乡镇总体规划是指导村镇建设的依据。包括新建村镇的规划和原有村镇的改建、扩建规划。其基本任务是：确定村镇建设的发展方向和规模，合理组织村镇各建设项目的用地与布局，妥善安排建设项目的进程，以便科学地、有计划地进行农村现代化建设，满足农村居民日益增长的物质生活和文化生活需要。

在我国，城乡一体化的思想早在 20 世纪就已经产生了，在 20 世纪 80 年代末期，由于历史上形成城乡之间的隔离发展，各种经济社会矛盾出现，对城乡一体化的概念和内涵进行了研究，但由于城乡一体化涉及社会经济、生态环境、文化生活、空间景观等多方面，人们对城乡一体化的理解有所不同。社会学和人类学界从城乡关系的角度出发，认为城乡一体化是指相对发达的城市和相对落后的村庄，打破相互分割的壁垒，逐步实现生产要素的合理流动和优化组合，促使生产力在城市和乡村之间合理分布，城乡经济和社会生活紧密结合与协调发展，逐步缩小直至消灭城乡之间的基本差别，从而使城市和乡村融为一体。经济学界则从经济发展规律和生产力合理布局角度出发，认为城乡一体化是现代经济中农业和经济联系日益增强的客观要求，是指统一布局城乡经济、加强城乡之间的经济交流与协作，使城乡生产力优化分工、合理布局、协调发展，以取得最佳的经济效益。有的学者仅讨论城乡工业的协调发展，可称为"城乡工业的一体化"。规划学者则是从空间的角度对城乡结合部做出统一安排，即对具体有一定内在联系的城乡物质和精神要素进行统一安排。生态、环境学者是从生态环境的角度，认为城乡一体化是城乡生态环境的有机结合，保证自然生态过程畅通有序，促进城乡健康、协调发展。

有学者认为，城乡一体化是城市发展的一个新阶段，是随着生产力发展而促进城乡居民的生产方式、生活方式和居住方式改变的过程，是城乡人口、技术、资本、资源等要素相互融合、互为资源、互为市场、互相服务，逐步达到城乡在经济、社会、文化、生态上协调发展的过程。城乡一体化就是要把工业与农业、城市与乡村、城镇居民与农村居民作为一个整体，统筹谋划、综合研究，通过体制改革和政策调整，促进城乡规划建设、产业发展、市场

信息、政策措施、环境保护、社会事业发展一体化，改变长期形成的城乡二元经济结构，实现城乡在政策上的平等、产业发展上的互补、国民待遇上的一致，让农民享受到和城镇居民同样的文明和实惠，使整个城乡经济社会全面、协调、可持续地发展。城乡一体化是一项重大而深刻的社会变革。不仅是思想观念的更新，也是政策措施的变化；不仅是发展思路和增长方式的转变，也是产业布局和利益关系的调整；不仅是体制和机制的创新，也是领导方式和工作方法的改进。

相对于"城乡一体化"，"城乡统筹"因处在探索阶段，现在缺乏科学统一的内涵，字面上解释是作为相对独立的主体"城"、"乡"，在一定的时代背景中，互动发展，以实行"城"、"乡"发展双赢为目的发展格局，充分发挥工业对农业的支持和反哺作用、城市对农村的辐射和带动作用，建立以工促农、以城带乡的长效机制，促进城乡协调发展。

协调城乡统筹是要把挖掘农业自身潜力与工业反哺农业结合起来，把扩大农村就业与引导农村富余劳动力有序转移结合起来，把建设社会主义新农村与稳步推进城镇化结合起来，加快建立健全以工促农、以城带乡的政策体系和体制机制，形成城乡良性互动的发展格局。

## 二、城市总体规划、乡镇总体规划的内容

### 1. 城市总体规划的作用

城市总体规划涉及城市的政治、经济、文化和社会生活等各个领域，在指导城市有序发展、提高建设和管理水平等方面发挥着重要的先导和统筹作用。在新中国的城市规划发展历史中，城市规划占有十分重要的地位。近年来，随着社会主义市场经济体制的建立和逐步完善，适应形势的发展要求，我国对城市总体规划的编制组织、编制内容等都进行了必要的改革与完善。目前，城市规划已经成为指导与调控城市发展建设的重要手段，具有公共政策属性。

城市总体规划是城市规划的重要组成部分。经法定程序批准的城市总体规划文件，是编制城市近期建设规划、详细规划、专项规划和实施城市规划行政管理的法定依据。各类涉及城乡发展和建设的行业发展规划，都应符合城市总体规划的要求。由于具有全局性和综合性，我国的城市总体规划不仅是专业技术，同时更重要的是引导和调控城市建设、保护和管理城市空间资源的重要依据和手段，因此也是城市规划参与城市综合性战略部署的工作平台。

### 2. 城市总体规划的主要任务

城市总体规划是对一定时期内城市的性质、发展目标、发展规模、土地使用、空间布置以及各项建设的综合部署和实施措施。编制城市总体规划，应当以全国城镇体系规划、省域城镇体系规划以及其他层次法定规划为依据，从区域经济社会发展的角度研究城市定位和发展战略，按照人口与产业、就业岗位的协调发展要求，控制人口规模、提高人口素质，有效配置公共资源，改善人居环境的要求，充分发挥中心城市的区域辐射和带动作用，合理确定城乡空间布局，促进区域经济社会全面、协调和可持续发展。

城市总体规划的主要任务是：根据城市经济社会发展需求和人口、资源情况及环境承载能力，合理确定城市性质、规模；综合确定土地、水、能源等各类资源的使用标准和控制指标，节约和集约利用资源；划定禁止建设区、限制建设区和适宜建设区，统筹安排城乡各类建设用地；合理配置城乡各项基础设施和公共服务设施，完善城市功能；贯彻公交优先原则，提升城市综合交通服务水平；健全城市综合防灾体系，保证城市安全；保护自然生态环境和整体景观风貌，突出城市特色；保护历史文化资源，延续城市历史文脉；合理确定分阶段的发展方向、目标、重点和时序，促进城市健康有序发展。

城市总体规划一般分为市域城镇体系规划和中心城区规划两个层次。

**3. 镇规划的主要任务**

按照《城乡规划法》的规定，镇规划是对镇行政区内的土地利用、空间布局以及各项建设的综合部署，是管制空间资源开发、保护生态环境和历史文化遗产、创造良好生活生产环境的重要手段，是指导与调控镇发展建设的重要公共政策之一，是一定时期内镇的发展、建设和管理必须遵守的基本依据。镇规划在指导镇的科学建设、有序发展、充分发挥规划协调和社会服务等方面具有先导作用。

镇规划的任务是对一定时期内城镇的经济和社会发展、土地使用、空间布局以及各项建设的综合部署与安排。镇总体规划的主要任务是综合研究和确定城镇性质、规模和空间发展形态，统筹安排城镇各项建设用地，合理配置城镇各项基础设施，处理好远期发展和近期建设的关系，指导城镇合理发展。镇（乡）域规划的任务是：落实市（县）社会经济发展战略及城镇体系规划提出的要求，指导镇区、村庄规划的编制。对于区域范围内形成城乡覆盖的规划体系具有重要意义。

镇区总体规划的任务是：落实市（县）域城镇体系规划和镇域规划提出的要求，合理利用镇区土地和空间资源，指导镇区建设和详细规划的编制。

# 第二节　城乡总体规划的制定原则及程序

## 一、制定城乡规划的基本原则

① 制定城乡规划必须遵守并符合《中华人民共和国城乡规划法》及相关法律法规，在规划的指导思想、内容及具体程序上，真正做到依法制定规划。

② 制定城乡规划必须严格执行国家政策，应当以科学发展观为指导，以构建社会主义和谐社会为基本目标，坚持五个统筹，坚持中国特色的城镇化道路，坚持节约和集约利用资源，保护生态环境，保护人文资源，尊重历史文化，坚持因地制宜地确定城市发展目标与战略，促进城市全面协调可持续发展。

③ 制定城乡规划应当遵循城乡统筹、合理布局、节约土地、集约发展和先规划后建设的原则，改善生态环境，促进资源、能源节约和综合利用，保护耕地等自然资源和历史文化遗产，保持地方特色、民族特色和传统风貌，防止污染和其他公害，并符合区域人口发展、国防建设、防灾减灾和公共卫生、公共安全的需要。

④ 制定城乡规划应当考虑人民群众需要，改善人居环境，方便群众生活，充分关注中低收入人群，扶助弱势群体，维护社会稳定和公共安全。

⑤ 制定城乡规划应当坚持政府组织、专家领衔、部门合作、公众参与、科学决策的原则。

## 二、制定城乡规划的基本程序

### 1. 制定城镇体系规划的基本程序

① 组织编制机关对现有城镇体系规划实施情况进行评估，对原规划的实施情况进行总结，并向审批机关提出修编的申请报告。

② 经审批机关批准同意修编，开展规划编制的组织工作。

③ 组织编制机关委托具有相应资质等级的单位承担具体编制工作。

④ 规划草案公告30日以上，组织编制单位采取论证会、听证会或者其他方式征求专家和公众的意见。

⑤ 规划方案的修改完善。

⑥ 在政府审查基础上，报请本级人民代表大会常务委员会审议。

⑦ 报上一级人民政府审批。

⑧ 审批机关组织专家和有关部门进行审查。

⑨ 组织编制机关及时公布经依法批准的城镇体系规划。

**2. 制定城市、镇总体规划的基本程序**

① 前期研究，对现行城市总体规划以及各专项规划的实施情况进行总结，对基础设施的支撑能力和建设条件做出评价；针对存在问题和出现的新情况，从土地、水、能源和环境等城市长期的发展保障出发，依据全国城镇体系规划和省域城镇体系规划，着眼区域统筹和城乡统筹，对城市的定位、发展目标、城市功能和空间布局等战略问题进行前瞻性研究。

② 提出进行编制工作的报告，组织编制直辖市、省会城市、国务院指定市的城市总体规划的，应当向国务院建设主管部门提出报告；组织编制其他市的城市总体规划的，应当向省、自治区建设主管部门提出报告。

③ 编制工作报告经同意后，开展组织编制总体规划的工作。

④ 组织编制机关委托具有相应资质等级的单位承担具体编制工作。

⑤ 编制城市总体规划纲要。

⑥ 组织编制机关按规定报请总体规划纲要审查。其中，组织编制直辖市、省会城市、国务院指定市的城市总体规划的，应当报请国务院建设主管部门组织审查；组织编制其他市的城市总体规划的，应当报省、自治区建设主管部门组织审查。

⑦ 根据纲要审查意见，组织编制城市总体规划方案。

⑧ 规划方案编制完成后由组织编制机关公告 30 日以上，并采取论证会、听证会或者其他方式征求专家和公众的意见。

⑨ 规划方案的修改完善。

⑩ 在政府审查基础上，报请本级人民代表大会常务委员会（或镇人民代表大会）审议。

⑪ 根据规定报请审批机关审批。

⑫ 审批机关组织专家和有关部门进行审查。

⑬ 组织编制机关及时公布经依法批准的城市和镇总体规划。

# 第三章 城镇体系规划

## 第一节 城镇体系规划的概念及特征

### 一、城镇体系规划的概念

城镇体系规划是在一定地域范围内，以区域生产力合理布局和城镇职能分工为依据，确定不同人口规模等级和职能分工的城镇的分布和发展规划。

城镇体系规划一般分为全国城镇体系规划、省域城镇体系规划、市域城镇体系规划、县域城镇体系规划四个基本层次以及按流域或其他跨行政区域进行的城镇体系规划。

全国城镇体系规划的重点是确定国家城市发展方针政策，组织全国城镇空间结构以及分类指导各省（自治区）的城镇体系规划。

省域（或自治区）城镇体系规划的重点是明确适合当地特点的城市化发展模式，确定发展重点，安排和协调省域（或自治区）基础设施建设，对重点城市发展的职能、方向和规模提出指导性规划。

市域（包括直辖市、市和有中心城市依托的地区、自治州、盟域）城镇体系规划的主要任务是在省域城镇体系规划的指导下，制定市域城市发展战略，协调市辖各区县发展和建设规划布局，确定重点发展的小城镇，进行重大基础设施的规划布局。市域城镇体系规划属于城市总体规划的内容之一。

县域城镇体系规划（包括县、自治县、旗域）重点是对全县建制镇和重点乡镇的发展做出整体规划，并对建制镇提出具体指导。县域城镇体系规划属于县城所在地城市总体规划的内容之一。

按流域或其他跨行政区域进行的城镇体系规划，应该按所确定的主题组织区域内的城镇布局及其协调发展。

### 二、城镇体系规划的特征

要了解城镇体系规划的特征，先来了解城镇体系本身的特性。

① 整体性。城镇体系是由城镇、联系通道和联系流、联系区域等多个要素按一定规律组合而成的有机整体。其中某一个组成要素的变化，例如某一城镇的兴起或衰落、某一条新交通线的开拓、某一区域资源开发环境的改善或恶化，都可能通过交互作用和反馈，"牵一发而动全身"。

② 等级性或层次性。系统由逐级子系统组成。城镇体系的各组成要素按其作用都有高低等级之分，全国性的城镇体系由大区级、省区级体系组成，再下面还有地区级或地方级的体系。这就要求制订某一级城镇体系规划时要考虑到上下级体系之间的衔接。

③ 动态性。城镇体系不仅作为状态而存在，也随着时间而发生阶段性变动，这就要求城镇体系规划也要不断地修正、补充，适应变化了的实际。

从城镇体系的个性特征来看，它既不是简单的机械系统或自然系统，也不是严格的经济系统或政治系统，而是兼有自然、经济、政治、文化等多种层面的社会系统。社会系统的开放性特点，使城镇体系很容易受到来自外部的、难以预言的复杂影响，因此按系统的变化状态而论，它有高度的不稳定性。作为社会系统的另一个特点，城镇体系不能像自然系统那样，通过某种给定的变化可以得到明确的决定性的结果。城镇体系的演变虽然有总的规律性趋势可循，但对每个具体变动的反馈都存在着很大程度的不确定性，因此按系统的规律性质而论，不属于必然性系统，而属于随机性系统。

基于上述的"城镇体系"特性，决定了城镇体系规划本身的特征。

① 区域性。城镇体系规划是对一定区域范围内城镇发展的宏观指导性规划，因此，要在区域总体的层次上研究城镇发展的规律，研究并提出区域内各城镇在国民经济和社会发展过程中应当承担的责任。

② 综合性。城镇体系规划是以城镇发展为主要对象的综合性规划，规划要与区域内其他各类规划相协调，以区域可持续发展为最高目标。同时城镇体系规划还应该以更高层次的规划为指导，并与周围地区的发展规划（如环境保护规划、基础设施规划）相衔接。

③ 客观性。一个地区的城镇从孕育、发展到成熟是一个漫长的历史过程。每一个地区的城镇发展现状特征都有其历史的必然性。城镇未来的发展又受到社会、经济、自然等因素的综合作用影响，并非每一个行政区域内的城镇都能够或者应当组成一个"等级齐全"、"结构合理"、"分工明确"、"联系密切"的完整的城镇体系。也就是说，城镇体系规划一定要尊重客观实际，从实际出发，实事求是，而不应教条地去追求形式上的"完整"和布局上的"均衡"。

# 第二节 城镇体系规划的地位与作用

## 一、城镇体系规划的地位

城镇体系规划旨在一定地域范围内，妥善处理各城镇之间、单个或数个城镇与城镇群体之间以及群体与外部环境之间关系，以达到地域经济、社会、环境效益最佳的发展。《城市规划基本术语标准》（GB/T 50280—98）中对城镇体系规划（Urban System Planning）的定义是：一定地域范围内，以区域生产力合理布局和城镇职能分工为依据，确定不同人口规模等级和职能分工的城镇的分布和发展规划。具体说，城镇体系规划是根据地域分工的原则，根据工业、农业和交通运输及文化科技等事业的发展需要，在分析各城镇的历史沿革、现状条件的基础上，明确各城镇在区域城镇体系中的地位和分工协作关系，确定其城镇的性质、类型、级别和发展方向，使区域内各城镇形成一个既明确分工、又有机联系的大、中、小相结合和协调发展的有机结构。

近年来，城镇体系规划的重要性日益得以重视。在 2008 年开始实施的《中华人民共和国城乡规划法》中明确规定："国务院城乡规划主管部门会同国务院有关部门组织编制全国城镇体系规划，用于指导省域城镇体系规划、城市总体规划的编制"（第十二条）。为了进一步发挥城镇对经济社会发展的重要推动作用，提高我国参与国际竞争的能力，逐步改变城乡二元结构，实现区域协调发展，2005 年国务院城乡规划主管部门会同国务院有关部门首次组织编制了《全国城镇体系规划（2005～2020 年）》。同时，各省、自治区人民政府根据《中华人民共和国城乡规划法》和《城镇体系规划编制审批办法》的规定，组织编制的省域城镇体系规划也在全面进行中。

根据《中华人民共和国城乡规划法》及《城市规划编制办法》的相关内容，目前我国已经形成了由城镇体系规划、城市总体规划、分区规划、控制性详细规划和修建性详细规划等组成的比较完整的空间规划系列。虽然从理论上讲，城镇体系规划属于区域规划的一部分，但是由于历史的原因，在我国的城乡规划编制体系中城镇体系规划事实上长期扮演着区域性规划的角色，具有区域性、宏观性、总体性的作用，尤其是对城乡总体规划起着重要的指导作用。根据《中华人民共和国城乡规划法》及《城市规划编制办法》的规定，全国城镇体系规划用于指导省域城镇体系规划；全国城镇体系规划和省域城镇体系规划是城市总体规划编制的法定依据。在《中华人民共和国城乡规划法》中进一步明确：市域城镇体系规划则作为城市总体规划的一部分，为下层面各城镇总体规划的编制提供区域性依据，其重点是"从区域经济社会发展的角度研究城市定位和发展战略，按照人口与产业、就业岗位的协调发展要求，控制人口规模、提高人口素质，按照有效配置公共资源、改善人居环境的要求，充分发挥中心城市的区域辐射和带动作用，合理确定城乡空间布局，促进区域经济社会全面、协调和可持续发展"。

### 二、城镇体系规划的主要作用

城镇体系规划一方面需要合理地解决体系内部各要素之间的相互联系及相互关系，另一方面又需要协调体系与外部环境之间的关系。作为致力于追求体系整体最佳效益的城镇体系规划，其作用主要体现在区域统筹协调发展上。

① 指导总体规划的编制，发挥上下衔接的功能。城镇体系规划是城市总体规划的一个重要基础，城市总体规划的编制要以全国城镇体系规划、省域城镇体系规划等为依据。编制城镇体系规划是在考虑了与不同层次的法定规划协调后制定的，对于现实区域层面的规划与城市总体规划的有效衔接意义重大。

② 全面考察区域发展态势，发挥对重大开发建设项目及重大基础设施布局的综合指导功能。重大基础设施的布局通常需要从区域层面进行考虑，城镇规划体系可以避免"就城市论城市"的思想，综合考察区域发展态势，从区域整体效益最优化的角度实现重大基础设施的合理布局，包括对基础设施的布局和建设时序的调控。

③ 综合评价区域发展基础，发挥资源保护和利用的统筹功能。城镇体系规划一个很重要的内容是明确区域内哪些地方可以开发、哪些地方不可开发，或者哪些地方的开发建设将对生态环境造成影响而应限制开发等。综合评价区域发展基础，统筹区域资源的保护和利用，实现区域的可持续发展是城镇体系规划的一项重要职责。

④ 协调区域城市间的发展，促进城市之间形成有序竞争与合作的关系。城镇体系规划对区域内城市的空间结构、等级规模结构、职能组合结构及网络系统结构等进行了协调安排，根据各城市的发展基础与发展条件，从区域整体优化发展的角度指导区域内城市的发展，从而避免了区域内城市各自为战，促进了区域的整体协调发展。

## 第三节　城镇体系规划的编制原则及内容
### （以市域城镇体系规划为主探讨）

如前所述，市域城镇体系就是由城镇、联系通道和联系流、联系区域等多个要素按一定规律组合而成的有机整体，对这个整体进行规划，就要涉及市域城乡空间的相关知识，这是构成市域城镇体系规划内容的基本点。

### 一、市域城乡空间的基本构成及空间管制

市域城乡空间一般可以划分为建设空间、农业开敞空间和生态敏感空间三大类，也可以细分为城镇建设用地、乡村建设用地、交通用地、其他建设用地、农业生产用地、生态旅游

用地等。

① 城镇建设用地，指城镇各种建设行为所占据的用地，即《城市用地分类和规划建设用地标准》（GB 137—90）及《镇规划标准》（GB 50188—2007）中规定的用地类型。

② 乡村建设用地，指集镇区建设用地及乡村居民点建设用地。

③ 交通用地，指区域性交通线路及其附属设施所占用的土地。

④ 其他建设用地，主要指独立工矿、独立布局的区域性基础设施用地及特殊用地等。独立工矿用地指独立分布于城镇建成区之外，以工矿生产为主要内容的用地类型，在市域规划中一般指分布于各乡镇的市属及非市属工矿企业用地。独立布局的区域性基础设施用地，指独立于一般城镇建成区的区域性水、电、电信等设施所占用的土地。特殊用地指军事、外事、保安等设施用地。这些建设用地类型一般与城乡生活无直接关系，因此规划中应单独列出，不宜作为城镇或乡村人均建设用地进行平衡。

⑤ 农业生产用地，指各种农业（广义大农业）生产活动所占用的土地。

⑥ 生态旅游用地，指各级自然生态环境保护区及其他具有生态意义的山体、水面、水源保护涵养区、具有旅游功能的区域等。

立足于生态敏感性分析和未来区域开发态势的判断，通常对市域城乡空间进行生态适宜性分区，分别采取不同的空间管制策略。一般来说，分为以下三类。

① 鼓励开发区。一般指市域发展方向上的生态敏感度低的城市发展急需的空间。该区用地一般来说基地条件良好，现状已有一定开发基础，适宜城市优先发展。建设用地比例按照城市规划标准。

② 控制开发区。一般包括农业开敞空间和未来的战略储备空间，航空、电信、高压走廊，自然保护区的外围协调区，文物古迹保护区的外围协调区等。该区用地既要满足城市长远发展的空间需求，也担负区域基本农田保护任务，并具有一定的生态功能。建设用地的投放主要是满足乡村居民点建设的需要。

③ 禁止开发区。指生态敏感度高、关系区域生态安全的空间，主要是自然保护区、文化保护区、环境灾害区、水面等。

根据国家关于主体功能区的提法及目标要求，市域城乡空间又可划分为优化调整区、重点发展区、适度发展区以及控制发展区，定义如下。

① 优化调整区。主要是指发展基础、区位条件均最为优越，但由于发展过度或发展方式问题导致资源环境支撑条件相对不足的地区。未来发展的方向是转变经济增长方式，增强科技发展能力，调整空间布局，提高发展的质量与效率。特别应该指出优化调整并非所有城市都会出现，只有那些工业化、城市化程度较高且资源环境压力较大的我国东部发达地区的部分县市级单元才有可能出现这种空间发展类型。

② 重点发展区。主要是指发展基础厚实、区位条件优越、资源环境支撑能力较强的地区，是区域未来工业化、城市化的最适宜扩展区和人口集聚区。未来主要以加快发展、壮大规模为主，并应合理布局产业，促进产业密集。

③ 适度发展区。主要是指发展基础中等，区位条件一般，资源环境支撑能力不足，工业化、城市化发展条件一般的地区；或者是虽然各方面发展条件较好，但由于受到土地开发总量的限制或者出于景观生态角度的考虑而无法列入重点发展区的地区。

④ 控制发展区。主要是指工业化、城市化的不适宜区，包括各类生态脆弱区，以及各方面发展潜力不够，工业化、城市化发展条件最差的地区。这类区域的主体功能是生态环境功能，是整个区域主要的生态屏障。其中，建立于生态保护价值基础的旅游资源开发，是该

区的重要功能。

## 二、市域城镇空间组合的基本类型

市域城镇空间由中心城区及周边其他城镇组成,主要有如下几种组合类型(图3-1)。

(1)均衡式  市域范围内中心城与其他城镇的分布较为均衡,没有呈现明显的聚集。

(2)单中心集核式  中心城区集聚了市域范围内大量的资源,首位度高,其他城镇的分布呈现围绕中心城区、依赖中心城区的态势,中心城区往往是市域的政治、经济、文化中心。

(3)分片组团式  市域范围内城镇由于地形、经济、社会、文化等因素的影响,若干个城镇聚集成组团,呈分片布局形态。

(4)轴带式  这类市域城镇组合类型一般是由于中心城区沿某种地理要素扩散,如交通道路、河流以及海岸等,市域城镇沿一条主要伸展轴发展,呈"串珠"状发展形态。中心城区向外集中发展,形成轴带,市域内城镇沿轴带间隔分布。

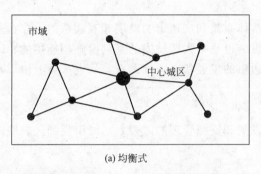
(a) 均衡式

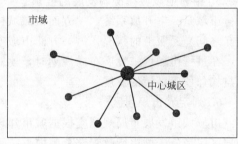
(b) 单中心集核式

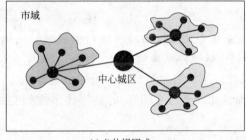
(c) 分片组团式

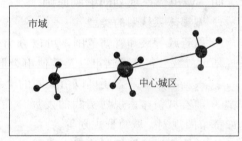
(d) 轴带式

图 3-1  市域城镇空间组合类型

## 三、市域城镇发展布局规划的主要内容

市域城镇发展布局规划的主要内容包括以下几方面。

### 1. 市域城镇聚落体系的确定与相应发展策略

目前,市域城镇发展布局规划中可将市域城镇聚落体系分为中心城市-县城-镇区、乡集镇-中心村四级体系。对一些经济发达的地区,从节约资源和城乡统筹的要求出发,结合行政区划调整,实行中心城区-中心镇-新型农村社区的城市型居民点体系。市域城镇发展布局应根据当地城镇发展条件,对市域城镇聚落体系进行合理安排,并提出相应发展策略促使市域城镇聚落体系优化发展。

### 2. 市域城镇空间规模与建设标准

基于科学发展观和"五个统筹"的思想,市域城镇空间规模应秉承合理利用土地、集约发展的原则。市域城镇发展规划应结合市域城乡空间管制的内容,根据城镇的发展条件和发展状况，对未来市域城镇空间的城市化水平、人口规模、用地规模等进行合理预测，并针对不同城镇确定相应的建设标准。

**3. 重点城镇的建设规模与用地控制**

重点城镇是市域城镇发展的集中区，也是各种发展要素的聚集地，对于拉动整个市域的发展有着重要作用。重点镇建设规模是否合理关系到整个市域的健康、快速发展。市域城镇发展布局规划应专门对重点镇的建设规模进行研究，提出相应的用地控制原则，引导重点镇的良好发展。

**4. 市域交通与基础设施协调布局**

市域交通与基础设施的合理布局是市域城镇发展的基础。交通和基础设施的布局一方面要满足市域内城镇发展的基本要求，另一方面又需要引导市域城镇在空间上的合理布局。市域城镇发展布局规划应对市域交通与基础设施的布局进行协调，按照可持续发展原则，避免重复建设，优化市域城镇的发展条件。

**5. 相邻地段城镇协调发展的要求**

市域是一个开放系统，一方面市域城镇聚落体系是和周边市的发展相互联系的，存在着相互之间交叉服务的状况，另一方面市域基础设施也是与大区城内的基础设施相连接的。因此，在进行市域城镇发展布局规划时，要对周边市的发展状况详细调查，从大区域上协调本市与相邻地段城镇的发展。

**6. 划定城市规划区**

市域城镇发展布局规划应根据城市建设、发展和资源管理的需要划定城市规划区。城市规划区应当位于城市行政管辖范围内。

**四、城镇体系规划的编制原则**

**1. 城镇体系规划的类型**

① 按行政等级和管辖范围，可以分为全国城镇体系规划、省域（或自治区域）城镇体系规划、市域（包括直辖市以及其他市级形成单元）城镇体系规划等。

② 根据实际需要，还可以由共同的上级人民政府组织编制跨行政区域的城镇体系规划。

③ 随着城镇体系规划实践的发展，在一些地区也出现了衍生型的城镇体系规划类型。例如都市圈规划、城镇群规划等。

**2. 城镇体系规划编制的基本原则**

城镇体系规划是一个综合的多目标规划，涉及社会经济各个部门、不同空间层次乃至不同的专业领域，因此在规划过程中应贯彻以空间整体协调发展为重点，促进社会、经济、环境的持续协调发展的原则。

① 因地制宜的原则。一方面，城镇体系规划应该与国家社会经济发展目标和方针政策相符，符合国家有关发展政策，与国土规划、土地利用总体规划等其他相关法定规划相协调；另一方面，又要符合地方实际、符合城市发展的特点，具有可行性。

② 经济社会发展与城镇化战略互相促进的原则。经济社会发展是城镇化的基础，城镇化又对经济发展具有极大的促进作用，城镇体系规划应把两者紧密地结合起来，一方面，把产业布局、资源开发、人口转移等与城镇化进程紧密联系起来，把经济社会发展战略与城镇体系规划之间紧密结合起来；另一方面，城镇化战略要以提高经济效益为中心，充分发挥中心城市、重点城镇的作用，带动周围地区的经济发展。

③ 区域空间整体协调发展的原则。从区域整体的观念协调不同类型空间开发中的问题和矛盾，通过时空布局强化分工与协作，以期取得整体大于局部的优势。有效协调各城市在

城市规模、发展方向以及基础设施布局等方面的矛盾，有利于城乡之间、产业之间的协调发展，避免重复建设。中心城市是区域发展的增长极，城镇体系规划应发挥特大城市的辐射作用，带动周边地区发展，实现区域整体的优化发展。

④ 可持续发展的原则。区域可持续发展的实质是在经济发展过程中，要兼顾局部利益和全局利益、眼前利益和长远利益，要充分考虑到自然资源的长期供给能力和生态环境的长期承受能力，在确保区域社会经济获得稳定增长的同时，自然资源得到合理开发利用，生态环境保持良性循环。在城镇体系规划中，要把人口、资源、环境与发展作为一个整体来加以综合考虑，加强自然与人文景观的合理开发和保护，建立可持续发展的经济结构，构建可持续发展的空间布局框架。

### 五、市域城镇体系规划编制的主要内容

为了贯彻落实城乡统筹的规划要求，协调市域范围内的城镇布局和发展，在制定城市总体规划时，应制定市域城镇体系规划，市域城镇体系规划属于城市总体规划的一部分。

编制市域城镇体系规划的目的主要有：①贯彻城镇化和城镇现代化发展战略，确定与市域社会经济发展相协调的城镇化发展途径和城镇体系网络。②明确市域及各级城镇的功能定位，优化产业结构和布局，对开发建设活动提出鼓励或限制的措施。③统筹安排和合理布局基础设施，实现区域基础设施的互利共享和有效利用。④通过不同空间职能分类和管制要求，优化空间布局结构，协调城乡发展，促进各类用地的空间集聚。

根据《城市规划编制办法》的规定，市域城镇体系规划应当包括下列内容：

① 提出市域城乡统筹的发展战略。其中位于人口、经济、建设高度聚集的城镇密集地区的中心城市，应当根据需要提出与相邻行政区域在空间发展布局、重大基础设施和公共服务设施建设、生态环境保护、城乡统筹发展等方面进行协调的建议。

② 确定生态环境、土地和水资源、能源、自然和历史文化遗产等方面的保护与利用的综合目标和要求，提出空间管制原则和措施。

③ 预测市域总人口及城镇化水平，确定各城镇人口规模、职能分工、空间布局和建设标准。

④ 提出重点城镇的发展定位、用地规模和建设用地控制范围。

⑤ 确定市域交通发展策略，原则确定市域交通、通信、能源、供水、排水、防洪、垃圾处理等重大基础设施、重要社会服务设施的布局。

⑥ 在城市行政管辖范围内，根据城市建设、发展和资源管理的需要划定城市规划区。

⑦ 提出实施规划的措施和有关建议。

根据《城市规划编制办法》、《城市规划强制性内容暂行规定》，城镇体系规划的强制性内容应包括：

① 区域内必须控制开发的区域。包括自然保护区、退耕还林（草）地区、大型湖泊、水源保护区、分滞洪地区、基本农田保护区、地下矿产资源分布地区以及其他生态敏感区等。

② 区域内的区域性重大基础设施的布局。包括高速公路、干线公路、铁路、港口、机场、区域性电厂和高压输电网、天然气门站、天然气主干管、区域性防（滞）洪骨干工程、水利枢纽工程、区域引水工程等。

③ 涉及相邻城市、地区的重大基础设施布局。包括取水口、污水排放口、垃圾处理场等。

# 第四章 城市总体规划

## 第一节 城市总体规划纲要

### 一、城市总体规划纲要的任务及内容

编制城市总体规划应先编制总体规划纲要，作为指导总体规划编制的重要依据。编制城市总体规划纲要的任务是研究总体规划的重大问题，提出解决方案并进行论证。经过审查的纲要也是总体规划成果审批的依据。

城市总体规划纲要的基本内容如下。

① 提出市域城乡统筹发展战略。

② 确定生态环境、土地和水资源、能源、自然和历史文化遗产保护等方面的综合目标和保护要求，提出空间管制原则。

③ 预测市域总人口及城镇化水平，确定各城镇人口规模、职能分工、空间布局方案和建设目标。

④ 原则确定市域交通发展策略。

⑤ 提出城市规划区范围。

⑥ 分析城市职能，提出城市性质和发展目标。

⑦ 提出禁建区、限建区、适建区范围。

⑧ 预测城市人口规模。

⑨ 研究中心城区空间增长边界，提出建设用地规模和建设用地范围。

⑩ 提出交通发展战略及主要对外交通设施布局原则。

⑪ 提出重大基础设施和公共服务设施的发展目标。

⑫ 提出建立综合防灾体系的原则和建设方针。

### 二、城市总体规划纲要的成果要求

城市总体规划纲要的成果包括文字说明、图纸和专题研究报告。

**1. 文字说明**

简述城市自然、历史、现状特点；分析论证城市在区域发展中的地位和作用、经济和社会发展的目标、发展优势与制约因素，提出市域城乡统筹发展战略，确定城市规划区范围；确定生态环境、土地和水资源、能源、自然和历史文化遗产保护等方面的综合目标和保护要求，提出空间管制原则；原则确定市域总人口、城镇化水平及各城镇人口规模；原则确定规划期内的城市发展目标、城市性质，初步预测城市人口规模；初步提出禁建区、限建区、适建区范围，研究中心城区空间增长边界，确定城市用地发展方向，提出建设用地规模和建设用地范围；对城市能源、水源、交通、公共设施、基础设施、综合防灾、环境保护、重点建设等主要问题提出原则性意见。

**2. 图纸**

区域城镇关系示意图：图纸比例为 (1：200000)～(1：1000000)，标明相邻城镇位置、

行政区划、重要交通设施、重要工矿和风景名胜区。

市域城镇分布现状图：图纸比例为（1∶50000）～（1∶200000），标明行政区划、城镇分布、城镇规模、交通网络、重要基础设施、主要风景旅游资源、主要矿藏资源。

市域城镇体系规划方案图：图纸比例为（1∶50000）～（1∶200000），标明行政区划、城镇分布、城镇规模、城镇等级、城镇职能分布、市域主要发展轴（带）和发展方向、城市规划区范围。

市域空间管制示意图：图纸比例为（1∶50000）～（1∶200000），标明风景名胜区、自然保护区、基本农田保护区、水源保护区、生态敏感区的范围，重要的自然和历史文化遗产位置和范围、市域功能空间区划。

城市现状图：图纸比例为（1∶5000）～（1∶25000），标明城市主要建设用地范围、主要干路以及重要的基础设施。

城市总体规划方案图：图纸比例（1∶5000）～（1∶25000），初步标明中心城区空间增长边界和规划建设用地大致范围，标注各类主要建设用地、规划主要干路、河湖水面、重要的对外交通设施、重大基础设施。

其他必要的分析图纸。

**3. 专题研究报告**

在纲要编制阶段应对城市重大问题进行研究，撰写专题研究报告，例如人口规模预测专题、城市用地分析专题等。

# 第二节　城市总体规划编制程序和方法

## 一、城市总体规划编制基本工作程序

**1. 现状调研**

现状调研主要是通过现场踏勘、部门访谈、区域调研、资料收集及汇总等方法，从感性到理性认识城市的初始过程，主要包括下列内容。

（1）现场踏勘　城市总体规划对现场的踏勘由市域和中心城区两部分组成。其中，市域调查重点为各个下辖县及市区所属的城关镇、重点镇及有特色的一般镇，了解这些城镇的规模、职能、特性、经济基础与产业结构、发展潜力、交通条件和资源区位优劣势等内容，并收集文字材料便于核对，在现场踏勘过程中着重观察城市发展的活力、城市特色和交通便利度等内容，运用专业知识进行开放式的思考。在中心城区应对城市建成区，包括与建成区连成片的建设区域以及对周边村庄和城市可能发展的区域进行踏勘，核对并标注各类用地，对于图上没有更新的地块应按精度要求进行补测，保证总体规划的现状图上各要素的准确性与真实性。

（2）部门访谈　部门访谈是对与规划相关的各个部门的综合调研，了解各个部门所属行业的现状问题和工作计划，要求各部门提供与总体规划相关的专业规划成果并对城市总体规划提出部门意见，各项会议内容要进行分类整理。

（3）区域调研　区域调研包括两项内容：一是主观感受城市与区域之间的交流程度和相互影响程度，也可以通过一些经济流向或客货流向数据表示；二是考察周边城市与编制总体规划城市的共同点，便于从大区域把握城市定位。调研的内容包括与周边城市的交通条件、交通距离、客货流向等，还包括周边城市自身的城市结构、路网骨架、产业结构、经济基础、新区建设、旧城风貌等内容，寻找相似性和可借鉴的方面。

（4）资料收集和汇总　　通过各种途径收集城市相关资料，对编制总体规划的城市进行初步了解，一般分两个阶段进行：一是进现场前泛泛收集资料，形成初步印象；二是进现场后，在地方情况基本掌握的前提下，关注各方面的意见和公布的相关数字及数据，以便对比分析。

基础资料汇总是城市总体规划中一项繁琐但很关键的工作，基础资料内容的翔实、准确与及时直接影响着城市总体规划的最终成果的可操作性和科学性。基础资料汇总一般包括项目负责人进行专业调查资料、收集文件与文献资料和座谈及访谈笔记汇总。

（5）现状分析　　以分析图、统计表和定性、定量分析的形式撰写调研分析报告，评估城市问题，提出规划解决的重点，并尽可能与地方主管部门进行沟通，就分析结论交换意见。

**2. 基础研究与方案构思**

在现状分析的基础上展开深入研究，进一步认识城市，并以科学的分析研究为基础，理性地构思规划方案。目前常用规划方案的比较方式有：一是依据城市不同发展方向选择确定的多方案方式；二是依据城市不同发展速度确定的多方案方式；三是依据重点解决城市主要问题确定的多方案方式。实际规划工作中，面对十分复杂的城市条件，往往综合三种方式，选定多个规划方案对比，就城市发展方向、主要门槛、城市结构、开发成本、路网结构、经济发展模式等方面进行对比，为优选最终方案提供依据。

**3. 总体规划纲要**

城市总体规划纲要是对重大原则性问题进行专家论证和政府决策的关键程序，是在更高层面进行协调、论证的过程。城市总体规划纲要主要工作内容包括：分析论证城市在区域发展中的地位和作用、经济社会发展的目标、发展优势与制约因素，从土地、水、能源和生态环境等城市长期的发展保障出发，着眼区域统筹和城乡统筹，对城市的定位、发展目标、城市功能和空间布局等战略问题进行前瞻性研究，原则确定规划期内的城市发展目标、城市性质，初步预测人口规模、用地规模；提出城市用地发展方向和布局的初步方案；对城市能源、水源、交通、基础设施、防灾、环境保护、重点建设等主要问题提出原则性规划意见。

**4. 成果编制与评审报批**

（1）规划与城市建设协调　　城市总体规划的成果内容丰富，跨度大，专业性强。规划成果的编制不仅要求自身的周密、严谨和规范，并且要与地方城市建设进行充分协调，是一个理论性规划走向实践性规划的过程，是城市总体规划中十分关键的步骤。

（2）评审报批　　城市总体规划的评审报批是规划内容法定化的重要程序，通常会伴随着反复的修改完善工作，直至正式批复。个别总体规划的制定周期过长时，编制单位还需要对报批成果的主要基础资料（现状数据等）进行更新。

**二、城市总体规划编制基本工作方法**

**1. 城市规划的分析方法**

城市规划涉及的问题十分复杂和繁琐，必须运用科学和系统的方法，在众多的数据资料中分析出有价值的结论。城市规划常用的分析方法有三类，分别是定性分析、定量分析和空间模型分析。

（1）定性分析　　定性分析方法常用于城市规划中复杂问题的判断，主要有因果分析法和比较法。

① 因果分析法。城市规划分析中涉及的因素繁多，为了全面考虑问题，提出解决问题的方法，往往先尽可能多地排列出相关因素，发现主要因素，找出因果关系。

② 比较法。在城市规划中常常会碰到一些难以定量分析又必须量化的问题，对此可以

采用对比的方法找出其规律性。例如确定新区域或新城的各类用地指标可参照相近的同类已建城市的指标。

（2）定量分析　城市规划中常采用一些概率统计方法、运筹学模型、数学决策模型等数理工具进行定量化分析。

① 频数和频率分析。频数分布是指一组数据中取不同值的个案的次数分布情况，它一般以频数分布表的形式表达。在规划调查中经常有调查的数据是连续分布的情况，如人均居住面积，一般是按照一个区间来统计。

频率分布是指一组数据中不同取值的频数相对于总数的比率分布情况，一般以百分比的形式表达。

② 集中量数分析。集中量数分析指的是用一个典型的值来反映一组数据的一般水平，或者说反映这组数据向这个典型值集中的情况，常见的有平均数、众数。

平均数是调查所得各数据之和除以调查数据的个数；众数是一组数据中出现次数最多的数值。

③ 离散程度分析。离散程度分析是用来反映数据离散程度的，常见的有极差、标准差、离散系数。

极差是一组数据中最大值与最小值之差；标准差是一组数据对其平均数的偏差平方的算术平均数的平方根；离散系数是一种相对地表示离散程度的统计量，是指标准差与平均数的比值，以百分比的形式表示。

④ 一元线性回归分析。一元线性回归分析是利用两个要素之间存在比较密切的相关关系，通过试验或抽样调查进行统计分析，构造两个要素间的数学模型，以其中一个因素为控制因素（自变量），以另一个预测因素为因变量，从而进行试验和预测。例如，城市人口发展规模和时间之间的一元线性回归分析。

⑤ 多元回归分析。多元回归分析是对多个要素之间构造数学模型。例如，可以在房屋的价格和土地的供给、建筑材料的价格与市场需求之间构造多元回归分析模型。

⑥ 线性规划模型。如果在规划问题的数学模型中，决策变量为可控的连续变量，目标函数和约束条件都是线性的，则这类模型称为线性规划模型。城市规划中有很多问题都是为在一定资源条件下进行统筹安排使得在实现目标的过程中，如何在消耗资源最少的情况下获得最大的效益，即如何达到系统最优的目标。这类问题就可以利用线性规划模型求解。

⑦ 系统评价法。系统评价法包括矩阵综合评价法、概率评价法、投入产出法、德尔菲法等。在城市规划中，系统评价法常用于对不同方案的比较、评价、选择。

⑧ 模糊评价法。模糊评价法是应用模糊数学的理论对复杂的对象进行定量化评价，如可以对城市用地进行综合模糊评价。

⑨ 层次分析法。层次分析法将复杂的问题分解成比原问题简单得多的若干层次系统，再进行分析、比较、量化、排序，然后再逐级进行综合，它可以灵活地应用于各类复杂的问题。

（3）空间模型分析　城市规划各个物质要素在空间上占据一定的位置，形成错综复杂的相互关系。除了用数学模型、文字说明来表达外，还常用空间模型的方法来表达，主要有实体模型和概念模型两类。

① 实体模型除了可以用实物表达外，也可以用图纸表达，例如用投影法画的总平面图、剖面图、立面图，主要用于规划管理与实施；用透视法画的透视图、鸟瞰图，主要用于效果表达。

② 概念模型一般用图纸表达，主要用于分析和比较。常用的方法如下。

几何图形法：用不同色彩的几何形在平面上强调空间要素的特点与联系。常用于功能结构分析、交通分析、环境绿化分析等。

等值线法：根据某因素空间连续变化的情况，按一定的差值，将同值的相邻点用线条联系起来。常用于单一因素的空间变化分析，例如用于地形分析的等高线图、交通规划的可达性分析、环境评价的大气污染和噪声分析等。

方格网法：根据精度要求将研究区域划分为方格网，将每一方格网的被分析因素的值用规定的方法表示（如颜色、数字、线条等）。常用于环境、人口的空间分析等分析。此法可以多层叠加，常用于综合评价。

图表法：在地形图（地图）上相应的位置用玫瑰图、直方图、折线图、饼图等表示各因素的值。常用于区域经济、社会等多种因素的比较分析。

**2. 城市总体规划编制要求**

（1）规划编制规范化　鉴于总体规划的重要作用和法律地位，无论是制定的程序还是编制内容都必须严谨、规范，要保证与政策的高度一致性。编制总体规划可以理解为是制定法律文件，本身必须遵守国家的相关法律法规，符合标准规范，因此需要在总体上掌握我国的法律体系，应清楚地知道总体规划在我国法律体系中的地位。规范化也是确保规划质量的技术保障。

（2）规划编制的针对性　城市的产生和发展有其规律性，但是对于不同地理环境、不同发展时机的城市，规划编制需要有针对性。在我国东南沿海地区，城市用地紧张，工业项目集中，对总体规划中人口和用地指标一般有严格要求；中部地区大多城市属于发展时期，对总体规划中的基础设施的规划深度要求较高；西北部贫困地区则更注重城市环境保护、治理与城市景观规划的内容。另一方面，编制总体规划要求规划师能够运用自己的专业知识和技能，寻找并发现影响物质空间形成的动因，进而提出有效的政策，制定出最小风险的规划方案。

（3）科学性　编制规划是城市规划实践的重要内容之一，总体规划涉及城市发展的重大战略问题，必须科学、严谨地予以对待。编制总体规划不仅要对重大问题进行研究论证，各个技术环节都必须有并且能够提供科学依据。在规划编制中运用先进技术手段和不断更新的科研成果，有助于规划师在编制总体规划的过程中科学地分析判断问题，正确把握规划决策。

（4）综合性　城市总体规划涉及城市政治、经济、文化和社会生活各个领域，与许多学科和专业相关，规划的综合性体现在要尽可能地使相关研究和关注共同参与到编制过程中，在研究确定和解决城市发展的重大问题上发挥更大作用。

# 第三节　城市总体规划基础研究

## 一、城市总体规划与其他相关规划的关系

### 1. 城市总体规划与国民经济和社会发展规划的相互关系

国民经济和社会发展规划是城市总体规划的依据，是编制和调整城市总体规划的指导性文件。

城市总体规划依据国民经济和社会发展规划所确定的有关内容合理确定城市发展的规模、速度和内容，同时将国民经济和社会发展规划中对生产力布局和居民生活等框架安排落实到城市的土地资源配置和空间布局中，并通过城市规划的实施使国民经济和社会发展规划

最终得以贯彻和实现。城市总体规划还要根据城市发展的长期性和连续性特点，做更长远的考虑，对国民经济和社会发展规划中尚无法涉及但却会影响到城市长期发展的有关内容，做出更长远的预测。

**2. 城市总体规划与土地利用总体规划的相互关系**

土地利用总体规划是依据国民经济和社会发展规划、国土整治和资源环境保护的要求、土地供给能力以及各项建设对土地的需求，对一定时期内一定行政区域范围的土地开发、利用和保护所制定的总体目标、计划和战略部署。城市总体规划、村庄和集镇规划，应当与土地利用总体规划相衔接，这些规划中建设用地规模不得超过土地利用总体规划确定的城市和村庄集镇建设用地规模。城市总体规划应建立耕地保护的观念，尤其是保护基本农田。

**3. 城市总体规划与区域规划的相互关系**

区域规划是在一定区域内对整个国民经济和社会发展进行的总体战略部署，是一项以国土开发利用和建设布局为中心的综合性、战略性和政策性的规划工作。区域规划是城市总体规划的重要依据。

区域规划的建设布局方案和计划时序，通过城市总体规划和专业部门规划得以贯彻落实。城市总体规划具体落实过程中也有可能对区域规划的原方案做某些必要的修订和补充。

**4. 城市总体规划与城市生态规划、城市环境保护规划的关系**

城市环境保护规划是城市总体规划的重要组成部分，属城市专项规划范畴。

城市生态规划不同于传统的城市环境保护规划只考虑城市环境各组成要素及其关系，也不仅仅局限于将生态学原理应用于城市环境保护规划中，而是致力于将生态学思想和原理渗透于城市规划的各个方面，并使城市规划"生态化"。同时，城市生态规划不仅关注城市的自然生态，也关注城市的社会生态。城市生态规划的基本构思是建立"大规划"的研究体系，与城市总体规划有着共同的努力方向。

**二、城市总体规划现状调查**

城市总体规划是对城市未来发展做出的预测，是实践性很强的工作，对城市现实状况把握得准确与否是规划能否发现现实中的核心问题、提出切合实际的解决办法，从而真正起到指导城市发展与建设的关键作用的基础。城市总体规划必须建立在科学的调查研究和分析的基础上，弄清城市发展的自然、社会、历史、文化的背景以及经济发展状况和生态条件，找出城市发展要解决的重要矛盾和问题。调查研究也是对城市从感性认识上升到理性认识的必要过程，调查研究所获得的基础资料是城市总体规划定性、定量分析的主要依据。

**1. 现状调查的内容**

城市是一个动态的、发展着的复杂系统，时刻处在不断变化的过程之中。通过科学、系统的调查，把握城市发展的客观规律，是认识城市未来发展的基础。城市规划调查研究按照其对象和工作性质可以大致分为三类：对物质空间现状的掌握，对各种文字、数据的收集整理，对市民意愿的了解和掌握。

（1）区域环境的调查　区域环境在不同的城市规划阶段可以指不同的地域。在城市总体规划阶段，指城市与周边发生相互作用的其他城市和广大的农村腹地所共同组成的地域范围。城市总体规划需要将所规划的城市纳入更为广阔的范围，才能更加清楚地认识所规划的城市的作用、特点及未来发展的潜力。

（2）历史文化环境的调查　历史文化环境的调查首先要通过对城市形成和发展过程的调查，把握城市发展动力以及城市形态的演变原因。城市的经济、社会和政治状况的发展演变是城市发展最重要的决定因素。

每个城市由于其历史、文化、经济、政治、宗教等方面的原因，在其发展过程中都形成了各自的特点。城市的特色与风貌体现在两个方面：一是社会环境方面，是城市中的社会生活和精神生活的结晶，体现了当地经济发展水平和当地居民的习俗、文化素养、社会道德和生活情趣等；二是物质方面，表现在历史文化遗产、建筑形式与组合、建筑群体布局、城市轮廓线、城市设施、绿化景观以及市场、商品、艺术和土特产等方面。

除少数完全新建的城市外，城市总体规划研究的大多是现有城市的延续与发展。了解城市本身的发展过程，掌握其中的规律，一方面可以更好地规划城市的未来，另一方面还可以将城市发展的历史文脉有意识地延续下来，并发扬光大。另外，通过对城市发展过程中历次城市规划资料的收集以及与城市现状的对比、分析，也可以在一定程度上判断以往城市规划对城市发展建设所起到（或没有起到）的作用，并从中获得有用的经验和教训。

（3）自然环境的调查　自然环境是城市生存和发展的基础，不同的自然环境对城市的形成起着重要作用，而不同的自然条件又影响决定了城市的功能组织、发展潜力、外部景观等。如南方城市与北方城市、平原城市与山地城市、沿海城市与内地城市之间的明显差别往往是源自自然条件的差异。环境的变化也会导致城市发展的变化，如自然资源的开采与枯竭会导致城市的兴衰等。

在自然环境的调查中，主要涉及以下几个方面：

① 自然地理环境。包括地理位置、地形地貌、工程地质、水文地质和水文条件等。

② 气象因素。包括风向、气温、降雨、太阳辐射等。

③ 生态因素。主要涉及城市及周边地区的野生动植物种类与分布，生物资源、自然植被、园林绿地、城市废弃物的处理对生态环境的影响等。

（4）社会环境的调查　社会环境的调查主要包括两方面：首先是人口方面，主要涉及人口的年龄结构、自然变动、迁移变动和社会变动；其次是社会组织和社会结构方面，主要涉及构成城市社会的各类群体及他们之间的相互关系，包括家庭规模、家庭生活方式、家庭行为模式及社区组织等，此外还有政府部门、其他公共部门及各类企事业单位的基本情况。

（5）经济环境的调查　城市经济环境的调查包括以下几个方面：首先是城市整体的经济状况，如城市经济总量及其增长变化情况、城市产业结构、工农业总产值及各自的比重、当地资源状况、经济发展的优势和制约因素等；其次是城市中各产业部门的状况，如工业、农业、商业、交通运输业、房地产业等；第三是有关城市土地经济方面的内容，包括土地价格、土地供应潜力与供应方式、土地的一级市场与二级市场及其运作的概况等；第四是城市建设资金的筹措、安排与分配，其中既涉及城市政府公共项目资金的运作，也涉及私人资本的运作以及政府吸引国内外资金从事城市建设的政策与措施，调查历年城市公共设施、市政设施的资金来源、投资总量以及资金安排的程序与分布等。

（6）广域规划及上位规划　任何一个城市都不是孤立存在的，它是存在于区域之中的众多聚居点中的一个。因此，对城市的认识与把握不但要从城市自身进行，还应从更为广泛的区域角度看待一个城市。通常，城市规划将国土规划、区域规划以及城镇体系规划等具有更广泛空间范围的规划作为研究确定城市性质、规模等要素的依据之一，有意识地按照广域规划和上位规划中对该城市的预测、规划和确定的地位，实现其在城市群中的职能分工。

（7）城市土地使用的调查　按照国家《城市用地分类与规划建设用地标准》所确定的城市土地使用分类，对规划区范围的所有用地进行现场踏勘调查，对各类土地使用的范围、界限、用地性质等在地形图上进行标注，完成土地使用的现状图和用地平衡表。

（8）城市道路与交通设施调查　城市交通设施可大致分为道路、广场、停车场等城市交通设施，以及公路、铁路、机场、车站、码头等对外交通设施。掌握各项城市交通设施的现状，分析发现其中存在的问题，是规划能否形成完善合理的城市结构、提高城市运转效率的关键。

（9）城市园林绿化、开敞空间及非城市建设用地调查 了解城市现状各类公园、绿地、风景区、水面等开敞空间以及城市外围的大片农林牧业用地和生态保护绿地。

（10）城市住房及居住环境调查 了解城市现状居住水平、中低收入家庭住房状况、居民住房意愿、居住环境当地住房政策。

（11）市政公用工程系统调查 主要是了解城市现有给水、排水、供热、供电、燃气、环卫、通信设施和管网的基本情况，以及水源、能源供应状况和发展前景。

（12）城市环境状况调查 与城市规划相关的城市环境资料主要来自于两个方面：一是有关城市环境质量的监测数据，包括大气、水质、噪声等方面，主要反映现状中的城市环境质量水平；另一个是工矿企业等主要污染源的污染物排放监测数据。

**2. 现状调查的主要方法**

城市总体规划中的调查涉及面广，可运用的方法也多种多样。各类调查方法的选取与所调查的对象及规划分析研究的要求直接相关，各种调查的方法也都具有其各自的局限性。

（1）现场踏勘或观察调查 这是城市总体规划调查中最基本的手段，通过规划人员直接的踏勘和观测工作，一方面可以获取有关现状情况，尤其是物质空间方面的第一手资料，弥补文献、统计资料乃至各种图形资料的不足；另一方面可以使规划人员在建立起有关城市感性认识的同时，发现现状的特点和其中所存在的问题。主要用于城市土地使用、城市空间结构等方面的调查，也用于交通量调查等。

（2）抽样调查或问卷调查 问卷调查是要掌握一定范围内大众意愿时最常见的调查形式。通过问卷调查的形式可以大致掌握被调查群体的意愿、观点、喜好等。问卷调查的具体形式可以是多种多样的，例如可以向调查对象发放问卷，事后通过邮寄、定点投放、委托居民组织等形式回收或者通过调查员实时询问、填写、回收（街头、办公室访问等），也可以通过电话电子邮件等形式进行调查。

调查对象可以是某个范围内的全体人员，例如旧城改造地区中的全体居民，称为全员调查；也可以是部分人员，例如城市总人口的 1%，称为抽样调查。问卷调查的最大优点就是能够较为全面、客观、准确地反映群体的观点、意愿、意见等。问卷调查中的问卷设计、样本数量确定、抽样方法选择等需要一定的专业知识和技巧。

在城市总体规划工作中，由于时间、人力和物力的限制，通常更多地采用抽样调查而不是全员调查的形式。按照统计学的概念，抽样调查是通过按照随机原则在一定范围内按一定比例选取调查对象（样本），汇总样本的意识倾向来推断一定范围内全体人员（母集）的意识倾向的方法，即通过对样本状况的统计反映母集的状况。

（3）访谈和座谈会调查 性质上与抽样调查类似，但访谈与座谈会是调查者与被调查者面对面的交流。在总体规划中这类调查主要运用在下列几种状况：一是针对无文字记载的民俗民风、历史文化等方面；二是针对尚未形成文字或对一些愿望与设想的调查，如城市中各部门、政府的领导以及广大市民对未来发展的设想与愿望等；三是针对某些关于城市规划重要决策问题收集专业人士的意见。

（4）文献资料运用 城市总体规划的相关文献和统计资料通常以公开出版的城市统计年鉴、城市年鉴、各类专业年鉴、不同时期的地方志等形式存在，这些文献及统计资料具有信息量大、覆盖范围广、时间跨度大、在一定程度上具有连续性、可推导出发展趋势等特点。

在获取相关文献、统计资料后，一般按照一定的分类对其进行挑选、汇总、整理和加工。例如，对于城市人口发展趋势就可以利用历年统计年鉴中的数据，编制人口发展趋势一览表以及相应的发展趋势图从中发现某些规律性的趋势。

### 三、城市自然资源条件分析

自然资源是指作为生产原料和布局场所的天然存在的自然物，是自然界中一切能为人类利用的自然要素，包括矿产资源、土地资源、森林资源、水资源、海洋资源等。其中，土地资源、水资源和矿产资源影响到城市的产生和发展的全过程，决定城市的选址、城市性质和规模、城市空间结构及城市特色，是城市赖以生存和发展的三大资源。

**1. 土地资源**

（1）土地在城乡建设发展中的作用　土地在城乡经济、社会发展与人民生活中的作用主要表现为土地的承载功能、生产功能和生态功能，这三大功能缺一不可。

① 承载功能。土地由于其物理特性，具有承载万物的功能。作为生物与非生物的载体，各种人工建（构）筑物的地基，土地是人类生产、生活赖以存在的物质基础，工程建设用地正是利用土地的这种承载功能，以土地的非生物附着方式为主要利用形态，把土地作为生产基地、生活场所，为人们提供居住、工作、学习、交通、旅游、公共设施等便利条件。

② 生产功能。土地具有肥力，是万物生长的重要来源，它具备适宜生命存在的各种营养物质，和氧气、温度、湿度等结合在一起，从而使各种生物得以生存、繁殖。例如，耕地和养殖用地，它们都是因为具有较强的生产功能，能为农作物和水生动、植物提供生长所需的养分，所以成为人类食物和衣着原料的主要来源。

③ 生态功能。除了具有承载功能和生产功能外，土地还具有生态功能。一方面表现在它具有景观功能：巍峨的群山、浩瀚的江河、无垠的沃野、丰富的景观资源为人们陶冶性情、愉悦身心创造了难以量化的价值，同时也给旅游产业的开发创造了条件；另一方面还表现在土地具有维护生态平衡的作用，如林地、草场等不仅能补给大气中的氧气、涵养水源、保持水土、调节气候、防风固沙、净化空气，还能为众多的野生动物提供栖息和繁殖的场地，优化自然生态环境。

（2）城市用地的特殊性

① 区位的极端重要性。城市用地的空间位置不同，不仅造成用地间的级差收益不同，也使土地使用的环境效益和社会效益发生联动变化。随着城市土地有偿使用制度的逐步建立和完善，用地的区位属性直接影响城市用地的空间布局。

② 开发经营的集约性。城市土地使用高度的集约经营和投入，使单位面积城市用地创造的物质和精神财富以及经济收益远大于自然状态的土地。同时，由于土地开发经营集约度的不同，城市土地的利用方式和强度也不相同，造成用地的投入-产出效益相差很大。

③ 土地使用功能的固定性。由于城市用地上建筑物投资的巨大，非特殊原因，这些土地的使用方式一般不会轻易改变。因此，城市总体规划在改变和确定土地用途时，必须科学研究、谨慎决策。

④ 不同用地功能的整体性。城市用地在功能上是一个统一的有机整体，城市总体规划的主要任务和作用就是研究城市用地功能布局的合理性和完整性，以促使城市协调、稳定、健康发展。

**2. 水资源**

（1）水资源是城市产生和发展的基础　水是城市生命的源泉，是社会、经济发展的基础，是良好生态环境的保障。水的开发、调蓄、利用能力和开源节流的水平、潜力是国家综合国力的重要组成部分。《中国 21 世纪议程》明确指出，"中国可持续发展建立在资源的可持续利用和良好的生态环境基础上"，而"水资源的持续利用是所有自然资源保护和可持续利用中最重要的一个问题"。由于我国城市的特殊地位和作用，其水资源开发利用几乎包括了人类水资源开发利用的全部内容，既有城市工业用水、居民消费用水，还有无土栽培的农业用水和绿地用水。可以说城市水资源的水质保证和永续利用，是其本身可持续发展的根本性问题。

（2）水资源制约工业项目的发展　水还是重要的生产资料。城市工业生产的发展潜力不仅取决于投资和研发能力，同时还受制于工业供水能力。在工业生产中，水的利用方式有：①用作原料（饮料、食品等）；②电镀工厂等用作化学反应媒介物；③用作搬运原料媒介物；④用作冷却水；⑤洗涤用水等。

（3）丰富的水资源是城市的特色和标志　水又是一种特殊的生态景观资源。优美的自然山水风光对城市布局、城市面貌、城市生态环境、城市人文历史特色的影响源远流长，杭州因西湖而闻名，桂林因漓江而甲天下，威尼斯更因水而成为享誉世界的旅游胜地。

（4）正确评价水资源供应量是城市规划必须做的基础工作　城市总体规划要对城市水资源的可靠性进行详细勘察、分析和综合评价，不仅是保障城市生产和人民生活的基础性工作，还是合理利用水资源、最大限度地避免水源工程选址不当的重要工程技术环节。

**3. 矿产资源**

（1）矿产资源的开采和加工可促成新城市的产生　当某一地区经勘探发现矿产资源又经国家允许开采，于是采矿业便在此兴起。生产区、生活区、基础设施等逐渐从无到有，一个城市的雏形便产生了。随着采矿业规模的扩大，相关产业应运而生，从而形成一个完整的城市经济体系，城市由最初的雏形渐渐走向成熟，产生新的城市，如大庆、攀枝花等城市就是因矿产资源的开发而产生的。

（2）矿产资源决定城市的性质和发展方向　矿业城市中，矿产开发和加工业成为城市经济主导产业部门，整个产业结构是以此为核心构筑的，对城市的性质和发展方向起决定性作用。我国在采掘矿产资源的基础上形成的矿业城市有：大同、鹤岗、鸡西、淮北、阜新等煤炭工业城市；大庆、任丘、濮阳、克拉玛依、玉门等石油工业城市；鞍山、本溪、包头、攀枝花、马鞍山等钢铁工业城市；个旧、金昌、白银、东川、铜陵等有色金属工业城市；景德镇陶瓷工业城市。

（3）矿产资源的开采决定城市的地域结构和空间形态　与一般城市不同，矿业城市的地域结构和空间形态是由相应资源的开采决定的。城市是由多个相对独立的生产生活单元组成的，在空间上并不紧邻，较为松散，因此，城市总体规划布局呈分散式、开敞式、自由式。各分区之间联系薄弱，城市氛围不够，是这类城市特别是处于生长期的城市的共同特征。

（4）矿业城市必须制定可持续的发展战略　在失去固有资源优势后，如何使城市仍能保持旺盛的经济活力和持久的发展势头，是矿业城市规划需要研究的一个重要课题。因此，这类城市应制定一个长期发展规划，改变单一产业结构，发展相关产业，完善产业体系，特别是要注重发展教育、文化、基础设施产业，使城市由单一的矿业城市逐步过渡到综合性工业城市，进而发展成为区域中心城市。

**四、城市总体规划的实施评估**

**1. 城乡规划实施评估的目的**

城乡规划是政府指导和调控城乡建设发展的基本手段之一，也是政府在一定期间内履行经济调节、市场监管、社会管理和公共服务职能的重要依据。城乡规划一经批准，即具有法律效力，必须严格遵守和执行。一方面，在城乡规划实施期间，需要结合当地经济社会发展的情况，定期对规划目标实现的情况进行跟踪评估，及时监督规划的执行情况，及时调整规划实施的保障措施，提高规划实施的严肃性。另一方面，对城乡规划进行全面、科学的评估，也有利于及时研究规划实施中出现的新问题，及时总结和发现城乡规划的优点和不足，为继续贯彻实施规划或者对其进行修改提供可靠依据，提高规划实施的科学性，从而避免一些地方政府及其领导违反法定程序，随意干预和变更规划。因此，《城乡规划法》第四十六条规定，省域城镇体系规划、城市总体规划、镇总体规划的组织编制机关，应当组织有关部门和专家定期对规划实施情况进行评估。

对城乡规划实施进行定期评估，是修改城乡规划的前置条件。通过规划评估，可以总结城乡规划实施的经验，发现问题，为修改城乡规划奠定良好的基础。根据《城乡规划法》第四十七条的规定，如果省域城镇体系规划、城市总体规划、镇总体规划经评估确需修改的，其组织编制机关方可按照规定的权限和程序修改上述规划。

**2. 城市总体规划实施评估的要求**

城市总体规划的实施是城市政府依据制定的规划，运用多种手段，合理配置城市空间资源，保障城市建设发展有序进行的一个动态过程。由于城市总体规划的规划期时间跨度较长，规划期限一般为 20 年，所以定期对经依法批准的城市总体规划实施情况进行总结和评估十分必要。通过评估，不但可以监督检查总体规划的执行情况，而且也可以及时发现规划实施过程中存在的问题，提出新的规划实施应对措施，提高规划实施的绩效，并为规划的动态调整和修编提供依据。

评估中要系统性回顾上版城市总体规划的编制背景和技术内容，研究城市发展的阶段特征，把握好城市发展的自身规律，全面总结现行城市总体规划各项内容的执行情况，包括城市的发展方向和空间布局、人口与建设用地规模、综合交通、绿地、生态环境保护、自然与历史文化遗产保护、重要基础设施和公共服务设施等规划目标的落实情况以及强制性内容的执行情况，结合城市经济社会发展的实际，通过对照、检查和分析，总结成功经验，查找规划实施过程中存在的主要问题，深入分析问题的成因，研究提出改进规划制定和实施管理的具体对策措施建议，以指导和改进城市总体规划的实施工作，同时对城市总体规划修编的必要性进行分析。

**五、城市空间发展方向**

城市总体规划必须对城市空间的发展方向做出分析和判断，应对城市用地的扩展或改造，适应城市人口的变化。由于当前我国正处于城市高速发展的阶段，城市化的特征主要体现在人口向城市地区的积聚，即城市人口的快速增长和城市用地规模的外延型扩张。因此，在城市的发展中，非城市建设用地向城市用地的转变仍是城市空间变化与拓展的主要形式。而当未来城市化速度放慢时，则有可能出现以城市更新、改造为主的城市空间变化与拓展模式。

虽然城市用地的发展体现为城市空间的拓展，但与城市及其所在区域中的政治、经济、社会、文化、环境因素密切相关。因此，城市用地的发展方向也是城市发展战略中重点研究的问题之一，城市总体规划中对此应进行专门的分析、研究和论证。由于城市用地发展的事实上的不可逆性，对城市发展方向做出重大调整时，一定要经过充分的论证。对城市发展方向的分析研究往往伴随着对城市结构的研究，但各自又有所侧重。如果说对城市结构的研究着眼于城市空间整体的合理性的话，那么对城市发展方向的分析研究则更注重于城市空间发展的可能性及合理性。

（一）影响因素

影响城市发展方向的因素较多，可大致归纳为以下几种。

（1）自然条件　地形地貌、河流水系、地质条件等土地的自然因素通常是制约城市用地发展的重要因素之一；同时，出于维护生态平衡、保护自然环境目的的各种对开发建设活动的限制也是城市用地发展的制约条件之一。

（2）人工环境　高速公路、铁路、高压输电线等区域基础设施的建设状况以及区域产业布局和区域中各城市间的相对位置关系等因素可能成为制约或诱导城市向某一特定方向发展的重要因素。

（3）城市建设现状与城市结构形态　除个别完全新建的城市外，大部分城市均依托已有的城市发展。因此，城市现状的建设水平不可避免地影响到与新区的关系，进而影响到城市整体的形态结构。城市新区是依托旧城区在各个方向上均等发展，还是摆脱旧城区，在某一特定方向上另行建立完整新区，决定了城市用地的发展方向。

（4）规划及政策性因素　城市用地的发展方向也不可避免地受到政策性因素以及其他各种规划的影响。例如，土地部门主导的土地利用总体规划中，必定体现农田保护政策，从而制约城市用地的扩展过多地占用耕地；而文物部门所制定的有关文物保护的规划或政策，则限制城市用地向地下文化遗址或地上文物古迹集中地区的扩展。

（5）其他因素　除以上因素外，土地产权问题、农民土地征用补偿问题、城市建设中的城中村问题等社会问题也是需要关注和考虑的因素。

（二）城市发展与空间形态的形成

城市的出现是人类社会进化、经济发展、生产力劳动分工加深和生产关系改变的结果。从游牧业到农业生产，出现了在广阔地域上相对分散又相对永久性聚集起来的农村居民点；到商业、手工业兴起，因政治、军事、经济、交通等功能的需要，一些乡村才进一步发展成为较大规模的城镇。一方面，城市的形成是人们居住形式由简单聚落向功能多样、形态及结构复杂的大型聚居地客观演化的过程；另一方面，城市发展的历程也是人们不断能动地改善自己的集居环境、进行城市营建的过程。因世界各地自然条件、社会经济发展水平均有差异，初期城市的分布、规模和城市形态不可能相同，但是，一般城市的发展均先经历相当长时期的相对稳定阶段，通常的形态是自发向心集中形式和放射路网，而通过规划建造的城市则多是由城墙确定为矩形和方格路网结构。直到工业革命后，城市才进入较快的动态发展时期，城市数量逐步增加，功能进一步充实，人口持续集聚，城市建筑和各种基础设施日益完善，城市建设用地不断扩展。因此，反映这种演化发展阶段的外部表现的城市空间形态必然随着时代也不断演化发展。同时，又由于城市本身多形成为相当巨大规模、相当复杂的综合性物质实体，在一定时期内和特定的各种影响因素作用下所基本形成的某种明确的空间形态和布局结构是不会轻易快速改变的，这种渐变而相对固定的现象也有其必然的规律。因此，一般城市的空间形态同时具有整体上绝对的动态性和阶段上相对的稳定性特征。

影响城市空间形态形成的因素是多方面的，其直接因素包括城市本身所在的区位地形、地质、水文、气象、景观、生态、农林矿业资源等地理环境自然条件，也包括城市的人口规模，用地范围，城市性质，在国家和地区中的地位和作用，能源、水源和对外交通，大型工业企业配置，公共建筑和居住区组织形式等社会经济和城市建设条件；其间接影响因素则是城市各历史时期的发展特征、国家政策和行政体制、规划设计理论和建筑法规、文化传统理念等人为条件。这些因素在一定历史时限和一定空间范围内，综合地同时作用于一个城市实体，每个城市的空间形态必然千差万别，许多城市形态的形成又往往具有相同的主要影响因素和不少相似的发展阶段和环境空间，使其演化的规律大体一致，因而在城市整体上有类似总平面外形轮廓和布局结构的特点。对于多种多样的城市仍然可以归纳概括为几种主要的空间形态类型。

城市形态分类，有按照城市建成区主体平面形状或三维空间特征、按照城市扩展进程模式、按照城市活动中心和功能分区布局、按照城市道路网结构等多种分类方法，这些不同方法都是相互关联的。城市规划学术界较多采用比较直观的、简单易行的"图解式分类法"。以城市行政区划边界以内主体建成区总平面外轮廓形状为差别标准，城市主体周围距离较远或面积规模较小的相对独立的分区或村镇不参与差别，大体可以分为集中型、带型、放射型、星座型、组团型和散点型六大主要类型，如图4-1所示。

**1. 集中型形态**（Focal Form）

城市建成区主体轮廓长短轴之比小于4：1，是长期集中紧凑全方位发展状态，其中包括若干子类型，如方形、圆形、扇形等。这种类型城镇是最常见的基本形式，城市往往以同心圆式同时向四周扩延。人口和建成区用地规模在一定时期内比较稳定，主要城市活动中心多处于平面几何中心附近，属于一元化的城市格局，建筑高度变化不突出而比较平缓。市内道路网为较规整的格网状，这种空间形态便于集中设置市政基础设施，合理有效利用土地，也容易组织市内交通系统。在一些大中型城市中也有相当紧凑而集中发展的、形成此种大密集团块状态的城市，人口密度与建筑高度不断增大，交通拥塞不畅，环境质量不佳。有些特大城市不断自城区向外连续分层扩展，俗称"摊大饼"式蔓延，反映了自发无序或规划管理失误状态，各项城市问题更难以解决。

**2. 带型形态**（Linear Form）

建成区主体平面形状的长短轴之比大于4：1，并明显呈单向或双向发展，其子型有U形、S形等。这些城市往往受自然条件所限，或完全适应和依赖区域主要交通干线而形成，呈长条带状发展，有的沿着湖海水面的一侧或江河两岸延伸，有的因地处山谷狭长地形或不断沿铁路、公路干线形成一个轴向的长向扩展城市，也有的全然是按一种"带型城市"理论按既定规划实施而建造成的。这类城市规模不会很大，整体上使城市各部分均能接近周围自然生态环境，空间形态的平面布局和交通流向组织也较单一，但是除了一个全市主要活动中心以外，往往需要形成分区、次一级的中心而呈多元化结构。

**3. 放射型形态**（Radial Form）

建成区总平面的主体团块有3个以上明确的发展方向，包括指状、星状、花状等子型。这些形状的城市多是位于地形较平坦而对外交通便利的平原地区。他们在迅速发展阶段很容易由原城市旧区，同时沿交通干线自发或按规划多向多轴地向外延展，形成放射性走廊，所以全城道路在中心地区为格网状而外围呈放射状的综合性体系。这种形态的城市在一定规模时多只有一个主要中心，属一元化结构，而形成大城市后又往往发展出多个次级副中心，又属多元结构，这样易于组织多向交通流向及各种城市功能。由于各放射轴之间保留楔形绿地，使城市与郊外接触面相对较大，环境质量亦可能保持较好水平。有时为了减少过境交通穿入市中心部分，需在发展轴上的新城区之间或之外建设外围环形干路，这又很容易在经济压力下将楔形空地填充而变成同心圆式在更大范围内蔓延扩展。

**4. 星座型形态**（Conurbation Form）

城市总平面是由一个相当大规模的主体团块和三个以上较次一级的基本团块组成的复合式形态。最通常的是一些国家首都或特大型地区中心城市，在其周围一定距离内建设发展若干相对独立的新区或卫星城镇。这种城市整体空间结构形似大型星座，人口和建成区用地规模很大，除了具有非常集中的高楼群"中心商务区（CBD）"之外，往往为了扩散功能而设置若干副中心或分区中心。联系这些中心及对外交通的环形和放射干路网使之成为相当复杂而高度发展的综合式多元规划结构。有的特大城市在多个方向的对外交通干线上间隔地串联建设一系列相对独立且较大的新区或城镇，形成放射性走廊或更大型城市群体。

**5. 组团型形态**（Cluster Form）

城市建成区由两个以上相对独立的主体团块和若干个基本团块组成，这多是由于较大河流或其他地形等自然环境条件的影响，城市用地被分隔成几个有一定规模的分区团块，有各自的中心和道路系统，团块之间有一定的空间距离，但由较便捷的联系性通道使之组成一个城市实体，这种形态属于多元复合结构。如布局合理，团组距离适当，这种城市既可有较高效率，又可保持良好的自然生态环境。

**6. 散点型形态**（Scattered Form）

城市没有明确的主体团块，各个基本团块在较大区域内呈散点状分布，这种形态往往是资源较分散的矿业城市。地形复杂的山地丘陵或广阔平原都可能有此种城市。也有的是由若干相距较远、独立发展、规模相近的城镇组合成为一个城市，这可能是因特殊的历史或行政体制原因而形成的。通常因交通联系不便，难以组织较合理的城市功能和生活服务设施，每一组团需分别进行因地制宜的规划布局。

由于前述城市空间形态所具有的动态性和多样性特征，在一个阶段中属于任何类型的城市，均可能向其他类型发展转化。

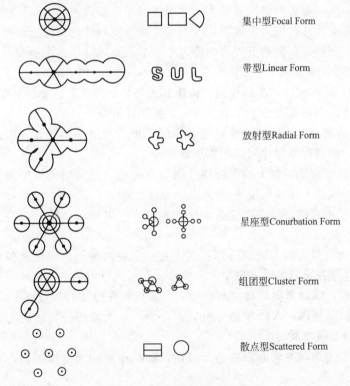

集中型Focal Form

带型Linear Form

放射型Radial Form

星座型Conurbation Form

组团型Cluster Form

散点型Scattered Form

图 4-1　城市形态图解分类示意图

资料来源：邹德慈. 城市规划导论. 北京：中国建筑工业出版社，2002：26.

**（三）城市空间形态及布局结构**

在城市总体规划工作过程中，对城市空间形态布局进行分析研究和定位具有重要意义。

可以说这与确定城市性质、发展目标和规模、各项建设用地功能分区布局以及各项系统的综合与部署均有直接联系。首先，应研究探讨形成城市空间形态的历史发展动态过程及其主要的基本影响因素作用，研究寻求其产生、发展、扩延或紧缩、迅速或缓慢等变化特征，研究分析其现状形态布局的利弊、优势与局限，以及对未来发展的几种预测性战略方案做出评价，从国情和城市本身实际出发、自觉地运用城市空间形态发展的一般规律做出科学决策，最后还应研究确定如何规划引导实现城市合理形态的对策和措施。这样才能充分发挥城市的功能和效益，才能使城市具有实现可持续发展的良性循环。

由于城市空间形态的形成和动态发展有其客观规律可循，研究其影响因素也是有主要的基本方面的。有的是城市所处地理区位和地形环境等天然特性条件（如山区城市、水网城市、横跨河流、湖海港口等），有的则是城市规划、性质或功能配置等非自然条件起决定作用（如各级中心城市、工矿城镇、交通枢纽、风景旅游城市等）。

一般来说，前者在规划和建设上是不可能或甚难改变的，而后者有的因素是可能控制或引导其逐渐发生改变或改善的。因此，在城市总体规划过程中对于城市形态与布局结构进行分析定位，既要依据客观条件符合规律，又应在一定程度上发挥主观能动作用，促使城市朝理想方向发展，认真深入的研究探讨是非常必要的。

在制定城市总体规划过程中，对于一般中小规模城市的空间形态与布局结构分析定位是比较简单容易的。但对于人口和建成区用地规模很大并处于动态发展阶段的城市来说，由于城市各方面问题相当突出，往往正面临人口仍在不断集中、功能日益复杂、居住拥挤、交通阻塞、环境恶化等严峻形势，必须从根本上寻求缓解和逐步改善的对策，也就必须从分析研讨未来城市空间形态的几种可能发展模式入手。在城市规划理论方法上，有不少从经济、社会、文化、环境、交通等各种角度提出的特大城市形态布局最佳方案战略，其中主要可归纳以下几种设想方案。

① 合理规划大城市人口和用地规模，抑制其无序扩展方式，以郊区环状绿带限制蔓延，改造城市中心地区，向高度和地下争取空间，为控制性方案。

② 保持强大的城市中心功能，按规划引导城市进一步沿主体轴线或多向扩展，形成更大的放射型形态，而且保留绿化间隔和楔形绿地。

③ 适当分散城市功能，在大城市近郊外围培育建造一系列功能较单纯的新开发区或稍远的卫星城镇，形成更大规模的星座型形态。

④ 在几座大城市之间，沿市际交通干线走廊重新配置城市功能，在特大城市周围形成多向串联的城镇系列。

⑤ 在具有强大吸引力的大城市远郊范围，在一定距离的隔离绿色地带外，按环状配置新型的小城镇，保证其良好的生态环境。

⑥ 在特大城市行政区外附近建设具有独立功能或特殊性质的新城市或城市群。

⑦ 在城市行政范围内，大面积地分散城市功能，将大城市分解转化为城市共同体或社区共同体，为充分分散方案。

⑧ 在根本上避免形成单核心形态的大城市，而在保留的大型绿色核心区外围安排组织环状城镇群。

⑨ 在城市物质空间形态与布局结构上，重视根据城市历史和现状保持并发展原来所具有的特征，规划设计上强调继承历史、文化、人文传统内涵以及地方性景观和城市美学建设。

为了解决存在的众多难题，一些大城市在采取上述几种方案时，都配合实施下列一些措施，如限制人口增长，控制用地规模，调整城市中心功能，开发配置多元化副中心，规划建设新区新镇的同时治理改造旧区，调整城市经济和分散就业机构，改善城市道路网，建设捷运系统，靠近就业岗位营造居住区、提高居住水平，完善绿化体系，建立现代化市政工程，治理城市公害进行环境保护等，以求综合地更好发挥城市效益，全面实现可持续发展目标。

制定城市总体规划工作，包括分析探讨城市空间形态与布局结构定位过程，最重要的是从城市的历史和现状出发，实事求是地寻求可行的战略。要采取与其历史、环境和社会经济状况相一致的政策，同时也不能忽视城市政治体制以及规划、管理水平的作用。

### （四）转型期城市空间增长特点

随着经济全球化、区域一体化进程加快，城市社会经济迅速发展，城市形态和空间结构随之出现了许多新的特点：一方面，城市规模迅速扩大，大批成片居住区、工业园区、各类开发区等新区城市在边缘崛起；另一方面，城市内部空间发生优化重组，结合城市房地产开发，城市内部出现了新型的商务、商贸服务中心，旧城区逐步得到更新改造，城市空间结构走向多元化。

#### 1. 新产业空间

新产业空间包括开发区、高新区、保税区等。开发区是集中体现我国转型与城市发展成就的区域，开发区土地开发规模大、建设速度快，不断吸取城市过滤出来的新要素，形成产业集聚规模经济。高新技术产业开发区主要依靠科技实力和工业基础，利用一切可能获得的先进科技、资金和管理手段，面向国内外市场，创造优化环境，最大限度地解放和发展科技生产力，促使我国的高新技术成果尽快实现商品化、产业化和国际化。高新区是我国发展高新技术产业的主要基地，如广州的软件园及生物岛、武汉的光谷等。保税区具有进出口加工、国际贸易、保税仓储商品展示等功能，实行"境内关外"运作方式，是中国对外开放程度最高、运作机制最便捷、政策最优惠的经济区域之一。

#### 2. 新型业态

转型期以来，中国零售商业快速发展，不断吸取国外发展成功模式，商业业态出现许多新的形式，如超市、大型购物中心、各种专业店、便利店、连锁店等，并逐渐占据中国商业市场。伴随着城市用地的扩展，人口在郊区集聚，一些大型零售商业业态也在郊区出现。中国会展业发展迅速，以年均近20％的速度递增，会展活动频繁，形成了北京、上海、广州、大连、哈尔滨、武汉、乌鲁木齐、成都等地区会展业中心，城市会展空间成为城市商业贸易发展的重要载体。伴随着物流业的发展，物流园区在一些大城市已经建立，它是对物流组织管理节点进行相对集中建设与发展的、具有经济开发性质的城市物流功能区域；同时，也是依托相关物流服务设施降低物流成本，提高物流运作效率，改善企业服务有关的流通加工、原材采购，便于与消费地直接联系的生产等活动，具有产业发展性质的经济功能区。

#### 3. 新居住空间

快速城市化和住房制度改革带来大量的住房需求，城镇住房制度中的实物福利分配制度、单位制独立大院逐渐为住房市场化所代替，政府和单位作为住房供应的主体地位逐渐让位于市场为主体的住宅房地产开发。

城市地区商品房社区建设、城中村的产生成为转型期城市居住区的两个主要特点。第一，住房商品化后，城市居民可根据自己的实际购买能力和偏好选择住房，促使城市居住空间出现分异。房产商进行大规模的商品房社区建设，满足城市中上阶层的住房需要，出现了大型的商业楼盘、别墅、高级住宅区等。第二，城市向郊区的扩展包围了许多城郊结合部的村庄，导致城中村的产生。由于具有土地承租和农村土地集体所有的双重土地使用制度，城中村的土地使用以及房屋建设普遍混乱，城中村成为现代城市景观中极不协调的独特城市居住空间。

**4. 大学园区**

始于 1998 年高校扩招，使我国高校在校人数在短短几年内剧增，处于城市内部的众多高校发展举步维艰，纷纷谋求在郊区扩展，建立分校。同时，中国也正从传统的以工业技术为主转向以高速交通和通信技术为主要社会支撑技术，促进知识创新、技术创新源的集聚，因此，城市出现了大学城、大学园等新城市空间。大学园区也促进了城市向郊区的扩展，大量城市人口的进入使边缘区的人口结构发生变化，在大学园区内的各种服务、娱乐、医疗、金融等设施，也形成了具有综合服务功能的城市社区。大学园区尤其是以研究型大学为核心的大学园区，其科技创新及科技成果的转化功能与教学科研功能同等重要，集产、学、研为一体，促进了高新技术的研究及科技成果的转化，推动高新技术产业的发展。

**5. 生态保护空间**

转型期以来，城市在规划和管理上都更加注重城市生态环境可持续发展，重视城市河湖水面、绿地等开敞空间，城市通过点、线、面等的生态环境保护体系进行生态保护、生态隔离等来保证城市的生态基底不受破坏。其中，城市外围绿带可以阻止城市向外扩张，公园、大型绿地等开敞空间可以隔离、拉疏新城与旧城之间的空间距离，以形成多中心、适度、合理的城市发展空间格局，保持城市的有机结构和优良的生态环境。

**6. 中央商务区**（CBD）

改革开放以来，伴随着经济全球化，作为城市对外开放窗口的中央商务区在我国三大经济增长的热点区域——珠江三角洲、长江三角洲、京津冀内的中心城市出现。CBD 是城市人流、物流、信息流、资金流最集中，交通最便捷，建筑密度最高，吸纳和辐射能力最强的地区。它集中了大量金融、商业、贸易、信息及中介服务机构，拥有大量商务办公、酒店公寓等配套设施，具备完善的市政交通与通信条件，便于现代商务活动。商务中心区不仅是一个国家或地区对外开放程度和经济实力的象征，而且是现代化国际大都市的一个重要标志，如上海的陆家嘴。

**7. 快速交通网**

随着人口的增多以及城市空间结构的拉大，交通成为制约城市发展的一大障碍，许多大城市都开始兴建城市快速道路和轨道交通网络。

（五）信息社会城市空间结构形态的演变及发展趋势

**1. 大分散小集中**

信息化浪潮下的城市空间结构形态将从集聚走向分散，但分散之中又有集中，呈现大分散与小集中的局面。技术进步既提高了生产率，也使空间出现"时空压缩"效应，人们对更好的、更接近自然的居住、工作环境的追求，是城市空间结构分散化的重要原因。分散的结果就是城市规模扩大，市中心区的聚集效应降低，城市边缘区与中心区的聚集效应差别缩小，城市密度梯度的变化曲线日趋平缓，城乡界限变得模糊。城市空间结构的分散将导致城市的区域整体化，即城市景观向区域的蔓延扩展。与分散对应，集中也是一个趋势。

总之，城市空间结构首先是分散化的，但是分散之中又具有相对集中的趋势。

**2. 从圈层走向网络**

进入工业化后期，电气化与石油的使用造就了现代城市，城市土地的利用方式出现明显的分化，形成不同的功能区，例如城市中心区往往是商务区，向外是居民区与工业区，再向外的城市边缘则又以居住为主。城市形态呈圈层式自内向外扩展。

进入信息社会，准确、快捷的信息网络将部分取代物质交通网络的主体地位，空间区位影响力削弱。网络的"同时"效应使不同地段的空间区位差异缩小，城市各功能单位的距离约束变弱，空间出现网络化的特征。网络化的趋势使城市空间形而神不散，城市结构正是在网络的作用下，以前所未有的紧密程度联系着。分散化与网络化的另一个影响是城市用地从相对独立走向兼容。

**3. 新型集聚体出现**

虽然城市用地出现兼容化的特点，但是由于城市外部效应、规模经济仍然存在，为了获取更高的集聚经济，不同阶层、不同收入水平与文化水平的城市居民可能会集聚在某个特定的地理空间，形成各种社区；功能性质类似或联系密切的经济活动，可能会根据它们的相互关系聚集成区。

另外，城市结构的网络化重构也将出现多功能新社区。网络化城市的多功能社区与传统社区不同，它除了居住功能外，还可以是远程教育、远程医疗、远程娱乐、网上购物等功能机构的复合体。目前在世界发达地区的城市，位于郊区的社区不仅是传统的居住中心，而且还是商业中心、就业中心，具备了居住、就业、交通、游憩等功能，可以被看作多功能社区的端倪。

## 六、城市发展目标和城市性质

**1. 城市发展目标**

城市发展目标是一定时期内城市经济、社会、环境的发展所应达到的目的和指标，通常可分为以下四个方面的内容。

① 经济发展目标：包括国内生产总值（GDP）等经济总量指标、人均国民收入等经济效益指标以及第一、第二、第三产业之间的比例等经济结构指标。

② 社会发展目标：包括总人口规模等人口总量指标、年龄结构等人口构成指标、平均寿命等反映居民生活水平的指标以及居民受教育程度等人口素质指标等。

③ 城市建设目标：建设规模、用地结构、人居环境质量、基础设施和社会公共设施配套水平等方面的指标。

④ 环境保护目标：城市形象与生态环境水平等方面的指标。

这些指标的分析、预测与选定通常采用定性分析与定量预测相结合的方法，即在把握现状水平的基础上，按照一定的规律进行预测，并通过定性分析、类比等方法的校验，最终确定具体的取值。

**2. 城市职能**

城市职能是指城市在一定地域内的经济、社会发展中所发挥的作用和承担的分工。城市职能的着眼点是城市的基本活动部分。

按照城市职能在城市生活中的作用，可分为基本职能和非基本职能。基本职能是指城市为城市以外地区服务的职能，非基本职能是城市为城市自身居民服务的职能，其中基本职能是城市发展主动、主导的促进因素。

城市的主要职能是城市基本职能中比较突出的、对城市发展起决定作用的职能。

**3. 城市性质**

城市性质是指城市在一定地区、国家以至更大范围内的政治、经济与社会发展中所处的地位和担负的主要职能，由城市形成与发展的主导因素的特点所决定，由该因素组成的基本部门的主要职能所体现。城市性质关注的是城市最主要的职能，是对主要职能的高度概括。

城市性质是确定城市发展方向和布局的重要依据。在市场经济条件下，城市发展的不确定因素增多，城市性质的确定除了对城市发展的条件、区域的分工、有利的因素进行充分分析、确定城市承担的主要职能外，还应充分认识城市发展的不利因素，说明不宜发展的产业和职能，如水资源条件差的城市对发展耗水大的产业将构成制约因素。

城市性质应该体现城市的个性，反映其所在区域的经济、政治、社会、地理、自然等因素的特点。城市性质不是一成不变的，一个城市由于建设的发展或因客观条件变化，都会促使城市性质有所变化。但城市性质毕竟要取决于它的历史、自然、区域这些较稳定的因素，因此，城市性质在相当一段时期内有其稳定性。

(1) 确定城市性质的意义　不同的城市性质决定着城市发展不同的特点，对城市规模、城市空间结构和形态以及各种市政公用设施的水平起着重要的指导作用。在编制城市总体规划时，确定城市性质是明确城市产业发展重点、确定城市空间形态以及一系列技术经济措施及其相适应的技术经济指标的前提和基础。明确城市的性质，便于在城市总体规划中把规划的一般原则与城市的特点结合起来，使规划更加切合实际。

(2) 确定城市性质的依据　城市性质的确定，可从两个方面去认识。一是从城市在国民经济中所承担的职能方面去认识，就是指一个城市在国家或地区的经济、政治、社会、文化生活中的地位和作用。城镇体系规划规定了区域内城镇的合理分布、城镇的职能分工和相应的规模，因此，城镇体系规划是确定城市性质的主要依据。城市的国民经济和社会发展规划，对城市性质的确定也有重要的作用。二是从城市形成与发展的基本因素中去研究、认识城市形成与发展的主导因素。

(3) 确定城市性质的方法　确定城市性质不能就城市论城市，不能仅仅考虑城市本身的发展条件和需要，必须从城市在区域社会经济中的地位和作用入手进行分析，然后对分析结论加以综合，科学地确定城市性质。也就是说，应把城市放在一个区域背景中进行分析，才能正确确定其性质。

确定城市性质，就是综合分析影响城市发展的主导因素及其特点，明确它的主要职能，指出它的发展方向。在确定城市性质时，必须避免两种倾向：一是将城市的"共性"作为城市的性质；二是不区分城市基本因素的主次，一一罗列，结果失去指导规划与建设的意义。

确定城市性质一般用"定性分析"与"定量分析"相结合，以定性分析为主的方法。定性分析就是在进行深入调查研究后，全面分析城市在经济、政治、社会、文化等方面的作用和地位。定量分析是在定性基础上对城市职能，特别是经济职能，采用一定的技术指标，从数量上去确定起主导作用的行业（或部门）。一般从三方面入手：①起主导作用的行业（或部门）在全国或地区的地位和作用；②分析主要部门经济结构的主次，采用同一经济技术标准（如职工人数、产值、产量等），从数量上分析其所占比重。③分析用地结构的主次，以用地所占比重的大小表示。

### 七、城市规模

城市规模是以城市人口和城市用地总量所表示的城市的大小，城市规模对城市的用地及布局形态有重要影响。合理确定城市规模是科学编制城市总体规划的前提和基础，是市场经济条件下政府转变职能、合理配置资源、提供公共服务、协调各种利益关系、制定公共政策的重要依据，是城市规划与经济社会发展目标相协调的重要组成部分。

#### 1. 城市人口规模

城市人口规模就是城市人口总数。编制城市总体规划时，通常将城市建成区范围内的实际居住人口视作城市人口，即在建设用地范围中居住的户籍非农业人口、户籍农业人口以及暂住期在一年以上的暂住人口的总和。

城市人口的统计范围应与地域范围一致，即现状城市人口与现状建成区、规划城市人口与规划建成区要相互对应。城市建成区指城市行政区内实际已成片开发建设、市政公用设施和公共设施基本具备的地区，包括城区集中连成片的部分以及分散在城市近郊与核心有着密切联系、具有基本市政设施的城市建设用地（如机场、铁路编组站、污水处理厂等）。

（1）城市人口的构成　城市人口的状态是在不断变化的，可以通过对一定时期内城市人口的年龄、寿命、性别、家庭、婚姻、劳动、职业、文化程度、健康状况等方面的构成情况加以分析，反映其特征。在城市总体规划中，需要研究的主要有年龄、性别、家庭、劳动、职业等构成情况。

年龄构成指城市人口各年龄组的人数占总人数的比例。一般将年龄分成六组：托儿组（0~3岁）、幼儿组（4~6岁）、小学组（7~11岁或7~12岁）、中学组（12~16岁或13~18岁）、成年组（男：17或19~60岁。女：17或19~55岁）和老年组（男：61岁以上。女：56岁以上）。为了便于研究，常根据年龄统计做出百岁图和年龄构成图。

了解城市人口年龄构成的意义：比较成年组人口与就业人数（职工人数）可以看出就业情况和劳动力潜力；掌握劳动后备军的数量和被抚养人口比例，对于估算人口发展规模有重要作用；掌握学龄前儿童和学龄儿童的数字和趋向是制定托、幼及中小学等规划指标的依据；判断城市的人口自然增长变化趋势，分析育龄妇女人口的年龄及数量是推算人口自然增长的重要依据。

性别构成反映男女之间的数量和比例关系，它直接影响城市人口的结婚率、育龄妇女生育率和就业结构。在城市总体规划工作中，必须考虑男女性别比例的基本平衡。

家庭构成反映城市的家庭人口数量、性别和辈分组合等情况，它与城市住宅类型的选择、城市生活和文化设施的配置、城市生活居住区的组织等有密切关系。我国城市家庭存在由传统的复合大家庭向简单的小家庭发展的趋向。

劳动构成按居民参加工作与否，计算劳动人口与非劳动人口（被抚养人口）占总人口的比例；劳动人口又按工作性质和服务对象，分成基本人口和服务人口。基本人口指在工业、交通运输以及其他不属于地方性的行政、财经、文教等单位中工作的人员，它不是由城市的规模决定的；相反，它却对城市的规模起决定性作用。服务人口指在为当地服务的企业、行政机关、文化、商业服务机构中工作的人员，它的多少是随城市规模而变动的。被抚养人口指未成年的、没有劳动力的以及没有参加劳动的人员。

研究劳动人口在城市总人口中的比例，调查和分析现状劳动构成是估算城市人口发展规模的重要依据之一。职业构成指城市人口中社会劳动者按其从事劳动的行业（即职业类型）划分各占总人数的比例。

产业结构与职业构成的分析可以反映城市的性质、经济结构、现代化水平、城市设施社会化程度、社会结构的合理协调程度，是制定城市发展政策与调整规划定额指标的重要依据。在城市总体规划中，应提出合理的职业构成与产业结构建议，协调城市各项事业的发展，达到生产与生活设施配套建设，提高城市的综合效益。

（2）城市人口的变化　一个城市的人口始终处于变化之中，它主要受到自然增长与机械增长的影响，两者之和便是城市人口的增长值。

自然增长指出生人数与死亡人数的净差值。通常以一年内城市人口的自然增加数与该城市总人口数（或期中人数）之比的千分率来表示其增长速度，称为自然增长率。

$$自然增长率 = \frac{本年出生人口数 - 本年死亡人口数}{年平均人数} \times 1000‰$$

出生率的高低与城市人口的年龄构成、育龄妇女的生育率、初育年龄、人民生活水平、文化水平、传统观念和习俗、医疗卫生条件以及国家计划生育政策有密切的关系，死亡率则受年龄构成、卫生保健条件、人民生活水平等因素影响。目前，我国城市人口自然增长情况已由高出生、低死亡、高增长的趋势转变为低出生、低死亡、低增长。

机械增长是指由于人口迁移所形成的变化量，即一定时期内，迁入城市的人口与迁出城市的人口的净差值。机械增长的速度用机械增长率来表示：即一年内城市的机械增长的人口数对年平均人数（或其中人数）的千分率。

$$机械增长率 = \frac{本年迁入人口数 - 本年迁出人口数}{年平均人数} \times 1000‰$$

人口平均增长速度（或人口平均增长率）指一定年限内，平均每年人口增长的速度，可用下式计算：

$$人口平均增长率 = 年限\sqrt{\frac{期末人口数}{期初人口数}} - 1$$

根据城市历年统计资料，可计算历年人口平均增长数和平均增长率以及自然增长和机械增长的平均增长数和平均增长率，并绘制人口历年变动累计曲线，这对于估算城市人口发展规模有一定的参考价值。

（3）城市人口规模预测　城市人口规模预测是按照一定的规律对城市未来一段时间内人口发展动态所做出的判断。其基本思路是：在正常的城市化过程中，城市社会经济的发展，尤其是产业的发展对劳动力产生需求（或者认为是可以提供就业岗位），从而导致城市人口的增长。因此，整个社会的城市化进程、城市化经济的发展以及由此而产生的城市就业岗位是造成城市人口增减的根本原因。

预测城市人口规模，既要从社会发展的一般规律出发，考虑经济发展的需求，也要考虑城市的环境容量等。

城市总体规划采用的城市人口规模预测方法主要有以下几种。

① 综合平衡法。根据城市的人口自然增长和机械增长来推算城市人口的发展规模。适用于基本人口（或生产性劳动人口）的规模难以确定的城市，需要有历年来城市人口自然增长和机械增长方面的调查资料。

② 时间序列法。从人口增长与时间变化的关系中找出两者之间的规律，建立数学公式来进行预测。这种方法要求城市人口要有较长的时间序列统计数据，而且人口数据没有大的起伏。适用于相对封闭、历史长、影响发展因素缓和的城市。

③ 相关分析法（间接推算法）。找出与人口关系密切、有较长时序的统计数据且易于把握的影响因素（如就业、产值等）进行预测，适用于影响因素的个数及作用大小较为确定的城市，如工矿城市、海港城市。

④ 区位法。根据城市在区域中的地位、作用来对城市人口规模进行分析预测。如确定城市规模分布模式的"等级-大小"模式、"断裂点"分布模式。该方法适用于城镇体系发育比较完善、等级系列比较完整、接近克里斯泰勒中心地理论模式地区的城市。

⑤ 职工带眷系数法。根据职工人数与部分职工带眷情况来计算城市人口发展规模，适用于新建的工矿小城镇。

由于事物未来发展不可预知的特性，城市总体规划中对城市未来人口规模的预测是一种建立在经验数据之上的估计，其准确程度受多方因素的影响，并且随预测年限的增加而降低。因此，实践中多采用以一种预测方法为主，同时辅以多种方法校核的办法来最终确定人口规模。某些人口规模预测方法不宜单独作为预测城市人口规模的方法，但可以作为校核方法使用，例如以下几种方法。

① 环境容量法（门槛约束法）。根据环境条件来确定城市允许发展的最大规模。有些城市受自然条件的限制比较大，如水资源短缺、地形条件恶劣、开发城市用地困难、断裂带穿越城市、地震威胁大、有严重的地方病等。这些问题都不是目前的技术条件所能解决的，或是要投入大量的人力和物力，由城市人口的增长而增加的经济效益低于扩充环境容量所需的成本，经济上不可行。

② 比例分配法。当特定地区的城市化按照一定的速度发展，该地区城市人口总规模基本确定的前提下，按照某一城市的城市人口占该地区城市人口总规模的比例确定城市人口规模的方法。在我国现行规划体系中，各级行政范围内城镇体系规划所确定的各个城市的城市人口规模可以看作是按照这一方法预测的。

③ 类比法。通过与发展条件、阶段、现状规模和城市性质相似的城市进行对比分析，根据类比对象城市的人口发展速度、特征和规模来推测城市人口规模。

**2. 城市用地规模预测**

城市用地规模是指城市规划区内各项城市建设用地的总和，其大小通常依据已预测的城市人口以及与城市性质、规模等级、所处地区的自然环境条件相适应的人均城市建设用地指标来计算。

城市人口规模不同、城市性质不同，用地规模以及各项用地的比例也存在较大的差异。为了有效地调控城市规划编制中的用地指标，《城市用地分类和规划建设用地标准》（GBJ 137—90）将城市总体规划人均建设用地指标分为四级，Ⅰ级为 60.1～75.0m²/人，Ⅱ级为 75.1～90.0m²/人，Ⅲ级为 90.1～105.0m²/人，Ⅳ级为 105.1～120.0m²/人。对边远地区和少数民族地区地多人少的城市，可根据实际情况在低于 150m²/人的指标内确定；对其余所有的现有城市，应在现状人均建设用地水平基础上同时符合表 4-1 中的指标级别和允许调整幅度的双因子限制要求进行调整。

表 4-1　现有城市的规划人均建设用地指标

| 现状人均建设用地水平/(m²/人) | 允许采用的规划指标 | | 允许调整幅度/(m²/人) |
|---|---|---|---|
| | 指标级别 | 规划人均建设用地指标/(m²/人) | |
| ≤60.0 | Ⅰ | 60.1～75.0 | +0.1～+25.0 |
| 60.1～75.0 | Ⅰ | 60.1～75.0 | ＞0 |
| | Ⅱ | 75.1～90.0 | +0.1～+20.0 |
| 75.1～90.0 | Ⅱ | 75.1～90.0 | 不限 |
| | Ⅲ | 90.1～105.0 | +0.1～+15.0 |
| 90.1～105.0 | Ⅱ | 75.1～90.0 | −15.0～0 |
| | Ⅲ | 90.1～105.0 | 不限 |
| | Ⅳ | 105.1～120.1 | +0.1～+15.0 |
| 105.0～120.0 | Ⅲ | 90.1～105.0 | −20.0～0 |
| | Ⅳ | 105.1～120.1 | 不限 |
| ＞120.0 | Ⅲ | 90.1～105.0 | ＜0 |
| | Ⅳ | 105.1～120.1 | ＜0 |

### 八、城市环境容量研究

**1. 城市环境容量概念**

城市环境容量，是指环境对于城市规模以及人类活动提出的限度。具体地说，城市所在地域的环境，在一定的经济技术和安全卫生要求前提下，在满足城市经济、社会等各种活动正常进行的前提下，通过城市的自然条件、现状条件、经济条件、社会文化历史条件等的共同作用，对城市建设发展规模以及人们在城市中各项活动的状况可承受的容许限度。

**2. 城市环境容量的类型**

城市环境容量包括城市人口容量、自然环境容量、城市用地容量以及城市工业容量、交通容量和建筑容量等内容。

（1）城市人口容量　城市人口容量是指在特定时期内，城市相对持续容纳的具有一定生态环境质量和社会环境水平及具有一定活动强度的城市人口数量。

城市人口容量具有三个特性：一是有限性。城市人口容量应控制在一定限度之内，否则必将以牺牲城市中人们生活的环境为代价。二是可变性。城市人口容量会随着生产力与科技水平的活动强度和管理水平而变化。三是稳定性。在一定的生产力与科学技术水平下，一定时期内，城市人口容量具有相对稳定性。

（2）城市大气环境容量　城市大气环境容量是指在满足大气环境目标值（即能维持生态平衡及不超过人体健康阈值）的条件下，某区域大气环境所能承受污染物的最大能力或允许排放污染物的总量。

（3）城市水环境容量　城市水环境容量是指在满足城市用水以及居民安全卫生使用城市水资源的前提下，城市区域水资源环境所能承纳的最大污染物质的负荷量。水环境容量与水体的自净能力和水质标准有密切的关系。

**3. 城市环境容量的制约条件**

（1）城市自然环境　自然条件是城市环境容量中最基本的因素，包括地质、地形、水文及水文地质、气候、矿藏、动植物等条件的状况及特征。由于现代科技技术的高度发展，人们改造自然的能力越来越强，容易使人们轻视自然条件在城市环境容量中的作用和地位，但其基本作用仍然不可忽视。

（2）城市现状条件　城市的各项物质要素的现有构成情况对城市发展建设及人们的活动都有一定的容许限度，此方面的条件包括工业、仓库、生活居住、公共建筑、城市基础设施、郊区供应等综合起来的现状城市用地容量，在城市现状条件中，城市建设基础设施即能源、交通运输、通信、给排水设施等方面的建设是社会物质生产以及其他社会活动的基础，基础设施的规模量对整个城市环境容量有重要的制约作用。

（3）经济技术条件　城市拥有的经济技术条件对城市发展规模也提出容许限度，一个城市所拥有的经济技术条件越雄厚，它所拥有的改造城市环境的能力就越大。

（4）历史文化条件　城市中历史文化的存在，对城市环境容量产生很大影响。城市建设和现代化进程对城市遗留的历史文化的"侵扰"，破坏了历史环境，促使人们越发强烈地意识到历史文化遗产保护的重要性，由此对城市环境容量的影响也随之加大。

# 第四节　城市用地布局规划

## 一、城市用地分类及用地评价

城市用地的用途分类，是城市规划中用地布局的统一表述，具有严格的内涵界定。按照

《城市用地分类与规划建设用地标准》（GBJ 137—90），城市用地按大类、中类和小类三级进行划分，以满足不同层次规划的要求。城市用地共分 10 大类、46 中类和 73 小类。一般而言，城市总体规划阶段以达到大类为主，中类为辅。

城市用地的评价包括多方面的内容，主要体现在三个方面，分别是自然条件评价、建设条件评价和用地经济性评价，这三方面是相互影响的，因此往往需要进行综合的评价。

**1. 城市用地自然条件评价**

自然环境条件与城市的形成和发展关系密切，对城市布局结构形式和城市职能的充分发挥有很大的影响。城市用地的自然条件评价主要包括工程地质、水文、气候和地形等几个方面。

（1）工程地质条件

① 土质与地基承载能力。在城市用地范围内，由于地层的地质构造和土质的自然堆积情况存在着差异，其构成物质也就各不相同，加之受地下水的影响，地基承载力大小相差悬殊。全面了解城市用地范围内各种地基的承载能力，对城市建设用地选择和各类工程建设项目的合理布置以及工程建设的经济性，都是十分重要的。此外，有些地基土质常在一定条件下改变其物理性质，从而对地基承载力带来影响。例如湿陷性黄土，在受湿状态下，由于土壤结构发生变化而下陷，导致上部建设的损坏。又如膨胀土，具有受水膨胀、失水收缩的性能，也会造成对工程建设的破坏。

② 地形条件。不同城市的地形条件，对城市规划布局、道路的走向和线型、各项基础设施的建设、建筑群体的布置、城市的形态与形象等，均会产生一定的影响。结合自然地形条件；合理规划城市各项用地和布置各项工程设施，无论是从节约土地和减少平整土石方工程投资，或者从城市管理等方面来看，都具有重要的意义。

城市各项工程设施的建设对用地的坡度都有具体的要求。如在平地常要求不小于 0.3% 的坡度，以利于地面水汇集、排除，但地形过陡也将出现水土冲刷等问题。地形坡度的大小对道路的选线、纵坡的确定及土石方工程量的影响尤为显著。

③ 冲沟。冲沟是由间断流水在地层表面冲刷形成的沟槽。冲沟切割用地，使之支离破碎，对土地的使用十分不利。尤其在冲沟的发育地区，水土流失严重，而且道路的走向往往受其限制而增加线路长度和增设跨沟工程，给工程建设带来困难。规划前应弄清冲沟的分布、坡度、活动状况以及冲沟的发育条件，以便及时采取相应的治理措施。如对地表水导流或通过绿化工程等方法防止水土流失。

④ 滑坡与崩塌。滑坡与崩塌是一种物理工程地质现象。滑坡是由于斜坡上大量滑坡体（土体或岩体）在风化、地下水以及重力作用下，沿一定的滑动面向下滑动而造成的，常发生在山区或丘陵地区。因此，山区或丘陵地区城市在利用坡地或紧靠崖岩进行建设时，需要了解滑坡的分布及滑坡地带的界线、滑坡的稳定性状况。不稳定的滑坡体本身以及处于滑坡体下滑方向的地段，均不宜作为城市建设用地。如果无法回避，必须采取相应工程措施加以防治。崩塌的成因主要是山坡岩层或土层的层面相对滑动，造成山坡体失去稳定而塌落。当裂隙发育且节理面顺向崩塌的方向，极易发生崩落，尤其是因过分的人工开挖导致坡体失去稳定而造成崩塌。

⑤ 岩溶。地下可溶性岩石（如石灰岩、盐岩等）在含有二氧化碳、硫酸盐、氯等化学成分的地下水的溶解与侵蚀作用下，岩石内部形成空洞（地下溶洞），这种现象称为岩溶，也叫喀斯特现象。地下溶洞有时分布范围很广，洞穴空间高大，若工程建筑物和水工构筑物不慎选在地下溶洞之上，其危险性是可以想象的。因此，在城市规划时要查清溶洞的分布、

深度及其构造特点，而后确定城市布局和地面工程建设。

⑥ 地震。地震是一种自然地质现象，大多数地震是由地壳断裂构造运动引起的。所以，了解和分析当地的地质构造非常重要。在有活动断裂带的地区，最易发生地震，而在断裂带的弯曲突出处和断裂带交叉的地方往往是震中所在。在强震区一般不宜建设城市。在震区建设城市时，除制定各项建设工程的设防标准外，还须考虑震后疏散救灾等问题。如建筑不宜连绵成片，尽量避开断裂破碎地段。地震断裂带上一般可设置绿化带，不得进行建设，同时也不能布置城市的主要交通干路。此外，在城市的上游不宜修建水库，以免地震时水库堤坝受损，洪水下泄，危及城市。

（2）水文及水文地质条件

① 水文条件。江河湖泊等地面水体，不但可作为城市水源，同时它还在水路运输、改善气候、稀释污水以及美化环境等方面发挥作用。但某些水文条件也可能给城市带来不利影响，例如洪水侵患、年水量的不均匀性、水流对沿岸的冲刷以及河床泥沙淤积等。沿江河的城市常会受到洪水的威胁，为防范洪水带来的影响，在规划中应处理好用地选择、用地布局以及堤防工程建设等方面的问题。还要区别城市不同地区，采用不同的防洪设计标准，有利于土地的充分利用，也有利于城市的合理布局和节约建设投资。另一方面，城市建设也可能造成对原有水系的破坏，如过量取水、排放大量污水、改变水道与断面等，均能导致水体水文条件的变化，对城市建设产生新的问题。因此，在城市规划和建设之前，需要对水体的流量、流速、水位、水质等进行调查分析，研究规划对策。

② 水文地质条件。水文地质条件一般是指地下水的存在形式、含水层的厚度、矿化度、硬度、水温及水的流动状态等条件。地下水常常作为城市用水的水源，特别是在远离江河湖泊或地面水水量不足、水质不符合卫生要求的城市，调查并探明地下水资源尤为重要。地下水按其成因与埋藏条件可分为三类，即上层滞水、潜水和承压水，其中能作为城市水源的主要是潜水和承压水。潜水基本上是由地表渗水形成，主要靠大气降水补给，所以潜水水位及其水的流动状态与地面状况是相关的，其埋深也因各地的地面蒸发、地质构造（如隔水层距地面的深浅等）和地形等不同而相差悬殊。承压水是指两个隔水层之间的重力水，由于有隔水顶板，承压水受大气降水的影响较小，也不易受地面污染，因此往往作为远离江河城市的主要水源。

地下水并不是取之不尽的，应探明地下水的蕴藏量和补给情况，根据地下水的补给量来确定开采的水量。地下水若过量开采，会使地下水位大幅度下降，形成"漏斗"，这会使漏斗外围的污染物质流向漏斗中心，使水质变坏，严重的还会造成水源枯竭和引起地面沉陷，形成一个碟形洼地，对城市的防汛与排水均不利，而且对地面建筑及各项管网工程造成破坏。地下水的流向对城市布局也有影响。与地面水情况类似，对地下水有污染的一些建设项目不应布置在地下水的上游方向，以尽量减少水体污染。

（3）气候条件 气候条件对城市规划与建设有着诸多方面的影响，尤其在为城市居民创造舒适的生活环境、防止城市环境的污染等方面，关系更为密切。

① 太阳辐射。太阳辐射的强度与日照率，在不同纬度的地区存在着差异。认真分析城市所在地区的太阳运行规律和辐射强度，对于建筑的日照标准、建筑朝向、建筑间距的确定以及建筑的遮阳设施与各项工程的采暖设施的设置，提供了规划设计的依据。其中某些因素的考虑将进一步影响到城市建筑密度、城市用地指标与用地规模以及建筑群体的布置等。

② 风象。风象对城市规划与建设有着多方面的影响，尤其城市环境保护与风象的关系更为密切。风是地面大气的水平移动，用风向与风速两个量表示。风向就是风吹来的方向，

表示风向最基本的一个特征指标叫风向频率。风向频率一般是分 8 个或 16 个罗盘方位观测，累计某一时期内（一季、一年或多年）各个方位风向的次数，并以各个风向发生的次数占该时期内观测、累计各个不同风向（包括静风）的总次数的百分比来表示。即：风向频率＝（某一时期内观测、累计某一风向发生的次数/同一时期内观测、累计风向的总次数）× 100％。风速是指单位时间内风所移动的距离，表示风速最基本的一个指标叫平均风速。平均风速是按每个风向的风速累计平均值来表示的。根据城市多年风向观测记录汇总所绘制的风向频率图和平均风速图又称风玫瑰图（图 4-2）。风玫瑰图是研究城市布局的重要依据。

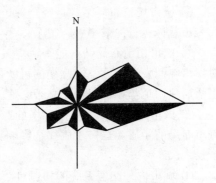

图 4-2　某城市风玫瑰图
资料来源：全国城市规划执业制度管理委员会. 城市规划原理. 北京：中国计划出版社，2002：56.

③ 气温。气温对于城市规划与建设也有影响。如城市所在地区的日温差或年温差较大时会给建筑工程的设施与施工带来影响；在工业配置时，需根据气温条件，考虑工业生产工艺的适应性与经济性问题；在生活居住方面，则应根据气温状况考虑生活居住区的降温或采暖设备的设置等问题。在日温差较大的城区（尤其在冬天），常常因为夜间城市地面散热冷却较快，大气层下冷上热，而在城市上空出现逆温层现象，在静风或谷地地区，加上山坡气流下沉，更加剧这一现象。这时城市上空大气比较稳定，有害的工业烟气滞留或扩散缓慢，进而加剧了城市环境的污染。

此外，城市由于建筑密集，硬地过多，生产与生活活动过程散发大量热量，往往出现市区气温比郊外高的现象，即所谓"热岛效应"，尤其在大城市中更为突出。为改善城市环境条件，降低炎热季节市区温度，在规划布局时，可增设大面积水体和绿地，加强对气温的调节作用。

④ 降水与湿度。降水是降雨、降雪、降雹、降霜等气候现象的总称。降水量的大小和降水强度对城市较为突出的影响是排水设施。此外，山洪的形成、江河汛期的威胁等也给城市用地的选择及城市防洪工程带来直接的影响。

湿度的高低与降水的多少有着密切的联系，相对湿度又随地区或季节的不同而异。一般城市因大量人工建筑物与构筑物覆盖，相对湿度比城市郊区要低。湿度的大小还对城市某些工业生产工艺有所影响，同时又与居住环境是否舒适有关。

**2. 城市用地建设条件评价**

城市用地的建设条件是指组成城市各项物质要素的现有状况与它们在近期内建设或改进的可能，以及它们的服务水平与质量。与城市用地的自然条件评价相比，建设条件的评价更强调人为因素所造成的影响。除了新建城市之外，绝大多数城市都是在一定的现状基础上建设与发展的，不可能脱离城市现有的基础。因此，城市现有的布局往往对城市的进一步发展具有十分重要的影响。城市的现状条件，有时不能满足城市发展的要求，有时还会妨碍城市的建设和发展，这就要求对城市用地的建设条件进行全面评价，对不利的因素加以改造，更好地利用城市现有基础，充分发挥其潜力。

（1）城市用地布局结构方面　城市的布局现状是城市历史发展过程的产物，有着相当的稳定性。城市越大，一般越难以改动。对现状城市用地布局结构的评价，应着重以下几个方面。

① 城市用地布局结构是否合理，主要体现在城市各项功能的组合与结构是否协调，以及城市总体运行的效率。

② 城市用地布局结构能否适应发展需要，城市布局结构形态是封闭的还是开放的，将对城市空间发展、调整或改变的可能性产生影响。如工业的改造或者规模的扩展，以此带来生活居住用地等相应增加，是否会使工作地与居住地的空间扩展出现结构性的障碍等。

③ 城市用地布局对生态环境的影响，主要体现在城市工业排放物所造成的环境污染与城市布局的矛盾。这一矛盾往往影响到城市用地价值，同时为改变污染状态而需要更多的资金投入。

④ 城市内外交通系统的协调性、矛盾与潜力，城市对外铁路、公路、水道、港口及空港等站场、线路的分布，将对城市用地结构产生深刻的影响，还对城市进一步扩展的方向和用地选择造成制约。

⑤ 城市用地结构是否体现出城市性质的要求，或者反映出城市特定自然地理环境和历史文化积淀的特色等。

（2）城市市政设施和公共服务设施方面　城市公共服务设施和市政设施的建设现状，包括质量、数量、容量及改造利用的潜力等，都将影响到土地的利用及旧区再开发的可能性和经济性。

在公共服务设施方面，包括商业服务、文化教育、医疗卫生等设施，它们的分布、配套及质量等，无论是在用地本身，还是作为邻近用地开发的环境，都是土地使用的重要衡量条件。尤其是在旧区改建方面，土地使用的价值往往要视现有住宅和各种公共服务设施以及改建后所能得益的多少来决定。

在市政设施方面，包括现有的道路、桥梁、给水、排水、供电、电信、燃气等的管网、厂站的分布及其容量等方面，它们是土地开发的重要基础条件，影响着城市发展的格局。

（3）社会、经济构成方面　影响土地使用的社会构成状况主要表现在人口结构及其分布的密度、城市各项物质设施的分布及其容量与居民需求之间的适应性。在城市人口高密度地区，为了合理使用土地，常常不得不进行人口疏解。人口分布的疏或密，将反映出土地使用的强度与效益。当旧区改建时，高密度人口地区常会带来安置动迁居民的困难。

城市经济的发展水平、城市的产业结构和相应的就业结构都将影响城市用地功能组织和各种用地的数量结构。

**3. 城市用地经济性评价**

城市用地的经济性评价是根据城市土地的经济和自然两方面的属性及其在城市社会经济活动中所产生的作用，综合评价土地质量优劣差异，为土地使用提供依据。在城市中，由于不同地段所处区位的自然经济条件和人为投入物化劳动的不同，土地质量和土地收益也不同。因此，通过分析土地的区位、投资于土地上的资本状况、经济活动状况等条件，可以揭示土地质量和土地收益的差异。在规划中做到好地优用，劣地巧用，合理确定不同地段的使用性质和使用强度，为用经济手段调节土地使用，提高土地的使用效益打下重要基础。

影响城市用地经济性评价的因素一般可以分为三个层次（表4-2）。

① 基本因素层。包括土地区位、城市设施、环境优劣度及其他因素等。

② 派生因素层。即由基本因素派生出来的子因素，包括繁华度、交通通达度、城市基础设施、社会服务设施、环境质量、自然条件和城市规划等子因素，它们从不同方面反映基本因素的作用。

③ 因子层。它们从更小的侧面具体地对土地使用产生影响。

表 4-2　城市用地经济性评价因素因子体系

| 基本因素层 | 派生因素层 | 因子层 |
|---|---|---|
| 土地区位 | 繁华度 | 商业服务中心等级<br>高级商务金融集聚区<br>集贸市场 |
| | 交通通达度 | 道路功能与宽度<br>道路网密度<br>公交便捷度 |
| 城市设施 | 城市基础设施 | 供水设施<br>排水设施<br>供暖设施<br>供气设施<br>供电设施 |
| | 社会基础设施 | 文化教育设施<br>医疗卫生设施<br>文娱体育设施<br>邮电设施<br>公园绿地 |
| 环境优劣度 | 环境质量 | 大气污染<br>水污染<br>噪声污染 |
| | 自然条件 | 地形坡度<br>地基承载力<br>洪水淹没与积水<br>绿化覆盖率 |
| 其他 | 城市规划 | 人口密度<br>建筑容积率<br>用地潜力 |

资料来源：全国城市规划执业制度管理委员会．城市规划原理．北京：中国计划出版社，2002：59．

**4. 城市用地工程适宜性评价**

城市用地工程适宜性评定是综合各项用地的自然条件对用地质量进行评价的结果。

城市用地工程适宜性的评定要因地制宜，特别是要抓住对用地影响最突出的主导环境要素，进行重点的分析与评价。例如，平原河网地区的城市必须重点分析水文和地基承载力的情况；山区和丘陵地区的城市，则地形、地貌条件往往成为评价的主要因素。又如，在地震区的城市，地质构造的情况就显得十分重要，而矿区附近的城市发展必须弄清地下矿藏的分布情况等。

城市用地的工程适宜性评定一般可分为三类。

（1）一类用地　一类用地即适宜修建的用地。这类用地一般具有地形平坦、规整、坡度适宜、地质条件良好、没有被洪水淹没的危险、自然环境条件较为优越等特点，是能适应城市各项设施建设要求的用地。这类用地一般不需或只需稍加简单的工程准备措施就可以进行修建。其具体要求是：①地形坡度在10％以下，符合各项建设用地的要求；②土质能满足建筑物地基承载力的要求；③地下水位低于建筑物、构筑物的基础埋藏深度；④没有被百年一遇洪水淹没的危险；⑤没有沼泽现象或采取简单的工程措施即可排除地面积水；⑥没有冲沟、滑坡、崩塌、岩溶等不良地质现象。

（2）二类用地　二类用地即基本上适宜修建的用地。这类用地由于受某种或某几种不利条件的影响，需要采取一定的工程措施改善其条件后才适于修建，这类用地对城市设施或工程项目的布置有一定的限制。其具体情况是：①土质较差，在修建建筑物时，地基需要采取人工加固措施；②地下水位距地表面的深度较浅，修建建筑物时，需降低地下水位或采取排水措施；③属洪水轻度淹没区，淹没深度不超过1.5m，需采取防洪措施；④地形坡度较大，修建建筑物时，除需要采取一定的工程措施外，还需动用较大土石方工程；⑤地表面有严重积水现象，需要采取专门的工程准备措施加以改善；⑥有轻微的活动性冲沟、滑坡等不良地质现象，需要采取一定的工程准备措施等。

（3）三类用地　三类用地即不适宜修建的用地。这类用地一般说来用地条件很差，其具体情况是：①地基承载力极低和厚度在2m以上的泥炭或流沙层的土壤，需要采取很复杂的人工地基和加固措施才能修建；②地形坡度超过20%以上，布置建筑物很困难；③经常被洪水淹没，且淹没深度超过1.5m；④有严重的活动性冲沟、滑坡等不良地质现象，若采取防治措施需花费很大工程量和工程费用；⑤农业生产价值很高的丰产农田，具有开采价值的矿藏，属给水水源卫生防护地段，存在其他永久性设施和军事设施等。

**5. 城市建设用地选择**

城市建设用地选择就是合理地选择城市的具体位置和用地的范围，对新建城市就是城市选址，对老城市来说则是确定城市用地的发展方向。城市建设用地选择的基本要求如下。

（1）选择有利的自然条件　有利的自然条件，一般是指地势较为平坦，地基承载力良好，不受洪水威胁，工程建设投资省，而且能够保证城市日常功能的正常运转等。由于城市建设条件影响因素多且比较复杂，各种矛盾相互制约，如地形平坦的地段往往容易被水淹没且地基较差，地形起伏较大的丘陵虽然不平坦，但地基承载力较好。因此，要全面分析比较，合理估算工程造价，得出合理的选择。对于一些不利的自然条件，利用现代技术，通过一定的工程措施加以改造，但都必须经济合理和工程可行，要从现实的经济水平和技术能力出发，按近期和远期的规模要求来合理地选择用地。

（2）尽量少占农田　保护耕地是我国的基本国策，因此也是城市用地选址必须遵循的原则。在选择城市建设用地时应尽量利用劣地、荒地、坡地，少占农田。

（3）保护古迹与矿藏　城市用地选择应避开有价值的历史文物古迹和已探明有开采价值的矿藏的分布地段。

（4）满足主要建设项目的要求　城市建设项目和内容，有主次之分。对城市发展关系重大的建设项目，应优先满足其建设需要，解决城市用地选择的主要矛盾，此外还要研究它们的配套设施如水、电、运输等用地的要求。

（5）要为城市合理布局创造良好条件　城市布局的合理与否与用地选择关系很大。在用地选择时，要结合城市总体规划的初步设想，反复分析比较。优越的自然条件是城市合理布局的良好基础。

**6. 城市建设用地平衡表**

为保证城市土地的合理利用，同时又能保证基本的生产、生活要求，在《城市用地分类与规划建设用地标准》（GBJ137—90）中增加了对人均单项建设指标的控制（表4-3）。

城市的各项用地构成往往因城市所在地区不同和所具备的条件不同而有所差异，但就一个城市而言，它是一个有机整体，这个有机整体要求能在生产与生活各个方面协调发展，那么它们在建设用地上必然存在着一定的内在联系。因此，《城市用地分类与规划建设用地标准》（GBJ137—90）也规定了在编制城市总体规划时，居住、工业、道路广场和绿地四大类用地必须符合相应的规划建设用地标准（表4-4）。

表4-3 规划人均单项建设用地指标

| 类别名称 | 用地指标/(m²/人) | 类别名称 | 用地标准/(m²/人) |
|---|---|---|---|
| 居住用地 | 18.0～28.0① | 绿地 | ≥9.0 |
| 工业用地 | 10.0～25.0② | 其中:公共绿地 | ≥7.0 |
| 道路广场用地 | 7.0～15.0③ | | |

① 规划人均建设用地指标为第Ⅰ级，有条件建造部分中高层住宅的大中城市，其居住用地指标可降低到不少于16.0m²/人。

② 大城市宜采用下限，设有大中型工业项目的中小工矿城市，其工业用地指标可提高到不大于30.0m²/人。

③ 规划人均建设用地指标为第Ⅰ级的城市，道路广场用地指标可降低到不少于5.0m²/人。

注：资料来源：《城市用地分类与规划建设用地标准》（GBJ137—90）。

表4-4 规划建设用地结构

| 类别名称 | 占建设用地的比例/% | 类别名称 | 占建设用地的比例/% |
|---|---|---|---|
| 居住用地 | 20～32 | 道路广场用地 | 8～15 |
| 工业用地 | 15～25 | 绿地 | 8～15 |

注：1. 大城市中此比例宜取规定的下限；设有大中型工业项目的中小工矿城市，此比例可大于25%，但不宜超过30%。

2. 规划人均建设用地指标为第Ⅳ级的小城市，此项比例宜取下限。

3. 风景旅游城市及绿化条件较好的城市，此项比例可大于15%。

4. 居住、工业、道路广场和绿地四大类用地总和占建设用地比例宜为60%～75%。

5. 资料来源：《城市用地分类与规划建设用地标准》（GBJ137—90）。

在城市总体规划中通过编制城市建设用地平衡表（表4-5）来分析城市各项用地的数量关系，用数量的概念来说明城市现状与规划方案中各项用地的内在联系，为合理分配城市用地提供必要的依据。

表4-5 城市建设用地平衡表

| 序号 | 用地代号 | 用地名称 | | 面积 | | 占城市建设用地比例/% | | 人均/(m²/人) | |
|---|---|---|---|---|---|---|---|---|---|
| | | | | 现状 | 规划 | 现状 | 规划 | 现状 | 规划 |
| 1 | R | 居住用地 | | | | | | | |
| 2 | C | 公共设施用地 | | | | | | | |
| | | 其中 | 行政办公用地 | | | | | | |
| | | | 教育科研用地 | | | | | | |
| | | | …… | | | | | | |
| 3 | M | 工业用地 | | | | | | | |
| 4 | W | 仓储用地 | | | | | | | |
| 5 | T | 对外交通用地 | | | | | | | |
| 6 | S | 道路广场用地 | | | | | | | |
| 7 | U | 市政公共服务设施 | | | | | | | |
| 8 | G | 绿地 | | | | | | | |
| | | 其中:公共绿地 | | | | | | | |
| 9 | D | 特殊用地 | | | | | | | |
| 合并 | | 城市建设用地 | | | | | | | |

资料来源：《城市用地分类与规划建设用地标准》（GBJ137—90）。

## 二、城市总体布局

城市总体布局是城市社会、经济、自然条件以及工程技术与建筑艺术的综合反映，在城市性质和规模基本确定之后，在城市用地适宜性评定的基础上，根据城市自身的特点与要求，对城市各组成用地进行统一安排，合理布局，使其各得其所，并为今后的发展留有余地。城市总体布局的合理性，关系到城市经营的整体经济性，关系到城市长远的社会效益与环境效益。

**1. 城市总体布局的基本原则**

（1）城乡结合，统筹安排　城市总体布局的综合性很强，要立足于城市全局，符合国家、区域和城市自身的根本利益和长远发展的要求。城市与周围地区有密切的联系，总体布局时应作为一个整体，统筹安排，同时还应与区域的土地利用、交通网络、山水生态相互协调。

（2）功能协调，结构清晰　城市是一个庞大的系统，各类物质要素及其功能既有相互关联、互补的一面，又有相互矛盾、排斥的一面。城市规划用地结构清晰是城市用地功能组织合理性的一个标志，它要求城市各主要用地功能明确，各用地之间相互协调，同时有安全便捷的联系，保障城市功能的整体协调、安全和运转高效。

（3）依托旧区，紧凑发展　城市总体布局在充分发挥城市正常功能的前提下应力争布局的集中紧凑，节约用地，节约城市基础设施建设投资，有利于城市运营，方便城市管理，减轻交通压力，有利于城市生产和方便居民生活。依托旧区和现有对外交通干线，就近开辟新区，循序滚动发展。

（4）分期建设，留有余地　城市总体布局是城市发展与建设战略部署，必须有长远观点和具有科学预见性，力求科学合理、方向明确、留有余地。对于城市远期规划，要坚持从现实出发，对于城市近期建设规划，必须以城市远期为指导，重点安排好近期建设和发展用地，滚动发展，形成城市建设的良性循环。

**2. 自然条件对城市总体布局的影响**

（1）地貌类型　地貌类型一般包括山地、高原、丘陵、盆地、平原、河流谷地等，它对城市的影响体现在选址、地域结构和空间形态等方面。

平原地区因地势平坦，用地充裕，自然障碍较少，城市可以自由地扩展，因而其布局多采用集中式，如北京、沈阳、长春、石家庄、郑州等城市。

河谷地带和海岸线上的城市，由于海洋及山地和丘陵的限制，城市布局多呈狭长带状分布，如兰州、青岛、抚顺、深圳等城市。

江南河网密布，用地分散，城市多呈分散式布局，如武汉、广州、福州、汕头等城市。

（2）地表形态　地表形态包括地面起伏度、地面坡度、地面切割度等。其中，地面起伏度为城市提供了各具特色的景观要素，地面坡度对城市建设的影响最为普遍和直接，而地面切割度则有助于城市特色的创造。

地表形态对城市布局的影响主要体现在：首先，山地丘陵城市的市中心一般都选在山体的四周进行建设，这里既可以拥有优美的城市绿化景观，同时又可以俯瞰、眺望整个城市的全貌，如围绕南山建设的韩国首尔城市中心；其次，居住区一般布置在用地充裕、地表水资源丰富的谷地中；再次，工业特别是有污染的工业布置在地形较高的城市下风向，以利于污染空气的扩散。

（3）地表水系　流域的水系分布、走向对污染较重的工业用地和居住用地的规划布局有直接影响，规划中居住用地、水源地特别是取水口应安排在城市的上游地带。

沿河水位变化、岸滩稳定性及泥沙淤积情况还是港口选址必须考虑的基本因素。河流的凹岸多为侵蚀地段，沙岸很不稳定，相反，凸岸则易产生泥沙淤积，影响水深，堵塞航道。因此，河流的平直河段最适宜建设内河港口。水位深、岸滩稳定、泥沙淤积量小、背后有山体屏障的海湾是海港的最佳位置。

（4）地下水　地下水的矿化度、水温等条件决定着一些特殊行业的选址与布局，决定其产品的品质，如饮料业、酿酒业、风味食品业等对水质的要求较高；又如现代都市居民休闲、度假普遍喜欢选择的项目——温泉旅游休闲、疗养项目，对地下水的水温、水质也有着特殊的要求，这些项目的选址与布局必然是在拥有特种地下水源的地方。

在城市总体规划中，地下水的流向应与地面建设用地的分布以及其他自然条件（如风向等）一并考虑，防止因地下水受到工业排放物的污染，影响到居住区生活用水的质量。城市生活居住用地及自来水厂，应布置在城市地下水的上水位方向；城市工业区特别是污水量排放较大的工业企业，应布置在城市地下水的下水位方向。

（5）风向　在进行城市用地规划布局时，为了减轻工业排放的有害气体对生活居住区的危害，通常把工业区布置于生活居住区的下风向，但应同时考虑最小风频风向、静风频率、各盛行风向的季节变换及风速关系。如全年只有一个盛行风向，且与此相对的方向风频最小，或最小风频风向与盛行风向转换夹角大于 90°，则工业用地应放在最小风频之上风向，居住区位于其下风向；当全年拥有两个方向的盛行风时，应避免使有污染的工业处于任何一个盛行风向的上风方向，工业区及居住区一般可分别布置在盛行风向的两侧。

（6）风速　风速对城市工业布局影响很大。一般来说，风速越大，城市空气污染物越容易扩散，空气污染程度就越低；相反，风速越小，城市空气污染物越不易扩散，空气污染程度就越高。在城市总体布局中，除了考虑城市盛行风向的影响外，还应特别注意当地静风频率的高低，尤其在一些位于盆地或峡谷的城市，静风频率往往很高。如果只按频率不高的盛行风向作为用地布局的依据，而忽视静风的影响，那么在静风时日，烟气滞留在城市上空无法吹散，只能沿水平方向慢慢扩散，仍然影响到邻近上风侧的生活居住区，难以解决城市大气的污染问题。因此，在静风占优势的城市，布局时除了将有污染的工业布置在盛行风向的下风地带以外，还应与居住区保持一定的距离，防止近处受严重污染。

此外，城市用地布局在绿地安排和道路系统规划中也应考虑自然通风的要求，如大面积绿地安排成楔状插入城市，以导引风向；道路系统的走向可与冬季盛行风向成一定角度，以减轻寒风对城市的侵袭；为了防止台风、季节风暴的袭击，道路走向和绿地分布以垂直其盛行风向为好。对城市局部地段在温差热力作用下产生的小范围空气环流也应考虑，处理得当有利于该地段的自然通风。如在山地背风面，由于会产生机械性涡流，布置于此的建筑有利于通风，但其上风向若为污染源时，也会因此而加剧污染。

**3. 城市总体布局主要模式**

城市总体布局模式是对不同城市形态的概括表述，城市形态与城市的性质规模、地理环境、发展进程、产业特点等相互关联，具有空间上的整体性、特征上的传承性和时间上的连续性。

（1）集中式城市总体布局　特点是城市各项建设用地集中连片发展，就其道路网形式而言，可分为网络状、环状、环形放射状、混合状以及沿江、沿海或沿主要交通干路的带状发展模式。

集中式布局的优点：①布局紧凑，节约用地，节省建设投资；②容易低成本配套建设各项生活服务设施和基础设施；③居民生活、工作出行距离较短，城市氛围浓郁，交往需求容易满足。

集中式布局的缺点：①城市用地功能分区不十分明显，工业区与生活居住区紧邻，如果处理不当，易造成环境污染；②城市用地大面积集中连片布置，不利于城市道路交通的组织，因为越往中心，人口和经济密度越高，交通流量越大；③城市进一步发展，会出现"摊大饼"现象，即城市居住区与工业区层层包围，城市用地连绵不断地向四周扩展，城市总体布局可能陷入混乱。

（2）分散式城市总体布局　城市分为若干个相对独立的组团，组团之间大多被河流、山川等自然地形、矿藏资源或对外交通系统分隔，组团间一般都有便捷的交通联系。

分散式布局的优点：①布局灵活，城市用地发展和城市容量具有弹性，容易处理好近期与远期的关系；②接近自然环境、环境优美；③各城市物质要素的布局关系井然有序，疏密有致。

分散式布局的缺点：①城市用地分散，浪费土地；②各城区不易统一配套建设基础设施，分开建设成本较高；③如果每个城市的规模达不到一个最低要求，城市氛围就不浓郁；④跨区工作和生活出行成本高，居民联系不便。

**4. 城市总体布局的基本内容**

城市活动概括起来主要有工作、居住、游憩、交通四个方面。为了满足各项城市活动，就必须有相应的不同功能的城市用地。各种城市用地之间，有的相互间有联系，有的相互间有依赖，有的相互间有干扰，有的相互间有矛盾，需要在城市总体布局中按照各类用地的功能要求以及相互之间的关系加以组织，使城市成为一个协调的有机整体。城市总体布局的核心是城市用地的功能组织，可通过以下几方面内容来体现。

① 按组群方式布置工业企业，形成工业区。工业是城市发展的主要因素，发展工业是推动城市化进程的必要手段之一。合理安排工业区与其他功能区的位置，处理好工业与居住、交通运输等各项用地之间的关系，是城市总体规划的重要任务。

由于现代化的工业组织形式和工业劳动组织的社会需要，无论在新城建设和旧城改造中，都力求将那些单独的、小型的、分散的工业企业按其性质、生产协作关系和管理系统组织成综合性的生产联合体，或按组群分工相对集中地布置成为工业区。工业区要协调好其与交通系统的配合，协调好工业区与居住区的方便联系，控制好工业区对居住区等功能区及对整个城市的环境污染。

② 按居住区、居住小区等组成梯级布置，形成城市生活居住区。城市生活居住区的规划布置应能最大限度地满足城市居民多方面和不同程度的生活需要。一般情况下城市生活居住区由若干个居住区组成，根据城市居住区布局情况配置相应公共服务设施内容和规模，满足合理的服务半径，形成不同级别的城市公共活动中心（包括市级、居住区级等中心），这种梯级组织更能满足城市居民的实际需求。

③ 配合城市各功能要素，组织城市绿化系统，建立各级休憩与游乐场所。绿地系统是改善城市环境、调节小气候和构成休憩游乐场所的重要因素，应把它们均衡分布在城市各功能组成要素之中，并尽可能与郊区大片绿地（或农田）相连接，与江河湖海水系相联系，形成较为完整的城市绿化体系，充分发挥绿地在总体布局中的功能作用。

居民的休憩与游乐场所，包括各种公共绿地、文化娱乐和体育设施等，应把它们合理地分散组织在城市中，最大限度地方便居民利用。

④ 按居民工作、居住、游憩等活动的特点，形成城市的公共活动中心体系。城市公共活动中心通常是指城市主要公共建筑物分布最为集中的地段，是城市居民进行政治、经济、

社会、文化等公共生活的中心，是城市居民活动十分频繁的地方。选择城市各类公共活动中心的位置以及安排什么内容，是城市总体布局的重要任务之一。这些公共活动中心包括社会政治公共活动中心、科技教育公共活动中心、商业服务公共活动中心、文化娱乐公共活动中心、体育公共活动中心等。

⑤ 按交通性质和交通速度，划分城市道路的类别，形成城市道路交通系统。在城市总体布局中，城市道路与交通体系的规划占有特别重要的地位。它的规划又必须与城市工业区和居民区等功能区的分布相关联，按各种道路交通性质和交通速度的不同，将城市道路按其从属关系分为若干类别。交通性道路中比如联系工业区、仓库区与对外交通设施的道路，以货运为主，要求高速；联系居住区与工业区或对外交通设施的道路，用于职工上、下班，要求快速、安全。而城市生活性道路则是联系居住区与公共活动中心、休憩游乐场所的道路，以及它们各自内部的道路。此外，还有在城市外围穿越的过境道路等。在城市道路交通体系的规划布局中，还要考虑道路交叉口形式、交通广场和停车场位置等。

以上五个方面构成了城市总体布局的主要内容。城市总体布局就是要使城市用地功能组织建立在各功能区的合理分布的基础之上。按此原理组织城市布局，就可使城市各部分之间有简便的交通联系，可使城市建设有序合理，使城市各项功能得以充分发挥。

**5. 城市总体布局的艺术性**

城市总体布局应当在满足城市功能要求的前提下，利用自然和人文条件，对城市进行整体设计，创造优美的城市环境和形象。

(1) 城市用地布局艺术　城市用地布局艺术指用地布局上的艺术构思及其在空间的体现，把山川河湖、名胜古迹、园林绿地、有保留价值的建筑等有机组织起来，形成城市景观的整体框架。

(2) 城市空间布局体现城市审美要求　城市之美是自然美与人工美的结合，不同规模的城市要有适当的比例尺度，城市美在一定程度上反映在城市尺度的均衡、功能与形式的统一上。

(3) 城市空间景观的组织　城市中心和干路的空间布局都是形成城市景观的重点，是反映城市面貌和个性的重要因素。城市总体布局应通过对节点、路径、界面、标志的有效组织，创造出具有特色的城市中心和城市干路的艺术风貌。

城市轴线是组织城市空间的重要手段。通过轴线，可以把城市空间组成一个有秩序、有韵律的整体，以突出城市空间的序列和秩序感。

(4) 继承历史传统，突出地方特色　在城市总体布局中，要充分考虑每个城市的历史传统和地方特色，保护好有历史文化价值的建筑、建筑群、历史街区，使其融入城市空间环境之中，创造独特的城市环境和形象。

**三、主要建设用地规模的确定**

影响不同种类城市用地规模的因素是不同的，即不同用途的城市用地在不同城市中变化的规律和变化的幅度是不同的。例如，影响居住用地规模的因素相对单纯并且易于把握。在国家大的土地政策、经济水平以及居住模式一定的前提下，采用通过统计得出的数据（如居住区的人口密度或人均居住用地面积等），结合人口规模的预测，很容易计算出城市在未来某一时点所需居住用地的总体规模。

相对于居住用地而言，工业用地规模的计算可能要复杂一些，一般从两个角度出发进行预测。一个是按照各主要工业门类的产值预测和该门类工业的单位产值所需用地规模来推算；另一个是按照各主要工业门类的职工数与该门类工业人均用地面积来计算。其中，城市主导产业的变化、劳动生产率的提高、工业工艺的改变等因素均会对工业用地的规模产生较大的影响。

商务商业用地规模的准确预测最为困难。这不仅是因为该类用地对市场的需求最为敏感，变化周期较短，而且其总规模与城市性质、服务对象的范围、当地的消费习惯等因素有关，难以以城市人口规模作为预测的依据。同时，商业服务功能还大量存在于商业-居住、商业-工业等复合型土地使用形态中。商业服务活动的"量"有时并不直接反映在商务商业用地的面积上。规划中通常可以采用将商务、批发商业、零售业、娱乐服务业用地等分别计算的方法。

城市中的道路、绿地等可以按照城市总用地规模的一定比例计算出来。例如，在目前我国的城市中，道路广场用地与绿地的面积分别占城市总建设用地的 8%～15%。

此外，城市中还有一些用途较为特殊但规模较大的用地，其规模只能按照实际需要逐项估算。例如，对外交通用地（尤其是机场、港口用地），教育科研用地，用于军事、外事等目的的特殊用地等。

城市用地规模是一个随时间变化的动态指标。通过预测所获得的用地规模只是对未来某个时点所做出的大致估计。在城市实际发展过程中，不但各种用地之间的比例随时变化，而且达到预测规模的时点也会提前或延迟。

**四、居住用地规划布局**

居住用地规划布局就是要为居住功能选择适宜、恰当的用地，并处理好与其他类别用地的关系，同时确定居住功能的组织结构，配置相应的公共服务设施系统，创造良好的居住环境。

**1. 居住用地的组成**

在居住用地中，除了直接建设各类住宅的用地外，还有为住宅服务的各种配套设施用地。例如，居住区内的道路，为社区服务的公园、幼儿园、中小学以及商业服务设施用地等。因此，城市总体规划中的居住用地是指包括这些为住宅服务的设施用地在内的总称。

为便于城市用地的统计，并且与总体规划图上的表示取得一致，国标《城市用地分类与规划建设用地标准》（GBJ137—90）规定，居住用地是指住宅用地和居住小区及居住小区级以下的公共服务设施用地、道路用地及绿地。

**2. 居住用地指标**

居住用地水平关系到城市生活质量、土地资源的利用以及居住空间与环境的营造等多个方面。

居住用地指标主要由两方面来表达，一是居住用地占整个城市用地的比重；二是居住用地的分级以及各组成内容的用地分配与标准。

（1）影响因素　居住用地指标的拟定主要受到下列因素的影响。

① 城市规模。在居住用地占城市总用地的比重方面，一般是大城市因工业、交通、公共设施等用地较之小城市的比重要高，相对地居住用地比重会低些。同时由于大城市可能建造较多高层住宅，人均居住用地指标会比小城市低。

② 城市性质。一般老城市建筑层数较低，居住用地所占城市用地的比重会高些；而新兴工业城市，因产业占地较大，居住用地比重就较低。

③ 自然条件。如在丘陵或水网地区，会因土地可利用率较低，增加居住用地的数量，加大该项用地的比重。此外，不同纬度的地区，为保证住宅必要的日照间距，从而会影响到居住用地的标准。

④ 城市用地标准。因城市社会经济发展水平不同加上房地产市场的需求状况不一，也会影响到住宅建设标准和居住用地的指标。

（2）用地指标。

① 居住用地的比重。按照国标《城市用地分类与规划建设用地标准》（GBJ 137—90）规定，居住用地占城市建设用地的比例为 20%～30%，可根据城市具体情况取值。如大城市可能偏于低值，小城市可能接近高值。在一些居住用地比值偏高的城市，随着城市发展和道路、公共设施等用地的相对增多，居住用地的比重会逐步降低。

② 居住用地人均指标。按照国标《城市用地分类与规划建设用地标准》规定，居住用地指标为人均 18.0～28.0m²，并规定大中城市不得少于 16.0m²/人。

在城市总体用地平衡的条件下，对城市居住区、居住小区等居住地域结构单位的用地指标，在《城市居住区规划设计规范》中有规定（表 4-6）。

表 4-6　居住区、居住小区人均用地控制指标表

| 规模 | 层数 | 大城市/m² | 中等城市/m² | 小城市/m² |
|---|---|---|---|---|
| 居住区 | 多层 | 16～21 | 16～22 | 16～25 |
| | 多层、中高层 | 14～18 | 15～20 | 15～20 |
| | 多层、中高层、高层 | 12.5～17 | 13～17 | 13～17 |
| | 多层、高层 | 12.5～16 | 13～16 | 13～16 |
| 居住小区 | 低层 | 20～25 | 20～25 | 20～30 |
| | 多层 | 15～19 | 15～20 | 15～22 |
| | 多层、中高层 | 14～18 | 14～20 | 14～20 |
| | 中高层 | 13～14 | 13～15 | 13～16 |
| | 多层、高层 | 11～14 | 12.5～15 | — |
| | 高层 | 10～12 | 10～13 | — |

注：资料来源：《城市居住区规划设计规范》。

### 3. 居住用地的规划布局

（1）居住用地的选择　居住用地的选择关系到城市的功能布局、居民的生活质量与环境质量、建设经济与开发效益等多个方面。一般应考虑以下几方面要求。

① 选择自然环境优良的地区，有着适于建筑的地形与工程地质条件，避免易受洪水、地质灾害和滑坡、沼泽、风口等不良条件的地区。在丘陵地区，宜选择向阳、通风的坡面。在可能情况下，尽量接近水面和风景优美的环境。

② 居住用地的选择应协调与城市的就业区和商业中心等功能地域的相互关系，以减少居住-工作、居住-消费的出行距离与时间。

③ 居住用地选择要十分注重用地自身及用地周边的环境污染影响。在接近工业区时，要选择在常年主导风向的上风向，并按环境保护等法规规定间隔留有必要的防护距离，为营造卫生、安宁的居住生活空间提供环境保证。

④ 居住用地选择应有适宜的规模与用地形状，从而合理地组织居住生活，经济有效地配置公共服务设施。合适的用地形状将有利于居住区的空间组织和建设工程经济。

⑤ 在城市外围选择居住用地，要考虑与现有城区的功能结构关系，利用旧城区公共设施、就业设施，有利于密切新区与旧区的关系，节省居住区建设的初期投资。

⑥ 居住区用地选择要结合房地产市场的需求趋向，考虑建设的可行性与效益。

⑦ 居住用地选择要注意留有余地。在居住用地与产业用地相配合一体安排时，要考虑相互发展的趋势与需要，如产业有一定发展潜力与可能时，居住用地应有相应的发展安排与空间准备。

(2) 居住用地的规划布局　城市居住用地在城市总体布局中的分布主要有以下方式。

① 集中布置。当城市规模不大，有足够的用地且在用地范围内无自然或人为的障碍，而可以成片紧凑地组织用地时，常采用这种布置方式。用地的集中布置可以节约城市市政建设投资，密切城市各部分在空间上的联系，在便利交通和减少能耗、时耗等方面可获得较好的效果。但在城市居住用地过于大片密集布置，可能会造成上下班出行距离增加、疏远居住与自然的联系、影响居住生态质量等诸多问题。

② 分散布置。当城市用地受到地形等自然条件的限制，或因城市的产业分布和道路交通设施的走向与网络的影响，居住用地可采取分散布置。前者如在丘陵地区城市用地沿多条谷地展开；后者如在矿区城市，居住用地与采矿点相伴而分散布置。

③ 轴向布置。当城市用地以中心地区为核心，沿着多条由中心向外围放射的交通干线发展时，居住用地依托交通干线（如快速路、轨道交通线等），在适宜的出行距离范围内，赋以一定的组合形态，并逐步延展。如有的城市因轨道交通的建设，带动了沿线房地产业的发展，居住区在沿线集结，呈轴线发展态势。

## 五、工业用地规划布局

工业是近现代城市产生与发展的根本原因。对于正处在工业化时期的我国大部分城市而言，工业不但是城市经济发展的支柱与动力，同时也是提供大量就业岗位、接纳劳动力的主体。工业生产活动通常占用城市中大面积的土地，伴随包括原材料与产品运输在内的货运交通以及以职工通勤为主的人流交通，同时还在不同程度上产生影响城市环境的废气、废水、废渣和噪声。因此，工业用地承载着城市的主要活动，构成了城市土地使用的主要组成部分。

### 1. 城市工业布置的基本要求

(1) 工业用地的自身要求　工业用地的具体要求有如下几个方面。

① 用地的形状和规模。工业用地要求的形状与规模，不仅因生产类别不同而不同，且与机械化、自动化程度、采用的运输方式、工业流程和建筑层数有关。当把技术、经济上有直接依赖关系的工厂组成联合企业时（如钢铁、石油化工、纺织、木材加工等联合企业），则需要很大的用地。规划中必须根据城市发展战略对不同类型的工业用地进行充分的调查分析，为未来的城市支柱产业留有足够的空间和弹性。

② 地形要求。工业用地的自然坡度要和工业生产工艺、运输方式与排水坡度相适应。利用重力运输的水泥厂、选矿厂应设于山坡地，对安全距离要求很高的工厂宜布置在山坞或丘陵地带，有铁路运输时则应满足线路铺设要求。

③ 水源要求。安排工业项目时注意工业与农业用水的协调平衡。由于冷却、工艺、原料、锅炉、冲洗以及空调的需要（如火力发电、造纸、纺织、化纤等），用水量很大的工业类型用地（如火力发电、造纸、纺织、化纤等）应布置在供水量充沛可靠的地方，并注意与水源高差的问题。水源条件对工业用地的选址往往起决定作用。有些工业对水质有特殊的要求，如食品工业对水的味道和气味、造纸厂对水的透明度和颜色、纺织工业对水温、丝织工业对水的铁质等要求，规划布局时必须予以充分考虑。

④ 能源要求。安排工业区必须有可靠的能源供应，大量用电的炼铝、铁合金、电炉炼钢、有机合成与电解企业用地要尽可能靠近电源布置，争取采用发电厂直接输电，以减少架

设高压线、升降电压带来的电能损失。染料厂、胶合板厂、氨厂、碱厂、印染厂、人造纤维厂、糖厂、造纸厂以及某些机械厂，在生产过程中，由于加热、干燥、动力等需大量蒸汽及热水，对这类工业的用地应尽可能靠近热电站布置。

⑤ 工程地质、水文地质与水文要求。工业用地不应选在 7 级和 7 级以上的地震区，土壤的耐压强度一般不应小于 $15t/m^2$；山地城市的工业用地应特别注意，不要选址于滑坡、断层、熔岩或泥石流等不良地质地段；在黄土地区，工业用地选址应尽量选在湿陷量小的地段，以减少基建工程费用。工业用地的地下水位最好是低于厂房的基础，并能满足地下工程的要求，地下水的水质要求不致对混凝土产生腐蚀作用。工业用地应避开洪水淹没地段，一般应高出当地最高洪水位 0.5m 以上。最高洪水频率，大、中型企业为百年一遇，小型企业为 50 年一遇。厂区不应布置在水库坝址下游，如必须布置在下游时，应考虑安置在水坝发生意外事故时，建筑不致被水冲毁的地段。

⑥ 工业的特殊要求。某些工业对气压、湿度、空气含尘量、防磁、防电磁波等有特殊要求，应在布置时予以满足，某些工业对地基、土壤以及防爆、防火等有特殊要求，也应在布置时予以满足。如有锻压车间的工业企业，在生产过程中对地面发生很大的静压力和动压力，对地基的要求较高。又如有的化工厂有很多的地下设备，需要有干燥不渗水的土壤。再如有易燃、易爆危险性的企业，要求远离居住区、铁路、公路、高压输电线等，厂区应分散布置，同时还须在其周围设置特种防护地带。

⑦ 其他要求。工业用地应避开以下地区：军事用地、水利枢纽、大桥等战略目标；矿物蕴藏地区和采空区；文物古迹埋藏地区以及生态保护与风景旅游区；埋有地下设备的地区。

（2）交通运输的要求　工业用地的交通运输条件关系到工业企业的生产运行效益，直接影响到吸引投资的成败。在有便捷运输条件的地段布置工业可有效节省建厂投资，加快工程进度，并保证生产的顺利进行。因此，城市的工业多沿公路、铁路、通航河流进行布置。

各种运输方式的建设与经营管理费用均不相同，在考虑工业布局时，要根据货运量的大小、货物单件尺寸与特点、运输距离，经分析比较后确定运输方式，将其布置在有相应运输条件的地段。在工业中可采用铁路、水路、公路或连续运输。

① 铁路运输。铁路运输的特点是运量大、效率高、运输费用低，但建设投资高，用地面积大，并要求用地平坦。因此只有需大量燃料、原料和生产大量产品的冶金、化工、重型机器制造业，或大量提供原料、燃料的煤、铁、有色金属开采业，有大量向外运输需求或只有一个固定原料基地的工业，才有条件设铁路专用线。采用铁路运输的工业企业用地要布置在便于接轨的地段。把有关工业组成工业区，统一建设铁路运输设施，可以提高专用线的利用率，节约建设投资。

② 水路运输。水路运输费用最为低廉，在有通航河流的城市安排工业，特别是木材、造纸原料、砖瓦、矿石、煤炭等大宗货物的运输应尽量采用水运。采用水路运输的工厂要尽量靠近码头。

③ 公路运输。公路运输机动灵活、建设快、基建投资少，是城市的主要运输方式。为此在规划中要注意工业区与码头、车站、仓库等有便捷的交通联系。

④ 连续运输。连续运输包括传送带、传送管道、液压、空气压缩输送管道、悬索及单轨运输等方式。连续运输效率高，节约用地，并可节约运输费用和时间，但建设投资高，灵活性小。

城市中布置工业用地时，对运输条件的考虑随工业规模大小不同而不同。中小型工业，货运量小，投资少，为了迅速上马，尽可能利用原有运输设施，这些工业要靠近铁路接轨站、码头、公路进行布置。大型联合企业货运量大，往往超过原有运输设施的运输能力，建厂时必须开辟新的线路，增建新的运输设施，这些工业的安排要注意满足修建运输设施的基本条件，特别是大型港口的自然条件。工业区的运输方案应考虑各种运输方式互相联系，互相补充，形成系统，并避免货运线路和主要客运线路交叉。

（3）防止工业对城市环境的污染　工业生产中可能排出大量废水、废气、废渣，并产生强大噪声，使空气、水、土壤受到污染，造成环境质量的恶化。在工业建设的同时控制污染是十分必要的。在规划中注意合理布局，也有利于改善环境卫生。各类工业排放的"三废"有害成分和数量不同，对城市环境影响也不同。废气污染以化工和金属制品工业最为严重；废水污染以化工、纤维与钢铁工业影响最大；废渣则以高炉为最多。为减少和避免工业对城市的污染，在城市中布置工业用地时应注意以下几个方面。

① 减少有害气体对城市的污染。散发有害气体的工业不宜过分集中在一个地段。在城市中布置工业时，应了解各种工业排出废气的成分与数量，对集中与分散布置给环境带来的污染状况进行分析和研究。应特别注意，不要把废气能相互作用产生新的污染的工厂布置在一起，如氨肥厂和炼油厂相邻布置时，两个厂排放的废气会在阳光下发生复杂的化学反应，形成极为有害的光化学污染。

工业在城市中的布置要综合考虑风向、风速、地形等多方面的影响因素，空气流通不良会使污染无法扩展而加重污染，在群山环绕的盆地、谷地，四周被高大建筑包围的空间及静风频率高的地区，不宜布置排放有害废气的工业。

工业区与居住区之间按要求隔开一定距离，称为卫生防护带，这段距离的大小随工业排放污物的性质与数量的不同而变化。在卫生防护带中，一般可以布置一些少数人使用的、停留时间不长的建筑，如消防车库、仓库、停车场、市政工程构筑物等，不得将体育设施、学校、儿童机构和医院等布置在防护带内。

卫生防护带内必须种植树木，形成绿带，以有效减少工业对居住区的危害。绿带应选用对有害废气有抵抗能力、最好能吸收有害气体的树种。

② 防止废水污染。水在流动中有自净作用，当排入水体的污物数量过大，超过自净能力，则引起水质恶化。工业生产过程中产生大量含有各种有害物质的废水，这些废水若不加控制，任意排放，就会污染水体和土壤。在城市现有及规划水源上游不得设置排放有害废水的工业，亦不得在排放有害废水的工业下游开辟新的水源。集中布置废水性质相同的厂，以便统一处理废水，节约废水的处理费用，如纺织、制革、造纸等企业都排出含有机物废水，布置在一起可统一用微生物处理。

③ 防止工业废渣污染。工业废渣主要来源于燃料和冶金工业，其次来源于化学和石油化工工业，它们的数量大，化学成分复杂，有的具有毒性。工业废渣回收利用途径较多，应尽量回收利用，否则不仅需占有大片土地，而且会对土壤、水质及大气产生污染。在城市中布置工业可根据其废渣的成分、综合利用的可能，适当安排一些配套项目，以求物尽其用。德国鲁尔区的煤、钢、化工联合企业，利用冶金矿渣和电厂粉煤建成水泥厂和硅酸盐制品厂。化工废渣种类繁多，综合利用十分广泛，在工业布置时要尽量统一安排。不能立即综合利用的废渣，要对其堆弃场地早做安排，尽量利用荒地堆弃废渣，并注意防止其对土壤、水源的污染。

④ 防止噪声干扰。工业生产噪声很大，形成城市局部地区噪声干扰，特别是散布在居住区内的工厂，干扰更为严重。从工厂的性质看，噪声最大的是金属制品厂，其次为机械厂

和化工厂。在规划中要注意将噪声大的工业布置在离居住区较远的地方，亦可设置一定宽度的绿带，减弱噪声干扰。

**2. 工业用地在城市中的布置**

工业用地的布置直接影响到城市功能结构和城市形态。在城市总体规划中，重点安排好工业用地，综合考虑工业用地和居住、交通运输等各项用地之间的关系，使其各得其所是十分重要的。

（1）工业的分类　按工业性质可分为冶金工业、电力工业、燃料工业、机械工业、化学工业、建材工业等，在工业布置中可按工业性质分成机械工业用地、化工工业用地等。

按环境污染可分为隔离工业、严重干扰和污染的工业、有一定干扰和污染的工业、一般工业等。隔离工业指放射性、剧毒性、有爆炸危险性的工业。这类工业污染极其严重，一般布置在远离城市的独立地段上。严重干扰和污染的工业指化学工业、冶金工业等，这类工业的废水、废气或废渣污染严重，对居住和公共设施等环境有严重干扰，一般应与城市保持一定的距离，需设置较宽的绿化防护带。有一定干扰和污染的工业指某些机械工业、纺织工业等，这类工业有废水、废气等污染，对居住和公共设施等环境有一定干扰，可布置在城市边缘的独立地段上。一般工业指电子工业、缝纫厂、手工业等，这类工业对居住和公共设施等环境基本无干扰，可分散布置在生活居住用地的独立地段上。

（2）工业在城市中布局的一般原则　城市中工业用地布局的基本要求应满足为每一个工业企业创造良好的生产和建设条件，并处理好工业用地与城市其他功能的关系，特别是工业区与居住区的关系。其布局一般原则如下。

① 有足够的用地面积。用地基本符合工业的具体特点和要求，有方便的交通运输条件，能解决给排水问题。

② 职工的居住用地应分布在卫生条件较好的地段上，尽量靠近工业区，并有方便的交通联系。

③ 工业区和城市各部分，在各个发展阶段中，应保持紧凑集中，互不妨碍，并充分注意节约用地。

④ 相关企业之间应取得较好的联系，开展必要的协作，考虑资源的综合利用，减少市内运输。

（3）工业用地在城市中的布局　本着满足生产需求、考虑相关企业间协作关系、利于生产、方便生活、为自身发展留出余地、为城市发展减少障碍的原则，城市总体规划应从各个城市的实际出发，按照恰当的规模、选择适宜的形式来进行工业用地的布局。除与其他种类的城市用地交错布局形成的混合用途区域中的工业用地外，常见的相对集中的工业用地布局形式有以下几种（图4-3）。

① 工业用地位于城市特定地区。工业用地相对集中地位于城市中某一方位上，形成工业区，或者分布于城市周边。通常中小城市中的工业用地多呈此种形态布局。其特点是总体规模较小，与生活居住用地之间具有较密切的联系，但容易造成污染，并且当城市进一步发展时，有可能形成工业用地与生活居住用地相同的情况。

② 工业用地与其他用地形成组团。无论是由于地形条件所致，还是随城市不同发展时期逐渐形成，工业用地与生活居住等其他种类的用地一起形成相对明确的组团。这种情况常见于大城市或丘陵地区的城市。其优点是在一定程度上平衡组团内的就业和居住，但由于不同程度地存在工业用地与其他用地交叉布局的情况，不利用局部污染的防范，城市整体的污染防范可以通过调整各组团中的工业门类来实现。

③ 工业园或独立的工业卫星城。与组团式的工业用地布局相似，在工业园或独立的工业卫星城中，通常也带有相关的配套生活居住用地，尤其是独立的工业卫星城中各项配套设施更加完备，有时可做到基本上不依赖主城区，但与主城区有快速便捷的交通相连。北京的亦庄经济技术开发区，上海的宝山、金山、松江等卫星城镇就是该类型的实例。

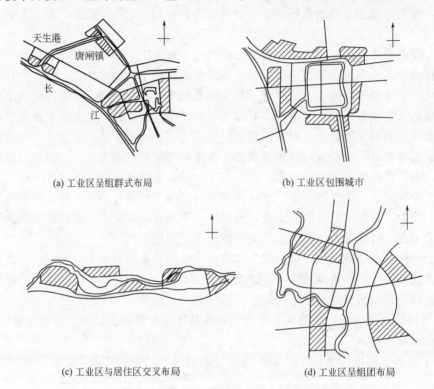

(a) 工业区呈组群式布局          (b) 工业区包围城市

(c) 工业区与居住区交叉布局        (d) 工业区呈组团布局

图 4-3　工业用地在城市中的布局

资料来源：谭纵波. 城市规划. 北京：清华大学出版社，2005：258.

④ 工业地带。当某一区域内的工业城市数量、密度与规模发展到一定程度时就形成了工业地带。这些工业城市之间分工合作，联系密切，但各自独立，德国著名的鲁尔地区在20世纪 80 年代之前就是一种典型的工业地带。事实上，对工业地带中工业及相关用地的规划布局已不属于城市总体规划的范畴，而更倾向于区域规划所应解决的问题。

**3. 旧城工业布局调整**

城市总体规划的重要任务，除了对新建工业进行安排以外，还须对城市现有工业布局上的问题进行研究，并做出必要的建议进行调整改造，以改善现有交通、卫生、生产、生活等状况。旧城中的工业，由于种种原因，往往布局不尽合理，其厂房建筑、工艺流程、设备、管道、运输等，对城市的生产发展和居民生活都有妨碍。旧城工业区的改建远较新建工业区复杂。

（1）旧城工业布局存在的问题

① 工厂用地面积小，不能满足生产需要。有些工厂，由于历史原因无集中用地，一厂分散几处，使生产过程不连续，生产管理不便。

② 缺乏必要的交通运输条件。有的厂位于小巷深处，道路不通畅，运输不便，往往造成交通堵塞和事故。

③ 居住区与工厂混杂。在我国现有城市中除新建大厂形成工业区外，市区大量的旧有

工厂混杂在居住区中，噪声、烟尘、废气、废水污染严重，影响附近居民健康。

④ 工厂的仓库、堆场不足。有的工厂侵占道路面积，造成"马路仓库"，影响交通和市容整洁。

⑤ 工厂布局混乱，缺乏生产上的统一安排，形成"小而全"、"大而全"的局面。

⑥ 有些工厂的厂房利用一般民房或临时建筑，不合生产要求，影响生产和安全。

(2) 旧城工业布局调整的一般措施　旧城工业布局调整所采用的措施，必须在深入调查研究的基础上，根据城市不同性质和特点、现有工业存在的各种问题采取不同办法，制定工业调整改造方案，达到布局合理的要求，根据旧城内工厂各种不同情况，可采取以下方法。

① 留：原有的工厂，厂房设备好，位于交通方便、市政设施齐全的地段，而且对周围环境没有影响，可以保留，允许就地扩建。

② 改：包括改变生产性质、改革工艺和生产技术两方面。原有工厂的厂房设备好，且位于交通方便、市政设施齐全、有发展余地的地段，但对周围环境有影响，应采取改变生产性质、改革工艺等措施，以减轻或消除对环境的污染，有的还可以改作他用。

③ 并：规模小、车间分散的工厂可适当合并，以改善技术设备，提高生产率。生产性质相同并分散设置的小厂可按专业要求组成大厂，各个相同的生产车间亦可合并成专业厂，如铸造厂、机修厂、铆焊厂等。

④ 迁：凡在生产过程中，对周围环境有严重污染，又不易治理，或有易燃、易爆的工厂，应尽可能迁往远郊；厂区用地狭小、设备差、生产无发展余地或厂方位置妨碍城市重要工程建设的工厂应迁建；运输量很大，在城区内无法修建必要的运输设施（专用线、车库、工业港等）的工厂，亦可根据情况迁建。工厂搬迁费用较多，很多城市利用土地的级差地租来实现其搬迁。

在实际工作中必须根据具体情况，分别处理，不宜简单从事。如有的厂需要外迁，近期难以实现，可在近期限制发展，进行技术改造，远期再迁出。

**六、公共设施用地规划布局**

城市作为人类的聚居地，其社会生活、经济生活和文化生活，需要丰富而多样的公共性设施予以支持。城市公共设施的内容与规模在一定程度上反映出城市的性质、城市的物质生活与文化生活水平和城市的文明程度。

城市公共设施的内容设置及其规模大小与城市的职能和规模相关联。某些公共设施（如公益性设施）的配置与人口规模密切相关而具有地方性；有些公共设施则与城市的职能相关，并不全然涉及城市人口规模的大小，如一些旅游城市的交通、商业等营利性设施，多为外来游客服务，而具有泛地方性；另外也有些公共设施是兼而有之，如一些学校等。

城市公共设施是以公共利益及设施的可公共使用为基本特性的。公共设施的设置，在一定的标准与要求控制下，可以由政府、社团或是企业与个人来设立与经营，并不因其所有权属的性质而影响其公共性；城市公共设施按照它的用途与性质，决定其服务的对象与范围，同样不因所服务对象与范围的大小而失去其公共性。

**1. 公共设施分类**

城市公共设施种类繁多，且性质、归属不一。在城市总体规划中，为了便于总体布局和系统配置，一般是按照用地的性质和分级配置的需要加以分类。

(1) 按使用性质分类　依照国标《城市用地分类与规划建设用地标准》(GBJ 137—90)规定，城市公共设施分为八类。

① 行政办公类。如市属和非市属的行政管理、党派、团体、企事业管理等办公用地。

② 商业金融业类。商业，如各类商店、各类市场、专业零售批发商店等；服务业，如饮食、照相、理发、浴室、洗染、日用修理以及旅馆和度假村等；金融业，如银行、信用社、证券交易所、保险公司、信托投资公司；贸易业，如各种贸易公司、商社、各种咨询机构等。

③ 文化娱乐类。如出版社、通讯社、报社、文化艺术团体、广播台、电视台、博物馆、展览馆、纪念馆、科技馆、图书馆、影剧场、杂技场、音乐厅、文化宫、青少年宫、俱乐部、游乐场、老年活动中心等。

④ 体育类。如各类体育场馆、游泳池、体育训练基地及其附属的业余体校等。

⑤ 医疗卫生类。如各类医院、卫生防疫站、专科防治所、检验中心、急救中心、休养所、疗养院等。

⑥ 大专院校、科研设计类。如高等院校、中等专科学校、成人与业余学校、特殊学校（聋、哑、盲人学校和工读学校）以及科学研究、勘测设计机构等。

⑦ 文物古迹类。具有保护价值的古遗址、古墓葬、古建筑、革命遗址等。

⑧ 其他类。如宗教活动场所、社会福利院等。

（2）按公共设施的服务范围分类　按照城市用地结构的等级序列，公共设施相应地分级配置，一般分成三级。

① 市级如市政府、博物馆、大剧院、电视台等。

② 居住区级如街道办事处、派出所、街道医院等。

③ 小区级如小学、菜市场等。

在一些大城市，公共设施的分级配置，还可能增加行政区级或城市总体规划的分区级等级别而配设相应内容。前者如区少年宫等，后者如电影院等。

需要说明的是，并非所有各类公共设施都须分级设置，这要根据公共设施的性质和居民使用情况来定。例如银行可以有市级机构直到小区或街道的储蓄所，构成银行自身的系统，而如博物馆等设施一般只在市一级设置。

（3）其他分类　如按照公共设施所属机构的性质及其服务范围，可以分为非地方性公共设施与地方性公共设施。前者如全国性或区域性行政或经济管理机构、大专院校等；后者则基本上为当地居民使用的设施。另外，在市场经济不断发展的条件下，某些公共设施的设置将受到市场强烈的调节作用。同时为实施城市发展目标，对另一些设施须带有强制设置的要求。因此，城市公共设施还可以分为公益性设施与营利性设施的类别等。

**2. 公共设施用地规模**

（1）公共设施用地规模的影响因素　影响城市公共设施用地规模的因素较为复杂，而且城市之间存在着较大的差异，无法一概而论。在城市总体规划阶段，公共设施用地的规模通常不包括与市民日常生活关系密切的设施的用地规模，而将其计入居住用地的规模，例如中小学用地、居住区内的小型超市、洗衣店、美容院等商业服务设施用地。

影响城市公共设施用地规模的因素主要有以下几个方面。

① 城市性质。城市性质对公共设施用地规模具有较大的影响，有时这种影响是决定性的。例如：在一些国家或地区经济中心城市中，大量的金融、保险、贸易、咨询、设计、总部管理等经济活动需要大量的商务办公空间，并形成中央商务区（CBD）。在这种城市中，商务办公用地的规模就会大幅度增加。而在不具备这种活动的城市中，商务办公用地的规模就会小很多。再如：交通枢纽城市、旅游城市中需要为大量外来人口提供商业服务以及开展文化娱乐活动的设施，相应用地的规模也会远远高于其他性质的城市。

② 城市规模。按照一般规律，城市规模越大，其公共服务设施的门类越齐全，专业化水平越高，规模也就越大。这是因为在满足一般性消费与公共活动方面，大城市与中小城市并没有太大的区别。但是专业化商业服务设施以及部分公共设施的设置需要一个最低限度的人群作为支撑，例如可能每个城市都有电影院，但音乐厅则只能存在于大城市甚至是特大城市中。

③ 城市经济发展水平。就城市整体而言，经济较发达的城市中第三产业占有较高的比重，对公共设施用地有大量的需求，同时城市政府提供各种文化体育活动设施的能力较强；而在经济相对欠发达的城市中，公共设施更多地限于商业服务领域，对公共设施用地的需求相对较少。对于个人或家庭消费而言，可支配的收入越多就意味着购买力越强，也就要求更多的商业服务、文化娱乐设施。

④ 居民生活习惯。虽然居民的生活和消费习惯与经济发展水平有一定的联系，但不完全成正比。例如，在我国南方地区，由于气候等原因，居民更倾向于在外就餐，因而带动餐饮业以及零售业的蓬勃发展，产生出相应的用地需求。

⑤ 城市布局。在布局较为紧凑的城市中，商业服务中心的数量相对较少，但中心的用地规模较大且其中的门类较齐全，等级较高。而在因地形等原因呈较为分散布局的城市中，为了照顾到城市中各个片区的需求，商业服务中心的数量增加，同时整体用地规模也相应增加。

（2）公共设施用地规模的确定 确定城市公共设施用地规模，要从城市公共设施设置的目的、功能要求、分布特点、城市经济条件和现状基础等多方面进行分析研究，综合地加以考虑。

① 根据人口规模推算。通过对不同类型城市现状公共设施用地规模与城市人口规模的统计比较，可以得出该类用地与人口规模之间关系的函数或者是人均用地规模指标。规划中可以参照指标推算公共设施用地规模。

② 根据各专业系统和有关部门的规定来确定。有一些公共设施，如银行、邮局、医疗、商业、公安部门等，由于它们业务与管理的需要自成系统，并各自规定了一套具体的建筑与用地指标，这些指标是从其经营管理的经济与合理性来考虑的。这类公共设施的规模，可以参考专业部门的规定，结合具体情况确定。

③ 根据地方的特殊需要，通过调研、按需确定。在一些自然条件特殊、少数民族地区，或是特有的民风民俗地区的城市，某些公共设施需通过调查研究予以专门设置，并拟定适当指标。

对于一些非地方的公共设施，如科研、高校管理等机构，或是地方特殊需要设置的，如纪念性展示馆、博览会场、区域性竞技场等设施，都应以项目确定其用地。

**3. 公共设施的布局规划**

城市公共设施的种类繁多，它们的布局因各自的功能、性质、服务对象与范围的不同而各有其要求。公共设施的用地布局不是孤立的，它们与城市的其他功能地域有着配套的相宜关系，需要通过规划过程加以有机组织，形成功能合理、有序有效的布局。

城市公共设施的布局在不同规划阶段，有着不同的布局方式和深度要求。在总体规划阶段，在研究确定城市公共设施总量指标和分类分项指标的基础上，进行公共设施用地的总体布局，包括分类的系统分布、公共设施分级集聚和组织城市分级的公共中心。按照各项公共设施与城市其他用地的配置关系，使之各得其所。

（1）公共设施项目要合理配置 所谓合理配置有着多重涵义：一是指整个城市各类公共设施，应按城市的需要配套齐全，以保证城市的生活质量和城市机能的运转；二是按城市的布局结构进行分级或系统配置，与城市的功能、人口、用地的分布格局具有对应的整合关系；三是在局部地域的设施按服务功能和对象予以成套设置，如地区中心、车站码头地区、大型游乐场所等地域；四是指某些专业设施的集聚配置，以发挥联动效应，如专业市场群、专业商业街区等。

（2）公共设施要按照与居民生活的密切程度确定合理的服务半径　根据服务半径确定其服务范围大小及服务人数的多少，以此推算公共设施的规模。服务半径的确定首先是从居民对设施方便使用的要求出发，同时也要考虑到公共设施经营管理的经济性与合理性。不同的设施有不同的服务半径。某项公共设施服务半径的大小又将随它的使用频率、服务对象、地形条件、交通便利程度以及人口密度的高低等有所不同。服务半径是检验公共设施分布合理与否的指标之一，它的确定应是科学的，而不是随意的或是机械的。

（3）公共设施的布局要结合城市道路与交通规划考虑　公共设施是人、车集散的地点，尤其是一些吸引大量人流、车流的大型公共设施。公共设施要按照它们的使用性质和对交通集聚的要求，结合城市道路系统规划与交通组织一并安排。如一些商业设施可结合步行道路或自行车专用道、公交站点，形成以步行为主的商业街区。而对于大型体育场馆、展览中心等公共设施，由于对城市道路交通系统的依存关系，则应与城市干路相连结。

（4）根据公共设施本身的特点及其对环境的要求进行布置　公共设施本身既作为一个环境形成因素，同时其分布对周围环境也有所要求。例如，医院一般要求有一个清洁安静的环境；露天剧场或球场的布置，既要考虑自身产生的声响对周围的影响，同时也要防止外界噪声对表演和竞技的妨碍；学校、图书馆等单位一般不宜与剧场、市场、游乐场等紧邻，以免相互之间干扰。

（5）公共设施布置要考虑城市景观组织的要求　公共设施种类多，而且建筑的形体和立面也比较多样而丰富。因此，可通过不同的公共设施与其他建筑的和谐处理与布置，利用地形等条件，组织街景与景点，以创造具有地方特色的城市景观。

（6）公共设施的布局要考虑合理的建设顺序，并留有余地　在按照规划进行分期建设的城市，公共设施的分布及其内容与规模的配置，应该与不同建设阶段城市的规模、建设的发展和居民生活条件的改善过程相适应，安排好公共设施项目的建设顺序，使得既在不同建设时期保证必要的公共设施配置，又不致过早或过量的建设，造成投资的浪费。同时为适应城市发展和城市生活的需求变化，对一些公共设施应留有扩展或应变的余地，尤其对一些营利性的公共设施，更要按市场规律，保持布点与规模设置的弹性。

（7）公共设施的布置要充分利用城市原有基础　老城市公共设施的内容、规模与分布一般不能适应城市的发展和现代城市生活的需要。它的特点是布点不均匀；门类余缺不一，用地与建筑缺乏；同时建筑质量也较差。具体可以结合城市的改建、扩建规划，通过留、并、迁、转、补等措施进行调整与充实。

**4. 城市公共中心的组织与布置**

城市公共中心包括有市中心、区中心及专业中心系列。城市公共中心是居民进行政治、经济、文化等社会活动比较集中的地方。为了发挥城市中心的职能和满足市民公共活动的需要，在中心往往还配置有广场、绿地以及交通设施等，形成一个公共设施相对集中而组合有序的地区或地段。

（1）城市公共中心系列　在规模较大的城市，因公共设施的性能与服务地域和对象的不同，往往有全市性、地区性以及居住区、小区等相应设施种类与规模的集聚设置，形成城市公共中心的等级系列。

同时，由于城市功能的多样性，还有一些专业设施相聚配套而形成的专业性公共中心，如体育中心、科技中心、展览中心、会议中心等。尤其在一些大城市或以某项专业职能为主的城市，会有此类专业中心，或是位于城市公共中心地区，或是在单独地域设置。图4-4为城市分级公共中心和专业中心的构成示意图。

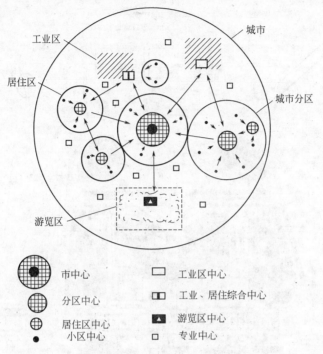

图 4-4　城市各类公共中心构成示意图
资料来源：李德华．城市规划原理．第 3 版．北京：中国建筑工业出版社，2001：129.

（2）全市性公共中心　全市性公共中心是显示城市历史与发展状态、城市文明水准以及城市建设成就的标志性地域，这里汇集有全市性的行政、商业、文化等设施，是信息、交通、物资汇流的枢纽，也是第三产业密集的区域。

全市性公共中心的组织与布置应考虑以下方面。

① 按照城市的性质与规模，组合功能与空间环境。城市公共中心因城市的职能与规模不同，有相应的设施内容与布置方式。在一些大城市，都有地域广阔且配置齐全的城市商业中心，并且还伴有市级行政与经济管理等功能地域。它们可以相类而聚，也可分别设立。在一些都会城市，还有中央商务区（CBD）的设置，这里集聚有众多公司、商行、银行、保险、咨询、信息机构以及为之服务的设施，是商务、信息高度集中的地区，往往也是土地高度集约利用、房地产价格昂贵的地区。

在一些大城市或都会地区，通过建立城市副中心，可以分解市级中心的部分职能，主、副中心相辅相成，共同完善市中心的整体功能。

在规模不大的城市，城市公共中心也有多样的组合形态。如图 4-5 为江阴市的市级行政机构与商业、文化设施等，结合市政广场的空间布置方案。

随着信息、网络技术与产业的快速发展，原本凭借地缘性关系而紧凑集结的一些城市中心设施与功能，将可跨越地理空间的约束，分散到环境更为适宜的地点择址，而出现所谓"逆中心化"的倾向，这将会给城市公共中心的功能成分及其地域组构形态带来影响。

在以商业设施为主体的公共中心，为避免商业活动受汽车交通的干扰，以提供适宜而安全的购物休闲环境，而辟建商业步行街或步行街区，已为许多城市所采用，形成各具特色的商业中心环境，如北京的王府井、上海的南京路等商业步行街等。

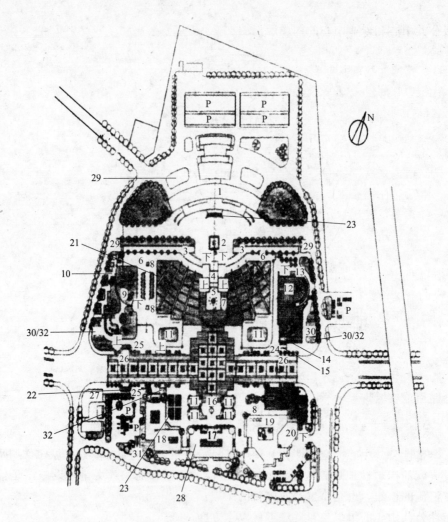

图 4-5　江阴市城市中心广场地区

1—江阴市级机关办公大楼；2—升旗台；3—分隔水道；4—叠落式水池；5—主题雕塑；6—花体；

7—喷泉；8—花台；9—休闲草坪；10—休息平台；11—图案式花坛；12—下沉式活动广场；

13—壁画墙；14—广场管理用房；15—公共厕所；16—抽象雕塑；17—展览馆；18—文化中心；

19—商贸中心；20—写字楼；21—下沉式休闲广场；22—自动扶梯；23—活动花盆；24—树池；

25—地下通道出入口；26—地下通道；27—现状建筑；28—室外展场；29—机关办公大楼传达室；

30—公用电话亭；31—地下停车库出入口；32—售货亭；P—停车场

资料来源：李德华．城市规划原理．第3版．北京：中国建筑工业出版社，2001：131.

②　组织中心地区的交通。城市中心区人、车汇集，交通集散量大，须有良好的交通组织，以增强中心区的效能。公共设施应按交通集散量的大小及其与道路的组合关系进行合理分布。如通过在中心区外围设置疏解环路及停车设施，以拦阻车辆超量进入中心地区。

③　城市公共中心的内容与建设标准要与城市的发展目标相适应。同时在选址与用地规模上，要顺应城市发展方向和布局形态，并为进一步发展留有余地。

公共中心的功能地域要发挥组合效应，提高运营效能。同时在中心地区规模较大时，应结合区位条件安排部分居住用地，以免在夜晚出现中心"空城"现象。

④　慎重对待城市传统商业中心。旧城的传统商业中心一般都有较完善的建设基础和历史文化价值，而且在长期形成过程和作用过程中，已造成市民向往的心理定势，一般不应轻

率地废弃与改造，要采取慎重态度。尤其在一些历史文化名城或是有保护价值的历史文化地段，更要制定保护策略，通过保存、充实与更新等措施，以适应时代的需要，重新焕发历史文化的光彩。我国北京的大栅栏、琉璃厂、南京的夫子庙、上海的城隍庙和哈尔滨的中央大街等传统商业中心的保护与改造，都取得良好的成效。

### 七、仓储用地规划布局

仓库用地是指城市中专门用作储存物资的用地，主要包括仓储企业的库房、堆场、包装加工车间及其附属设施，并不包括工业企业内部、对外交通设施内部或商业服务业内部的专用仓库。仓储用地是城市用地组成部分之一，它与城市其他功能部分，如工业、对外交通、城市道路、生活居住等有着非常密切的联系，是保障城市良性运转的物质条件之一。由于其储藏的物资种类多，数量大，出入频繁，对城市交通与环境有很大影响，且在城市中的布置牵涉面广，影响因素复杂，在进行城市用地布局时必须注意。

**1. 仓储用地的分类**

这里所指的仓储用地并未包括企业内部用以储藏生产原材料或产品的库房以及对外交通设施中附设的仓储设施用地，仅限于城市中专门用来储存物资的用地。按照国标《城市用地分类与规划建设用地标准》(GBJ 137—90)，仓储用地分为：①普通仓库用地；②危险品仓库用地；③堆场用地。另外，按照仓库的使用性质也可以分为：①储备仓库；②转运仓库；③供应仓库；④收购仓库等。此外，在我国现行城市用地分类标准中尚未明确划分的用作大宗商品流通、批发活动的用地，如物流中心、大型批发市场等也具有某些仓储用地的特点。

**2. 仓储用地在城市中的布置**

仓储用地的布置应该根据仓库的使用需求、城市的发展战略和规模、城市用地的总体空间布局等结合考虑。

(1) 仓储用地布置的一般原则

① 满足仓储用地的一般技术要求。地势较高，地形平坦，有一定坡度，利于排水。

地下水位不能太高，不应将仓库布置在潮湿的洼地上。蔬果仓库，要求地下水位同地面的距离不得小于2.5m，储藏在地下室的食品和材料库，地下水位应离地面4m以上。

土壤承载力高，特别当沿河修建仓库时，应考虑到河岸的稳固性和土壤的耐压力。

② 有利于交通运输。仓库用地必须以邻近货运需求量大或供应量大的地区为原则，方便为生产、生活服务。大型仓库必须考虑铁路运输以及水运条件。

③ 有利建设、有利经营使用。不同类型和不同性质的仓库最好分别布置在不同的地段，同类仓库尽可能集中布置。

④ 节约用地，但有一定发展余地。仓库的平面布置必须集中紧凑，提高建筑层数，采用竖向运输与储存的设施，如粮食采用的筒仓以及其他各种多层仓库等。

⑤ 沿河布置仓库时，必须留出岸线，照顾城市居民生活、游憩利用河（海）岸线的需要。与城市没有直接关系的储备、转运仓库应布置在城市生活区以外的河海岸边。

⑥ 注意城市环境保护，防止污染，保证城市安全，应满足有关卫生、安全方面的要求（表4-7、表4-8）。

(2) 仓库在城市中的布局　小城市宜设置独立的地区来布置各种性质的仓库，特别是县城，由于是城乡物资交流集散地，需要各类仓库及堆场，而且一般储备粮较多，占地较大，因此宜较集中地布置在城市的边缘，靠近铁路车站、公路或河流，便于城乡集散运输。要防止将这些占地大的仓库放在市区，造成城市布局的不合理及使用的不便。在河道较多的小城镇，城乡物资交流大多利用河流水运，仓库也多沿河设置。

表 4-7 仓储用地与居住街坊之间的卫生防护带宽度标准

| 仓库种类 | 宽度 |
| --- | --- |
| 1. 全市性水泥供应库,可用废品仓库、起灰尘的建筑材料露天堆场 | 300m |
| 2. 非金属建筑材料供应仓库、劈柴仓库、煤炭仓库、未加工的二级无机原料临时储藏仓库、500m² 以上的藏冰库 | 100m |
| 3. 蔬菜、水果储藏库,600t 以上批发冷藏库,建筑与设备供应仓库(无起灰材料的),木材贸易和箱桶装仓库 | 50m |

注:1. 各类仓库至疗养院、医院和其他医疗机构的距离,按国家卫生监督机关的要求,可按上列数值增加 0.5~1.0 倍。

2. 资料来源:李德华. 城市规划原理. 第 3 版. 北京:中国建筑工业出版社,2001:140。

表 4-8 易燃和可燃液体仓库的隔离地带 单位:m

| 隔离地带 | 仓库容积 | |
| --- | --- | --- |
| | 600m² 以上 | 600m² 以下 |
| 1. 至厂区边界 | 200 | 100 |
| 2. 至居住街坊边界 | 200 | 100 |
| 3. 至铁路、港口用地边界 | 50 | 40 |
| 4. 至江河码头的边界 | 125 | 75 |
| 5. 至不燃材料露天堆场边界 | 20 | 20 |

注:资料来源:李德华. 城市规划原理. 第 3 版. 北京:中国建筑工业出版社,2001:140。

大中城市仓储区的分布应采用集中与分散相结合的方式。可按照专业将仓库组织成各类仓库区,并配置相应的专用线、工程设施和公用设备,并按它们各自的特点与要求,在城市中适当分散地布置在恰当的位置。

仓库区过分集中地布置,既不利于交通运输,也不利于战备,对工业区、居住区的布局也不利。为本市服务的仓库应均匀分散布置在居住区边缘,并与商业系统结合起来,在具体布置时应按仓库的类型进行考虑。

① 储备仓库一般应设在城市郊区、水陆交通条件方便的地方,有专用的独立地段。

② 转运仓库也应设在城市边缘或郊区,并与铁路、港口等对外交通设施紧密结合。

③ 收购仓库如属农副产品和当地土产收购的仓库,应设在货源来向的郊区入城干路口或水运必经的入口处。

④ 供应仓库或一般性综合仓库要求接近其供应的地区,可布置在使用仓库的地区内或附近地段,并且有方便的市内交通运输条件。

⑤ 特种仓库:a. 危险品仓库如易爆和剧毒等危险品仓库,要布置在城市远郊的独立地段的专门用地上,同时应与使用单位所在位置方向一致,避免运输时穿越城市;b. 冷藏仓库设备多、容积大,需要大量运输,往往结合有屠宰场、加工厂、皮毛处理厂等布置,有一定气味与污水的污染,多设于郊区河流沿岸,建有码头或专用线;c. 蔬菜仓库应设于城市市区边缘通向市郊的干路入口处,不宜过分集中,以免运输线太长,损耗太大;d. 木材仓库、建筑材料仓库运输量大、用地大,常设于城郊对外交通运输线或河流附近;e. 燃料及易燃材料仓库如石油、煤炭、木柴及其他易燃物品仓库,应满足防火要求,布置在郊区的独立地段。在气候干燥、风速特大的城市,还必须布置在大风季节城市的下风向或侧风向。特别是油库选址时应离开城市居住区、变电所、重要交通枢纽、机场、大型水库及水利工程、电站、重要桥梁、大中型工业企业、矿区、军事目标和其他重要设施,并最好在城市地形的

低处，有一定的防护措施。

## 八、城市用地布局与城市交通系统的关系

### 1. 雅典宪章的启示

《雅典宪章》提出了城市四大基本活动——居住、工作、游憩、交通。图 4-6 表示了城市四大基本活动及城市用地布局结构与城市交通系统之间的基本关系。城市四大基本活动中居住、工作、游憩三大活动都是在固定场所进行的具有固定目标的活动，所安排的用地是对土地的绝对使用，它们之间相互配合的关系又体现了它们相互之间对土地的相对使用，从位置和数量关系上表现为城市的用地布局结构，体现了城市的静态功能关系。

城市交通产生于城市用地，又归于城市用地。城市用地之间社会生活、生产活动的运转，居住、工作、游憩三大活动之间的联系产生了交通活动，需要一个城市交通系统去担负这个任务。城市交通系统包括城市道路系统、城市运输系统和交通管理系统三个组成部分。其中运输系统是交通的运作网络，道路等设施是交通的通道网络，管理系统是交通正常运行的保障。城市交通系统取决于各种城市用地之间的动态关系，体现了城市的动态功能关系。交通居于城市功能活动的核心位置，在城市四大基本活动中具有核心作用。城市规划不单纯是对城市居住、

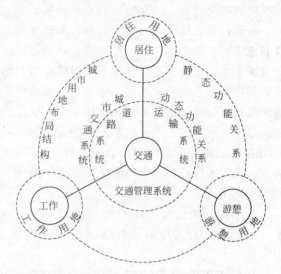

图 4-6 《雅典宪章》四大基本活动分析
资料来源：文国纬. 城市交通与道路系统规划.
北京：清华大学出版社，2007：34.

工作、游憩用地的合理安排，还必须同时保证有一个高效、方便的交通系统的支持。城市交通与道路系统规划（城市交通系统规划）是城市规划的一个核心问题。

目前我国城市中城市交通分别由多个部门管理，应当统一思想认识，统一规划，统一管理。城市交通问题的决策，既要有统筹全局的思维、战略，又要有对具体问题处理的正确思路与战术。

从对雅典宪章的分析中可以得到如下结论：

① 人的活动是城市交通的主要活动，也是城市交通的决定性因素。人的活动的需求、意愿和活动的能量决定了人的出行目的、出行方式、出行次数和出行的距离。人在城市用地中的分布和活动需求决定了城市交通的流动和分布。城市规划对城市交通的研究和安排都是必须以人的活动及人在城市用地中的分布为基础。

② 城市用地是城市交通的决定性因素。城市交通产生于城市用地，一定的城市用地布局产生一定的交通分布，一定的交通分布就要有一定的道路和交通系统相匹配。城市道路网和公交网的结构和形态取决于城市用地的布局结构和形态，应该与城市的用地布局形态相协调。

③ 要处理好城市用地布局与道路系统的合理关系，要有交通分流和功能分工的思想，按照用地产生的不同的交通功能要求，合理地布置不同类型和功能的道路，在不同功能的道路旁布置不同性质的建设用地，形成道路交通系统与城市用地布局的合理的配合关系。

城市发展的历史告诉我们，交通分布不合理是由用地布局不合理带来的，城市布局的不合理使工作与居住距离过远。交通分布不合理，是造成道路拥挤、交通阻塞的根本原因。在城市发展过程中，人们逐渐认识到城市围绕原有旧城单一中心呈同心圆式无限制向外扩展，不断加大人、车的出行距离，不断加重城市中心地区的交通负担，因此而产生的交通问题单靠道路建设和交通管理是无法解决的。沙里宁提出的有机疏散理论揭示了一条通过改变城市布局来缓解城市交通的有效途径：城市呈组团、多中心的布局可以大大减少出行距离，大大减少跨区的交通量，使交通均衡分布，从根本上解决交通问题。

所以，研究城市交通问题必须首先研究城市的用地布局，解决城市交通问题首先要变革规划思想，从治"本"的角度考虑，立足于城市用地的合理布局，通过优化城市用地布局从交通源上优化交通分布，总体上要形成多中心的组团式布局。城市用地要综合布局，组团内要做到功能基本完善；其次，要处理好城市用地布局与道路系统的关系，通过与用地布局相协调的城市交通与道路系统的功能布局，优化城市交通与道路系统；要有交通分流和功能分工的思想，按照用地产生的不同的交通功能要求，合理地布置不同类型和功能的道路，在不同功能的道路旁布置不同性质的建设用地，形成道路交通系统与城市用地布局的合理的配合关系；同时要组织好组团内的交通和跨组团的交通、生活性的交通和交通性的交通，简化和减少交通矛盾。

对于不同规模和不同类型的城市，要从用地布局的角度研究其交通分布的基本关系，因地制宜地选择不同的道路交通网络类型和模式，确定不同的道路密度和交通组织方式。

### 2. 城市道路系统与城市用地的协调发展关系

城市道路的第一功能是"组织城市的骨架"。周礼《考工记·匠人》中描述的"匠人营国，方九里，旁三门"，就是由"九经九纬"的道路网划分而来的。城市道路的第二功能是"交通的通道"，具有联系对外交通和城市各用地的功能要求。

城市道路系统始终伴随着城市的发展。任何城市的发展都要经历一个过程，城市由小城市发展到中等城市、到大城市、到特大城市，由用地的集中式布局发展到组合型布局，城市道路系统的形式和结构也要随之发生根本性的变化。

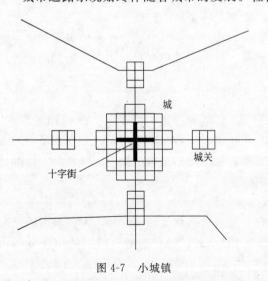

图 4-7　小城镇

初期形成的城市是小城镇，规模较小，也是后来发展的城市的"旧城"部分。中国城市受封建规制的影响，不同等级城市的"旧城"的规模不同，但大多呈现为单中心集中式布局，城市道路大多为规整的方格网（图 4-7），虽有主次之分（仍可分为干路、支路与街巷三级），但明显宽度较窄、密度偏高，较适用于步行和非机动化交通。位于水网发达地区的城市可能出现河路融合、不规整的方格网形态或其他形态，位于交通要道位置的小城镇也可能出现外围放射状路与城内路网相衔接的形态。

城市发展到中等城市仍可能呈集中式布局，但必然会出现多个次级中心，而合理的城市布局应该通过强化各次级中心建设，逐渐形成多中心、较为紧凑的组团式布局，从而使城市

交通分布趋于合理。城市道路网在中心组团仍
维持旧城的基本格局,在外围组团则会形成更
适合机动交通的现代城市三级道路网,多依旧
保持方格网型(图4-8)。

　　城市发展到大城市,如果仍然按照单中心
集中式的布局,必然出现出行距离过长、交通
过于集中、交通过于阻塞,导致生产生活不
便、城市效率低下等一系列的大城市通病。因
此规划一定要引导城市逐渐形成相对分散的、
多中心组团式布局,中心组团(可以以原中等
城市为主体构成)相对紧凑、相对独立,若干
外围组团相对分散。除现代城市三级道路外,
应考虑在中心组团和城市外围组团间形成现代

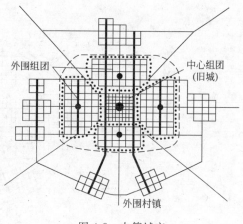

图4-8　中等城市

城市交通所需的城市快速路,城市道路系统开始向混合式道路网转化(图4-9)。

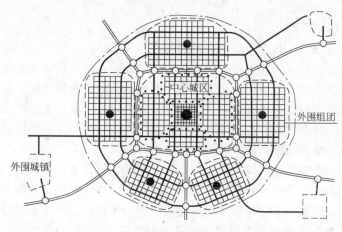

图4-9　大城市

　　特大城市可能呈"组合型城市"的布局,城市外围在原外围城镇的基础上进一步发展为
由若干相对紧凑的组团组成的外围城区,而中心城区则在原大城市的基础上发展、调整、进
一步组合而成。城市道路进一步发展形成混合型网,出现了对加强城区间交通联系有重要作
用的城市交通性主干路网的需求,并与快速路网组合为城市的疏通性交通干线道路网,城区
之间也可以利用公路或高速公路相联系(图4-10)。

　　一般来说,旧城的用地布局较为紧凑,道路网络比较密而狭窄。密度高,交通可以较为
分散;狭窄,则可组织单向交通,适于分散的交通模式。对于大城市、特大城市外围较为分
散的用地布局,为适应出行距离长、要求交通速度快的特点,就要组织效率高的集量性的交
通流,配之以高效率的道路交通设施,就需要有结构层次分明的分流式道路网络,相比旧
城,密度就要低一些,宽度就要宽一些,对现代化交通的适应能力就要大一些。

　　上述分析表明了一个普遍的规律:不同规模和不同类型的城市用地布局有不同的交通分
布和通行要求,就会有不同的道路网络类型和模式,就会有不同的路网密度要求和交通组织
方式。所以,不同的城市可能有不同的道路网络类型;同一城市的不同城区或地段,由于用
地布局的不同,也会有不同的道路网类型。不同类型的城市干路网是与城市不同的用地布局

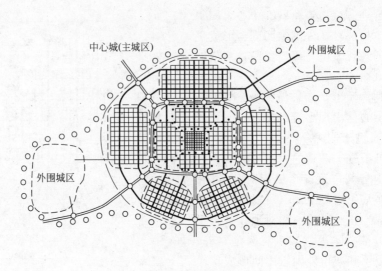

中心城(主城区)

外围城区

外围城区

外围城区

图 4-10　特大城市

资料来源：文国玮. 城市交通与道路系统规划. 北京：清华大学出版社，2007：94.

形式密切相关、密切配合的。

城市道路的功能分工是从道路的产生初期就有的。

初期城市的道路就有主要街道和小街巷之分，主要道路既通行主要交通，又布置有城市主要的商业服务业公共建筑，虽然是交通性与生活性兼具的混合性道路，但在交通矛盾不突出的时代，区分疏通性和服务性就可以了，就是一种合理的功能分工。初期城市的中心轴线就是主要道路，如中国古代城市中县级的十字街（图 4-7）和州府级的井字格局道路，随着城市的发展，这些道路的延伸就成为城市的发展轴线。

现代城市的发展带来了现代城市机动化交通的发展，城市道路的交通性与生活性的分离成为城市良性发展的必要条件，城市的发展轴仍然可以沿传统的混合性主要道路发展，而在城市中心外侧的适当位置布置交通性和疏通性的道路，可以引导城市更加科学合理地发展。

**3. 城市用地布局形态与道路交通网络形式的配合关系**

城市用地的布局形态大致可分为集中型和分散型两大类。

集中型较适合于规模较小的城市，其道路网形式大多为方格网状。

分散型城市中，规模较小的城市大多受自然地形限制，常由若干交通性道路（或公路）将各个分散的城区道路网联系为一个整体；而规模较大的城市则应形成组团式的用地布局，组团式布局的城市的道路网络形态应该与组团结构形态相一致。各组团要根据各自组团的用地布局布置各自的道路系统，各组团间的隔离绿地中布置疏通性的快速路，而交通性主干路和生活性主干路则把相邻城市组团和组团内的道路网联系在一起。简单地用一个方格网套在组团布局的城市中是不恰当的。

沿河谷、山谷或交通走廊呈带状组团布局的城市，往往需要布置联系各组团的交通性干路和有城市发展轴性质的道路，与各组团路网一起共同形成链式路网结构。

中心城市对周围城镇有辐射作用，其交通联系也呈中心放射的形态，因而城市道路网络也会形成在方格网基础上呈放射状的交通性路网形态。

现代城市的发展越来越显现出公共交通骨干线路对城市发展的重要作用。城市除了沿道路轴线发展外，城市公交网络也能对城市用地的发展起作用，特别是公交干线的形态与城市道路轴线的形态对城市用地形态有引导和决定的作用，如哥本哈根的"指状发展"形态是与道路和轨道交通线路的放射形态相协调、匹配的。

**4. 城市用地布局结构与城市道路网络的功能配合关系**

各级城市道路都是组织城市的骨架，又是城市交通的通道，要根据城市用地布局和交通强度的要求来安排各级城市道路的网络的布局。城市中各级道路（网）的性质、功能与城市用地布局结构的关系表现为城市道路的功能布局，如表4-9所示。

表4-9  各级道路网特性表

| 项目 | 城市快速路网 | 城市主干路网 | | 城市次干路 | 城市支路 |
| --- | --- | --- | --- | --- | --- |
| | | 交通性主干路网 | 一般主干路 | | |
| 性质 | 快速机动车专用路网，连接高速公路 | 全市性的路网，疏通城市交通的主要通道 | 全市性的路网，包括生活性主干路和集散性主干路 | 城市组团内的路网（组团内成网），与主干路一起构成城市的基本骨架 | 地段内根据用地细部安排而划定的道路，在局部地段可能成网 |
| 功能 | 为城市组团间的中长距离交通和连接高速公路的交通服务 | 为城市组团间和组团内的主要交通流量、流向上的中长距离疏通性交通服务 | 为城市组团间和组团内的主要生活性交通服务，有交通集散功能 | 主要为组团内的中短距离服务性交通服务 | 为短距离服务性交通服务 |
| 位置 | 位于城市组团间的隔离绿地中 | 组团间和组团内 | 组团间和组团内 | 组团内 | 地段内 |
| 围合 | 围合城市组团 | 大致围合1个城市片区（分组团） | 大致围合1个居住区的规模 | 大致围合1个居住小区的规模 | |

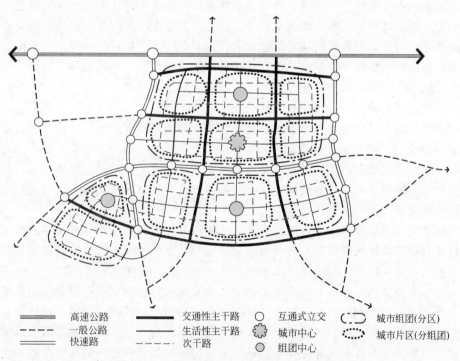

| ══════ 高速公路 | ━━━━━ 交通性主干路 | ○ 互通式立交 | ⊂⊃ 城市组团(分区) |
| --- | --- | --- | --- |
| ‑ ‑ ‑ ‑ 一般公路 | ━━━━━ 生活性主干路 | ✽ 城市中心 | ⬭ 城市片区(分组团) |
| ═════ 快速路 | ‑ ‑ ‑ ‑ 次干路 | ● 组团中心 | |

图4-11  各级城市道路与用地布局结构的关系

资料来源：文国纬. 城市交通与道路系统规划. 北京：清华大学出版社，2007：54.

快速路网主要为城市组团间的中、长距离交通和连接高速公路的交通服务，宜布置在城市组团间的隔离绿地中，以保证其快速和交通畅通。快速路基本围合一个城市组团，因而其间距要依城市布局结构中城市组团的大小不同而定。

城市主干路网是遍及全市城区的路网，主要为城市组团间和组团内的主要交通流量、流向上的中、长距离交通服务。为适应现代化城市交通机动化发展的需要，要在城市中布置疏通性的城市交通性主干路网，作为疏通城市交通的主要通道及与快速路相连接的主要常速道路。城市交通性主干路大致围合一个城市片区（分组团），其他城市主干路（包括生活性主干路和集散性主干路）大致围合一个居住区的规模。

城市次干路网是城市组团内的路网（在组团内成网），与城市主干路网一起构成城市的基本骨架和城市路网的基本形态，主要为组团内的中、短距离交通服务。城市次干路大致围合一个居住小区的规模。

城市支路是城市地段内根据用地细部安排所产生的交通需求而划定的道路，应在详细规划中安排，在城市的局部地段（如商业区、按街坊布置的居住区）可能成网，而在城市组团和整个城区中不可能成网。因而，在城市总体规划中不能予以规划，也不能计算其密度和数量，力图计算或规定支路"网密度"的做法不切实际，也毫无意义。在详细规划中，城市支路的间距主要依照用地划分而定。

# 第五节　城市综合交通规划

## 一、城市综合交通的基本概念

### 1. 城市综合交通

一个城市、一个地区、一个国家的交通运输系统，是由各种相对独立而又相互配合、互为补充的交通类型组合而成的。城市交通就是一种独具特色、并同样由多种类型交通组合而成的交通系统。所以对于城市的规划与建设而言，常有一个"城市综合交通"的概念。

所谓"城市综合交通"即是涵盖了存在于城市中及与城市有关的各种交通形式。

从地域关系上，城市综合交通大致可分为城市对外交通和城市交通两大部分。城市对外交通与城市交通具有相互联系、相互转换的关系。

从形式上，城市综合交通可分为地上交通、地下交通、路面交通、轨道交通、水上交通等。从运输性质上，城市综合交通又可分为客运交通和货运交通两大类型。客运交通是人的运送行为，是城市交通的主体，分布在城市的每个地方；货运交通是货物的流动，其主要部分分布在城市外围的工业区和仓储区。从交通的位置上，城市综合交通又可分为道路上的交通和道路外的交通。

城市综合交通又可以按交通性质与交通方式进行分类。各类城市对外交通的规划取决于相关的行业规划和城镇系统规划；各类城市交通又与城市的运输系统、道路系统和城市交通管理系统密切相关，如图 4-12 所示。

(1) 城市对外交通　城市对外交通泛指城市与其他城市间的交通，以及城市地域范围内的城区与周围城镇、乡村间的交通。其主要交通形式有航空、铁路、公路、水运等。城市中常设有相应的设施，如机场、铁路线路及站场、长途汽车站场、港口码头及其引入城市的线路。市域的对外交通总体布局应主要尊重各专业部门的规划，符合城镇体系发展和相互联系的要求，而在中心城规划中则主要关注对外交通与城市交通的衔接关系以及对外交通设施在城市中的布置。

(2) 城市交通　广义的"城市交通"是指城市（区）范围以内的交通，或称为城市各种用地之间人和物的流动。这些流动都以一定的城市用地为出发点，以一定的城市用地为终点，经过一定的城市用地而进行的。

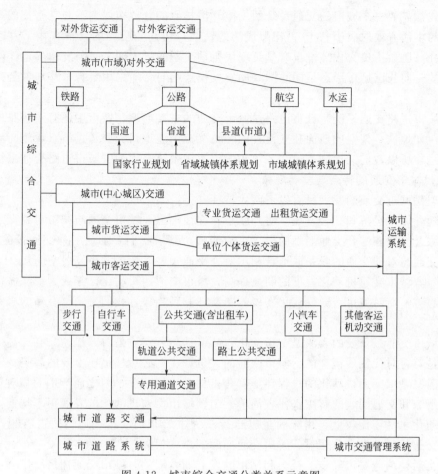

图 4-12　城市综合交通分类关系示意图

资料来源：文国纬. 城市交通与道路系统规划. 北京：清华大学出版社，2007：2.

通常含义的"城市交通"是指城市道路上的交通，主要分为货运交通和客运交通两大部分，城市道路上的交通是城市交通的主体，城市客运交通是城市交通研究的重点。现代大城市的发展表明，大城市、特大城市中轨道交通（地铁、轻轨等）将具有重要的地位和作用。此外，在一些城市还会有水运交通（轮渡、船运）和其他方式的交通。

（3）城市公共交通　"城市公共交通"是城市交通中与城市居民密切相关的一种交通，是使用公共交通工具的城市客运交通。包括公共汽车、有轨电车、地铁、轻轨、轮渡、市内航运、出租汽车等（将来还可能出现空中公共运输）。

（4）城市交通系统　我们通常把以城市道路交通为主体的城市交通作为一个系统来研究。城市交通系统是城市大系统中的一个重要子系统，体现了城市生产、生活的动态的功能关系。

城市交通系统是由城市运输系统（交通行为的运作）、城市道路系统（交通行为的通道）和城市交通管理系统（交通行为的控制）组成的。城市道路系统是为城市运输系统完成交通行为而服务的，城市交通管理系统则是整个城市交通系统正常、高效运转的保证。

城市交通系统是城市的社会、经济和物质结构的基本组成部分。城市交通系统把分散在城市各处的生产、生活活动连接起来，在组织生产、安排生活、提高城市客货流的有效运转及促进城市经济发展方面起着十分重要的作用。城市的用地布局结构、规模大小，甚至城市的生活方式都需要一个城市的交通系统的支撑。洛杉矶的分散布局离不开它密集的高速公路网；伦敦的生活方式取决于它 19 世纪形成的地铁网；纽约曼哈顿的繁华有赖于发达的地铁和公交系统；巴黎历史文化环境没有受到现代机动交通的过大冲击是与发达的地铁网和公交网分不开的。而我国城市形态呈同心圆式的发展模式则与普遍采用自行车和地面公共汽车作为客运工具有关。

（5）城市道路交通系统　城市道路是城市交通的主要通道，城市中还有一些路外的客运通道系统，如地铁、架空或地面独立设置的轻轨等专用通道，需要通过站点设施与城市道路系统相联系，所以我们又把城市道路系统和城市运输系统合称为"城市道路交通系统"。

**2. 现代城市交通的特点与发展规律**

我国现代城市交通的发展具有以下两大特征。

一是随着城市经济和社会发展，对外联系和交往加强，城市交通与城市对外交通的联系加强了，综合交通和综合交通规划的概念更为清晰，要求我们要加快对外交通设施的建设，疏通城市交通与对外交通的联系通道，利用对外交通条件，拓展城市发展空间。

二是随着城市交通机动化程度的明显提高，城市交通的机动化已经成为现在城市交通发展的必然趋势。面对城市交通现代化发展的新特征和新趋势，我们必须要有新的思路和新的对策。

现代城市交通最重要的表象是"机动化"，"机动化"实质是对"快速"和"高效率"的追求，这是符合时代发展精神的。城市交通的"机动化"必然呈迅速上升的趋势。

西方国家城市交通机动化的进程伴随着非机动交通的衰退，因之而产生的相对单一的机动交通的组织和交通问题的解决都比较简单。中国城市交通机动化的发展很不均衡，目前城市交通机动化水平还比较低，由于大量以自行车为主的非机动车交通仍然占有相当大的比例，城市交通的复杂性十分明显，解决交通问题的难度很大。

城市交通是顺应城市经济、社会和城市的发展而发展的。城市交通拥挤一定程度上是城市经济繁荣和人民生活水平提高的表现。

随着城市化的迅速发展，农村剩余劳动力不断涌向城市，城市人口构成日趋复杂，人口密度日趋密集，人口整体素质水平在一定程度上有所下滑。

随着城市交通机动化的迅速发展，城市机动交通比例不断提高，机动交通与非机动交通、行人步行交通的矛盾不断激化，机动交通与守法意识薄弱的矛盾日渐明显。

随着城市的不断扩展，居民的出行量和交通量不断增加，出行距离不断加大，交通需求越来越大，而城市交通设施的建设就数量而言，永远赶不上城市交通的发展，这是客观的必然。

然而，城市和城市交通的发展就一定的地域来说不是无限制的，交通的拥挤会导致交通源的外移和交通方式的改变；近来我国城市公共交通的发展已经显现出对解决城市交通问题的明显的作用。所以，我们不能把城市交通的发展视为洪水猛兽，我们要认清城市交通发展的形式，树立解决城市交通问题的信心和决心。

现代城市交通机动化的迅速发展也势必对人的行为规律和城市形态产生巨大影响，城市交通机动化的发展也会成为城市社会经济和城市发展的制约因素。现代城市交通的复杂性要求我们对城市交通要进行综合性的战略研究和综合性的规划，城市规划要为城市和城市交通的现代化发展做好准备。

马克思主义认为，生产力发展到一定程度，需要对生产关系进行变革。现代城市交通的发展要求我们立志变革，不但要变革我们的理念，而且要理智地对城市布局结构和城市道路交通系统结构进行变革，以适应城市交通的现代化发展。

### 二、城市综合交通规划的基本内容和要求

#### 1. 城市综合交通规划的基本概念

"城市综合交通"涵盖了存在于城市中及与城市有关的各种交通形式，包括城市对外交通和城市交通两大部分。城市现代化发展已经使城市交通系统的综合性和复杂性更为突出，以综合的思维和方法进行城市交通系统规划已势在必行。

城市交通系统规划是与城市用地布局密切相关的一项重要的规划工作。鉴于城市交通的综合性以及城市交通与城市对外交通的密切关系，通常把二者结合起来进行综合研究和综合规划。城市综合交通系统规划与城市用地规划的相互关系如图 4-13 所示。

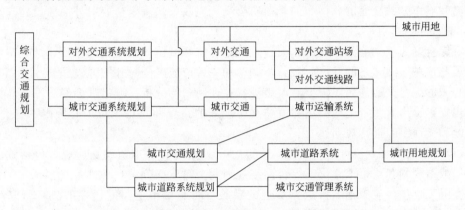

图 4-13　城市综合交通规划与城市用地规划的关系

资料来源：文国纬．城市交通与道路系统规划．北京：清华大学出版社，2007：34.

城市综合交通规划就是将城市对外交通和城市内的各类交通与城市的发展和用地布局结合起来进行系统性综合研究的规划，是城市总体规划中与城市土地使用规划密切结合的一项重要的工作内容。

城市综合交通规划不应脱离城市土地使用规划独立进行。目前在一些城市，为配合城市交通的整治和重要交通问题的解决而单独编制的城市综合交通规划，也应密切与用地布局规划相结合。

城市综合交通规划要从"区域"和"城市"两个层面进行研究，并分别对市域的"城市对外交通"和中心城区的"城市交通"进行规划，并在两个层次的研究和规划中处理好对外交通和城市交通的衔接关系。

#### 2. 城市综合交通规划的作用

① 建立与城市用地发展相匹配的、完善的城市交通系统，协调城市道路交通系统与城市用地布局的关系、与城市对外交通系统的关系，协调城市中各种交通方式之间的关系。

② 全面分析城市交通问题产生的原因，提出综合解决城市交通问题的根本措施。

③ 使城市交通系统有效地支撑城市的经济、社会发展和城市建设，并获得最佳效益。

#### 3. 城市综合交通规划的目标

① 通过改善与经济发展直接相关的交通出行来提高城市的经济效率。

② 确定城市合理的交通结构，充分发挥各种交通方式的综合运输潜力，促进城市客、货运交通系统的整体协调发展和高效运作。

③ 在充分保护有价值的地段（如历史遗迹）、解决居民搬迁和财政允许的前提下，尽快建成相对完善的城市交通设施。

④ 通过多方面投资来提高交通可达性，拓展城市的发展空间，保证新开发的地区都能获得有效的公共交通服务。

⑤ 在满足各种交通方式合理运行速度的前提下，把城市道路上的交通拥挤控制在一定范围内。

⑥ 有效的财政补贴、社会支持和科学的多元化经营，尽可能使运输价格水平适应市民的承受能力。

**4. 城市综合交通规划的内容**

建设部新修订的《城市规划编制办法》规定：城市总体规划中的市域城镇体系规划应"确定市域交通发展战略；原则确定市域交通……设施的布局"，中心城区规划应"确定交通发展战略和城市公共交通的总体布局，落实公交优先政策，确定主要对外交通设施和主要道路交通设施布局"。

市域综合交通规划要充分尊重相关行业规划和省域城镇体系规划的安排，结合市域经济社会发展和市域城镇体系的发展，进一步调整和完善市域内的对外交通设施。

中心城的综合交通规划要根据对城市现状存在问题的分析、城市社会经济发展和城市土地使用规划，提出对城市土地使用和道路交通规划的指导性意见，对中心城内的各类道路、交通设施和交通组织进行规划。

《城市道路交通规划设计规范》(GB 50220—95) 规定：城市道路交通规划包括城市道路交通发展战略规划和城市道路交通综合网络规划两个组成部分。

在实际工作中，应该把城市道路交通的现状分析与城市道路交通发展战略研究结合起来，统称为"城市交通发展战略研究"，作为城市总体规划纲要阶段所侧重的工作，并作为城市道路交通网络规划的基本依据；把传统的城市交通规划中的道路交通网络计算纳入城市道路交通网络的规划中，统称为"城市道路交通系统规划"，注重与城市用地布局相结合，是城市总体规划方案阶段的重点内容。

(1) 城市交通发展战略研究的工作内容　城市交通发展战略研究的基本工作内容如下。

① 现状分析。分析城市交通发展的过程、出行规律、特征和现状，城市道路交通系统存在的问题。

② 城市发展分析。根据城市经济社会和空间的发展，分析城市交通发展的趋势和规律，预测城市交通总体发展水平。

③ 战略研究。确定城市综合交通发展目标，确定城市交通发展模式，制定城市交通发展战略和城市交通政策，预测城市交通发展、交通结构和各项指标，提出实施规划的重要技术经济政策和管理政策。

④ 规划研究。结合城市空间和用地布局基本框架，提出城市道路交通系统的基本结构和初步规划方案。

(2) 城市道路交通系统规划的工作内容。城市道路交通系统规划的基本工作内容如下。

① 规划方案。依据城市交通发展战略，结合城市土地使用的规划方案，具体提出城市对外交通、城市道路系统、城市客货运交通系统和城市道路交通设施的规划方案，确定相关各项技术要素的规划建设标准，落实城市重要交通设施用地的选址和用地规模。

② 交通校核。在规划方案基本形成后，采用交通规划方法对城市道路交通系统规划方案进行交通校核，提出反馈意见，并从土地使用和道路交通系统两方面进行修改，最后确定规划方案。

③ 实施要求。提出对道路交通建设的分期安排和相应的政策措施和管理要求。

### 三、城市交通调查和分析

#### 1. 城市交通调查的目的和要求

城市交通调查是进行城市交通规划、城市道路系统规划和城市道路设计的基础工作，其目的是通过对城市交通现状的调查与分析，摸清城市道路上的交通状况，城市交通的产生、分布、运行规律以及现状存在的主要问题，要求做到调查全面深入、资料丰富准确、分析透彻可信、实事求是、实效性强。

城市交通调查包括城市交通基础资料调查、城市道路交通调查和交通出行 OD 调查等。

#### 2. 城市交通基础资料调查与分析

收集城市人口、就业、收入、消费、产值等社会、经济现状与发展资料；收集城市公共交通客运总量、货运总量，对外交通客、货运总量等运输现状与发展资料；收集城市各类车辆保有量、出行率，交通枢纽及停车设施等资料；收集城市道路环境污染与治理资料；根据调查的资料，分析城市车辆、客货运量的增长特点和规律等。

#### 3. 城市道路交通调查与分析

城市道路交通调查包括对机动车、非机动车、行人的流量、流向和车速等的调查，一般选择城市道路的控制交叉口对全市道路网分别进行全年、全周、全日和高峰时段的观测，对特殊路段、特殊地段的特定交通进行调查，以及对过境交通的流量、流向进行调查等。

通过调查，分析交通量在道路上的空间分布和时间分布以及过境交通对城市道路网的影响，结合道路与用地的功能关系，进一步分析城市交通存在问题的原因。

#### 4. 交通出行 OD 调查与分析

OD 调查就是交通出行的起、终点调查，目的是为了得到现状城市交通的流动特性，是交通规划的基础工作。OD 调查主要包括居民出行抽样调查和货运抽样调查两类，根据交通规划的需要还可以分别进行流动人口出行调查、公共交通客流调查、对外交通客货流调查、出租汽车出行调查等。

(1) 交通区划分　为了对 OD 调查获得的资料进行科学分析，需要把调查区域分成若干交通区，每个交通区又可分为若干交通小区。调查区应该尽可能包括所有对出行形态发生影响的建成区和在预测期内可能发展的新建区。调查区以外的郊区也要分成比较大范围的外部交通区。

划分外部交通区应符合下列条件：

① 交通区应与城市用地布局规划和人口等调查的划区相协调，以便于综合交通区的土地使用和出行生成的各项资料。

② 交通区的划分应便于把该区的交通分配到交通网上，如城市干路网、城市公共交通网和地铁网。

③ 应使每个交通区预期的土地使用动态和交通的增长大致相似。

④ 交通区的大小也取决于调查的类型和调查区域的大小。交通区划得越小，精确度越高，但资料整理工作会越困难。

在划定交通区后，还要考虑划出一条或多条分隔查核线。查核线是在外围境界线范围内分隔成几个大区的分界线，使每一次出行通过这条线不超过一次，用以查核所调查的资料。在可能的条件下，可选取对交通起障碍作用的天然地形（如河流）或人工障碍物（如铁路）作为查核线。

(2) 居民出行调查　居民出行 OD 调查的对象包括年满 6 岁以上的城市居民、暂住人口和流动人口。调查的内容包括：调查对象的社会经济属性（家庭地址、用地性质、家庭成员情况、经济收入等）和调查对象的出行特征（出行起终点、出行目的、出行次数、出行时间、出行路线、交通方式的选择等）。为了减少调查的工作量，一般采用抽样家庭访问的方式进行调查，抽样率应根据城市人口规模大小在4％～20％之间选用。调查数据的搜集方法有家庭访问法、路旁询问法、邮寄回收法等。为了保证调查质量，一般建议采用专业调查人员家庭访问法。

通过居民出行调查，可以研究居民出行生成形态，得到交通生成指标、居民出行规律及居民出行生成与土地使用特征、社会经济条件之间的关系。

居民出行规律包括出行分布和出行特性。城市居民的出行特性有下列四项要素。

① 出行目的。包括上下班出行（含上下学出行）、生活出行（购物、游憩、社交）和公务出行三大类。交通规划主要研究上下班出行，这是形成客运高峰的主要出行。

② 出行方式。即居民出行采用步行或使用交通工具的方式。城市居民采用各种出行方式的比例称为出行结构，或称交通结构。目前，我国城市居民出行的方式主要是步行、骑自行车、乘公交车和其他机动车交通。随着城市机动化的发展、私人小汽车出行比重的增大、生活出行及出行距离的增加，城市交通结构也将发生较大的变化。

③ 平均出行距离。即居民平均每次出行的距离，还可以用平均出行时间和最大出行时间来表示。平均出行距离与城市规模、城市形态、城市用地布局、人口分布、出行方式等有关。城市交通条件的改善可以使相同的出行时间内的出行范围增大，即加大了平均出行距离；或对于相同的出行距离减少了平均出行时间，相对拉近了空间距离。城市由单一中心布局转化为组团式中心布局，可以使多数人的出行范围减少，从而缩短了平均出行距离。

④ 日平均出行次数。即每日人均出行次数，反映城市居民对生产、生活活动的要求程度。生产活动越频繁，生活水平越高，日平均出行次数就越多。根据调查，目前我国城市居民日平均出行次数多为2.0～2.8次/人，国外城市日平均出行次数为2.4～3次/人。

（3）货运出行调查　货运调查常采用抽样法调查表或深入单位访问的方法，调查各工业企业、仓库、批发部、货运交通枢纽、专业运输单位的土地使用特征、产销储运情况、货物种类、运输方式、运输能力、吞吐情况、货运车种、出行时间、路线、空驶率以及发展趋势等情况。通过分析可以研究货运出行生成的形态，取得货运交通生成指标，货运出行与土地使用特征（性质、面积、规模）、社会经济条件（产值、产量、货运总量、生产水平）之间的关系，得到全市不同货物运输量、货流及货运车辆的（道路）空间和时间分布规律。

**5. 现状城市道路交通问题分析**

城市道路交通系统一方面要解决运送大量城市客流，以满足城市生产和生活活动的需要，同时又要解决由这些活动所产生的矛盾，这些矛盾包括交通拥挤、交通肇事、交通污染及对城市景观的破坏等。现状城市道路交通问题分析是城市交通发展战略研究的重要内容和城市道路交通网络规划的依据。

现状城市道路交通问题及产生的原因如下。

"城市道路交通设施的建设不能满足交通增长的需求"。城市交通需求的增长与城市经济发展、社会发展、城市人口增长、城市用地布局结构和城市人口分布有关。城市人口的过度增长，城市布局的不合理，城市人口分布的不合理，不必要地加大了城市交通的出行量和出行距离，是城市道路交通问题产生的根本原因。

"南北不通，东西不畅"，表明了城市道路交通设施的不完善，城市道路交通网络存在系统缺陷。

"交通混杂，交通效率低下"，是现状城市道路交通网络功能不分（交通性、生活性不分）、快慢不分以及道路功能与道路两侧用地的性质不协调所造成的。

"重要节点交通拥堵"，除现状城市道路交通系统上的衔接和缓冲关系处理不当外，规划对重要节点的细部安排存在缺陷。

此外，城市交通管理中的问题和道路设计中的细节问题也经常是城市道路交通问题产生和交通效率低下的重要因素。

### 四、城市综合交通发展战略与交通预测注册书和教材

#### 1. 城市综合交通发展战略的研究框架

（1）市域交通发展战略研究框架（图 4-14）　市域综合交通发展战略研究首先要尊重国家铁路、高速公路、国道、省道、大区域机场和港口的布局规划，满足区域交通的需要，同时要进一步研究市域内经济、社会的发展和城镇体系发展对城市对外交通的需要，提出市域内铁路网站、市（县）级公路骨架网络和市域内的港口、航道的发展战略和调整意见。研究中要处理好市域内城镇发展和城镇内的道路交通系统的关系。

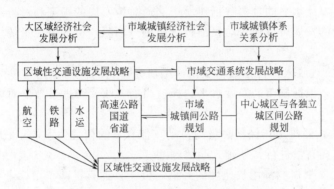

图 4-14　市域综合交通发展战略研究框架

资料来源：文国纬. 城市交通与道路系统规划. 北京：清华大学出版社，2007：41.

（2）**城市交通发展战略研究框架**（图 4-15）　中心城市的城市交通发展战略研究要以城

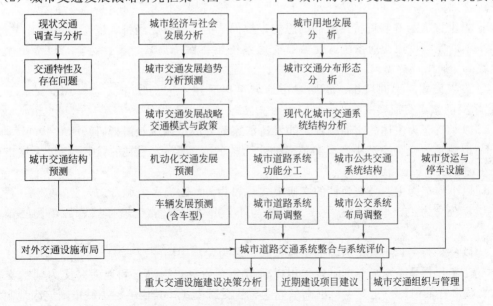

图 4-15　市域综合交通发展战略研究框架

资料来源：文国纬. 城市交通与道路系统规划. 北京：清华大学出版社，2007：42.

市经济社会发展、城市用地发展和现状分析为基础，注意把宏观城市布局及交通关系与中观城市用地布局及交通关系分开研究，不可混为一谈。要提出宏观对总体规划（土地使用和道路交通系统）的指导性意见，中观对控制性详细规划的指导意见和调整意见。

**2. 城市综合交通发展战略研究的基本内容**

（1）城市交通发展分析

① 经济、社会与城市空间发展的趋势与规律分析。对城市经济、社会发展的分析和对城市空间发展的分析实质上是对城市交通发展的因素和交通需求的分析。研究其发展趋势和发展规律，就是要分析城市交通发展的机遇和有利条件，认识城市交通发展中可能遇到的制约因素和挑战，是科学确定城市交通发展目标和策略的基础性研究。

② 预估城市交通总体发展水平。城市交通总体发展水平的预估与城市经济、社会和城市空间发展有关，也取决于城市交通的发展模式和发展策略，要同城市交通发展战略分析结合进行。

城市交通总体发展水平的预测包括对城市交通总量发展的预测和对机动车总量发展的预测。城市交通总量的发展可以通过居民出行分析进行预测，机动车总量的发展预测方法主要有以下几种。

a. 弹性系数法。"收入弹性系数"是由典型研究得到的机动车拥有量发展与居民收入增加之间的相关系数，根据城市的发展水平选择适当的"收入弹性系数"对城市机动车拥有量进行预测。

b. 趋势外推法。通过历年经济总量与机动车拥有量的相关关系的"线性回归分析"，对未来几年的机动车拥有量进行"外延式"的预测。

c. 千人拥有法。根据经济增长速度的高低，按千人拥有机动车指标进行预测。

（2）城市交通发展战略分析

① 指导思想。城市交通发展战略的指导思想一般包括：

a. 适应城市经济、社会和城市空间发展的需要，为城市经济、社会和城市空间发展服务。

b. 贯彻以人为本和可持续发展的思想，提倡节能、减排、经济、安全、可靠。

c. 不断完善城市交通系统，使城市交通系统始终保持高效、良性运作，以满足城市居民对城市交通出行的需求。

② 发展模式。不同城市、不同城市地域可以采用不同的城市交通模式（交通方式结构）。主要的城市交通模式有：

a. 以小汽车为主体的交通模式，如发达国家的分散型城市（洛杉矶）。

b. 以轨道公交为主、小汽车和地面公交为辅的交通模式，如发达国家超级大城市（伦敦、纽约、东京、巴黎）。

c. 以小汽车为主、公交为辅的交通模式，如北美、欧洲多数城市。

d. 以公交为主、小汽车为主导（公交与小汽车并重）的交通模式，如中国香港、新加坡。

e. 以公交为主、小汽车为辅的交通模式，多为发展中国家。

一般对于中国特大城市，应该采用以轨道公交为主、小汽车和地面公交为辅的交通模式；大城市宜采用以公交为主、小汽车为主导的交通模式；其他中、小城市则应因地制宜采用不同的交通模式，如公共交通与自行车并重的交通模式等。

③ 发展目标。城市交通发展战略的总目标就是要形成一个优质、高效、整合的城市交

通系统来适应不断增长的交通需求，提升城市的综合竞争力，促进城市经济、社会和城市建设的全面发展。在城市交通系统内要促进交通设施的完善、运行的协调和科学的管理；同时要促使城市交通系统与土地使用相结合，与经济发展相适应，与社会相促进，与环境相协调，与对外交通系统紧密衔接。

④ 发展战略。为了达到城市交通发展战略的目标，必须提出城市交通的发展策略。包括：

a. 制定适合城市交通发展的交通政策。

b. 整合城市的交通设施。

c. 协调各类交通的运行，实现交通的综合科学管理。

d. 建立强有力的综合协调管理机构，全面协调城市土地使用规划管理、综合交通规划建设、交通运营与管理。

（3）城市交通政策制定 城市交通政策是在一定的交通发展战略控制之下，政府部门对于涉及城市交通事业所做出的一系列决策，是用以指导、约束和协调城市交通的观念和行为的准绳，是正确处理城市交通需求与供给、交通资源的投入和分配、经济补偿与使用者（受益者）合理负担等一系列相互关系的管理手段，同时也是制定实施性交通法规的基本依据。

交通政策是为解决特定的城市交通问题并欲达到某种交通目标而制定的，普遍具有很强的针对性和目标效用。

城市交通政策的稳定性与可变性，是由现代城市交通发展方向的一致性、调控各种基本关系的连续性和具体的技术经济条件的多样性与多变性所决定的。高层次的交通政策具有较高的稳定性，低层次的技术经济政策有较大的可变性。正确把握交通政策的稳定性与可变性，避免基本政策执行中的摆动和具体政策上的僵化，是保证多快好省地发展城市交通的关键。

① 城市交通政策的内容。城市交通政策，是由交通技术政策、经济政策和管理政策组成的多方面相关的政策体系。城市交通的多种属性、系统功能结构的复杂性及与城市土地使用等方面的直接关系，决定了交通政策的多相关性和整体性。因此，在研究和制定政策时，除了制定交通工程方面的技术政策外，还要通盘考虑与某项政策有关的相关政策以及执行某项政策所需要的配套政策。城市交通政策的内容主要有以下几个方面。

a. 政策目标。说明该项政策所要解决的问题，例如增加交通通行能力、提高城市交通服务水平、节省交通出行时间、促进交通安全、整治城市交通秩序、疏解城市交通拥挤、增加可达性、减少空气及噪声污染、促进城市公共交通发展和区域平衡发展等目标。

b. 政策背景。政策的确定所基于的某些特定背景的需要。

c. 地域范围。政策所涵盖及施行的地区范围。

d. 政策种类。政策依据的社会、经济及政治、文化环境，所需经费，所要达到的目标等。

e. 政府执行机构。政策须列举各种规定事项的执行机构。

② 三大城市交通政策。

a. 城市交通方式引导政策。优先发展公共交通，合理使用私人小汽车和自行车等个体交通工具，创造良好的步行环境，实现客运交通系统多方式的协调发展。

b. 城市交通地域差别化发展政策。根据城市用地布局带来的城市交通特点的不同，在不同的城市地域实施不同的交通引导政策，如在城市核心地域依托公共交通的服务，限制小汽车的流量，在外围城区鼓励公共交通与小汽车的协调发展等。

    c. 城市道路交通设施建设与城市交通协调发展政策。要在加快城市道路、公交系统建设的同时，通过相关的政策和管理措施，调控城市中的机动车流量和在城市中的分布，保持道路交通设施与交通流量的协调发展，努力将道路网的运行状况维持在合理的水平。

    ③ 实施城市交通发展战略的相关政策。为了有效实施城市交通发展战略，需要有相关的技术经济政策以保证城市交通发展目标的实现，如城市道路交通设施建设投资政策，优先发展公共交通的经济政策、城市交通综合协调与管理政策等。

    为了发挥城市交通政策的引导、约束、协调功能，加强交通政策在调控城市交通发展中的作用，必须将大部分交通政策进一步向交通法规延伸，根据城市交通政策制定城市交通法规，以法律手段保证城市交通政策的实施。

    ④ 我国城市交通政策概况。我国城市现有的交通政策不成体系，大多是关于交通工具的发展政策、交通管理政策等产业政策及标准性政策，而没有关于政策交通供需关系的相关政策和内容。

    1985年国务院批准公布的《中国技术政策》国家科委"蓝皮书"和"白皮书"把城市交通运输政策作为全国交通政策的一部分。在发展城市交通运输方面规定，大力发展公共交通，特大城市应逐步发展地铁等快速轨道交通，研制发展私人摩托车，不鼓励发展其他私人交通工具；特大城市要建立快速路系统和市郊客运铁路；在市区外围应建立货物联运中心；把铁路、航空、水运、地铁等快速轨道交通及地面公共交通作为有机的整体，搞好乘客的环城联运；城市铁路客运站等交通枢纽的设计和建设，要采用立体化的综合建筑体系；要因地制宜地采用点、线、面的城市交通控制信号系统；特大城市要建立交通监控、通信中心等。

    1993年国务院批转的《全国第三产业发展规划基本思路》提出的发展目标是："逐步建成与经济和社会发展相适应的布局得当、结构合理的城市干路网和比较完备的公共交通设施等城市市政公用设施系统，特大城市要逐步建立快速轨道系统和快速路系统……"。

    1995年建设部先后推出《中国城市交通需求管理行动计划》、《北京宣言——中国城市交通发展战略》等文件，标志着中央政府把对城市交通问题的着眼点转向了更为宏观、全面而综合的战略与规划层面，并使城市交通行业对交通问题的解决走向新的观念。

    **3. 城市交通结构与车辆发展预测**

    (1) 城市交通机动化发展分析   现代城市交通"机动化"是对城市交通"快速"和"高效率"的追求。随着我国国民经济的迅速发展和人民生活水平的迅速提高，城市交通"机动化"（包括公共交通和私人小汽车）的发展越来越快，城市交通机动化已成为我国城市交通发展的必然趋势，在相当一段时期必然呈迅速上升的趋势。

    国外经验，国民收入1000~1500美元时开始普及私人小汽车，国民收入2500美元以上时开始大量建设地铁设施。以人均GDP计，人均2000美元时开始发展私人小汽车，人均3000美元时开始普及私人小汽车（达到约10辆/百人的水平），人均10000美元时进入相对稳定期（达到约20辆/百人的水平）。

    相比国外，国内城市交通机动化的发展要相应提前，目前在我国城市私人小汽车发展预测中常采用2020年（人均GDP10000美元左右）达到18辆/百人的指标。随着国产小汽车数量的剧增、价格的速降，居民收入的不断提高，机动车进入家庭是不可阻挡的历史潮流。由于国家对节能、环保和优先发展公共交通的政策以及燃料油价格的上涨，私人小汽车的发展会逐渐趋缓，公共交通发展前景看好。

    (2) 城市交通结构预测   城市交通结构的预测要根据城市的规模、城市形态、布局结构与空间关系、经济社会发展和居民生活水平、居民出行习惯，分析城市交通出行演变趋势、城市居民不同出行要求对出行方式的需求关系，从科学引导的角度，实事求是地对城市交通结构的发展做出判断，不能单凭主管臆断。

（3）车辆发展预测　城市各类车辆发展的预测常按规范的指导性建议指标，结合城市交通结构政策和经济、社会发展的需求进行。公共交通车辆和出租车一般可按规范预测；货运车辆除考虑规范要求外，还要适应城市货运发展的要求；公共交通车辆、出租车、私人小汽车、摩托车和自行车的预测还应考虑城市客运交通系统结构的发展需求。

**4. 城市交通预测**

（1）城市交通预测的基本思路　城市交通预测是基于城市用地布局和道路交通系统初步方案的工作，预测必须充分考虑城市用地布局关系及由此决定的人在用地空间上的分布和流动关系。脱离城市布局和人的活动的分析，单纯依靠数学模型的预测结果是脱离实际的，是不准确的。

（2）城市交通流量预测　城市交通流量的预测常采用如下方法进行：首先应将城市区域结合自然地理状况，按城市布局结构关系划分交通大区和交通小区，选择交通高峰作为预测的模型阶段，确定预测的交通方式，然后按照出行生成、出行分布、出行方式划分、交通分配四个阶段进行交通流量预测。

①"出行生成"就是预测各交通小区的出行发生和吸引的次数。

②"出行分布"就是分析和计算各个交通小区间相互出行的次数。

③"出行方式划分"就是将各小区间的出行量分解为各种交通方式的数量（转换为交通流量）。

④"交通分配"就是将各种交通方式的交通流量分配到城市的各个路段上。

**5. 城市交通校核与道路交通系统规划方案的交通评价**

要对城市道路交通系统规划方案进行交通量与通行能力校核和对道路交通设施交通水平进行评价。

包括对道路服务水平进行分析，对道路的运行速度进行评价，对道路设施交通水平不佳的原因进行分析，提出对道路网络、道路等级、道路横断面的改善、调整建议。

道路上的交通量与通行能力之比称之为该道路的服务水平。远期城市道路交通系统高峰小时的服务水平均应在1以下，平均服务水平应在0.8以下。

**五、城市对外交通规划**

**1. 城市对外交通规划的规划思想**

城市对外交通运输是指以城市为基点，与城市外部进行联系的各类交通运输的总称，主要包括铁路、公路、水运和航空。铁路、公路、水运和航空又是国家和区域的交通，都有适应国家和区域经济、社会发展的行业规划。城市对外交通规划一方面要充分利用国家和区域交通设施规划建设条件来加强市域内城镇间的交通联系，发展市域城镇体系；另一方面要根据市域城镇经济、社会发展的需要，进一步补充和进行局部调整，完善城市对外交通规划。

城市对外交通运输是城市形成与发展的重要条件。历史上形成的城镇大多位于水路交通的枢纽，如汉口、广州、重庆、扬州等；现代城市也往往是现代交通运输的重要枢纽，如上海、郑州、石家庄、徐州、株洲等。对外交通运输的条件又可能制约城市的发展。一个城镇要有大的发展，对外交通运输能力必须与城镇生产、消费量相适应，而城市的发展也将促进城市对外交通运输的进一步发展。

城市对外交通线路和设施的布局直接影响到城市的发展方向、城市布局、城市干路走向、城市环境以及城市景观。因此，城市对外交通对城市的总体规划布局有着举足轻重的作用。

城市道路交通与对外交通有着密切的联系，城市对外交通的线路和设施要与城市道路交通系统形成有机的衔接和转换。

**2. 铁路规划**

（1）铁路分类、分级　铁路是城市主要的对外交通设施。城市范围内的铁路设施基本上可分为两类：一类是直接与城市生产、生活有密切关系的客、货运设施，如客运站、综合性货运站及货场等；另一类是与城市生产、生活没有直接关系的铁路专用设施，如编组站、客车整备场、迂回线等。

（2）铁路场站在城市中的布置　铁路设施应按照它们对城市服务的性质和功能进行布置，与城市布局要有良好的关系。铁路客运站应该靠近城市中心区布置，如果布置在城市外围，即使有城市干路与城市中心相连，也容易造成城市结构过于松散，居民出行不便；为工业区和仓库区服务的工业站和地区站则应布置在相关地段附近，一般设在城市外围；其他铁路专用设施则应在满足铁路技术要求及配合铁路枢纽总体布局的前提下，尽可能布置在城市外围，不应影响城市的正常运转和发展。随着我国铁路事业的发展，国家高速铁路客运干线和城市间快速铁路客运干线的建设，铁路系统实现客、货分流已经开始实施，城市总体规划中的铁路规划应该为此做出安排。

在城市铁路布局中，场站位置起着主导作用，线路的走向是根据场站与场站、场站与服务地区的联系需要而确定的。铁路场站的位置与数量与城市的性质、规模、总体布局，铁路运输的性质、流量、方向、自然地形等因素有关。

① 会让站、越行站是铁路正线上的分界点，间距约 8～12km，主要进行铁路运行的技术作业，场站布置不一定要与居民点结合。其布置形式有横列式、纵列式和半纵列式，长度约 1～2.7km，站坪宽度除正线外，配到发线 1～2 条。

② 中间站是客货合一的小车站，多设在中小城市，采用横列式布置，间距约 20～40km。按客运站、货场和城市三者的相对位置关系，有客货城同侧布置，客货对侧、客城同侧布置，客货对侧、货城同侧布置三种布置方式（图 4-16、图 4-17、图 4-18）。城市规划应尽可能将铁路布置在城市一侧，货场设置要方便货运，减少对城市的干扰，尽量减少城市跨铁路交通。

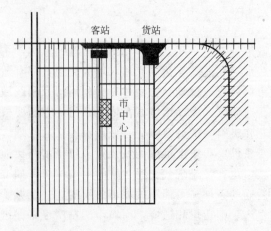

图 4-16　铁路客货站在城市同侧的位置

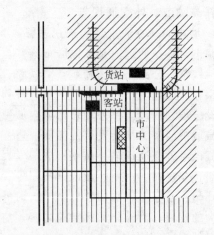

图 4-17　铁路货站在城市对侧、客站与城市同侧的位置

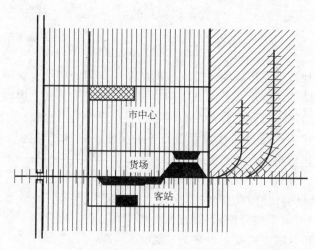

图 4-18　铁路客站在城市对侧、货站与城市同侧的位置

③ 区段站除了中间站的作业以外，还有机务段、到发场和调车场等，进行更换机车和乘务组、车辆检修和货物列车的解结编组等业务。区段站的用地面积较大，按照横列式与纵列式布置，其长度为 2～3.5km，宽度为 250～700m。

④ 编组站是为货运列车服务的专业性车站，承担车辆解体、汇集、甩挂和改编的业务。编组站由到发场、编组场、驼峰、机务段和通过场组成，用地范围一般比较大，其布置要避免与城市的相互干扰，同时也要考虑职工的生活，对一个大型铁路枢纽城市来说，可能不止一个编组站，要分类型合理布置。

⑤ 客运站的位置既要方便旅客，又要提高铁路运输效能，并应与城市的布局有机结合。客运站的服务对象是旅客，为方便旅客，位置要适当。中、小城市客运站可以布置在城区边缘，大城市可能有多个客运站，应深入城市中心区边缘布置，由于城市的发展，原有铁路客站和铁路线路被包围在城市中心区内，与城市交通矛盾加大，也影响了城市的现代化发展。规划中要结合铁路枢纽的发展与改造，研究客站设施和线路逐渐进行调整的必要性和调整的方案。

客运站的布置方式有通过式、尽端式和混合式三种。中、小城市客运站常采用通过式的布局形式，可以提高客运站的通过能力；大城市、特大城市的客运站常采用尽端式或混合式的布置，可减少干线铁路对城市的分割。大城市、特大城市客运站地区的城市交通条件较好，城市功能比较综合配套，常形成综合性的交通、服务中心，为方便旅客，避免交通性干路与站前广场的相互干扰，可将地铁直接引进客运站，或将客运站伸入城市中心地下。

客运站是对外交通与市内交通的衔接点，要考虑到旅客的中转换乘的方便，客运站必须与城市的主要干路相衔接，以方便联系城市各部分及其他联运对外交通设施（车站、码头等）；要协调好铁路与市区公交、长途汽车和商业服务的关系，做到功能互补和利益共享，实现地区发展目标。

⑥ 中小城市一般设置一个综合性货运站或货场，其位置既要满足货物运输的经济合理要求，也要尽量减少对城市的干扰。

大城市、特大城市的货运站应按其性质分别设于其服务的地段。以到发为主的综合性货运站（特别是零担货物）一般应接近货源或结合货物流通中心布置，以某几种大宗货物为主的专业性货运站应接近其供应的工业区、仓库区等大宗货物集散点，一般应设在市区外围；不为本市服务的中转货物装卸站则应设在郊区，结合编组站或水路联运码头设置；危险品

（易爆、易燃、有毒）及有碍卫生（如牧畜货物）的货运站应设在市郊，要有一定的安全隔离地带。

**3. 公路规划**

公路是城市与其他城市及市域内乡镇联系的道路，规划师应结合城镇体系总体布局和区域规划合理地选定公路线路的走向及其站场的位置。根据我国公路交通发展的趋势和存在问题，公路特别是高速公路进行客、货分流的需求已日渐明显，为了满足公路交通流量发展，保证公路的畅通和安全，适应公路建设经济技术的要求，应该尽快为公路（首先是高速公路）的客、货分流做出规划安排。

（1）公路的分类、分级

① 公路分类。是根据公路的性质和作用及其在国家公路网中的位置，分为国道（国家级干线公路）、省道（省级干线公路）、县道（县级干线公路，联系各乡镇）和乡道。设市城市可设置市道，作为市区联系市属各县城的公路。

② 公路分级。是按公路的使用任务、功能和适应的交通量对公路进行分级，可分为高速、一级、二级、三级、四级公路。高速公路为封闭的汽车专用路，是国家级和省级的干线公路；一级、二级公路常用作联系高速公路和中等以上城市的干线公路；三级公路常用作联系县和城镇的集散公路；四级公路常用作沟通乡、村的地方公路。

高速公路的设计时速多为 100～120km（山区可降低为 60km/h）。大城市、特大城市布置高速公路环线联系各条高速公路，并与城市快速路网相衔接。对于中、小城市，考虑城市未来的发展，高速公路应远离城市中心，采用互通式立体交叉以专用的入城道路（或一般等级公路）与城市联系。

（2）公路在市域内的布置　公路在市域范围内的布置主要取决于国家和省公路网的规划，同时要满足市域城镇体系发展的需要。规划中要注意以下问题。

① 要有利于城市与市域内各乡、镇之间的联系，适应城镇体系发展的规划要求。

② 干线公路要与城市道路网有合理的联系。国道、省道等过境公路应以切线或环线绕城而过，县道也要绕村、镇而过。作为公路枢纽的大城市、特大城市，应在城市道路网的外围布置连接各条干线公路的公路环线，再与城市道路网联系。高速公路应与城市快速路相连，一般等级公路应与城市常速交通性干路相连。

③ 要逐步改变公路直接穿过小城镇的状况，并注意防止新的沿公路进行建设的现象发生。

（3）公路汽车场站的布置　公路汽车站又称为长途汽车站，按其性质分为客运站、货运站、技术站和混合站。按车站所处的地位又可分为起点站、终点站、中间站和区段站。

应依据城市总体规划功能布局和城市道路交通系统规划，合理布置长途汽车站的位置，既要方便使用，又不影响城市的生产和生活，并与铁路车站、水运码头有较好的联系，便于组织联运。

① 客运站。大城市、特大城市和作为地区公路交通枢纽的城市，公路客货流量和交通量都很大，常为多个方向的长途客运设置多个客运站，并与货运站和技术站分开设置，方便旅客，客运站常设在城市中心区边缘，用城市交通性干路与公路相连，公路长途客运站应纳入城市客运交通枢纽规划，与城市公共交通换乘枢纽合站设置。

中、小城市因规模不大，车辆数不多，为便于管理和精简人员，一般可设一个长途客运站，或将客运站与货运站合并，也可与技术站组织在一起。

有的城市在铁路客运量和长途汽车客运量都不大时，将长途汽车站与铁路车站、城市公共交通首末站结合布置，形成城市对外客运交通枢纽，既方便旅客，又有益于布局的合理。

② 货运站、技术站。货运场站的位置选择与货主的位置和货物的性质有关。供应城市日常生活用品的货运站应布置在城市中心区边缘；以工业产品、原料和中转货物为主的货运站应布置在工业区、仓库区或货物较为集中的地区，亦可设在铁路货运站、货运码头附近，以便组织水陆联运。货运站要结合城市物流中心的规划布局，并要与城市交通干路有好的联系。

技术站主要担负清洗、检修（保养）汽车的工作，要求的用地面积较大，且对居民有一定的干扰。技术站一般设在市区外围靠近公路线附近，与客、货站都能有方便的联系，要注意避免对居住区的干扰。

③ 公路过境车辆服务站。为减少进入市区的过境交通量，可在对外公路交汇的地点或城市入口处设置公路过境车辆服务设施，如车站、维修保养站、加油站、停车场（库）以及旅馆、餐厅、邮局、商店等，既方便暂时停留的过境车辆的检修、停放，为司机与旅客创造休息、换乘的条件，又可避免不必要的车辆和人流进入市区。这些设施也可与城市边缘的小城镇结合设置，亦有利于小城镇的发展。

**4. 港口规划**

港口是水陆联运的枢纽。城市港口分为客运港和货运港，客运港是城市对外客运交通设施，货运港是对外货运交通设施，小规模港口可合并设置。港口分为水域和陆域两个部分，水域供船舶航行、转运、锚泊及其他水上作业使用，陆域提供旅客上下、货物装卸、存储的作业活动使用，要求有一定的岸线长度、纵深和高程。

港口城市的规划要妥善处理岸线使用、港区布置及城市布局之间的关系，综合考虑船舶航行、货物装卸、库场储存及后方集疏四个环节的布置。

（1）港口选址与规划原则

① 港口选址应与城市总体规划布局相互协调。港口位置的选址既要满足港口技术上的要求，也要符合城市发展的整体利益。在城市总体规划中要合理协调港口与居住区、工业区等城市用地的相互关系，妥善处理相互影响和发展的矛盾，以有利于城市和港口的发展。

② 港口建设应与区域交通综合考虑。港口的规模与其腹地服务范围密切有关，港口的发展可有效地带动腹地区域经济的发展，并为港口提供充足的货源。所以在港口建设中，港口疏运系统的布置十分重要，应综合考虑港口内部疏运系统（港内铁路和港区道路）与港口外部疏运系统（区域性铁路、公路和城市道路）的有机联系和合理衔接。

为货运港货物疏运服务的疏港铁路线和公路线的布置要有利于港口与不同方向腹地的区域性货运铁路干线和货运公路干线联系，同时不应影响城市的土地使用和城市交通。在经过城市地段的位置，有条件时可以设置货运交通走廊与城市相对隔离。疏港公路可以有限地与城市货运交通干路连接，实现为城市的服务。

客运港要与城市客运交通干路连接，要考虑城市公共交通的服务，并与铁路车站、长途汽车站有方便的联系。

③ 港口建设与工业布置要紧密结合。货运量大而污染易于治理的工厂尽可能沿河、海有建港条件的岸线布置。特别是深水港的建设可以推动港口工业区的发展，港口与工业相结合的临港工业区的发展已成为港口城市工业发展的重要形式。

④ 合理进行岸线分配与作业区布置。岸线分配应遵循"深水深用，浅水浅用，避免干扰，各得其所"的原则，水深 10m 的岸线可停万吨级船舶，应充分用作港口泊位；接近城市生活区的位置应留出一定长度的岸线为城市生活休息使用。

一个综合性城市的港口通常按客运、煤、粮、木材、石油、件杂货、集装箱以及水陆联运等作业要求布置成若干个作业区。

⑤ 加强水陆联运的组织。港口是水陆联运的枢纽，规划中要妥善安排水陆联运和水水联运，提高港口的疏运能力。在改造老港和建设新港时，要考虑与铁路、公路、管道和内河水运的密切配合，特别重视对运量大、成本低的内河运输的充分利用。因此，做好内河航道水系规划，加强铁路、公路的联运，提高港口的通过能力，并配置适当数量的仓库、堆场，以增加港口（包括城市）的货物储存能力。

（2）客运港与旅游码头在城市中的布置　客运港是专门停泊客轮和转运快件货物的港口，又称客运码头，按港口所在城市的地位、客运量的大小和航线特征分为三个等级，客运量不大的港口可以设置客货联合码头。

客运港应选在与城市生活性用地相近、交通联系方便的位置，综合考虑港口作业、站房设施、站前广场、站前配套服务设施等的布置及与城市干路相衔接。

需设置旅游码头的旅游城市，应根据旅游路线的组织、旅游道路的布置选定旅游码头的位置，要注意避免与高峰小时拥挤的地段和道路接近。旅游码头附近还应考虑配套服务设施的布置。

客运港和旅游码头都应配套建设停车设施。

**5. 航空港规则**

（1）航空港分类　民用航空港（机场）按其航线性质可分为国际航线机场和国内航线机场。

民用机场又可按航线布局分为枢纽机场、干线机场和支线机场。

枢纽机场是全国航空运输网络和国际航线的枢纽，是运输业务量特别繁忙的机场。

干线机场是以国内航线为主，可开辟少量国际航线，可以全方位建立跨省跨地区的国内航线，运输量较为集中。

支线机场是分布在各省、自治区内及至邻近省区的短途航线、运输量较少的机场。

民用机场等级按年旅客吞吐量、基准飞行场地长度（跑道长度）和飞机翼展（跑道宽度）确定为 1、2、3、4、5、6 和 A、B、C、D、E 级，见表 4-10。

表 4-10　民用机场航站区、飞行区指标

| 代码 | 年旅客吞吐量/万人 | 代码 | 飞机基准飞行场地长度/m | 代字 | 飞机翼展/m |
|---|---|---|---|---|---|
| 1 | <10 | 1 | <800 | A | <15 |
| 2 | 10～<50 | 2 | 800<1200 | B | 15～<24 |
| 3 | 50～<200 | 3 | 1200～<1800 | C | 24～<36 |
| 4 | 200～<1000 | 4 | ≥1800 | D | 36～<52 |
| 5 | 1000～<2000 | | | E | 52～<65 |
| 6 | ≥2000 | | | | |

注：资料来源：《民用机场总体规划规范》（MH5002—1999）。

（2）航空港布局规划　要从区域的角度考虑航空港的共用及其服务范围。在城市分布比较密集的区域，应在各城市使用都方便的位置设置若干城市共用的航空港，高速公路的发展有利于多座城市共用一个航空港。随着航空事业的进一步发展，一个特大城市周围可能布置有若干个机场。除非有特殊的理由（如著名旅游胜地），机场应适度集中，力戒分散建设，否则客源不足，将造成经济上的不合理。

航空港的选址要满足保证飞机安全起降的自然地理和气象条件，要有良好的工程地质和水文地质条件。

随着航空事业的迅速发展，航空在城市对外交通运输中的比重也与日俱增，航空港与城市的关系也越来越密切，同时也带来了对城市的机场净空限制、噪声干扰和电磁波干扰控制等影响。同时，航空港与城市的客运交通联系的强度和方式也会对城市的交通产生影响。

机场净空限制的规定是在净空空间的临界部位处建立的组合假想面（即净空障碍物限制面）。我国民航规定的机场净空障碍物限制要求如图 4-19 所示。

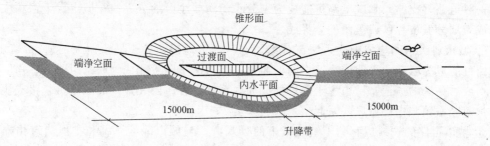

图 4-19　机场的净空障碍物限制要求

资料来源：全国城市规划执业制度管理委员会. 城市规划原理. 北京：中国计划出版社，2002：97.

从净空限制的角度分析，航空港的选址应尽可能使跑道轴线方向避免穿过市区，最好位于与城市侧面相切的位置，机场跑道中心与城市边缘的最小距离为 5～7km 为宜，如果跑道轴线方向通过城市，则跑道靠近城市的一端与城区边缘的距离至少要保持在 15km 以上。这种布置方式也有益于减少飞机起飞、降落时噪声对城市的影响。

为满足机场对通信联络的要求，避免电波、磁场等对机场导航、通信系统的干扰，在选择航空港位置时，要考虑机场对周围的高压线、变电站、发电站、电信台、广播站、电气铁路以及有高频设备或 X 射线设备的工厂、企业、科研、医疗单位的影响，并应按有关技术规范规定与它们保持一定距离。另外，机场也应与铁路编组站保持适当的距离。

（3）航空港与城市的交通联系　城市规划要注意妥善处理航空港与城市的距离及交通联系问题。

从机场自身及对城市的干扰、人防、安全等方面考虑，航空港与城市的距离远些为好；但从航空港为城市服务、更大地发挥高速的航空交通优越性来说，则要求航空港接近城区。现代航空技术的发展，要达到机场选址的要求，国际航空港与城区的距离一般都应超过10km。我国城市城区与航空港的距离一般为 20～30km，必须努力争取在满足机场选址要求的前提下，尽量缩短航空港与城市的距离。

航空港与城市的地面交通联系的速度和效率已成为提高现代空运速度的主要问题。为了充分发挥航空运输的快速特点，加强城市与航空港之间的联系，有必要建设航空港与城市之间直接的、高速的、通畅的道路交通系统。常采用专用高速公路的方式，使航空港与城市间的时间距离保持在 30min 以内，有条件时亦可采用高速列车（包括悬挂单轨车）、专用铁路、地铁和直升飞机等方式实现航空港与城市的快捷联系。

### 六、城市道路系统规划

#### 1. 影响城市道路系统布局的因素

城市道路系统是组织城市各种功能用地的"骨架"，又是城市进行生产活动和生活活动的"动脉"。城市道路系统布局是否合理，直接关系到城市是否可以合理、经济地运转和发展。道路系统一旦确定，实质上决定了城市发展的轮廓、形态，这种影响是深远的，在一个相当长的时期内发挥作用。影响城市道路系统布局的因素主要有三个：城市在区域中的位置（城市外部交通联系和自然地理条件）；城市用地布局结构与形态（城市骨架关系）；城市交通运输系统（市内交通联系）。

**2. 城市道路系统规划的基本要求**

（1）满足组织城市用地的"骨架"要求。

① 城市各级道路应成为划分城市各组团、各片区地段、各类城市用地的分界线。比如城市一般道路（支路）和次干路可能成为划分小街坊或小区的分界线；城市次干路和主干路可能成为划分城市片区或组团的分界线。

② 城市各级道路应成为联系城市各组团、各片区地段、各类城市用地的通道，比如城市支路可能成为联系小街坊或小区之间的通道；城市次干路可能成为联系组团内各片区、各大街坊或居住区的通道；城市主干路可能成为联系城市各组团、片区的通道；公路或快速路又可把郊区城镇与中心城区联系起来。

③ 城市道路的选线应有利于组织城市的景观，并与城市绿地系统和主体建筑相配合形成城市的"景观骨架"。

从交通和施工的观点，道路宜直、宜平，有时甚至有意识地把自然弯曲的道路裁弯取直，结果往往使景观单调、呆板，即使有好的景点或建筑作为对景，也是角度不变、形体由远及近逐渐放大的"死对景"。规划中对于交通功能要求较高的道路，可以尽可能选线直接，两旁布置较为开敞的绿地，体现其交通性；也可以适当弯曲变化，活跃气氛，减少驾驶人员视觉疲劳。对于生活性的道路，则应该充分结合地形，与城市绿地、水面、城市主体建筑、城市的特征景点组成一个整体，使道路的选线随地形自然起伏，选择适当的变化角度，以高峰、宝塔、主体建筑、古树名木、城市雕塑等作为对景而弯曲变化，创造生动、活泼、自然、协调、多变的城市面貌，给人以强烈的生活气息和美的享受，使道路从平面图上的布局功能的"骨架"成为城市居民心目中的"骨架"。

（2）满足城市交通运输的要求

① 道路的功能必须同毗邻道路的用地的性质相协调。道路两旁的土地使用决定了联系这些用地的道路上将会有什么类型、性质和数量的交通，决定了道路的功能；反之，一旦确定了道路的性质和功能，也就决定了道路两旁的土地应该如何使用。如果某条道路在城市中的位置决定了它是交通性道路，就不应该在道路两侧（及两端）安排可能产生或吸引大量人流的生活性用地，如居住、商业服务中心和大型公共建筑；如果是生活性道路，则不应该在其两侧安排会产生或吸引大量车流、货流的交通性用地，如大中型工业、仓库和运输枢纽等。

② 城市道路系统完整，交通均衡分布。城市道路系统应该做到系统完整、分级清楚、功能分工明确，适应各种交通的特点和要求，不但要满足城市各区之间方便、迅速、经济、安全的交通联系要求，也要满足发生各种自然灾害时的紧急运输要求。

城市道路系统规划应与城市用地规划结合，做到布局合理，尽可能地减少交通。减少交通并非是减少居民的出行次数和货物的运量，而是减少多余的出行距离及不必要的往返运输和迂回运输。要尽可能把交通组织在城区或城市组团的内部，减少跨越城区或组团的远距离交通，并做到交通在道路系统上的均衡分布。

在城市道路系统规划中应注意采取集中与分散相结合的原则。集中就是把性质和功能要求相同的交通相对集中起来，提高道路的使用效率；分散就是尽可能使交通均匀分布，简化交通矛盾，同时尽可能为使用者提供多种选择机会。所以，在规划中应特别注意避免单一通道的做法，对于每一种交通需要，都应提供两条以上的路线（通道）为使用者选择。城市各部分之间（如市中心、工业区、居住区、车站和码头）应有便捷的交通联系，各城区、组团间要有必要数量的干路相联系，在商业中心、体育场、火车站、航空港、码头等大量客、货流集散点附近的道路网要有一定的机动性，可为发生地震时疏散人流提供绕行道路，同时要为道路未来的发展留有一定的余地。

③ 要有适当的道路网密度和道路用地面积率。城市道路网密度受现状、地形、交通分布、建筑及桥梁位置等条件的影响，不同城市、城市中不同区位、不同性质地段的道路网密度应有所不同。道路网密度过小则交通不便，密度过大不但会形成用地和投资的浪费；也会由于交叉口间距过小，影响道路的畅通，造成通行能力的下降。一般城市中心区的道路网密度较大，边缘区较小；商业区的道路网密度较大，工业区较小。

道路用地面积率是道路用地面积占城市总面积的比例，一定程度上反映了城市道路网的密度和宽度的状况。欧美大城市道路面积率指标较大，如建筑密度和容积率很高的纽约曼哈顿，交通负荷很大，道路密度很大，道路面积率高达35％；华盛顿市区道路宽度较大，绿化较多，道路面积率高达43％。而我国一些城市的旧区，如上海浦西旧区，道路狭窄，几乎没有绿化，道路面积率很低，仅为12％。在道路密度合理的情况下，城市道路的红线宽度不但要满足交通通行能力的要求，而且要有好的绿化环境，保证有适当的城市道路用地面积率。规范规定，城市道路用地面积率应为8％～15％，规划人口200万以上的大城市宜为15％～20％，考虑现代城市交通的机动化发展，城市道路用地面积率还可以适当提高。

④ 城市道路系统要有利于实现交通分流。城市道路系统应满足不同功能交通的不同要求。城市道路系统规划要有利于向机动化和快速交通的方向发展，根据交通发展的要求，逐步形成快速与常速、交通性和生活性、机动与非机动、车与人等不同的系统，如快速机动系统（交通性、疏通性）、常速混行系统（又可分为交通性和生活服务性两类）、公共交通系统（如公交专用道）、自行车系统和步行系统，使每个系统都能高效率地为不同的使用对象服务。

⑤ 城市道路系统要为交通组织和管理创造良好的条件。城市干路系统应尽可能规整、醒目，并便于组织交叉口的交通。道路交叉口交会的道路通常不宜超过4～5条，交叉角不宜小于60°或不宜大于120°，否则将使交叉口的交通组织复杂化，影响道路的通行能力和交通安全。道路路线转折角大时，转折点宜放在路段上，不宜设在交叉口上，既有益于丰富道路景观，又有利于交通安全，在一般情况下，不要组织多路交叉口，避免布置错口交叉口。

⑥ 城市道路系统应与城市对外交通有方便的联系。城市内部的道路系统与城镇间道路（公路）系统既要有方便的联系，又不能形成相互冲击和干扰。公路兼有为过境和出入城交通服务两种作用，不能和城市内部的道路系统相混淆。要使城市出入口道路与区域公路网有顺畅的联系和良好的配合，并注意城市对外的交通联系有一定的机动性和留有一定的发展余地。

城市道路系统又要与铁路站场、港区码头和机场有方便的联系，以满足对外交通的客货运输要求，对于铁路两旁都有城市用地的城市，要处理好铁路和城市道路的交叉问题，铁路与城市道路的立交设置至少应保证城市干路无阻通过，必要时还应考虑适当设置人行立交设施。

（3）满足各种工程管线布置的要求　城市公共事业和市政工程管线，如给水管、雨水管、污水管、电力电缆、照明电缆、通信电缆、供热管道、煤气管道及地上架空线杆等一般都沿道路敷设。城市道路应根据城市工程管线的规划为管线的敷设留有足够的空间。道路系统规划还应与城市人防工程规划密切配合。

（4）满足城市环境的要求　城市道路的布局应尽可能使建筑用地取得良好的朝向，道路的走向最好由东向北偏转一定的角度（一般不大于15°）。从交通安全角度，道路最好能避免正东西方向，因为日光耀眼易导致交通事故。

城市道路又是城市的通风道，要结合城市绿地规划，把绿地中的新鲜空气通过道路引入城市，因此道路的走向又要有利于通风，一般应平行于夏季主导风向，同时又要考虑抗御冬季寒风和台风等灾害性风的正面袭击。

为了减少车辆噪声的影响，应避免过境交通直穿市区，避免交通性道路（大量货运车辆和有轨车辆）穿越生活居住区。

旧城道路网的规划，应充分考虑旧城历史、地方特色和原有道路网形成发展的过程，切勿随意改变道路走向和空间环境，对有历史文化价值的街道与名胜古迹要加以保护。

**3. 城市道路分类**

城市道路既是城市的骨架，又要满足不同性质交通流的功能要求。作为城市交通的主要设施、通道，首先应该满足交通的功能要求，又要起到组织城市和城市用地的作用。城市道路系统规划要求按道路在城市总体布局中的骨架作用和交通地位对道路进行分类，还要按照道路的交通功能进行分析，同时满足"骨架"和"交通"的功能要求。因此，按照城市骨架的要求和按照交通功能的要求进行分类并不是矛盾的，两种分类都是必需的，应该相辅相成、相互协调。两种分类的协调统一是衡量一个城市的道路交通系统是否合理的重要标志。

（1）城市道路的规划分类

① 快速路。快速路是大城市、特大城市交通运输的主要动脉，也是城市与高速公路的联系通道。快速路在城市是联系城市各组团，为中、长距离快速机动车交通服务的专用道路，属于全市性的机动交通主干线。快速路设有中央分隔带，布置有4条以上的行车道，全部采用立体交叉控制车辆出入，一般应布置在城市组团间的绿化分隔带中，不宜穿越城市中心和生活居住区。快速路应与两侧城市隔离，国内一些特大城市由于现状条件的限制，在城市中心区的边缘采用主（快速）、辅（常速）路的形式修建"快速路"，疏解了城市交通，但也带来了交通管理复杂、两侧交通联系不便、局部交通阻塞、影响城市景观等问题。

② 主干路。主干路是全市性的城市干路，城市中主要的常速交通道路，主要为城市组团间和组团内的主要交通流量、流向上的中、长距离交通服务，也是与城市对外交通枢纽联系的主要通道。主干路在城市道路网中起骨架作用。

大城市、特大城市的主干路大多以交通功能为主，也有少量的主干路可以成为城市主要的生活性景观大道。通常中、小城市的主干路兼有为沿线服务的功能。

③ 次干路。次干路是城市各组团内的主要道路，主要为组团内的中、短距离交通服务，在交通上担负集散交通的作用。由于次干路沿路常布置公共建筑和住宅，又兼具生活服务性功能，次干路联系各主干路，并与主干路组成城市干路网。

④ 支路。支路是城市地段内根据用地细部安排所产生的交通需求而划定的道路，在交通上起汇集地方交通的作用，直接为用地服务，以生活服务性功能为主。支路在城市的局部地段（如商业区、按街坊布置的居住区）可能成网，而在城市组团和整个城区中不可能成网。因此，支路应在详细规划中安排，在城市总体规划阶段不能予以规划。目前我国城市中支路上的机动车较少，以非机动车和步行交通为主。

（2）城市道路的功能分类

① 交通性道路。是以满足交通运输的要求为主要功能的道路，承担城市主要的交通流量及与对外交通的联系。其特点为车速大，车辆多，车行道宽，道路线型要符合快速行驶的要求，道路两旁要求避免布置吸引大量人流的公共建筑。

根据车流的性质，交通性道路又可分为：货运为主的交通干路，主要分布在城市外围和工业区、对外货运交通枢纽附近；客运为主的交通干路，主要布置在城市客流主要流向上；客货混合性交通道路，是交通干路之间的集散性或联络性道路，或位于用地性质混杂的地段。

② 生活性道路。是以满足城市生活性交通要求为主要功能的道路，主要为城市居民购物、社交、游玩等活动服务，以步行和自行车交通为主，机动交通较少，道路两旁多布置为生活服务的、人流较多的公共建筑及居住建筑，要求有较好的公共交通服务条件。

在现代城市交通机动化迅速发展的形势下，城市道路的功能分类还可以按交通流的特性和交通的目的分为疏通性道路（以疏通交通为目的的交通性干路）和服务性道路（以为各类城市用地服务为目的的道路）两大类。当前我国城市中建设疏通性道路是疏解城市交通的重要手段。

**4. 城市道路系统的空间布置**

（1）**城市干路网类型** 城市道路系统是为适应城市发展，满足城市交通以及其他需要而形成。在不同的社会经济条件、城市自然条件和建设条件下，不同城市的道路系统有不同的发展形态。从形式上，常见的城市道路网可归纳为四种类型。

① 方格网式道路系统。方格网式又称棋盘式，是最常见的道路网类型，适用于地形平坦的城市。用方格网道路划分的街坊形状整齐，有利于建筑的布置，由于平行方向有多条道路，交通分散，灵活性大，但对角线方向的交通联系不便，非直线系数（道路距离与空间直线距离之比）大。有的城市在方格网的基础上增加若干条放射干线，以利于对角线方向的交通，但因此又将形成三角形街坊和复杂的多路交叉口，既不利于建筑布置，又不利于交叉口的交通组织。完全方格网的大城市，如果不进行功能分工，不配合交通管制，容易形成不必要的穿越中心区的交通。在一些大城市的旧城区，历史上形成的道路狭窄、间隔均匀、密度较大的方格网，已不能适应现代城市交通的要求，可以组织单向交通以解决交通拥挤问题。

方格网式的道路也可以顺应地形条件弯曲变化，不一定死板地一律采用直线直角。

② 环形放射式道路系统。环形放射式道路系统起源于欧洲以广场组织城市的规划手法，最初是几何构图的产物，多用于大城市。这种道路系统的放射形干路有利于市中心同外围市区和郊区的联系，环形干路又有利于中心城区外的市区及郊区的相互联系，在功能上有一定的优点。但是，放射形干路容易把外围的交通迅速引入市中心地区，引起交通在市中心地区过分集中，同时会出现许多不规则的街坊，交通灵活性不如方格网道路系统；环形干路又容易引起城市沿环路发展，促进城市呈同心圆式不断向外扩张。

为了充分利用环形放射式道路系统的优点，避免其缺点，国外一些大城市已将原有的环形放射路网调整改建为快速路系统，对缓解城市中心的交通压力，促使城市沿交通干线向外发展起了十分重要的作用。

③ 自由式道路系统。自由式道路常是由于地形起伏变化较大，道路结合自然地形呈不规则状布置而形成的。这种类型的路网没有一定的格式，变化很多，非直线系数较大。如果综合考虑城市用地的布局、建筑的布置、道路工程及创造城市景观等因素精心规划，不但能取得良好的经济效果和人车分流效果，而且可以形成活泼丰富的景观效果。

④ 混合式道路系统。由于历史的原因，城市的发展经历了不同的阶段。在这些不同的发展阶段中，有的城区地段受地形条件约束，形成了不同的道路形式；有的则是在不同的规

划建设思想（包括半殖民地时期外国的影响）下形成了不同的路网，从而在同一个城市中同时存在几种类型的道路网，组合而成为混合式的道路系统。还有一些城市，在现代城市规划思想的影响下，结合城市用地的条件和各种类型道路网的优点，有意识地对原有道路结构进行调整和改造，形成为新型的混合式的道路系统。

常见的"方格网＋环形放射式"的道路系统是大城市、特大城市发展后期形成的效果较好的一种道路网形式，如北京等城市。还有一种常见的链式道路网，是由一条或两条主要交通干路作为纽带（链），如同脊骨一样联系着各类较小范围的道路网而形成的，常见于组合型城市或带状发展的组团式城市，如兰州等城市。

经历了不同阶段发展的大城市的这种混合式道路系统，如果在好的规划思想指导下，对城市结构和道路网进行认真的分析和调整，因地制宜地规划，仍可以很好地组织城市生活和城市交通，取得较好的效果。

（2）城市道路网按"速度"的分工　城市道路网可以分为快速道路网和常速道路网两大道路网。

城市快速路网是现代化城市发展和汽车化发展的产物。对于大城市和特大城市，城市快速路网可以适应现代化城市交通对快速、畅通和交通分流的要求，不但能起到疏解城市交通的作用，而且可以成为高速公路与城市道路间的中介系统。

城市常速路网包括一般机、非混行的道路网和步行、自行车专用系统。规划时分别考虑其功能要求并加以有机组织。

（3）城市道路网按"性质"（功能）的分工　城市道路网又可以大致分为交通性道路网和生活服务性道路网两个相对独立又有机联系（也可能部分重合为混合性道路）的网络。

交通性道路网要求快速、畅通、避免行人频繁过街的干扰，对于快速、以机动车为主的交通干路要求避免非机动车的干扰，而自行车专用道则要求避免机动车的干扰。除了自行车专用道以外，交通性道路网还必须同公路网有方便的联系，同城市中除了交通性用地（工业、仓库、交通运输用地）以外的城市用地（居住、公共建筑、游玩用地等）有较好的隔离，又希望能有顺直的线形，所以，特别是在大城市和特大城市，常常由城市各分区（组团）之间的规则或不规则的方格状道路同对外交通道路（公路）呈放射式的联系，再加上若干条环线，构成环形放射（部分方格状）式的道路系统。在组合型的城市、带状发展的城市和指状发展的城市，通常以链式或放射式的交通性干路的骨架形成交通性道路网。在小城市，交通性道路网的骨架可能会形成环形或其他较为简单的形状。

生活性道路网要求的行车速度相对低一些，要求不受交通性车辆的干扰，同居民要有方便的联系，同时又要求有一定的景观要求，主要反映城市的中观和微观面貌。生活性道路一般由两部分组成，一部分是联系各城区、组团的生活性主干路，一部分是城区、组团内部的道路网。前一部分常根据城市布局的形态形成方格状或放射环状的路网，后一部分常形成方格状（常在旧城中心部分）或自由式（常在城市边缘新区）的道路网。生活性道路的人行道比较宽，也要求有好的绿化环境。所以，在城市新区的开发中，为了增加对城市居民的吸引力，除了配套建设形成完善的城市设施外，特别要注意因地制宜地采用活泼的道路系统和绿地系统，在组织好城市生活的同时，组织好城市的景观。如果简单地采用规整的方格网，又不注意绿化的多样化，很容易产生单调呆板甚至荒凉的感觉。

（4）现代城市交通对城市道路系统演变的新要求　疏通性与服务性的分离是现代化城市交通和城市道路系统演变的必然和特点。

早在1942年，英国伦敦高级警官屈普（Tripp）为解决伦敦机动化交通拥挤的问题，提出在密集的城市道路网上开辟城市干路，把需要畅通的交通与地方性交通区分开来（扩大街坊的做法），实际上就是把"通"与"达"的交通分开，在保证交通畅通的同时，保证城市居民正常生活的安全与秩序。这个思想一直对城市道路与交通的发展有所影响。

现代城市机动化交通的发展，特别是对快速性和通畅性的更高要求，更加突出了城市交通流的两种不同的交通目的，一种是以疏通交通（通）为目的，一种是以为城市用地服务（达）为目的。以疏通交通为目的的交通（机动车交通）可称为疏通性交通，要求具备大的通行能力和快速、畅通的通行条件；为城市用地服务为目的的交通可称为服务性交通，要求与城市用地有密切的联系。

两种交通的出现导致了城市道路网络的新的分类：一类是由城市快速路和交通性主干路构成的疏通性道路网络，成为城市主要的交通道路骨架，用以满足城市交通的疏通性要求。另一类是由城市中的其他道路（生活性为主的主干路、次干路和支路）构成的服务性道路网络，成为城市的基础道路网络，用以满足城市交通对用地的直接服务性要求。疏通性道路网要稀一些，以满足快速、畅通的要求为主；服务性道路网要密一些，以满足方便性的要求为主。

为了适应现代化城市交通机动化发展的需要，有必要在大城市和特大城市中布置疏通性的城市道路网，有必要把交通性主干路从城市主干路中分离出来，作为疏通城市交通的主要通道及与快速路相连接的主要常速道路。这是在城市总体规划中为适应现代城市交通发展新特征的重要举措。从城市结构上分析，交通性主干路大致围合一个城市片区（分组团）。规划应提倡、强调和重视"交通性主干路"在道路网中的布置，在城市中构建"疏通性道路网"。

纵观世界各国机动化交通发达的现代城市的道路，大都可以划分为疏通交通的道路和为用地服务的道路。以交通拥挤闻名于世的泰国首都曼谷正是由于修建了疏通性的道路，才使城市交通大大缓解，改变了"交通拥挤城市"的形象。

(5) 城市各级道路的衔接

① 城市道路衔接原则。城市道路（包括公路）衔接的原则归纳起来有四点：低速让高速，次要让主要，生活性让交通性，适当分离。

② 城镇间道路与城市道路网的衔接。城镇间道路把城市对外联络的交通引出城市，又把大量入城交通引入城市，所以城镇间道路与城市道路网的连接应有利于把城市对外交通迅速引出城市，避免入城交通对城市道路特别是城市中心区道路上的交通的过多冲击，还要有利于过境交通方便地绕过城市，而不应该把过境的穿越性交通引入城市和城市中心地区。

城镇间道路分为高速公路和一般公路。一般公路可以直接与城市外围的干路相连，要避免与直通城市中心的干路相连，高速公路则应该采用立体交叉与城市道路网相连，由一处（小城镇）或两处（较大城市）以上的立体交叉引出联络性交通干路（入城干路）连接城市快速道路网（大城市和特大城市）和城市外围的交通性干路。

目前我国许多小城镇沿公路发展，公路同时作为城镇内部主要道路使用。因此，公路穿越性交通与城镇内交通相互影响，经常发生减速、拥挤和阻塞现象，城镇内部交通也受到公路交通的影响而不顺畅。规划时应该考虑在条件成熟时，选择适当的方式处理好公路与城镇内道路的连接问题，把公路交通与城镇内交通分离开来。一般可采取以下两种方式。

一是公路立体穿越城镇，利用地形条件将公路改为路堤式（高架式）或路堑式，用立交解决两侧城区之间的联系。

二是公路绕过城镇，选择适当位置将公路移出城镇，改变城镇道路与公路的连接位置，原公路成为城镇内部道路。改建时应注意同时处理好城镇发展与公路之间的关系，并对迁移出来的公路实施两侧绿化保护，防止形成新的建设区。

对于特大城市，高速公路可以直接引到中心城区的边缘，连接城市外围高速公路环路，再由高速公路环路与城市主要快速路、交通性主干路相连。

高速公路不得直接与城市生活性道路和次干路相连。

③ 城市各级各类道路的衔接关系。城市各级各类道路的技术标准是适应各种交通的不同要求的。为了提高城市道路交通系统的效率，就要从道路交通系统的规划上规范道路网的交通秩序，实现不同性质、不同功能要求、不同通行规律的交通流在时空上的分流，使城市各级各类道路上的交通能够实现有序的流动，各种交通间的转换能够正常进行，同时保证与城市用地布局形成合理的配合关系。所以，在规划中应该尽可能做到各级各类道路形成有序的联系，要有合理的衔接关系，如图 4-20 所示。

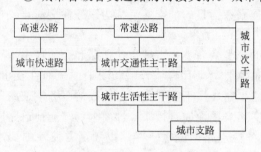

图 4-20　市道路与公路的衔接关系
资料来源：文国纬. 城市交通与道路系统规划.
北京：清华大学出版社，2007：104.

理论上，城市快速路应通过立交与城市交通性主干路衔接，再由交通性主干路连接到生活性主干路和次干路，再与支路相联系。城市中重要的生活性主干路可以连接快速路，城市次干路可以与常速公路连接，这种衔接关系的安排将有利于城市交通的高效、顺畅、有序运行。

**5. 城市道路系统的技术空间布置**

（1）交叉口间距　不同规模的城市有不同的交叉口间距要求，不同性质、不同等级的道路也有不同的交叉口间距要求。交叉口的间距主要取决于规划规定的道路的设计车速及隔离程度，同时也要考虑不同使用对象的方便性要求。城市各级道路的交叉口间距可按表 4-11 推荐值选用。

表 4-11　城市各级道路的交叉口间距

| 道路类型 | 快速路 | 主干路 | 次干路 | 支路 |
|---|---|---|---|---|
| 设计车速/(km/h) | ≥80 | 40～60 | 40 | ≤30 |
| 交叉口间距/m | 1500～2500 | 700～1200 | 350～500① | 150～250① |

① 小城市取低值。

注：资料来源：文国纬. 城市交通与道路系统规划. 北京：清华大学出版社，2007：104.

（2）道路网密度　可列入城市道路网密度计算的包括上述四级道路，街坊内部道路一般不列入计算。要从使用的功能结构上考虑，按照是否参加城市交通分配来决定是否应列入城市道路网密度的计算范围。

城市道路网密度有以下两种。

① 城市干路网密度 $\delta_干$

$$\delta_干(\text{km/km}^2) = \frac{\text{城市干路总长度}}{\text{城市用地总面积}}$$

城市干路总长度包括城市快速路、城市主干路和次干路的总长度。规范规定大城市一般 $\delta_干 = 2.4 \sim 3\text{km/km}^2$，中等城市 $\delta_干 = 2.2 \sim 2.6\text{km/km}^2$。建议大城市选用 $\delta_干 = 4 \sim 6\text{km/}$

$km^2$，中、小城市选用 $\delta_{干}=5\sim6km/km^2$。

② 城市道路网密度 $\delta_{路}$

$$\delta_{路}(km/km^2)=\frac{城市道路总长度}{城市用地总面积}$$

城市道路总长度包括所有城市道路的总长度。在单纯考虑机动车交通的地方可忽略步行、自行车专用道。规范规定大城市一般 $\delta_{路}=5\sim7km/km^2$，中等城市 $\delta_{路}=5\sim6km/km^2$。建议一般选用 $\delta_{路}=7\sim8km/km^2$。

（3）道路红线宽度　道路红线是道路用地和两侧建设用地的分界线，即道路横断面中各种用地总宽度的边界线，道路红线宽度又称为路幅宽度。一般情况下，道路红线就是建筑红线，即为建筑不可逾越线，但许多城市在道路红线外侧另行划定建筑红线，增加绿化用地，并为将来道路红线向外扩展留有余地。

道路红线宽度的确定应该依据道路的性质、位置、道路与两旁建筑的关系、街景设计的要求等，考虑街道空间尺度比例。

道路红线内的用地包括车行道、步行道、绿化带、分隔带四个部分。车行道又可以分为机动车道、非机动车（自行车）道、公交专用道、停车道、避车道等；步行道又称为人行道；分隔带又有中央分隔带、车道分隔带、绿化分隔带之分。在道路的不同部位，这四个组成部分的宽度有不同的要求。比如，在道路交叉口附近，要求车行道加宽以利于不同方向车流在交叉口分行，步行道部分加宽以减少交叉口的人流拥挤状况；在公共交通停靠站附近，要求增加乘客候车和集散的用地；在公共建筑附近需要增加停车场地和人流集散的用地，这些场地都不应该占用正常的通行空间。所以，道路红线实际需要的宽度是变化的，红线不应该是一条直线。

城市总体规划阶段的任务主要是确定城市总的用地布局及各项工程设施的安排，不可能具体确定每项细部的用地建设和设施的布置。因此，在总体规划阶段，通常根据交通规划、绿地规划和工程管线规划的要求确定道路红线的控制宽度要求，以满足交通、绿化、通风日照和建筑景观等的要求，并有足够的地下空间敷设地下管线。

在详细规划阶段，则应该根据毗邻道路用地和交通的实际需要确定道路的红线宽度，有进有退。规划实施管理中也可根据具体用地建设的要求，采用退后红线的布置手法，以求得好的景观效果，并为将来的发展和改造留有余地。

不同等级道路对道路红线宽度的要求见表 4-12。

**表 4-12　不同等级道路的红线宽度**

| 项　目 | 快速路 | 主干路 | 次干路 | 支路 |
|---|---|---|---|---|
| 红线宽度/m | $60\sim100$ | $40\sim70$ | $30\sim50$ | $20\sim30$ |

注：资料来源：文国纬. 城市交通与道路系统规划. 北京：清华大学出版社，2007：116.

（4）道路横断面类型　人们通常依据车行道的布置命名横断面的类型。不用分隔带划分车行道的道路横断面称为一块板断面；用分隔带划分车行道为两个部分的道路横断面称为两块板断面；用分隔带将车行道划分为三个部分的道路横断面称为三块板断面；用分隔带将车行道划分为四个部分的道路横断面称为四块板断面。

① 一块板道路横断面。一块板道路的车行道可以用作机动车专用道、自行车专用道以及大量作为机动车与非机动车混合行驶的次干路及支路。

在混行状态下，机动车的车速较低。所以，一块板道路在机动车交通量较小，自行车交通量较大，或机动车交通量较大，自行车交通量较小，或两种车流交通量都不大的状况下都能取得较好的使用效果。

由于一块板道路能适应"钟摆式"的交通流（即上班早高峰时某个方向交通量所占比例特别大，下班晚高峰时相反方向交通量所占比例特别大），以及可以利用自行车和机动车高峰在不同时间出现的状况，调节横断面的使用宽度，并具有占地小、投资省、通过交叉口时间短、交叉口通行效率高的优点，仍是一种很好的横断面类型。

② 两块板道路横断面。两块板道路用中央分隔带（可布置低矮绿化）将车行道分成两部分。中央分隔带的设置和两块板道路的交通组织有下列四种考虑。

a. 解决对向机动车流的相互干扰问题。规范规定，当道路设计车速 $v > 50$km/h 时，必须设置中央分隔带。这种形式的两块板道路主要用于纯机动车行驶的车速高、交通量大的交通性干路，包括城市快速路和高速公路。

b. 有较高的景观、绿化要求。对于景观、绿化要求较高的生活性道路，可以用较宽的绿化分隔带形成景观绿化环境。这种形式的两块板道路采用同方向机动车和非机动车分车道行驶的交通组织，也可以利用机动车和非机动车高峰错时的现象，在不同时段调节横断面各车道的使用性质，或调节不同车流的使用宽度。要注意不能将道路中间的绿地用作为居民的休息地。

c. 地形起伏变化较大的地段。将两个方向的车行道布置在不同的平面上，形成有高差的中央分隔带，宽度可随地形变化而变动，以减少土方量和道路造价。对于交通性道路可组织纯机动车交通的单向行驶；对于混合性道路和生活性道路，则可以考虑在每一个车行道上组织机动车单向行驶和非机动车双向行驶。

d. 机动车与非机动车分离。对于机动车和自行车流量车速都很大的近郊区道路，可以用较宽的绿带分别组织机动车路和自行车路，形成两块板式横断面的道路。这种横断面可以大大减少机动车与自行车的矛盾，使两种交通流都能获得良好的交通环境，但在交叉口的交通组织不易处理得很好，故而较少采用。

此外，当主要交通干路的一侧布置有产生大量车流出入和集散的用地时，可以在该侧设置辅助道路，以减少这些车流对主要交通干路正常行驶车流的冲击干扰，在形式上类同于两块板道路。辅助道路两端出入口（与该交通干路的交叉口）间距应大致等于该交通干路的合理交叉口间距，如采用禁止左转驶入干路的交通管制，则间距可以缩小。

③ 三块板道路横断面。三块板道路通常利用两条分隔带将机动车流和自行车（非机动车）流分开，机动车与非机动车分道行驶，可以提高机动车和自行车的行驶速度，保障交通安全。同时，三块板道路可以在分隔带上布置多层次的绿化，从景观上可以取得较好的美化城市的效果。

但是，三块板道路由于没有解决对向机动车的相互影响，行车车速受到限制；机动车与沿街用地之间受到自行车道的隔离，经常发生机动车正向或逆向驶入自行车道的现象，占用自行车道断面，影响自行车的正常通行，易发生交通事故；自行车的行驶也受到分隔带的限制，与街道另一侧的联系不方便，经常出现自行车在自行车道甚至机动车道上逆向行驶的状况，存在安全隐患。同时，三块板道路的红线宽度至少在 40m 以上，占地大，投资高；一般车行道部分的宽度在 20～30m，车辆通过交叉口的距离较大，交叉口的通行效率受到影响。

根据以上分析，一般三块板横断面使用于机动车交通量不十分大而又有一定的车速和车流畅通要求，自行车交通量又较大的生活性道路或客运交通干路，不适用于机动车和自行车交通量都很大的交通性干路和要求机动车车速快而畅通的城市快速路。

④ 四块板道路横断面。四块板横断面就是在三块板的基础上，增加中央分隔带，解决对向机动车相互干扰的问题。四块板道路的占地和投资都很大，交叉口通行能力较低。

四块板横断面如果采用机动车与非机动车分行的组合断面时存在着矛盾；机动车车速超过50km/h时必须设置中央分隔带，此时机动车流应是快速车流；而由于设有低速的自行车道，存在低速自行车流可能穿越机动车道的状况，必然会影响机动车流的车速、畅通和安全。如果限制非机动车横穿道路，则给道路两侧的联系造成不便，又可能出现在少数允许过街路口交通过于集中的现象，反而影响机动车的畅通和快速。

如果四块板横断面采用机动车快车道与机、非混行慢车道的组合时，车道分隔带不间断布置可以形成兼具疏通性和服务性的道路功能。

（5）城市道路横断面选择与组合　城市各级道路的横断面组合应有利于引导交通流在道路横断面上的合理分布。城市道路横断面的选择与组合要综合考虑由两旁城市用地性质所决定的道路的功能、交通的性质与组合、交通流量、交通管理等多种因素。如：城市快速路应该是封闭的汽车专用路，其横断面应采用分向通行的两块板形式。但在一些城市，快速路（环路）选用类似四块板的主辅路横断面形式，即将快速路与常速路组合在一个断面内，常速与快速、常速与常速的交通转换同在一个交叉口进行，即使采用立体交叉，也极易形成交通拥挤、阻塞以及由于自行车、行人任意穿越道路而发生交通事故的问题，快速路应有的畅通性也受到了破坏。所以，城市快速路在必须穿越城市组团内中心地段时，可以采用高架方式与城市主干路立体组合，或选用四块板横断面，降低等级为城市交通性主干路。

城市交通性主干路（图4-21）的横断面应该是机动车（准）快车道与机、非混行的慢车道的组合形式（常为四块板形式），而不是一般常采用的机、非分行的四块板横断面形式。城市交通性主干路的机动车快车道可以保证机动车辆的快速、畅通，满足道路"疏通性"的要求；而机、非混行的慢车道则可满足道路为两侧用地服务的功能要求；快车道与慢车道的交通在交叉口实现转换。为避免对快车道的干扰，保证快车道的快速、畅通，车行道分隔带应该通长布置。

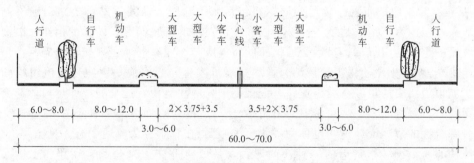

图4-21　交通性主干路横断面示意图

资料来源：文国玮．城市交通与道路系统规划．北京：清华大学出版社，2007：199.

交通性干路快车道进出口的设置十分重要。一般要结合交叉口设计，采取先出后进的方式，把进出快车道车辆的交织路段设在慢车道上。

城市生活性主干路宜布置一块板横断面。

**6. 城市交通设施规划**

（1）城市交通设施的分类　城市交通设施包括城市各类交通枢纽设施、道路立交桥梁设施和停车设施。

城市交通枢纽又可分为客运交通枢纽和货运交通枢纽。

(2) 城市交通枢纽在城市中的布置

① 客运交通枢纽的布置。城市客运交通枢纽是指城市对外客运设施（铁路客站、公路客站、水运客站和航空港等）和城市公共交通枢纽。城市客运交通枢纽又可按客运交通方式转换的程度和枢纽规模分为综合性客运枢纽和一般客运枢纽两类，综合性客运枢纽指集合了对外客运、城市轨道交通、公共交通等至少两种以上公共交通方式的综合性、大规模、一站式换乘的客运设施；一般客运枢纽则指规模较小、交通方式相对单一、多线路换乘的客运枢纽。客运枢纽还应包括与社会交通方式接驳换乘和停车（R+P）的设施。

铁路、水运、航空等城市对外客运设施的布置主要取决于城市对外交通在城市中的布局。公路长途客运设施一般布置在城市中心区边缘附近或靠近铁路客站、水运客站附近，并与城市对外公路干线有方便的联系，在城市布局中应有意识地结合城市对外客运设施的布置，形成城市对外客运和市内公共交通客运相互转换的客运交通枢纽。同时，结合公共交通线路网的布局，市内大型人流集散点（商业服务中心、大型文化体育中心）的布置，形成若干个市内客运交通枢纽；在市中心区与近郊市区结合部或市区与郊区结合部布置若干个市内客运交通枢纽。在特大城市，还应注意结合地铁、轻轨等大运量、快速公共交通站点的布置，形成不同线路换乘和与干路上公交线路换乘的客运枢纽，满足大流量客流集散与换乘的要求。

客运交通枢纽必须与城市客运交通干路有方便的联系，又不能过多地冲击和影响客运交通干路的畅通，可以采取组织立体交通的方式，形成地上、地下相结合的综合性枢纽。客运交通枢纽位置的选择主要结合城市交通系统的布局，并与城市中心、主要生活居住区的布置综合考虑。好的选点不但能方便居民换乘，有利于道路客流的均衡分布，而且还可以促进城市中心的发展建设。

北京市客运枢纽结合对外客运交通设施、地铁线路、商业中心、文化中心等的布局，规划了四类客运交通枢纽，市级综合客运枢纽（对外交通铁路客站、长途汽车客站与公交的换乘）、市级公交换乘枢纽、市郊公交换乘枢纽和区级公交换乘枢纽，如图4-22所示。

② 货运交通枢纽的布置。货运交通枢纽包括城市仓库、铁路货站、公路运输货站、水运货运码头、市内汽车运输站场等，是市内和城市对外的货物储存、转运的枢纽，因而是城市主要货流的重要的出行端。货运交通枢纽的布局应与产业布局、主要交通设施（港口、铁路、公路等）、城市土地使用等密切结合，尽量靠近发生、吸引源，以实现物流组织的最优化，减少城市道路交通量。在城市道路系统规划中，应注意使货运交通枢纽尽可能与交通性的货运干路有良好的联系，尽可能在城市中结合转运枢纽点布置若干个集中的货运交通枢纽。这种综合性的货运交通枢纽也称为"物流中心"，在日本称为流通中心，见图4-23。

物流中心是组织城市货运的一种新的形式，是以对外交通（公路、铁路、水运、空运等）的货运枢纽为中心，包括仓库、批发、城市货物运输，甚至包括小型加工、包装工场等组织在一起的综合性中心，减少货物在供销、流通、分配、经营等几个环节中的不必要的周转，从而减少了自身的往返运输和城市的交通量。市级物流中心通常布置在城市外围环路与通往其他城市的高速公路相交的地方，有的还结合铁路站场和水运货运码头布置，这种布置方式有利于货物流通的经济合理和货运车辆的集疏，并减少了城市中心地区交通的混乱。

同时，在城市中心地区，可以结合城市商业中心和市内工业用地的布置，安排若干个市区内次一级的物流中心，也可以安排地下的仓储批发设施，采用地下货运通道与城市外围货运交通干路连接，以减少城市中心地区产生大量生产性和生活性货物运输对市中心地面交通

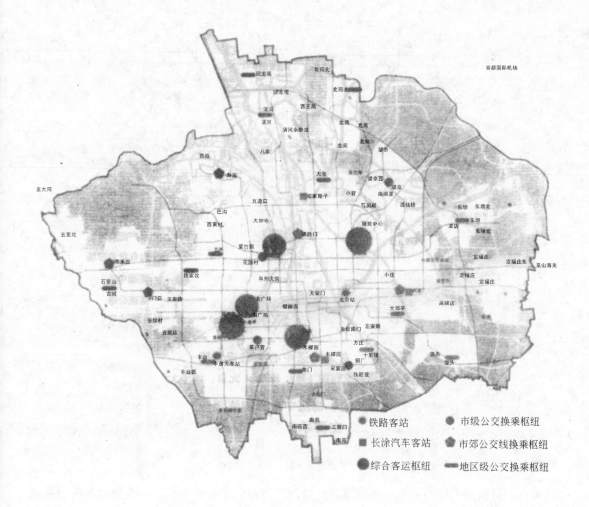

图 4-22 北京规划市区客运交通枢纽分布

资料来源：文国纬. 城市交通与道路系统规划. 北京：清华大学出版社，2007：116.

的干扰。

国外一些城市的物流中心一般分为地方性物流中心（主要服务于一个城市或城市的局部地区）和区域性物流中心（跨地区）两种。地方性物流中心用地一般为 1～5hm²，以食品和日用品等生活资料的存储和配送为主。区域性物流中心用地在 1～10hm²，多在 5hm² 以上，最大规模不超过 40hm²，储存和配送的产品以食品、木材、工业产品等大宗生产、生活性资料为主。

有关研究将货运枢纽分为货运站场、物流中心和物流园区三个层次。其中：货运站场为传统的货运集散点，主要承担货物的储存、分拣、集散、车辆停放等功能；物流中心为现代化的组织、转运、调节和管理物流的场所，是集货物储存、运输、商贸为一体的重要集散点，含有集货、分货、配送、转运、储调、加工等功能；物流园区为多种物流设施与不同物流企业在空间上集中布局的场所，是具有一定规模和综合服务功能的物流集散点，层次和规模更为先进，更为广泛，又可分为国际辐射型物流园区、产业及港口服务型物流中心和生产及生活性货运站场。

过去，我国城市货物仓储运输体制高度分散，条块分割，没有条件直接推行物流中心的

图 4-23  东京流通中心分布示意图

资料来源：文国纬. 城市交通与道路系统规划. 北京：清华大学出版社，2007：111.

经营方式，目前国内城市已着手研究改革货物流通体制，如北京市规划建设的物流网络系统包括西南、东南、西北三个物流基地，东南、南、西、西南四个物流中心，和若干个专业化配送中心、企业分散仓库或配送中心。现已在东南方向京津高速公路与四环路交叉处附近的十八里店兴建了一个市级物流中心——北京物流港，占地5000多亩，集国际物流、区域物流和城市物流为一体，依托于高科技园区（生产资料物流）、中央商务区（入驻企业物流）和居民消费区（生活资料物流），建设成为以陆港、空港、海港为特色的口岸物流平台，以多方式联运为基础的现代物流服务平台，以现代物流服务为支撑的会展商贸平台和以口岸电子信息为核心的电子物流信息平台，是物流、商流和信息流为一体的综合物流体系。许多城市在新的一轮城市总体规划中都设置了城市对外和内部的物流系统。

（3）城市道路交通设施的布置　城市道路交通设施包括跨河桥梁和为解决人流、车流互相交叉的立体交叉（包括人行天桥和地道）等。

沿河流两岸布局的城市要合理布置跨河桥梁。为满足两岸交通联系又不影响河道的水流条件，一般按城市主干路的位置设置跨河桥梁。在城市中心地段可以按次干路设置桥梁，也可根据需要设置步行桥或自行车桥。

城市道路立体交叉的布置主要取决于城市道路系统的布局，城市快速交通之间的转换及快速交通与常速交通之间的转换需要设置互通式立体交叉，快速交通与常速交通之间的分离需要设置分离式立体交叉。所以，城市道路上的立体交叉主要应设置在快速道路的沿线上，在交通流量很大的疏通性交通干路上，也可设置直通式立体交叉，以保证快速交通的畅通。

同时，在城市道路与铁路相交的节点也应设置分离式立体交叉，在城市人流集中的路段或交叉口附近应设置人行立交。

（4）城市停车设施的布置 城市停车设施指城市中的社会公共停车设施，是城市道路系统的组成部分之一。城市中的公共停车设施按车辆性质和类别可分为外来机动车公共停车场、市内机动车公共停车场和自行车公共停车场三类。规范规定：城市公共停车场（包括自行车公共停车场）的用地总面积可以按规划城镇人口人均 $0.8\sim1.0m^2$ 安排。其中，机动车停车场的用地面积宜占 $80\%\sim90\%$，自行车停车场的用地面积宜占 $10\%\sim20\%$。市中心和组团中心的机动车停车位应占全部机动车停车位数的 $50\%\sim70\%$，城市对外道路主要出入口的停车场的机动车停车位数占 $5\%\sim10\%$。

根据城市交通的停车要求，可以将停车设施分为六种类型。

① 城市出入口停车设施。即外来机动车公共停车场，是为外来或过境货运机动车服务的停车设施。其作用是从城市安全、卫生和对市内交通的影响出发，截流外来车辆或过境车辆，经检验后方可按指定时间进入城市装卸货物。这类停车设施应设在城市外围的城市主要出入干路附近，附有车辆检验站，配备旅馆、饮食服务、日用品商店及加油、车辆检修、通信等服务设施，还可配备一定的文娱设施。

② 交通枢纽停车设施。主要是在城市对外客运交通枢纽和城市客运交通换乘枢纽所需配备的停车设施，是为疏散交通枢纽的客流、完成客运转换而服务的。近年来，城市中出现了个体或小集体长途汽车运输，作为国营长途汽车服务的补充。规划中应考虑为其安排一定的停车场地和服务设施，从布局上可以设置在国营长途汽车站合理服务范围之外的地点，方便群众使用。这类停车设施一般都结合交通枢纽布置。

③ 生活居住区停车设施。目前主要为自行车停放设施。从安全的角度考虑，一个住宅组群应设置一处有人管理的自行车停放设施，并在生活居住区服务中心附近安排一定规模的机动车、自行车停放场地。面对私人小汽车的发展趋势，许多城市在规划管理中规定了小区的配套停车指标，对于不同类型的居住区，可以有不同的配套标准，一般大城市新建居住区的机动车停车标准已达到每 100 户 30 辆以上。规划中可以预留集中式公用地下机动车停车库的位置，也可以考虑近期在住宅楼附近设置与车行道路相连的地面停车区，将来按照人车分流的要求在小区出入口附近或地下建设停车设施。

一些居住小区在住宅底层设置半地下的私人停车库，只可停放自行车，并可兼作杂物储藏室，如停放机动车将会导致噪声影响。

④ 城市各级商业、文化娱乐中心附近的公共停车设施。根据城市商业、文化娱乐设施的布局安排规模适宜的以停放中、小型客车为主的社会公用停车设施（另设置一定规模的自行车停车场地）。在城市中心地区，可以按社会拥有客运车辆数的 $15\%\sim20\%$ 规划停车用地。一般这类停车场地应布置在商业、文娱中心的外围，步行距离以不超过 $100\sim150m$ 为宜。大型公共设施占用人行空间停车只能是临时过渡性的，不能固定化、永久化。

为了缓解城市中心地段的交通，实现城市中心地段对机动车的交通管制，规划可以考虑在城市中心地段交通限制区边缘干路附近设置截流性的停车设施，可以结合公共交通换乘枢纽，形成包括小汽车停车功能在内的小汽车与中心地段内部交通工具的换乘设施。

⑤ 城市外围大型公共活动场所停车设施。包括体育场馆、大型超级商场、大型公园等设施配套的停车设施，这类停车设施的停车量大而且集中，高峰期明显，要求集散迅速。规划时既要处理好停车设施的交通集散与城市干路的关系，又要考虑与建筑、景观的协调，并使步行距离不超过 $100\sim150m$。停车场布置在设施的出入口附近，以停放客车为主，也可以

结合公共汽车首末站进行布置，并要考虑自行车停车场地的设置。

⑥ 道路停车设施。是指道路用地内的路边停车带等临时停车设施。

城市总体规划应该明确城市主干路不允许路边临时停车，只能在适当位置设置路外停车场；城市次干路应尽可能设置路外停车场，也可以考虑设置少量的路边临时停车带，但需要设分离带与车行道分离；城市支路应结合路边用地的实际情况和对停车的需求，在适当位置考虑允许路边停车的横断面设计。总体规划不应明确规定城市路边停车带的停车指标，布置路边停车带位置，以免把临时停车正规化。

为了避免沿街任意停车造成的交通混乱现象，方便服务性道路对两侧用地的停车服务，在次干路和支路的必要位置设置临时路边停车带，要保证不对道路交通产生过多的影响，一般一处路边临时停车带的停放车位数以不超过 10 辆为宜，宜采用港湾式停车方式布置。

在城市总体规划中，除分别对居住区、公共建筑规定配套停车指标外，主要对外来机动车公共停车场、市内各类城市中心附近的公共停车场和城市外围的大型超级商场、大型城外游息地、大型体育设施配套的停车场进行规划布局，并对道路停车设施的建设做出规定。城市社会停车设施的布局不仅要同城市用地布局配合，而且要与城市交通的组织和管理相配合，建立由专用停车设施和社会公用停车设施组成的城市停车系统。

**7. 城市道路系统规划的程序**

城市道路系统规划是城市总体布局规划的重要组成部分，它不是一项单独的工程技术规划设计，而是受到很多因素的影响和制约。一般规划程序如下。

（1）现状调查，资料准备　城市用地现状和地形图：包括城市市域（或区域）范围和中心城区范围两种图，比例分别为 1：25000 或 1：50000、1：10000 或 1：5000。为了更为准确地进行道路规划，还应有 1：1000 或 1：500 的地形图作参照。

城市发展经济资料：包括城市发展期限、性质、规模、经济和交通运输发展资料。

城市交通现状调查资料：包括城市机动车、非机动车数量统计资料，城市道路及交叉口的机动车、非机动车、行人交通分布资料和过境交通资料。

城市用地布局和交通系统初步方案。

（2）城市道路系统初步规划方案　针对现状存在的交通问题，考虑城市发展和用地的调整，从"骨架"和"功能"的角度提出初步规划方案。

（3）交通规划初步方案　包括车辆、交通量增长的预测，交通的产生、分布和在道路上交通量分配的预测，以及根据交通量对道路面积和密度的预测。

（4）修改道路系统规划方案　根据土地使用规划和交通规划的方案修改道路系统初步规划方案，并对道路的红线、横断面、交叉口等细部进行研究，提出道路系统规划及重要交通节点的设施方案，考虑其经济合理性。

（5）绘制道路系统规划图　道路系统规划图包括平面图及横断面图。平面图要根据总体规划（或详细规划）的编制规定，标出干路网（或道路网）的中心线线形及控制点的位置（及坐标、高程、平曲线半径），广场及各种交通设施的用地、位置，交叉口形式和平面形状规划方案，亦可同时标注城市主要用地的功能布局，比例为（1：20000）～（1：5000）或（1：1000）～（1：2000）。横断面图要标出各种类型道路的红线控制宽度、断面形式及标准横断面尺寸，比例为 1：500 或 1：200。

（6）编制道路系统规划文字说明。

**8. 城市道路交通组织规划**

（1）城市道路交通组织的目的与作用　城市交通组织规划就是在满足城市交通基本需求

和符合交通规律的前提下，在空间上和时间上对城市道路上不同种类交通的通行进行组织，使城市交通在城市中的分布适应城市不同地段、不同道路网的通行需求和通行容量。

（2）城市道路交通组织的方法　城市道路交通组织要与城市交通管理相结合。城市道路交通的组织实际上是对城市道路上交通的控制（管理）方案。对城市道路交通的控制可以分为区域控制、路线控制和时段控制三类，所有的控制都不包括对礼宾公务车、警车、清洁车等特殊车辆的控制。

① 区域控制。

a. 步行区：限制一切车辆通行，可以通行专用游览车，通常设置于商业中心地段和历史文化遗产保护区内。

b. 机动车辆禁行区：限制一切机动车辆通行，可以通行自行车，通常设置于街道狭窄的旧城区。

c. 社会车辆禁行区：限制一切社会车辆通行，公交车除外，通常设置于城市核心区。

d. 货运车辆禁行区：限制货运车辆通行，允许客运车辆通行，设置于交通比较拥挤的中心区，可以允许晚间通行货运车辆。

② 路线控制

a. 步行路：设置于步行区或狭窄街巷。

b. 非机动车禁行路：设置于步行街。

c. 机动车辆禁行路：设置于步行街或狭窄街道。

d. 社会车辆禁行路：设置于公交专用路等。

e. 货运车辆禁行路：设置于居住区内街道或风景特色街道。

f. 机动车辆单行路：设置于狭窄街道。

g. 社会车辆单行路：设置于狭窄街道。

③ 时段控制。主要是在昼间一定时段内配合区域控制和路线控制的交通控制措施，包括：a. 货运车辆时段禁行；b. 社会车辆时段禁行。

城市道路交通的组织需要一定的道路交通设施建设相配合。如：在区域控制中需要在区域外围建设停车设施（或换乘＋停车设施）以及为保证区域外围道路通行条件所需的道路建设、交通标志的设置等，应该在规划中考虑安排。

（3）城市道路交通组织规划的编制

① 城市道路交通组织规划的编制程序。

a. 分析城市交通状况、交通需求关系及交通问题产生的根本原因。

b. 寻求通过交通组织解决交通问题的方案。

c. 论证交通组织与交通控制方案的科学性和可实施性。

d. 规划实现交通组织方案所需配套的道路交通设施建设。

② 城市道路交通组织规划的阶段。城市交通组织规划可划分为"城市总体道路交通组织规划"和"（局部、重点）地段道路交通组织规划"两个阶段，分别对应于城市总体规划和详细规划。

对应于城市总体规划阶段的"城市总体道路交通组织规划"，主要从宏观和中观的角度解决城市整体的道路交通组织问题，比如城市大的交通区域控制及其配套的设施建设规划，大的道路网交通组织、控制规划等。

对应于城市详细规划阶段的"地段道路交通组织规划"，要解决城市局部微观的道路交通组织（包括停车设施的安排）问题。比如城市某路段的交通组织、控制，某交叉口的交通组织及其配套的道路交通设施建设规划等，即所谓的"微循环"规划。为了落实交通组织，可能要结合道路交通设施的具体设计进行。

③ 城市道路交通组织规划的图纸表现。原则上，城市道路交通组织的各类图纸应与同类道路规划图纸同比例。

图纸应标明主要的用地性质，交通控制的范围、类型和对不同类型交通的组织，包括重要交通标志的设置位置等，必要时可提出对道路设施的改建意见。

"城市总体道路交通组织规划"的图纸应包括以下两项。

a. 交通限制区图：标示规划的步行区、社会车辆限制区和货运车辆限制区的位置范围及相应的限行时间、禁行区交通标志的布置方案规定。

b. 道路交通组织图：标示规划的步行街，机动车禁行道路、货运车辆禁行道路，单行线路，设置公交专用道的路线，自行车专用路，机动车专用路等及相应的限行时间。

"地段道路交通组织规划"的图纸应包括交通流线（含交叉口）组织、交通标志设置、交通划线和交通信号布置及停车设施布置等。

### 七、城市公共交通系统规划

#### 1. 城市客运交通系统的规划思想

（1）优先发展公共交通的政策　城市客运交通是城市交通的主要组成部分。我国将城市客运交通划分为集量行为的"公共交通"和个体行为的由步行、自行车、摩托车、小汽车交通构成的"个体客运交通"两大类。各类交通方式在客运交通中根据本身的特点有不同的分工。

《马丘比丘宪章》在总结了现代城市交通发展的经验教训的基础上，主张"将来的城区交通政策应使私人汽车从属于公共运输系统的发展"。即在城市中确立"优先发展公共交通"原则。根据《马丘比丘宪章》，在城市规划中，特别是当城市由一个发展阶段进入另一个发展阶段时，必须注意发挥交通运输系统对城市布局结构的能动作用，通过交通运输系统的变革引导城市用地向合理的布局结构形态发展。必须指出，除城市交通运输系统对城市发展的引导作用外，城市道路（特别是交通性道路）对城市的发展具有更为重要的引导作用，在规划中，必须同时考虑二者"引导"和"服务"于城市发展的协同作用。

《马丘比丘宪章》提出的"优先发展公共交通"的思想，已经被包括中国在内的许多国家作为国策。"优先发展公共交通"的指导思想是要在城市客运系统中把公共交通作为主体，其目标是为城市居民提供方便、快捷、优质的公共交通服务，其目的是吸引更多的客流，使城市交通结构更为合理，运行更为通畅。在城市规划建设中，要合理地根据居民出行的需要来布置城市公共交通线网，在主要的城市道路上设置公交专用道，改善公共交通的运营和服务质量，改革公共交通的票务制度等，都是"优先发展公共交通"的具体安排和措施。"优先发展公共交通"有丰富的内涵，主要是要在资金的投入、建设的力度和管理的科学化上，把公共交通放在重要的位置，要给予优先的考虑。

无论从社会效益、经济效益还是环境效益上，公共交通相比其他交通方式都具有明显的优势。在现代小汽车迅速发展并成为城市交通问题重要症结所在的形势下，世界各国的城市规划和城市交通专家学者都一致认为：优先发展公共交通是解决城市交通问题首选的战略措施。

从出行范围看，不同的交通方式有各自适宜的出行范围，步行适宜的出行范围为 400～1000m，自行车适宜的出行范围为 4～8km，公共交通适宜的出行范围在 20km 以内，小汽车适宜的出行范围为 10～40km。

从出行形态看，步行交通只有步行一个过程；自行车交通包括取车、行车、存车三个过程；公共交通则有步行、候车、乘车、步行四个过程。公共汽车站距短，车速较低，发车频率较大，所以步行距离短，候车时间短；地铁和轻轨的站距较长，车速较高，发车频率较小，所以步行距离较长，候车时间也长。

从城市环境的角度考虑，交通环境是城市生态环境的重要组成部分，人们在享受便利的交通的同时要求享有舒适、洁净的交通环境。为了减少交通污染，应鼓励使用污染最少、交通整体效率最高的交通工具，从而构建合理的交通结构，促进城市交通协调发展的动态平衡。

城市公共交通相对于自行车和私人小汽车，在运送速度上不占优势，但在经济技术上更为合理。表 4-13 是这三种客运方式的经济技术指标的比较。

表 4-13　公共汽车与私人小汽车、自行车经济技术指标比较

| 指　标 | 公共汽车 | 私人小汽车 | 自　行　车 |
|---|---|---|---|
| 运送速度/(km/h) | 16～25 | 30～60 | 10～15 |
| 载客量/(人/车) | 90～160 | 1～4 | 1 |
| 运行占用的道路面积/(m²/人) | 1.0～1.5 | 40～60 | 8～12 |
| 停车占用的面积/(m²/人) | 1.5～2 | 4～6 | 1.5 |
| 耗油比 | 1 | 6 | |
| 客运成本比 | 1 | 10～12 | |

注：资料来源：文国纬．城市交通与道路系统规划．北京：清华大学出版社，2007：156.

从表中数值可以看出：无论在运送能力、运输成本，还是在所需要的道路设施建设（道路利用率）、环境影响方面，公共汽车都具有明显的优势，是最佳的客运交通方式，应该成为城市客运交通的主体，这也符合高效、节能和可持续发展的要求。

优先发展公共交通首先要提高公共交通的服务质量，努力做到迅速、准点、方便和舒适，进一步提高公共交通在城市客运总量中的比重。

"迅速"就是要运送速度快、行车间隔短（或候车时间短）。城市管理部门应把缩短行车间隔列为考核公交服务水平的重要指标。公交专用道的实施对提高公交车速度、保证正点率有十分明显的作用。

"准点"就是要保证正点率。准点是判断公共交通运营好坏的主要标志，只有准点才能提高居民出行使用公交的主动性，提高公共交通的吸引力。

"方便"就是要少走路、少换乘、少等候，城市主要活动中心住地均有车可乘。因此要求公共交通要合理布线，提高公交线网覆盖率，缩短行车间隔。

"舒适"就是要求有宜人的乘车环境，要注意改善候车和换乘条件，地铁和新型空调公共汽车的发展势在必行。

（2）城市客运交通系统的整体协调发展　城市公共交通是城市客运交通的重要组成部分。除公共交通外，城市客运交通还包括步行交通、自行车交通、小汽车交通和其他客运交通，城市中还有货运交通和其他交通，它们都要使用城市的道路、用地和空间资源。

各种客运交通方式都有自己的服务对象和使用范围。比如步行交通是近距离的交通方式，使用城市的步行系统，并要求与公共交通有好的衔接关系；自行车是一种方便、灵活、节能、环保的交通工具，并具有健身的作用，但同样由于是人体动力工具，只能是近距离的交通工具，而且由于其与机动交通间的矛盾，使得城市交通更为复杂，增加了交通组织的难

度；小汽车具有舒适、方便、快捷、出行范围大、时间效率高的优点，尽管其占用城市道路空间和停车需求较其他交通方式更大，但仍然具有很强的生命力和不可替代性。也就是说，城市客运交通系统的各种交通方式都在不同领域担负着不同的交通需求的责任。城市规划不但要满足发展公共交通的要求，也同样要满足步行交通、自行车交通、小汽车交通和货运交通的要求。随着城市和城市交通需求的发展，要逐渐促进城市客运系统的不断完善，根据城市居民对不同交通出行的需要和各种交通方式本身的功能要求，合理组织城市的各种交通，合理地分配城市的道路、用地和空间资源，使城市交通处于高效率、高服务质量的良性循环状况，是我们应不断追寻的目标。因此，我们在强调"优先发展公共交通"的同时，也要保证城市客运交通系统的整体协调、健康发展。

对于大城市和特大城市，各种交通方式都有相对于其他交通方式更为优越的出行范围，在整个城市客运系统中各自担负不同的客运任务。各城市可根据居民平均出行距离和不同的出行目的要求选择不同的交通方式，形成各自完整的客运系统。对于小城镇，由于其出行范围大多在步行范围和自行车出行范围之内，公共交通相应处于辅助地位，主要为市中心、名胜游览地、体育场和车站、码头的大量人流的集散服务。

在不同城市和城市的不同地域，要根据交通需求和特点，有针对性地、因地制宜地采用不同的交通政策，促进整个城市交通系统的协调发展。如在布局紧凑的城市中心地区，要强化公共交通的主体作用，对小汽车实施一定的限制；在布局相对分散的城市外围，可以充分发挥小汽车的优势，将其作为重要的交通出行方式。

**2. 城市公共交通类型和特征**

城市公共交通是指城市中供公众乘用的各种交通方式的总称，包括公共汽车、电车、轮渡、出租汽车、地铁、轻轨以及缆车、索道等客运交通工具及相关设施。城市公共交通系统由轨道公共交通、公共汽电车和准公共交通三部分组成。所谓准公共交通主要是指包括小公共汽车、出租汽车和合乘小客车等在内的各种交通载体。公共交通（准公共交通除外）具有运量大、集约化经营、节省道路空间、污染小等优点。

（1）轨道公共交通　现代城市轨道公共交通可分为地铁、轻轨、城市铁路等。城市中还有一种在城市道路中运行的轨道交通线路——有轨电车。在欧美国家的一些城市，由于城市道路上的人行交通量和机动车交通量都不大，有轨电车与城市道路上的其他交通矛盾不突出，在城市交通中还具有一定的地位和作用。但在许多现代交通发达的大城市，有轨电车与现代城市道路交通的矛盾很大，特别是在中国城市人行交通量十分大的情况下，旧时代遗留下来的有轨电车已不适宜在道路上运行，在多数地段已被拆除，有的则已改建、组合到新的城市轻轨线路中。

一般所指的"城市轨道公共交通"是使用专用通道的快速交通，与城市道路上的各类交通类型不同、运行方式不同、运行条件不同，存在难以调和的矛盾。因此，城市轨道公共交通必须与城市道路分离设置，这样就不会受到道路上其他交通的干扰，可以实现快速运行，可以实现多节车厢组合，实现大运量载客，才可以成为大运量、快速的公共交通系统。

城市轨道公共交通可分为以下四种类型。

① 地铁（Metro，Underground，Subway，U-Bahn）。1863 年首先在英国伦敦建造了由蒸汽机驱动的地铁，运营几年后便开始实现电气化，第一条电力驱动的地铁线路是 1890 年在伦敦开通的。时至今日，地铁已遍及世界各大城市。1969 年北京建成我国第一条地铁线路，目前北京、天津、上海、广州、南京等城市已有超过 300km 的地铁线路运营。

地铁的概念不仅仅局限于地下运行，随着城市规模的扩大与延伸，地铁线路延伸到市郊时，为了降低工程造价，一般都引出地面，采用地面或高架线路。部分运行在地面的电动车辆封闭线路或高架线路，单向高峰小时运力在 30000 人次以上的都可称为地铁线路。

地铁采用直流供电，我国供电电压标准为直流 750V 和直流 1500V 两种。接触网分接触轨（又称第三轨）和架空接触网两种类型，接触轨供电一般为直流 750V，架空接触网采用直流 1500V 或直流 750V。

② 轻轨（Lightrail transit，LRT）。轻轨起源于有轨电车，是在利用现代技术对旧式有轨电车改造的基础上，提高其技术水平和运行质量，成为新型的轻轨系统。国际公共交通联合会（UITP）关于轻轨的定义为：轻轨车辆施加在轨道上的载荷重量，相比铁路和地铁的载荷较轻，因而称之为轻轨。现代化的轻轨系统是一种集中了多种专业先进技术的系统，在技术上具有转弯半径小、低地板（低站台）等特点，在信号自动控制下，能安全快速地完成中等客运量的客运任务。轻轨系统车辆轻，乘、降方便，车站设施简单，线路工程最小，造价较低。

轻轨系统通常建于 100 万以下人口的城市，对于更大的城市，大多布置在郊区或城市边缘区域。在人口密度不大的中、小城市，轻轨可以采用地面线路与其他交通组合运行（类似于有轨电车）；在大城市、特大城市规划时应尽可能考虑轻轨系统在城区采用高架线路，在郊区采用有绿化保护的封闭地面线路。

轻轨系统高架线路在与城市道路空间组合时，如果布置在道路中央，一则乘客上下要穿越车行道，须设人行立交通道，造价高，不方便；二则分割道路空间，对城市景观有破坏。如果置于道路一侧，虽对道路一侧有噪声、震动等影响，但可至少方便一侧乘客上下，且对城市空间、景观的破坏较小。规划时应因地制宜对此做出适当的选择。

许多城市的高架轻轨线路的车辆采用橡胶车轮，可以大大减少运行噪声，如果采用导向轮系统，则又可大大提高其安全性，是在轻轨交通规划时应十分重视的问题。

③ 市郊铁路（Urbanrailway，S-Bahn）。市郊铁路源于市郊铁路通勤线路，是位于城市外围，联系城市与郊区的轨道交通方式。市郊铁路一般由铁路部门经营，与铁路合线、合站或平行线布置，是为城市服务的快速客运交通线路。由于市郊铁路服务于人口密度相对稀疏的郊区，站间距离比市区大，使得列车的运行速度可以提高很多，其最高速度可达100km/h 以上。伦敦、巴黎以及美国一些城市如纽约、芝加哥、费城都有较大规模的市郊铁路运输网络。

德国的城市铁路（S-Bahn）由德国国家铁路（DB）经营，与国家铁路共用线路和车站空间，线路深入中心城区，并在城区与地铁形成很方便的换乘；在城市郊区又方便地联系城市外围的城区和城镇。S-Bahn 的运行纳入城市公共交通运行计划和时刻表，成为城市重要的公共交通线路。

近年来我国一些特大城市正在积极投入轻轨、地铁和郊区铁路的建设。目前北京已建成第一条城市铁路线路，就是利用国家铁路空间，平行布置线路与车站，将城市外围的发展区与城市两大客运交通枢纽（东直门、西直门）联系起来，由城市公共交通部门管理，运营效果良好。预计在不久的将来，我国城市公共交通发展将会呈现多样化、立体化、现代化协调发展的局面。

④ 有轨电车。有轨电车具有运载能力大、客运成本低的优点，其设备同无轨电车，但还要铺设轨道和设置专用的停靠站台。缺点是机动性差、造价高、速度低、行驶时会产生震动和噪声。我国目前拥有有轨电车的城市有大连、长春、鞍山和香港等。

（2）城市公共汽车、无轨电车　在城市道路上行驶的公共交通主要是公共汽车，在一些大城市里还有无轨电车。它们在街道上都按固定的线路行驶,形成公共交通网。

城市公共交通设施,以公共汽车最为简单,有车辆、车场以及沿线路设置的停靠站和首末站。近年来在北京等城市出现一种新的道路上的快速公交线路,又称 BRT,即在城市道路中央设置专用的公交车道,设置专用的停靠站台,运行专用的公共汽车车辆和交通信号灯,由于同城市道路的其他车道组合在一个平面,不可避免会产生相互干扰,影响通行效率和速度,其经济性虽然优于轨道公交线,但明显差于普通公共汽车线路。

无轨电车是以直流电为动力的客运交通工具,它除了采用与公共汽车共同的设备外,还要有架空的触线网、馈电网和整流站等设备。因此,无轨电车的造价较高,首次投资较大,基建速度较慢,需经常养护维修,经营管理费用大;行驶时又受到电流供应的影响,灵活性不如公共汽车。无轨电车的优点是噪声低、无废气排放,启动快,加速性能好,变速方便,特别适合在交通拥挤、启动频繁的市区道路上行驶,对道路起伏变化大、坡度陡的山城也较适宜,但在线路分岔多、转弯半径小且弯道多的道路上使用无轨电车,行驶时常感不便。

(3)公共交通工具比较 地铁等轨道公共交通具有速度快、载客量大、能耗和对环境的污染小,对道路上的交通干扰少等优点,但建设和运营成本高;出租汽车交通具有灵活、速度快、门到门服务等优点;而以公共汽车为代表的常规路上公共交通在经营良好、服务质量高的情况下具有安全、迅速、准时、方便、可靠、成本低等优点,服务面比上述两种公共交通要广。除出租车外的各类公共交通工具技术经济特征见表 4-14。

**表 4-14 公共交通工具技术经济特征表**

| 指　标 | 大运量快速轨道交通(地铁) | 中运量快速轨道交通(轻轨) | BRT | 有轨电车 | 公共汽车 |
|---|---|---|---|---|---|
| 单向客运能力/(万人次/h) | 3.0～6.0 | 1.5～3.0 | 1.5～1.8 | 1.0～1.5 | 0.8～1.2 |
| 平均运送速度/(km/h) | 30～40 | 20～35 | 16～30 | 14～18 | 16～25 |
| 发车频率/(车次/h) | 20～30 | 40～60 | 20 | 40～60 | 60～90 |
| 运输成本/% | 100 | >100 | | >200 | |
| 使用年限/年 | 30 | 30 | | 20～30 | 15～20 |

注:资料来源:文国纬. 城市交通与道路系统规划. 北京:清华大学出版社,2007:157.

### 3. 公共交通常用专业术语

① 客运周转量(年或日):(年或日)公共交通乘车人次与乘车距离乘积的总量。

② 客运能力:公共交通工具在单位时间内所能运送的客位数。

③ 运送速度:公共交通线路全程(首末站之间)行程时间除线路长度所得到的平均速度,是衡量公共交通服务质量的指标。

④ 公共汽车拥有量指标:国家规定以车长 7～10m 的 640 型单节公共汽车作为城市公共汽车标准车,规划城市公共汽车拥有量指标,大城市为 800～1000 人/标准车,中、小城市为 1200～1500 人/标准车。

⑤ 公共交通线网密度:每 1km² 城市用地面积上有公共交通线路经过的道路中心线长度,一般要求市中心区的规划公共交通线路网密度应达到 3～4km/km²,在城市边缘地区应达到 2～2.5km/km²。

⑥ 公共交通线路重复系数:公共交通线路长度与线路网长度之比。

⑦ 线路非直线系数:公共交通线路首末站之间实地距离与空间距离之比,不应大于 1.4。

⑧ 公共交通线路平均长度:与城市的大小、形状和公交线路的布线形式有关。通常公共交通线路取中、小城市的直径或大城市的半径作为平均线路长度,或取乘客平均运距的 2～3 倍。城区公共汽、电车主要线路每条的长度宜为 8～12km,特大城市不宜超过 20km,

郊区线路的长度视实际情况而定，快速轨道交通的线路长度不宜大于 40 分钟的行程。

⑨ 乘客平均换乘系数：为乘车出行人次与换乘人次之和除以乘车出行人次。即为城市居民平均一次出行换乘公共交通线路的次数，是衡量乘客直达程度的指标。大城市不应大于 1.5，中、小城市不应大于 1.3。

⑩ 站距：公共交通的站距应符合表 4-15 的规定。

**表 4-15　公共交通间距表**

| 公共交通方式 | 市区线/m | 郊区线/m | 公共交通方式 | 市区线/m | 郊区线/m |
|---|---|---|---|---|---|
| 公共汽车与电车 | 500～800 | 800～1000 | 中运量快速轨道交通(轻轨) | 800～1200 | 1000～1500 |
| 公共汽车大站快车 | 1500～2000 | 1500～2500 | 中运量快速轨道交通(地铁) | 1000～2000 | 1500～2000 |

注：资料来源：全国城市规划执业制度管理委员会. 城市规划原理. 北京：中国计划出版社，2002：104.

#### 4. 现代城市公共交通系统规划的基本理念

（1）规划目标与原则　城市公共交通规划的目标是：根据城市发展规模、用地布局和道路网规划，在客流预测的基础上，确定公共交通的系统结构，配置公共交通的车辆、线路网、换乘枢纽和站场设施等，使公共交通的客运能力满足城市高峰客流的需求。

城市公共交通规划必须符合下列原则：

① 符合优先发展公共交通的政策，为城市居民出行提供多样、便捷、舒适的公交服务。

② 公共交通系统模式要与城市用地布局模式相匹配，适应并能促进城市和城市用地布局的发展。

③ 满足一定时期城市客运交通发展的需要，并留有余地。

④ 与城市其他客运方式协调配合。

⑤ 与城市道路系统相协调。

⑥ 运行快捷、使用方便、高效、节能、经济。

（2）规划要求　城市公共交通规划应根据城市发展规模、用地布局和道路网规划，在客流预测的基础上，确定公共交通方式、车辆数、线路网、换乘枢纽和站场设施用地等，并应使公共交通的客运能力满足高峰客流的需求。

大、中城市应优先发展公共交通，逐步取代远距离出行的自行车，控制私人交通工具的过度发展；小城市应完善市区至郊区的公共交通线路网。

规划城市人口超过 200 万人的特大城市，应规划设置快速轨道交通线网。

城市公共交通规划应做到在客运高峰时，95％的居民在乘用公共交通时，单程最大出行时耗符合表 4-16 的规定。

**表 4-16　不同规模城市的最大出行时耗和主要公共交通方式**

| 城市规模 | | 最大出行时间/min | 公共交通方式 |
|---|---|---|---|
| 大城市 | ＞200 万人 | 60 | 大、中运量快速轨道交通、公共汽车、电车 |
| | 100 万～200 万人 | 50 | 中运量快速轨道交通、公共汽车、电车 |
| | ＜100 万人 | 40 | 公共汽车、电车 |
| 中等城市 | | 35 | 公共汽车 |
| 小城市 | | 25 | 公共汽车 |

注：资料来源：全国城市规划执业制度管理委员会. 城市规划原理. 北京：中国计划出版社，2002：101.

选择公共交通方式时，应使其客运能力与线路上的客流量相适应。常用的公共交通方式单向客运能力应符合表 4-17 的规定。采用公共专用道后，可使通行能力有很大提高。

表 4-17　公共交通方式的单向客运能力

| 公共交通方式 | 运送速度/(km/h) | 发车频率/(车次/h) | 单向客运能力/(千人次/h) |
|---|---|---|---|
| 公共汽车 | 16～25 | 60～90 | 8～12 |
| 无轨电车 | 15～20 | 50～60 | 8～10 |
| 有轨电车 | 14～18 | 40～60 | 10～15 |
| 中运量快速轨道交通 | 20～35 | 40～60 | 15～30 |
| 大运量快速轨道交通 | 30～40 | 20～30 | 30～60 |

注：资料来源：全国城市规划执业制度管理委员会. 城市规划原理. 北京：中国计划出版社，2002：101.

(3) 现代城市公共交通系统结构　我国城市现状公共交通系统正在发生巨大的变化，以适应客运量迅速发展的需要。但是，由于城市原有的公共交通系统结构落后，公交线路快慢不分、主次不分、线路长度过长、换乘不便、与城市用地结构结合不好，仍然不能适应城市客运发展和居民出行的需要。

现代城市的发展使城市居民的出行量大大增加，对城市公共交通的需求越来越高。当城市发展到大城市以上规模时，城市道路的通行能力逐渐不能适应客运量的发展，应该考虑逐步将大运量的城市客运交通从城市道路上分离出来，设置地下或架空的轨道客运系统，满足客运量发展的需求，并能缓解城市道路的交通压力，这也是运用交通分流的思想进行城市交通系统变革的一种重要的方式。

城市的现代化发展要求高效率和好的服务质量，城市公共交通的发展也要高效率和好的服务质量，快慢分流、主次分流，建设公交换乘枢纽是提高公共交通效率和服务质量的关键。

要实现城市公共交通的高效率，就要有快捷的公共交通方式，保证快捷的条件是要有不受干扰的独立的交通通道，地铁和高架轻轨就是独立设置的快速公交通道。

提高服务质量和交通方便性的重要措施是提高公共交通线网的覆盖率和线网密度。现代化的公共交通要提供优质、方便的服务，就要减少居民到公共交通站点的步行距离，使城市居民能方便地使用公共交通，这样才能提高公共交通的吸引力，发挥公共交通在城市客运系统中的主体作用。

公共交通高效率要求同方便优质的服务要求相结合，要求分别设置城市公共交通的骨干线路（主要线路）和常规普通线路（次要线路）。城市客运交通需要有为大运量、中远距离交通需求服务的主要公交线路，体现"快速"和"大运量"的交通服务性；又需要有为小运量、短距离交通需求服务的地方性（组团级）公交线路，以体现"方便"的交通服务性。骨干线路要实现快速服务，就是快车线路；常规普通线路要实现方便服务，就是慢车线路。

公共骨干线路和普通线路实现系统衔接的重要设施是公共换乘枢纽。公共换乘枢纽担负着整个公共交通系统的核心的重要作用，就是把"主"与"次"、"快速"与"方便"有机结合起来，实现公共交通系统整体运作的高效率。因此，在公共交通系统的规划建设中，公共换乘枢纽是关键性的设施，必须予以足够的重视，要在城市总体规划阶段作为重要布局用地予以落实。

因此，现代化城市公共交通系统结构（除出租车外）应该是：以公共交通换乘枢纽为中心，以轨道和市级公交车线路为骨干，以组团级公交普通线路为基础的配合良好的完整系统（图 4-24）。

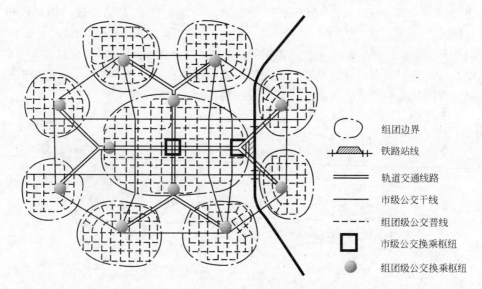

图 4-24  现代城市公共交通系统结构示意图

资料来源：文国纬. 城市交通与道路系统规划. 北京：清华大学出版社，2007：168.

公交换乘枢纽是城市公共交通系统的核心设施，应结合城市对外客运交通枢纽、城市各级公共中心、市级公交干线的交会点进行布置，解决内外客运交通的衔接和转换，以及市级公交快车线路同组团级公交普通线路间的衔接和转换。公共交通换乘枢纽可以根据需要分级、分规模设置。

市级公交快车线路主要体现"快速"与"高效率"，可由地下或高架轨道交通线和地面公交快车线构成，实现公交换乘枢纽间（跨组团）的联系。根据国情，我国城市的轨道交通线路宜使用与道路分离的独立的"专用通道"空间，而要实现地面公共交通的"准快速"，应采用直达或大站快车的方式，使用性能好的公交车，尽可能使用城市快速道路（直达线路）和交通性主干路（大站快车线路）；在用地布局呈带状发展的地区，可以设置"公共交通专用路"（轴），即与其他交通分流的、独立设置的道路专用空间上的、类似轨道交通的BRT专用线路。

城市越大越密集，对大运量快速轨道交通线路的需求越大。大城市和特大城市特别要强调轨道交通网和换乘枢纽的建设。在轨道交通网尚未形成前，近期可以以公交快车线路过渡。对于中等城市，则要努力推广地面公交快车线路的设置，有条件时在城市主干路上科学合理地设置公交专用道。

组团级（地方性）公交普通线路则要体现公交服务的方便性，一方面应采用小车型，布置在城市次干路甚至布置在支路上，加大公交线网覆盖率，以方便城市居民乘用；一方面也要与市级公交快车线路和组团级的公交换乘枢纽形成好的衔接。

（4）公共交通线网布置与用地布局、道路的关系  公共交通和城市用地的关系，与城市道路和城市用地的关系既有相同点，又有不同点。

公交普通线路与城市服务性道路的布置思路和方式相同。公交普通线路要体现为乘客服务的方便性，同服务性道路一样要与城市用地密切联系，应布置在城市服务性道路上。

城市快速道路与快速公共交通布置的思路和方式不同。城市快速道路为了保证其快速、畅通的功能要求，应该尽可能与城市用地分离，与城市组团布局形成"藤与瓜"的关系；而快速公交线路则要与客流集中的用地或节点衔接，以满足客流的需要。所以，快速公交线路应尽可能将各城市中心和对外客运枢纽串接起来，与城市组团布局形成"串糖葫芦"的关系。

英国朗科恩新城（图4-25）的快速路呈日字形在城市组团间通过，公交路呈8字形串接各邻里中心，给我们展示了快速路和公交线路与城市用地布局的基本关系。规划要根据快速公交线路布置的特点和要求，认真研究其与城市道路的关系。

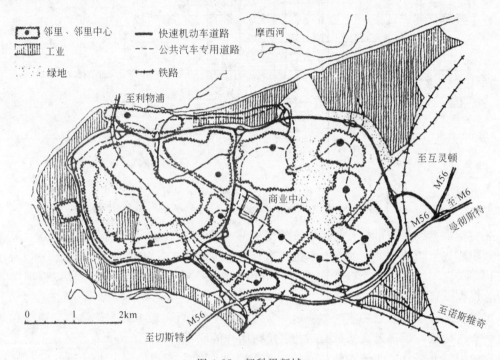

图 4-25　朗科恩新城

资料来源：文国纬. 城市交通与道路系统规划. 北京：清华大学出版社，2007：29.

根据我国的实际国情和实践经验，城市快速轨道公共交通线路应该使用专用通道，与城市道路分离而不宜互相组合；准快速的公交快车线路则应主要布置在主干路上，设置公交专用道以保障其通行条件。各种公交线路与城市道路的匹配关系见表4-18。

表 4-18　公交线路与城市道路的匹配关系

| 与道路分离的专用通道 | 城市道路 | | | | |
| --- | --- | --- | --- | --- | --- |
| | 城市快速路 | 交通性干路 | 生活性干路 | 次干路 | 支路 |
| 地铁<br>高架轻轨(BRT) | 公交直达快车线 | 公交大站快车线<br>（公交专用通道）<br>公交普通线 | 公交大站快车线<br>公交普通线<br>（公交专用通道） | 公交普通线 | 公交普通线 |

注：1. 城市快速路上部设置公交专用道，不设置公交停车站；城市交通性主干路可在快车道线路设置公交专用道，生活性主干路上的公交专用道为所有的公交线路服务。BRT应在专用道路上运行，不宜与其他交通组织在一个道路断面上。

2. 资料来源：文国纬. 城市交通与道路系统规划. 北京：清华大学出版社，2007：159.

目前在一些城市的规划建设中倡导建设的"复合式公交走廊"的模式是一种混合交通的模式，把过多的公交线路集中在一条路上布置，将大大降低公交线网密度，导致乘客到公交站点距离的加长，乘用公交不方便，降低公交的服务性和吸引力，不利于公共交通的发展；过多公交线路与其他机动车辆的混行在客观上也将造成道路上交通过于复杂、车辆运行混乱，加剧城市交通的拥堵。现代化城市交通科学化的重要标志是"交通分流"，混合交通必然造成交通秩序的混乱和交通效率的低下，国外如此，国内也如此。

**5. 公共交通线网规划**

（1）系统确定　公共交通线路系统的形式要根据不同城市的规模、布局和居民出行特征进行选定。

公共交通具有集量性、非个体客运方式的运送能力，主要为城市各人流集散点之间（如居住地点、工作地点、城市中心、对外交通枢纽、文体活动和商业服务设施、游憩设施等）的客流服务。公共交通线路系统应该满足并便于城市各个人流集散点之间有良好联系的要求。不同类型的城市应该有不同的公共交通路线系统形式。

小城镇可以不设公共交通路线，或所设的公共交通路线只起联系城市中心、对外交通枢纽、工业中心、体育游戏设施和乡村的辅助作用。

中等城市应该建设以公共汽车为主体的公共交通路线系统。在带状发展的组合型城市可能需要设置快速公共汽车（或轻轨）线路，以加强各分散城区之间的联系。

对于大城市和特大城市，应形成以快速大运量的轨道公共交通为骨干的方便的公共交通网。

最理想的系统是：

快速轨道交通承担城市组团间、组团与市中心以及联系市级大型人流集散点（如体育场、市级公园、市级商业服务中心等）的中、远距离客运。

公共汽车分为两类：一类是联系相邻城市组团及市级大型人流集散点的市级公共汽车（干线、快线）网，并解决快速轨道交通所不能解决的横向交通联系；另一类是以城市组团中心的轨道交通站点为中心（形成客运换乘枢纽），联系次级（组团级）人流集散点的地方公共汽车（支线、普线）网，主要解决城市组团内的客流和与轨道交通的联系，再以公共汽车和轨道交通为集散点，形成与步行和自行车的交通的联系。

为了解决城市郊区或市域城镇的公交需要，应该设置（近、远）郊区的公交路线，在城市外围城区设置市区公交路线和郊区公交路线的换乘枢纽。

为了方便职工上下班和满足居民夜间活动的需要，一般城市还需要设置第三套公共交通线路网，即在平时线路网上增加高峰小时的路线（高峰线、区间线和大站快车线），设置通宵公共交通路网。

旅游城市还应设置旅游公交线路，将各旅游景点、旅游设施同城市活动中心连接起来。

一般城市公共交通线网的类型有棋盘型、中心放射型（又分单中心放射型和多中心放射型）、环线型、混合型、主辅线型五种（图4-26）。轨道公共交通线路网通常为混合型或环线加放射型。

（2）线路规划

① 规划依据

a. 城市土地使用规划确定的土地使用和主要人流集散点分布。

b. 城市交通运输系统规划方案（与城市结构一起考虑的交通系统结构构思）。

c. 城市交通调查和交通规划的出行形态、分布、分配资料。

② 线网布置原则

a. 满足城市居民上下班出行的乘车需要，同时要满足生活出行、旅游等乘车需要。

b. 经济合理地安排公共交通线路，做到主次分线、快慢分线，提高公共交通覆盖率（服务面积），使客流量尽可能均匀并与运载能力相适应。

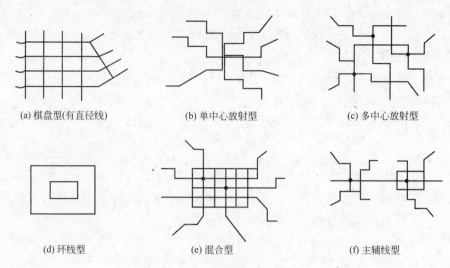

（a）棋盘型（有直径线）　　　（b）单中心放射型　　　（c）多中心放射型

（d）环线型　　　（e）混合型　　　（f）主辅线型

图 4-26　公共交通线网类型

资料来源：文国纬. 城市交通与道路系统规划. 北京：清华大学出版社，2007：173.

　　c. 尽可能在城市主要人流集散点（如对外客运交通枢纽、大型商业文体中心、大型居住区中心等）之间开辟直接线路，线路走向必须与主要客流流向一致。

　　d. 综合考虑城区线、近郊线和远郊线的紧密衔接，在主要客流的集散点设置不同交通方式的换乘枢纽，方便乘客停车与换乘，尽可能减少居民乘车次数。

　　③ 线网规划的基本步骤。现状城区公共交通线路网规划通常是在公共交通线路基础上，根据客流变化情况、道路建设及新客流吸引中心的需要，对原有线路的走线、站点设置、运营指标等进行调整或开辟新的公共交通线路。除非城市用地结构、城市干路网发生大的变动（如对外客运交通枢纽的迁建、新交通干路的开辟）或开通新的大运量快速轨道客运线路，一般不做大的调整。

　　对于新建城市或规划期内将有大的发展的城市，公共交通线路网需要密切配合城市用地规划结构进行全面规划。通常按下列步骤进行：

　　a. 根据城市性质、规模、总体规划的用地布局结构，确定公共交通线路网的系统类型。

　　b. 分析城市主要活动中心的空间分布及相互之间的关系，如居住区、小区中心、工业和办公等就业中心、商务服务中心、文娱体育中心、对外客运交通中心、公园等游憩中心以及公共交通系统中可能的客运枢纽等，这些都是城市居民出行的主要出发点和吸引点。

　　c. 在城市居民出行调查和交通规划的客运交通分配的基础上，分析城市主要客流吸引中心的客流吸引希望线及吸引量。

　　d. 综合各城市活动中心客流相互流动的空间分布要求，初步确定在主要客流流向上满足客流量要求、并把各居民出行的主要出发点和吸引点联系起来的公共交通线路网和换乘枢纽规划方案。

　　e. 根据城市总客流量的要求及公共交通运营的要求进行线路网的优化设计，满足各项规划指标，确定规划的公共交通线路网。

　　f. 随着城市的发展和逐步建成，逐条开辟公共交通线路，并不断根据客流的变化的需求进行调整。

　　**6. 公共换乘枢纽和场站规划**

　　公共交通换乘枢纽是城市客运交通枢纽的主体。公共交通换乘枢纽除要完成城市对外客运交通和城市公共交通的换乘外，主要完成多条公共交通骨干线路间的换乘，完成公共交通骨干线路与组团级地方交通普通线路间的换乘。公共交通线路与对外客运交通线路的换乘可以采用平面组合换乘，也可以采用多层衔接、立体换乘、设置机械化代步装置等形式。

（1）公共交通换乘枢纽

① 市级换乘枢纽。与城市对外客运交通枢纽（铁路客站、长途客站等）结合布置的公交换乘枢纽设置在市级城市中心附近，具有与多条市级交通干线换乘的功能：

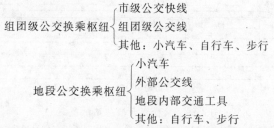

② 组团级换乘枢纽。设置在各组团中心或主要客流集中地的市级公交干线与组团级普通线路衔接换乘的公共交通换乘枢纽。

③ 特定设施公交枢纽。包括城市中心交通限控区换乘设施、市区公共交通线路与郊区公共交通线路衔接换乘的枢纽和为大型公共设施（如体育中心、游览中心、购物中心等）服务的换乘枢纽等。

（2）公共交通换乘枢纽功能布局

① 对外客运换乘枢纽的功能空间布局如图 4-27 所示。

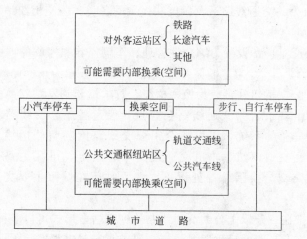

图 4-27　对外客运换乘枢纽基本框图

资料来源：文国纬. 城市交通与道路系统规划. 北京：清华大学出版社，2007：170.

② 交通限控区（地段）换乘设施的功能空间布局如图 4-28 所示。

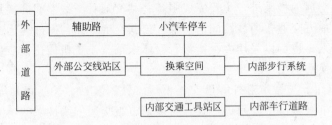

图 4-28　交通限控区换乘设施基本框图

资料来源：文国纬. 城市交通与道路系统规划. 北京：清华大学出版社，2007：171.

③ 规划还可以在一些换乘量大、重复线路多的站点，设置换乘方便的公共交通组合换乘站，作为公共交通换乘枢纽的补充，如图 4-29 所示。

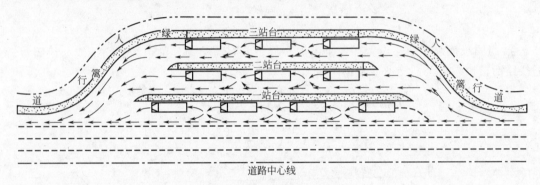

图 4-29　公交组合换乘站示意图

资料来源：文国纬. 城市交通与道路系统规划. 北京：清华大学出版社，2007：171.

（3）公共交通场站规划　城市公共交通运营管理有多种体制，许多城市采用以"车场"为核心的管理体制，大城市、特大城市的公共交通形成多个车场组合的综合体。公共交通场站的设置应与管理体系相配合。

公共交通场站有三类：一类是担负公共交通线路分区、分类运营管理和车辆维修的"公交车场"；一类是担负公共交通线路运营调度和换乘的各类"公交枢纽站"；另一类是"公交停靠站"。

① 公交车场。公交车场常设置为综合性管理、车辆保养和停放的"中心车场"，也可以专为车辆大修设"大修厂"，专为车辆保养设"保养场"，或专为车辆停放设"中心站"。

② 公交枢纽站。公交枢纽站可分为换乘枢纽、首末站和到发站三类。

公交换乘枢纽位于多条公共交通线路会合点，通过各条公交线路的换乘把全市公交线路有机联系为一个完整的系统，以发挥全市公交线路网的整体运输效益。公交换乘枢纽一般在城市对外客运交通枢纽、轨道交通线路中心站点、市区主要公交线路中心站点及市区与市郊公交线路交会换乘站等处设置，必要时还在城市主要交叉路口处设置中途换乘枢纽站。

换乘枢纽一般安排在一条以上公共交通线路的到发站，形式可以多种多样，通常安排一定的运营管理调度设施及必要的后勤服务设施，要求布局集中紧凑，可以与建筑组合、多层衔接、立体换乘、设置机械化代步装置等，做到人车分流、标志清晰醒目、方便舒适，尽可能减少换乘距离。

北京市公共交通换乘枢纽规划的规模指标见表 4-19。

表 4-19　北京市公交换乘枢纽规模

| 规模 | 线路/条 | 高峰换乘量/(人次/h) | 配车数/辆 | 占地/$hm^2$ | 建筑面积/$m^2$ | 高峰发车车次/(车次/h) |
|---|---|---|---|---|---|---|
| 大型 | 8 | 14000 | 200 | 2.0 | >2000 | ≥180 |
| 中型 | 5～8 | 12000 | 150～200 | 1.5 | 1200～2000 | <150 |
| 小型 | 3～5 | 8000 | 80～150 | 1.0 | 800～1200 | <100 |

注：资料来源：文国纬．城市交通与道路系统规划．北京：清华大学出版社，2007：176.

首末站是公共交通运营线路的起终点，除保证公交车辆的回车、停车、换乘候车和调度业务外，还应考虑多种交通方式的换乘。一般每条线路安排 4～5 个停车位，一条线路使用的末站占地约 1000$m^2$，三条线路共同使用的首末站占地约 3000$m^2$。首末站还要考虑附设自行车面积。

到发站用于一条公共交通线路运营和到发，占地规模一般不超过 1000$m^2$。

③ 公交停靠站。公共交通站点服务面积，以半径 300m 计算，不得小于城市用地面积的 50%，以半径 500m 计算，不得小于 90%。

一般一个公交站台可以停靠 3 条公交线路，长度均为 20m；超过 3 条线路就需设置第 2 个站台，超过 3 个站台就需要考虑设置公交组合换乘站。

快速路、主干路及郊区双车道公路上的公交停靠点不应占用行车车道，应采用港湾式布置，市区公交港湾式停靠站长度至少应设 2 个停车位。

路段上公交停靠站同向换乘距离不应大于 50m，异向换乘距离不应大于 100m，对向设置的停靠站应在车辆前方向迎面错开 30m。

公交停靠站布置如图 4-30 所示。

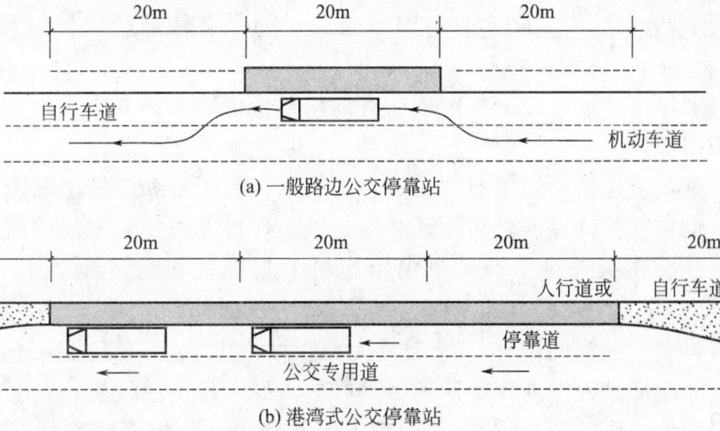

(a) 一般路边公交停靠站

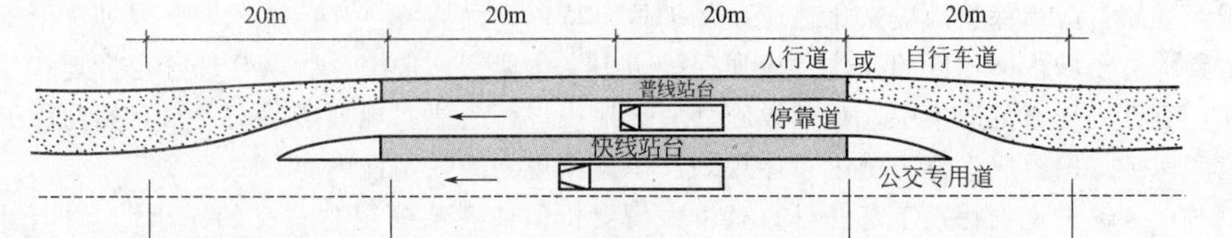

(b) 港湾式公交停靠站

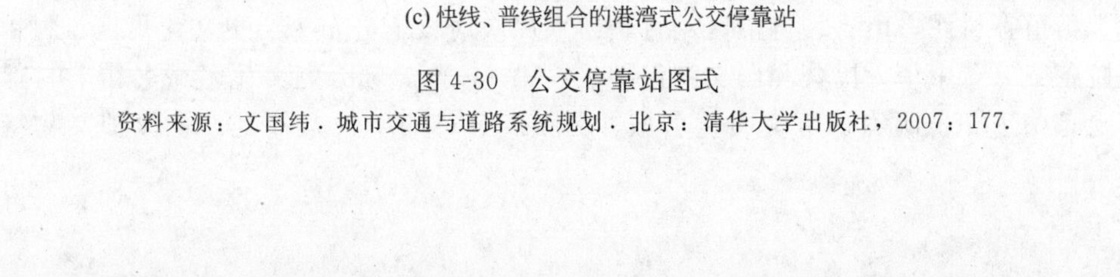

(c) 快线、普线组合的港湾式公交停靠站

图 4-30　公交停靠站图式

资料来源：文国纬．城市交通与道路系统规划．北京：清华大学出版社，2007：177.

在道路平面交叉和立体交叉处设置的公交停靠站,换乘距离不宜大于 150m,并不得大于 200m。

为了提高站点能力,避免在交叉口造成交通混乱,停靠站应与交叉口保持一定的距离。一般交叉口处的公交停靠站应该布置在交叉口出口 50m 以外的位置,不宜布置在交叉口进口前的位置,特别是左停公交线路的停靠站不能布置在交叉口进口前。

④ 出租车营业站。出租汽车采用营业站定点服务时,营业站的服务半径不宜大于 1km,其用途面积为 250~500m²。

出租汽车采用路抛制服务时,应在商业繁华地区、对外交通枢纽和人流活动频繁的集散地附近设置出租汽车停车道(站)。

# 第六节 城市历史文化遗产保护规划

## 一、历史文化遗产保护

我国是历史悠久的文明古国。在漫长的岁月中,中华民族创造了丰富多彩、弥足珍贵的文化遗产。文化遗产包括物质文化遗产和非物质文化遗产。物质文化遗产是具有历史艺术和科学价值的文物,包括古遗址、古墓葬、古建筑、石窟寺、石刻、壁画、近现代重要史迹及代表性建筑等不可移动文物,历史上各时代的重要实物、艺术品、文献、手稿、图书资料等可移动文物,以及在建筑式样、分布均匀或环境景色结合方面具有突出普遍价值的历史文化名城(街区、村镇)。非物质文化遗产是指各种以非物质形态存在的与群众生活密切相关、世代相承的传统文化表现形式,包括口头传统、传统表演艺术、民俗活动和礼仪与节庆、有关自然界和宇宙的民间传统知识和实践、传统手工艺技能等以及与上述传统文化表现形式相关的文化空间(2005 年 12 月 22 日,国务院关于加强文化遗产保护的通知,国发〔2005〕42 号)。

我国历史文化遗产蕴含着中华民族特有的精神价值、思维方式、想象力,体现着中华民族的生命力和创造力,是各民族智慧的结晶,也是全人类文明的瑰宝。保护文化遗产,保持民族文化的传承,是连结民族情感的纽带,是增进民族团结和维护国家统一及社会稳定的重要文化基础,也是维护世界文化多样性和创造性,促进人类共同发展的前提。加强文化遗产保护,是建设社会主义先进文化,贯彻落实科学发展观和构建社会主义和谐社会的必然要求。

城市是历史文化发展的载体,每个时代都在城市中留下自己的痕迹。保护历史的连续性,保存城市的记忆是人类现代生活发展的必然需要,经济越发展,社会文明程度越高,保护历史文化遗产的工作就越显重要。《中华人民共和国城乡规划法》第四条规定,制定和实施城乡规划,应当保护历史文化遗产,保护地方特色、民族特色和传统风貌。规划法第三十一条要求对于城市旧城区的改建,应当保护历史文化遗产和传统风貌,合理确定拆迁和建设规模,有计划地对危房集中、基础设施落后等地段进行改建。规划法明确要求自然与历史文化遗产保护等内容应当作为城市总体规划、镇总体规划的强制性内容。

对于"保护文物特别丰富并且具有重大历史价值或者革命纪念意义的城市",由国务院核定公布为"历史文化名城",保护文物特别丰富并且具有重大历史价值或者革命纪念意义的城镇、街道、村庄,由省、自治区、直辖市人民政府核定公布为历史文化街区、村镇,并报国务院备案(《中华人民共和国文物保护法》第 14 条)。《历史文化名城名镇名村保护条例》第七条中进一步明确了历史文化名城、名镇、名村的申报条件是:①保护文物特别丰富；②历史建筑集中成片；③保留着传统格局和历史风貌；④历史上曾经作为政治、经济、文化、交通中心或者军事要地，或者发生过重要历史事件，或者其传统产业、历史上建设的重大工程对本地区的发展产生过重要影响，或者能够集中反映本地区建筑的文化特色、民族特色。

申报历史文化名城的，在所申报的历史文化名城保护范围内还应当有两个以上的历史文化街区。

历史文化名城和历史文化街区、村镇所在地的县级以上地方人民政府应当组织编制专门的历史文化名城和历史文化街区、村镇保护规划，并纳入城市总体规划（《中华人民共和国文物保护法》第14条）。历史文化名城、名镇、名村的保护应当遵循科学规划、严格保护的原则，保持和延续其传统格局和历史风貌，维护历史文化遗产的真实性和完整性，继承和弘扬中华民族优秀传统文化，正确处理经济社会发展和历史文化遗产保护的关系（《历史文化名城名镇名村保护条例》第三条）。

本节重点介绍历史文化名城保护规划和历史文化街区保护规划，关于历史文化名镇保护规划和历史文化名村保护规划在"镇、乡和村庄规划"一章中介绍。

## 二、历史文化名城保护规划

### 1. 历史文化名城的类型

我国是一个历史悠久的文明古国，历史古城为数众多。国务院于1982年、1986年和1994年公布三批国家历史文化名城，共99座，2001年又增补山海关（区）、凤凰县，2004年10月增补濮阳市，2005年4月增补安庆市，2007年3月增补泰安市、海口市（含琼山）、金华市、绩溪县、吐鲁番市、特克斯县、无锡市，共109座。

分类是为了对名城有进一步的认识和采取相应的保护对策。有各种不同的分类方法，简单可以分为两种：一种是根据名城的特征进行分类，一种是根据名城的保护现状进行分类。

第一种分类方法是根据109座历史文化名城的形成历史、自然和人文地理以及它们的城市物质要素和功能结构等方面进行对比分析，归纳为七大类型。然后根据名城的第一归属性和第二归属性等来确定名城的类型，因为一个城市可能同时属于2～3种类型，利用归属性是一个较好的区别方法。名城的七大类型如下。

① 古都型。以都城时代的历史遗存物、古都的风貌为特点的城市。

② 传统风貌型。保留了某一时期及几个历史时期积淀下来的完整建筑群体的城市。

③ 风景名胜型。自然环境往往对城市特色的形成起着决定性的作用，由于建筑与山水环境的叠加而显示出其鲜明的个性特征。

④ 地方及民族特色型。位于民族地区的城镇由于地域差异、文化环境、历史变迁的影响，而显示出不同的地方特色或独自的个性特征、民族风情、地方文化、地域特色，构成城市风貌的主体。

⑤ 近现代史迹型。以反映历史的某一事件或某个阶段的建筑物或建筑群为其显著特色的城市。

⑥ 特殊职能型。城市中的某种职能在历史上有极其突出的地位，并且在某种程度上成为城市的特征。

⑦ 一般史迹型。以分散在全城各处的文物古迹作为历史传统体现的主要方式的城市。

从古城性质、历史特点方面分类，如古都、地方政权所在地、风景名胜城市等，这种分类就认识历史价值方面是有意义的，如从制度保护政策的需要出发，可以按保护内容的完好程度、分布状况等来进行分类。这样，现有名城可以分为以下四种情况。

① 古城的格局风貌比较完整，有条件采取整体保护的政策。古城面积不大，城内基本为传统建筑，新建筑不多。这种历史文化名城数量很少，如平遥、丽江等。对这类城市一定要严格管理、坚决保护好。

② 古城风貌犹存，或古城格局、空间关系等尚有值得保护之处。这种名城为数不少，如北京、苏州、西安等，它们如前一种古城一样，是历史文化名城中的精华，有效地保护好这些古城方可真正展现历史文化名城的风采。对这类城市除保护文物古迹、历史文化街区外，要针对尚存的古城格局和风貌采取综合保护措施。如北京，要保护好城市中轴线，要对皇城周围进行高度控制；苏州要保护宋代延续至今的水路并行的街道格局；西安要保护好明城格局，特别要保护城墙、城楼及鼓楼、钟楼间的空间关系。

保护这些古城的风貌，一方面要保护文物古迹、历史文化街区，当然也就保存了外部形象，它们是构成古城风貌的点睛之笔；另一方面要在城区有限的范围内，对新建、改建的建筑要求体现古城风貌的特色。这绝非要求新建筑仿古、复古，而是要求在设计中既体现时代感、现代化特征，同时又与古城传统风貌相联系。

③ 古城的整体格局和风貌已不存在，但还保存有若干体现传统历史风貌的历史文化街区。这类名城数量最多，整体风貌既已不存，保护好历史文化街区则要全力为之。用这些局部地段来反映城市延续和文化特色，用它来代表古城的传统风貌，这既是一个不得已而为之的做法，也是一个突出重点、减少保护与建设之间矛盾的现实可行的办法。

④ 少数历史文化名城，目前已难以找到一处值得保护的历史文化街区。对它们来讲，重要的不是去再造一条仿古街道，而是要全力保护好文物古迹周围的环境，否则和一般其他城市就没什么区别了。要整治周围环境，拆除一些违章建筑，把保护文物古迹的历史环境提高到新水平，表现出这些文物建筑的历史功能和当时达到的艺术成就。

各个历史文化名城应该根据自己的情况，认识自己的优势和不足，从而确定工作重点，采取相应的措施。

**2. 历史文化名城保护规划的主要内容**

历史文化名城保护规划是以保护历史文化名城、协调保护与建设发展为目的，以确定保护的原则、内容和重点，划定保护范围，提出保护措施为主要内容的规划，是城市总体规划中的专项规划。

历史文化名城保护规划应当包括下列内容：保护原则、保护内容和保护范围；保护措施、开发强度和建设控制要求；传统格局和历史风貌保护要求；历史文化街区、名镇、名村的核心保护范围和建设控制地带；保护规划分期实施方案（《历史文化名城名镇保护条例》第十四条）。《历史文化名城保护规划规范》进一步细化了历史文化名城保护规划的主要内容，包括以下几项。

① 历史文化名城保护的内容应包括：历史文化名城的格局和风貌；与历史文化密切相关的自然地貌、水系、风景名胜、古树名木；反映历史风貌的建筑群、街区、村镇；各级文物保护单位；民俗精华、传统工艺、传统文化等。

② 历史文化名城保护规划必须分析城市的历史、社会、经济背景和现状，体现名城的历史价值、科学价值、艺术价值和文化内涵。

③ 历史文化名城保护规划应建立历史文化名城、历史文化街区与文物保护单位三个层次的保护体系。

④ 历史文化名城保护规划应确定名城保护目标和保护原则，确定名城保护内容和保护重点，提出名城保护措施。

⑤ 历史文化名城保护规划应包括城市格局及传统风貌的保持与延续,历史地段和历史建筑群的维修改善与整治,文物古迹的确认。

⑥ 历史文化名城保护规划应划定历史地段（历史文化街区）、历史建筑（群）、文物古迹和地下文物埋藏区的保护界线,并提出相应的规划控制和建设的要求。

⑦ 历史文化名城保护规划应合理调整历史城区的职能,控制人口容量,疏解城区交通,改善市政设施,以及提出规划的分期实施及管理的建议。

**3. 保护规划的编制原则**

《历史文化名城保护规划规范》规定保护规划必须遵循保护历史真实载体的原则,保护历史环境的原则,合理利用、永续利用的原则。

1994 年建设部、国家文物局颁布的《历史文化名城保护规划编制要求》,对保护规划的内容深度及成果做了具体规定,为名城保护规划的编制修订以及名城保护规划的审批工作提供了依据。编制保护规划应遵循以下原则。

① 历史文化名城应该保护城市的文物古迹和历史地段,保护和延续古城的风貌特点,继承和发扬城市的传统文化,保护规划应根据城市的具体情况编制和落实。

② 编制保护规划应当分析城市历史演变及性质、规模和相关特点,并根据历史文化遗存的性质、形态、分布等特点,因地制宜确定保护原则和工作重点。

③ 编制保护规划要从城市总体上采取规划措施,为保护城市历史文化遗存创造有利条件,同时又要注意满足城市经济、社会发展和改善人民生活和工作环境的需要,使保护与建设协调发展。

④ 编制保护规划应当注意对城市传统文化内涵的发扬与继承,促进城市物质文明和精神文明的协调发展。

⑤ 编制保护规划应当突出保护重点,即保护文物古迹、历史文化街区、风景名胜及其环境。特别要注意濒临破坏的历史实物遗存的抢救和保护,对已不存在的文物古迹一般不提倡重建。

**4. 保护规划的基础资料收集**

保护规划方案是在充分掌握和分析名城历史和现状的基础上产生的,调查的资料是保护规划的依据之一。编制历史文化名城保护规划需收集的基础资料一般包括以下各项。

① 城市历史演变、建制沿革、城址兴废变迁。

② 城市现存地上地下文物古迹、历史文化街区、风景名胜、古树名木、革命纪念地、近现代代表性建筑、历史建筑以及有历史价值的水系、地貌遗迹等。

③ 城市特有的传统手工艺、传统产业及民俗精华等非物质文化遗产。

④ 现在历史文化遗产及其环境遭受破坏威胁的状况。

**5. 保护规划的成果要求**

保护规划成果由规划文本、规划图纸和附件三部分组成。

（1）规划文本 表述规划意图、目标和对规划有关内容提出的规定性要求。文本表达应当规范、准确、肯定、含义清楚。它一般包括以下内容:城市历史文化价值概述;历史文化名城保护原则和保护工作重点;城市整体层次上保护历史文化名城的措施,包括古城功能的改善、用地布局的选择或调整、古城空间形态和视廊的保护等;各级文物保护单位的保护范围、建设控制地带以及各类历史文化街区的范围界线,保护和整治的措施要求;对重点历史文化遗存修整、利用和展示的规范意见;重点保护、整治地区的详细规划意向方案;规划实施管理措施等。

（2）规划图纸　用图像表达现状和规划内容。包括文物古迹、历史文化街区、风景名胜分布图，比例尺为(1∶5000)～(1∶10000)，可以将市域或古城区按不同比例尺分别绘制，图中标注名称、位置、范围（图面尺寸小于 5mm 者可标位置）；历史文化名城保护规划总图，比例尺为(1∶5000)～(1∶10000)，图中标绘各类保护控制区域，包括古城空间保护视廊、各级文物保护单位、风景名胜、历史文化街区的位置、范围和其他保护措施示意；重点保护区域界线图，比例尺为(1∶500)～(1∶2000)，在绘有现状建筑和地形地物的底图上，逐个、分张画出重点文物的保护范围和建设控制地带的具体界线；逐片、分线画出历史文化街区、风景名胜保护的具体范围；重点保护、整治地区的详细规划意向方案图。

（3）附件　包括规划说明和基础资料汇编。规划说明书的内容是分析现状、论证规划意图、解释规划文本等。

规划文本和图纸具有同等的法律效力。

### 三、历史文化街区保护规划

#### 1. 历史文化街区的概念

历史文化街区的概念源自国际上通用的历史性地区（Historic Area）概念。在我国，文物法规定"保存文物特别丰富并且具有重大历史价值或者革命纪念意义的城镇、街道、村庄，由省、自治区、直辖市人民政府核定公布为历史文化街区、村镇，并报国务院备案"。同时要求所在地的县级以上地方人民政府应当组织编制专门的历史文化街区、村镇保护规划。

历史地段的概念是 20 世纪 60 年代逐渐形成的。第二次世界大战以后，经过一段恢复，经济复苏，农村人口涌入城市，开始了大规模的住宅建设。当时普遍的做法是拆掉老城区，拓宽马路，盖起新楼房。但是不久人们发现，这样做的结果是建筑改善了，环境恶化了。推土机随时随地改变着城镇的面貌，若干文物建筑可能被保存，但历史环境被破坏，城镇历史联系被割断，特色在消失。

为此，1964 年 5 月 25 日～31 日在威尼斯召开的第三届历史古迹建筑师及技师国际会议上，通过了著名的《国际古迹保护与修复宪章》（即威尼斯宪章）。该宪章提出"历史古迹的概念不仅包括单个建筑物，而且包括能从中找出一种独特的文明、一种有意义的发展或一个历史事件见证的城市或乡村环境"，"古迹的保护包含着对一定规模环境的保护"，"古迹不能与其所见证的历史和其产生的环境分离"。

威尼斯宪章提出了古迹与其环境不可分离的概念。后来，人们意识到除了保护文物建筑之外，还应保存一些成片的历史文化街区，以保存历史记忆，保存城镇历史的连续性。在历史文化街区内，单看这里的每一栋建筑，其价值可能尚不足以作为文物加以保护，但它们加在一起形成的整体面貌却能反映出城镇历史风貌的特点，从而使其整体价值得到了升华。法国 1962 年 8 月 4 日颁布《马尔罗法令》规定建立"历史保护区"。1967 年英国通过《城市文明法案》（Civie Amenity Act），也提出了历史保护区的概念。它规定，地方规划部门有责任对其管辖地区内具有特别建筑艺术或历史价值的地区划定保护区。保护的概念从威尼斯宪章提出的古迹及其环境逐步引申出历史地段的概念。

到了 1987 年，"国际古迹遗址理事会"通过了《华盛顿宪章》，全称为《保护历史城镇与城区宪章》。宪章所涉及的历史城区，包括城市、城镇以及历史中心或居住区，也包括这里的自然和人工环境，"它们不仅可以作为历史的见证，而且体现了城镇传统文化的价值"。宪章列举了"历史地段"中应该保护的五项内容：①地段和街道的格局和空间形式；②建筑物和绿化、旷地的空间关系；③历史性建筑的内外面貌，包括体量、形式、建筑风格、材料、色彩、建筑整饰等；④地段与周围环境的关系，包括与自然和人工环境的关系；⑤该地段历史上的功能和作用。

我国历史文化保护区的概念是 1986 年在国务院公布第二批历史文化名城时提出的，强调对于文物古迹比较集中或能完整地体现出某一历史时期传统风貌和民族特色的街区、建筑群、小镇村落等予以保护。这里的历史文化保护区不仅包括历史文化街区，还包括了建筑群和小镇村落。1990 年北京划定了 25 片历史文化保护区，2001 年市政府批准了 25 片历史文化保护区的保护规划。

2002 年 12 月 3 日颁布修改的文物法，提出了"历史文化街区"的法定概念。历史文化街区是指保存一定数量和规模的历史建筑、构筑物且传统风貌完整的生活地域。它有较完整的传统风貌，具有历史典型性和鲜明的地方特色，能够反映城镇的历史面貌，代表城镇的个性特征。2003 年 12 月 17 日建设部颁布的《城市紫线管理方法》规定"在编制城市规划时应当划定保护历史文化街区和历史建筑的紫线"，2008 年 4 月 22 日国务院公布的《历史文化名城名镇名村保护条例》进一步规定了历史文化街区的保护要求。

**2. 历史文化街区的基本特征与划定原则**

（1）历史文化街区的基本特征

① 历史文化街区是有一定的规模，并具有较完整或可整治的景观风貌，没有严重的视觉环境干扰，能反映某历史时期某一民族及某个地方的鲜明特色，在这一地区的历史文化上占有重要地位。代表这一地区历史发展脉络和集中反映地区特色的建筑群，其中或许每一座建筑都达不到文物的等级要求，但从整体环境来看，却具有非常完整而浓郁的传统风貌，是这一地区历史的见证。

② 有一定比例的真实遗存，携带着真实的历史信息。历史文化街区不仅包括有形的建筑群及构筑物，还包括蕴藏其中的"无形文化资产"，如世代生活在这一地区人民所形成的价值观念、生活方式、组织结构、人际关系、风俗习惯等。从某种意义上讲，"无形文化资产"更能表现历史文化街区特殊的文化价值。

③ 历史文化街区应在城镇生活中仍起着重要的作用，是生生不息的、具有活力的社区，这也就决定了历史文化街区不但记载了过去城市的大量的文化信息，而且还不断并继续记载着当今城市发展的大量信息。

（2）历史文化街区的划定原则 《历史文化名城保护规划规范》中规定历史文化街区应具备以下条件：

① 有比较完整的历史风貌。

② 构成历史风貌的历史建筑和历史环境要素基本上是历史存留的原物。

③ 历史文化街区占地面积不小于 $1hm^2$。

④ 历史文化街区内文物古迹和历史建筑的占地面积宜达到保护区内建筑总用地的 60% 以上。

历史文化街区的范围划定应符合历史真实性、生活延续性及风貌完整性原则。历史文化街区内有真实的历史遗存。街区内的建筑、街巷及院墙、驳岸等反映历史面貌的物质实体应是历史遗存的原物，而不是仿古假造的。由于年代久远，难免有后代改动的部分存在，但改动的部分应该只占少部分，而且风格上是统一的。

范围划定应兼顾两个方面的要求。历史文化街区是建设行为受到严格限制的地区，也是实施环境整治、施行特别经济优惠政策的范围，所以划定的规模不宜过大；历史文化街区要求有相对的风貌完整性，要求能具备相对完整的社会结构体系，因此范围划定亦不宜过小。

之所以强调有一定规模，在人的视野所及范围内风貌基本一致，是因为只有达到一定规模才能形成环境气氛，使人从中找到历史文化的感受。

历史文化街区保护界限的划定应按下列要求进行定位：文物古迹或历史建筑的现状用地边界；在街道、广场、河流等处视线所及范围内的建筑物用地边界或外观界面；构成历史风貌的自然景观边界。历史文化街区的外围应划定建设控制地带的具体界线，也可根据实际需要划定环境协调区的界线。考虑到保护管理条例的可操作性，保护层次的设定不宜过多。

**3. 历史文化街区保护规划的内容**

（1）现状调查　包括如下内容：①历史沿革；②功能特点，历史风貌所反映的时代；③居住人口；④建筑物建造时代、历史价值、保存状况、房屋产权、现状用途；⑤反映历史风貌的环境状况，指出其历史价值、保存完好程度；⑥城市市政设施现状，包括供电、供水、排污、燃气的状况，居民厨、厕的现状。

（2）保护规划　包括如下内容：①保护区及外围建设控制地带的范围、界线；②保护的原则和目标；③建筑物的保护、维修、整治方式；④环境风貌的保护整治方式；⑤基础设施的改造和建设；⑥用地功能和建筑物使用的调整；⑦分期实施计划、近期实施项目的设计和概算。

# 第七节　其他主要专项规划

## 一、城市市政公用设施规划

**1. 城市市政公用设施规划的基本概念**

市政公用设施，泛指由国家或各种公益部门建设管理、为社会生活和生产提供基本服务的行业和设施，其内容十分广泛，主要指城镇建成区及规划区范围内的水资源、给水、排水、再生产、能源、电力、燃气、供热、通信、环卫设施等工程，是城市基础设施中最主要、最基本的内容。

城市市政公用设施是城市发展的基础，是保障城市可持续发展的关键性设施。一方面，城市水资源和能源利用与保护、河湖水系蓝线、市政设施重要走廊等作为限制性条件保障城乡资源节约、可持续发展和预留城乡建设长远发展的空间条件；一方面城市市政公用设施又为城乡建设提供先决性物质条件，其功能和效率直接支撑和影响城市的运行和发展。

市政公用设施规划是一个由各个专业规划组成的系统规划和综合规划，从城市市政公用设施资源条件、现状基础和发展趋势等方面分析论证城市经济社会规划目标的可行性、城市规模及布局的可行性和合理性，从本系统提出对城市发展目标、规模和总体布局的调整意见和建议。市政公用设施的各专业规划则是在城市经济社会发展总体目标下，根据本专业规划的任务目标，结合城市实际情况，依照国家法律、法规和标准，按照本专业规划的理论、程序、方法以及要求进行的规划。

**2. 城市市政公用设施规划的主要任务**

（1）城市总体规划阶段　从城市各市政公共设施的资源条件、现状基础和发展趋势等方面分析论证城市经济规划目标的可行性、城市总体规划规模及布局的可行性和合理性，提出资源利用与保护、河湖湿地水系控制蓝线、重要市政走廊等限制性空间条件，提出对城市发展目标、规模和总体布局的调整意见和建议。

根据确定的城市发展目标、规模和总体布局以及本系统上级主管部门的发展规划确立本系统的发展目标，提出保障城市可持续发展的水资源、能源利用与保护战略；合理布局本系统的重大关键性设施和网络系统，制定本系统主要的技术政策、规定和实施措施；综合协调并确定城市供水、排水、防洪、供电、通信、燃气、供热、消防、环卫等设施的规模和布局。

规划图中应标明水源保护区、河湖湿地水系蓝线、重要市政走廊等控制范围；标明水源、水厂、污水处理厂、热电站或集中锅炉房、气源、调压站、电厂、变电站、电信中心或邮电局、电台等设施的位置，城市给水、排水、热力、燃气、电力、通信等干线系统走向。

（2）城市分区规划阶段　依据城市总体规划，结合本分区的现状基础、自然条件等，从市政公用设施方面分析论证城市分区规划布局的可行性、合理性，提出调整、完善等意见和建议。落实城市总体规划中市政公用设施规划提出的资源利用与保护、河湖湿地水系控制蓝线、重要市政走廊等限制性空间条件。

根据城市总体规划中市政公用设施规划和城市分区规划布局，确定市政公用设施在规划分区的主要设施规模、布局和工程管网。

（3）城市详细规划阶段　依据城市总体规划和分区规划，结合详细规划范围内的各种现状情况，从市政公用设施方面对城市详细规划的布局提出相应的完善、调整意见。

根据城市分区规划中的市政公用设施规划和城市详细规划，具体布置规划范围内的市政公用设施和工程管线，提出相应的工程建设技术和实施措施。

规划图纸包括现状图、规划总平面图、各项专业规划图、竖向规划图、反映规划意图的其他图纸等。

**3. 城市市政公用设施规划的主要内容**

（1）城市水资源规划的主要任务和内容

① 主要任务。根据城市和区域水资源的状况，最大限度地保护和利用水资源；按照可持续发展原则科学合理预测城乡生态、生产、生活等需水量，充分利用再生水、雨洪水等非常规水资源，进行资源供需平衡分析；确定城市水资源利用与保护战略，提出水资源节约利用目标、对策，制定水资源的保护措施。

② 主要内容

a. 水资源开发与利用现状分析：区域、城市的多年平均降水量，年平均降水总量，地表水资源量，地下水资源量和水资源总量。

b. 供用水现状分析：从地表水、地下水、外调水量、再生水等几方面分析供水现状及趋势，从生活用水、工业用水、农业用水及生态环境用水等几方面分析用水现状及趋势，横向及纵向分析城市用水效率水平及发展趋势。

c. 供需水量预测及平衡分析：根据本地地表水、地下水、再生水及外调水等现状情况及发展趋势，预测规划期内可供水资源，提出水资源承载能力；根据城市经济社会发展规划和城市总体规划，预测城市需水量，进行水资源供需平衡分析。

d. 水资源保障战略：根据城市经济社会发展目标和城市总体规划目标，结合水资源承载能力，按照节流、开源、水源保护并重的规划原则，提出城市水资源规划目标，制定水资源保护、节约用水、雨洪水及再生水利用、开辟新水源、水资源合理配置及水资源应急管理等战略保障措施。

（2）城市给水工程规划的主要任务和内容

① 主要任务。根据城市和区域水资源的状况，合理选择水源，科学合理确定用水量标准，预测城乡生产、生活等需水量，确定城市自来水厂等设施的规模和布局；布置给水设施和各级供水管网系统，满足用户对水质、水量、水压等的要求。

② 主要内容

a. 城市总体规划中的主要内容

(a) 确定用水量标准，预测城市总用水量。

(b) 平衡供需水量，选择水源，确定取水方式和位置。

(c) 确定给水系统的形式、水厂供水能力和厂址，选择处理工艺。

(d) 布置输配水干管、输水管网和供水重要设施，估算干管管径。

b. 城市分区规划中的主要内容

(a) 估算分区用水量。

(b) 进一步确定供水设施规模，确定主要设施位置和用地范围。

(c) 对总体规划中供水管渠的走向、位置、线路，进行落实或修正补充，估算控制管径。

c. 城市详细规划中的主要内容

(a) 计算用水量，提出对用水水质、水压的要求。

(b) 布置给水设施和给水管网。

(c) 计算输配水管渠管径，校核配水管网水量及水压。

(3) 城市再生水利用规划的主要任务和内容

① 主要任务。根据城市水资源供应紧缺状况，结合城市污水处理厂规模、布局，在满足不同用水水质标准的条件下考虑将城市污水处理再生后用于生态用水、市政杂用水、工业用水等，确定城市再生水等设施的规模、布局；布置再生水设施和各级再生水管网系统，满足用户对水质、水量、水压等的要求。

② 主要内容

a. 城市总体规划中的内容

(a) 确定再生水利用对象、用水量标准、水质标准，预测城市再生水需水量。

(b) 结合城市污水处理厂规模、布局，合理布置再生水厂布局、规模和服务范围。

(c) 布置再生水输配水干管、输水管网和供水重要设施。

b. 城市分区规划中的主要内容

(a) 估算分区再生水需水量。

(b) 进一步确定再生水设施规模，确定主要设施位置和用地范围。

(c) 对总体规划中再生水输配水干管的走向、位置、线路，进行落实或修正补充，估算控制管径。

c. 城市详细规划中的主要内容

(a) 计算再生水需水量，提出对用水水压的要求。

(b) 布置再生水设施和管网。

(c) 计算输配水管渠管径，校核配水管网水量及水压。

(4) 城市排水工程规划的主要任务和内容

① 主要任务。根据城市用水状况和自然环境条件，确定规划期内污水处理量、污水处理设施的规模和布局，布置各级污水管网系统；确定城市雨水排除与利用系统规划标准、雨水排除出路、雨水排放与利用设施的规模和布局。

② 主要内容

a. 城市总体规划中的主要内容

(a) 确定排水制度。

（b）划分排水区域，估算雨水、污水总量，制定不同地区的污水排放标准。

（c）进行排水管、渠系统规划布局，确定雨水、污水的主要泵站数量、位置以及水闸位置。

（d）确定污水处理厂数量、分布、规模、处理等级以及用地范围。

（e）确定排水干管、渠的走向和出口位置。

（f）提出污水综合利用措施。

b. 城市分区规划中的主要内容

（a）估算分区的雨水、污水排放量。

（b）按照确定的排水体制划分排水系统。

（c）确定排水干管的位置、走向、服务范围、控制管径以及主要工程设施的位置和用地范围。

c. 城市详细规划中的主要内容

（a）对污水排放量和雨水量进行具体的统计计算。

（b）对排水系统的布局、管线走向、管径进行计算复核，确定管线平面位置、主要控制点标高。

（c）对污水处理工艺提出初步方案。

（5）城市河湖水系规划的主要任务和内容

① 主要任务。根据城市自然环境条件和城市规模等因素，确定城市防洪标准和主要河道治理标准；结合城市功能布局确定河道功能定位；划定河湖水系、湿地的蓝线，提出河道两侧绿化隔离带宽度；落实河道补水水源，布置河道截污设施。

② 主要内容

a. 城市总体（分区）规划中的主要内容

（a）确定城市防洪标准和河道治理标准。

（b）结合城市功能布局确定河湖水系布局和功能定位，确定城市河湖水系水环境质量标准。

（c）划分河道流域范围，估算河道洪水量，确定河道规划蓝线和两侧绿化隔离带宽度，确定湿地保护范围。

（d）落实景观河道补水水源，布置河道污水截留设施。

b. 城市详细规划中的主要内容

（a）根据河道治理标准和流域范围计算河道洪水量，确定河道规划中心线和蓝线位置。

（b）协调河道与城市雨水管道高程衔接关系，计算河道洪水位，确定河道横断面形式及河道规划高程。

（c）确定补水水源方案和河道截流方案。

（6）城市能源规划的主要任务和内容

① 主要任务。通过制定城市能源发展战略，保证城市能源供应安全；优化能源结构，落实节能减排措施；实现能源的优化配置和合理利用，协调社会经济发展和能源资源的高效利用与生态环境保护的关系，促进和保障城市经济社会可持续发展。

能源规划涵盖各类主要能源：电力、燃气、热力、油品、煤炭以及可再生能源，涉及能源生产、转化、输配到终端消费的各个环节，相对城市规划中的各项能源工程规划（城市供电规划、城市燃气规划和城市供热规划）而言，具有宏观性和综合性的特点。能源规划和各项能源工程规划也是相辅相成的。由于各种能源在一定条件下是可以相互替代的，单独进行一种能源的规划往往失之偏颇，能源规划可以通过确定能源的总体发展原则和目标，综合协调各项能源工程规划，衔接平衡各类能源发展目标，指导各项能源工程规划的编制。

② 主要内容

a. 确定能源规划的基本原则和目标。

b. 预测城市能源需求。

c. 平衡能源供需（包括能源总量和能源品种），并进一步优化能源结构。

d. 落实能源供应保障及空间布局规划。

e. 落实节能技术措施和节能工作。

f. 制订能源保障措施。

(7) 城市电力工程规划的主要任务和内容

①主要任务。根据城市和区域电力资源状况，合理确定规划期内的城市用电量、用电负荷，进行城市电源规划；确定城市输配电设施的规模、布局以及电压等级；布置变电所（站）等变电设施和输配电网络；制定各类供电设施和电力设施的保护措施。

② 主要内容

a. 城市总体规划中的主要内容

（a）预测城市供电负荷。

（b）选择城市供电电源。

（c）确定城市电网供电电压等级和层次。

（d）确定城市变电站容量和数量。

（e）布局城市高压送电网和高压走廊。

（f）提出城市高压配电网规划技术原则。

b. 城市分区规划中的主要内容

（a）预测分区供电负荷。

（b）确定分区供电电源方位。

（c）选择分区变、配电站容量和数量。

（d）进行高压配电网规划布局。

c. 城市详细规划中的主要内容

（a）计算用电负荷。

（b）选择和布局规划范围内的变、配电站。

（c）规划设计 10kV 电网。

（d）规划设计低压电网。

(8) 城市燃气工程规划的主要任务和内容

① 主要任务。根据城市和区域燃料资源状况，选择城市燃气气源，合理确定规划期内各种燃气的用量，进行城市燃气气源规划；确定各种供气设施、布局；选择确定城市燃气管网系统；科学布置气源厂、气化站等产、供气设施和输配气管网；制定燃气设施和管道的保护措施。

② 主要内容

a. 城市总体规划中的主要内容

（a）预测城市燃气负荷。

（b）选择城市气源种类。

（c）确定城市气源厂和储配站的数量、位置与容量。

（d）选择城市燃气输配管网的压力级制。

（e）布局城市输气干管。

b. 城市分区规划中的主要内容

（a）确定燃气输配设施中的分布、容量与用地。

（b）确定燃气输配管网的级配等级，布局输配干线管网。

（c）估算分区燃气的用气量。

（d）在市区规划阶段，另外再确定规划范围内生命线系统的布局以及维护措施。

c. 城市详细规划中的主要内容

（a）计算燃气用气量。

（b）规划布局燃气输配设施，确定其位置、容量和用地。

（c）规划布局燃气输配管网。

（d）计算燃气管网管径。

（9）城市供热工程规划的主要任务和内容

① 主要任务。根据当地气候条件，结合生活与生产需要，确定城市集中供热对象、供热标准、供热方式；确定城市供热量和负荷选择并进行城市热源规划，确定城市热电厂、热力站等供热设施的规模和布局；布置各种供热设施和供热管网；制定节能保温的对策与措施，以及供热设施的保护措施。

② 主要内容

a. 城市总体规划中的主要内容

（a）预测城市热负荷。

（b）选择城市热源和供热方式。

（c）确定热源的供热能力、数量和布局。

（d）布局城市供热重要设施和供热干线管网。

b. 城市分区规划中的主要内容

（a）估算城市分区的热负荷。

（b）布局分区供热设施和供热干管。

（c）计算城市供热干管的管径。

c. 城市详细规划中的主要内容

（a）计算规划范围内热负荷。

（b）布局供热设施和供热管网。

（c）计算供热管道管径。

（10）城市通信工程规划的主要任务和内容

① 主要任务。根据城市通信实况和发展趋势，确定规划期内城市通信发展目标，预测通信要求；确定邮政、电信、广播、电视等各种通信设施和通信线路；制定通信设施综合利用对策与措施以及通信实时保护措施。

② 主要内容

a. 城市总体规划中的主要内容

（a）依据城市经济社会发展目标、城市性质与规模及通信等有关基础资料，宏观预测城市近期和远期通信需求量，预测与确定城市近、远期电话普及率和装机容量，确定邮政、移动通信、广播、电视等发展目标和规模。

（b）依据市域城镇体系布局、城市总体布局，提出城市通信规划的原则及其主要技术措施。

(c) 研究和确定城市长途电话网近、远期规划，确定城市长途网结构、长途网自动化传输方式、长途局规划，研究和确定城市本地网近、远期规划，研究确定市话网络结构、汇接局、汇接方式、模拟网、数字网（TDN）、综合业务数字网（ISDN）及模拟网等向数字网过渡阶段的方式，拟定市话网的主干路规划和管道规划。

(d) 研究和确定近、远期邮政、电话局所的分区范围、局所规模和局所址。

(e) 研究和确定近、远期广播及电话台、站的规模和选址，拟定有线广播、有线电视网的主干路规划和管道规划。

(f) 划分无线电收发信区，制定相应的主要保护措施。

(g) 研究和确定城市微波通道，制定相应的控制保护措施。

b. 城市分区规划中的主要内容

(a) 依据城市通信总体规划和城市分区规划，对分区内的近、远期电信、邮政做微观预测。

(b) 在城市通信总体规划的基础上，确定分区长途电话规划，含分区内国内、国际长途电话自动拨号、非话业务和数据通信的发展目标，市话局至长途局间长市中继方式等。

(c) 勘定新建邮政电话局所，包括模块局和郊区分区的集线器（远端模块）的位置，确定分区内近、远期局所的配合关系以及交换区界。

(d) 明确在分区内近、远期广播、电视台站规模及预留用地面积。

(e) 明确分区内无线电收发信区范围，控制保护措施。

(f) 确定分区电话、有线广播、有线电视近、远期主干路和主要配线路由以及电信缆道的管孔数。

c. 城市详细规划中的主要内容

(a) 计算规划范围内的通信需求量。

(b) 确定邮政、电信局所、广电设施等设施的具体位置、用地及规模。

(c) 确定通信线路的位置、敷设方式、管孔数、管道埋深等。

(d) 划定规划范围内电台、微波站、卫星通信设施控制保护界线。

(11) 城市环境卫生设施规划的主要任务和内容

① 主要任务。根据城市发展目标和城市布局，确定城市环境卫生设施配置标准和垃圾集运、处理方式；确定主要环境卫生设施的规模和布局；布置垃圾处理场等各种环境卫生设施，制定环境卫生设施的隔离与防护措施；提出垃圾回收利用的对策与措施。

② 主要内容

a. 城市总体规划的主要内容

(a) 预测城市固体废弃物产量，分析其组成和发展趋势，提出污染控制目标。

(b) 确定城市固体废物的运输方案。

(c) 选择城市固体废物处理和处置方法。

(d) 布局各类环境卫生设施，确定服务范围、设置规模、设置标准、动作方式、用地指标等。

(e) 进行可能的技术经济方案比较。

b. 城市详细规划的主要内容

(a) 估算规划范围内固体废物产量。

(b) 提出规划区的环境卫生控制要求。

（c）确定垃圾收运方式。

（d）布局废物箱、垃圾箱、垃圾收集点、垃圾转运点、公厕、环卫管理机构等，确定其位置、服务半径、用地、防护隔离措施等。

**4. 城市市政公用设施规划的强制性内容**

2006 年 4 月 1 号起施行的《城市规划编制方法》中第三十二条"城市总体规划的强制性内容"提出："划定湿地、水源保护区等应当控制开发建设的生态敏感区范围；落实城市水源地及其保护区范围和其他重大市政基础设施。"

在城市水资源保护与利用规划中应依据国家及地方相关饮用水水源保护区污染防治管理规定，按照不同的水质标准和防护要求分级划分饮用水保护区。饮用水水源保护区一般划分为一级保护区和二级保护区，必要时可增设准保护区。各级保护区应有明确的地理界线。

在城市河湖水系规划中应依据国家及地方相关湿地、河流、水系等相关文件规定，划定湿地、河湖、水系等蓝线范围。

落实并控制各项市政公用设施规划中提出的城市重要市政设施，包括水源、水厂、污水处理厂、热电站或集中锅炉房、气源、调压站、电厂、变电站、电信中心或邮电局、电台等。

## 二、城市绿地系统规划

**1. 城市绿地系统规划的任务**

城市绿地是指以自然和人工植被为地表主要存在形态的城市用地，包括城市建设用地范围内用于绿化的土地和城市建设用地之外对城市生态、景观和居民休闲生活具有积极作用、绿化环境较好的特定区域。

城市绿地系统是指城市中具有一定数量和质量的各类绿化及其用地相互联系并具有生态效益、社会效益和经济效益的有机整体。

城市绿地系统规划是对各种城市绿地进行定性、定位、定量的统筹安排，形成具有合理结构的绿色空间系统，以实现绿地所具有的生态保护、游憩休闲和社会文化等功能。

城市绿地系统专项规划，是城市总体规划阶段的多个专项规划之一，属于城市总体规划的必要组成部分，该层次的规划主要涉及城市绿地在总体规划层次上的统筹安排，其任务是调查与评价城市发展的自然条件，参与研究城市的发展规模和布局结构，研究、协调城市绿地与其他各项建设用地的关系，确定和部署城市绿地，处理近期发展与远期建设的关系，指导城市绿地系统的合理发展。

**2. 城市绿地系统功能**

① 改善小气候。包括调节气温和湿度，增强城市的竖向通风，分散并减弱城市热岛效应，降低风速，防止风沙。

② 改善空气质量。包括增加氧气含量，吸收二氧化碳等有害气体，降低二氧化硫、氟化物、氰化物、氮氧化物的含量，降低空气飘尘的浓度，缓解城市噪声，使空气含菌量明显降低。

③ 减少地表径流，减缓暴雨积水，涵养水源，蓄水防洪。

④ 减灾功能。包括防止火灾蔓延；有效减轻雪崩、滑坡、泥石流等灾害；成为防灾防震的避难通道；作为地震后城市居民的避灾场所。

⑤ 改善城市景观。包括完善城市天际线，协调建筑之间的关系，满足现代人回归自然的强烈需求，创造宜人的城市生活情调。

⑥ 对游憩活动的承载功能。城市绿化能吸引定居、容纳户外游憩，也为野生动物提供栖息场所。

⑦ 城市节能。通过攀缘绿化、屋顶绿化和庭院栽植等，冬季挡风、夏季遮荫，城市绿化可以减少城市热辐射，降低采暖和制冷的能耗。

**3. 城市绿地分类**

按照《城市绿地分类标准》（CJJ/T 85—2002），城市绿地划分为五大类，即公园绿地（G1）、生产绿地（G2）、防护绿地（G3）、附属绿地（G4）、其他绿地（G5）。

公园绿地（G1）：是指向公众开放，以游憩为主要功能，兼具生态、美化、防灾等作用的绿地，包括城市中的综合公园、社区公园、专类公园、带状公园以及街旁绿地等。公园绿地与城市的居住、生活密切相关，是城市绿地的重要部分。

生产绿地（G2）：生产绿地主要是指为城市绿化提供苗木、花草、种子的苗圃、花圃、草圃等生产园地。它是城市绿化材料的重要来源，对城市植物多样性保护有积极的作用。

防护绿地（G3）：是指城市中具有卫生、隔离和安全防护功能的绿地，包括城市卫生隔离带、道路防护绿地、城市高压走廊绿带、防风林、城市组团隔离带等。

附属绿地（G4）：是指城市建设用地中除 G1、G2、G3 之外的各类用地中的附属绿化用地。包括居住用地、公共设施用地、工业用地、仓储用地、对外交通用地、道路广场用地、市政设施用地和特殊用地中的绿地。

其他绿地（G5）：是指对城市生态环境质量、居民休闲生活、城市景观和生物多样性保护有直接影响的绿地。包括风景名胜区、水源保护区、郊野公园、森林公园、自然保护区、风景林地、城市绿化隔离带、野生动植物园、湿地、垃圾填埋场恢复绿地等。

**4. 城市绿地指标**

城市绿地指标是反映城市绿化建设质量和数量的量化方式，在城市绿地系统规划编制中主要控制的绿地指标为：人均公园绿地面积（$m^2$/人）、城市绿地率（%）和城市绿化覆盖率（%）。根据《城市绿化规划建设指标的规定》（建城【1993】784 号）和《城市绿地分类标准》（CJJ/T 85—2002），城市绿地指标的统计计算公式如下。

① 人均公园绿地面积（$m^2$/人）＝城市公园绿地面积÷城市人口总量。

② 城市绿地率（%）＝（城市建成区内绿地面积之和÷城市用地面积）×100%。式中，城市建成区内绿地面积包括城市中的公园绿地（G1）、生产绿地（G2）、防护绿地（G3）、附属绿地（G4）的总和。

③ 城市绿化覆盖率（%）＝（城市内全部绿化种植垂直投影面积÷城市用地面积）×100%。

城市建成区内绿化覆盖率面积包括各类绿地（公园绿地、生产绿地、防护绿地以及附属绿地）的实际绿化种植覆盖面积（含被绿化种植包围的水面）、屋顶绿化覆盖面积以及零散树木的覆盖面积，乔木树冠下的灌木和地被草地不重复计算。

**5. 城市绿地规划指标要求**

① 在《城市用地分类与规划建设用地标准》（GBJ 137—90）中规定，在对城市总体规划编制和修编时，人均单项用地绿地指标≥9.0$m^2$，其中公共绿地≥7.0$m^2$。

② 1993 年，根据《城市绿化条例》第九条，为加强城市绿化规划管理，提高城市绿化水平，原国家建设部颁布了《城市绿化规划建设指标的规定》（建城【1993】784 号）文件，提出了根据城市人均建设用地指标确定人均公共绿地面积指标（表4-20）。

表 4-20 城市人均建设用地指标与人均公共绿地面积指标

| 人均建设用地面积/m² | 人均公共绿地/(m²/人) | | 城市绿化覆盖率/% | | 城市绿地率/% | |
|---|---|---|---|---|---|---|
| | 2000 年 | 2010 年 | 2000 年 | 2010 年 | 2000 年 | 2010 年 |
| 小于 75 | >5 | >6 | >30 | >35 | >25 | >30 |
| 75~105 | >5 | >7 | >30 | >35 | >25 | >30 |
| 大于 105 | >7 | >8 | >30 | >35 | >25 | >30 |

注：资料来源：《城市绿化规划建设指标的规定》（建城【1993】784 号）。

### 6. 绿地系统规划布局原则

城市绿地系统规划布局的总体目标是：保持城市生态系统的平衡，满足城市居民的户外游憩需求，满足卫生和安全保护、防灾、城市景观的要求。

（1）整体性原则 各种绿地互相连成网络，城市被绿地楔入或外围以绿带环绕，可以充分发挥绿地的生态环境功能。

（2）均布原则 各级公园按各自的有效服务半径均匀分布，不同级别、类型的公园一般不互相代替。

（3）自然原则 重视土地使用现状和地形、史迹等条件，规划尽量结合山脉、河湖、坡地、荒滩、林地及优美景观地带。

（4）地方性原则 乡土树种和古树名木代表了自然选择或社会历史选择的结果，规划中要反映地方植物生长的特性。地方性原则能使物种及其生存环境之间迅速建立食物链、食物网关系，并能有效缓解病虫害。

### 7. 城市绿地系统布局

布局结构是城市绿地系统的内在结构和外表表现的综合体现，其主要目标是使各类绿地合理分布、紧密联系，组成有机的绿地系统整体。通常情况下，系统布局有点状、环状、放射状、放射环状、网状、楔状、带状、指状 8 种基本模式，如图 4-31 所示。

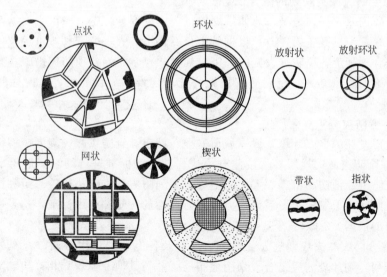

图 4-31 城市绿地系统布局的基本模式

资料来源：李铮生. 城市绿地规划与设计. 第 2 版. 北京：中国建筑工业出版社，2006：68.

在我国，城市绿地空间布局常用的形式有以下 4 种。

（1）块状绿地布局 将绿地成块状地分布在城市中，方便居民使用，多应用于旧城改建中。块状布局形式对改善城市小气候条件的生态效益不太显著，对改善城市整体艺术风貌的作用也不大。

（2）带状绿地布局　多利用河湖水系、城市道路、旧城墙等线性因素，形成纵横向绿带、放射状绿带与环状绿地交织的绿地网，带状绿地布局有利于改善和表现城市的环境艺术风貌。

（3）楔形绿地布局　利用从郊区伸入市中心由宽到窄的楔形绿地组合布局，将新鲜空气源源不断地引入市区，能较好地改善城市的通风条件，也有利于城市艺术风貌的体现。

（4）混合式绿地布局　它是前三种形式的综合利用，可以做到城市绿地布局的点、线、面结合，组成较完整的体系。其优点是能够使生活居住区获得最大的绿地接触面，方便居民游憩，有利于小气候与城市环境卫生条件的改善，有利于丰富城市景观的艺术风貌。

**8. 城市绿地系统规划内容**

① 依据城市经济社会发展规划和城市总体规划的战略要求，确定城市绿地系统规划的指导细想和规划原则。

② 调查、分析、评价城市绿化现状、发展条件及存在的问题。

③ 根据城市的自然条件、社会经济条件、城市性质、发展目标、总体布局等要求，确定城市绿化建设的发展目标和规划指标。

④ 确定城市绿地系统的规划结构，合理确定各类城市绿地的总体关系。

⑤ 统筹安排各类城市绿地，分别确定其位置、性质和发展指标，划定各种功能绿地的保护范围（绿线），确定城市各类绿地的控制指标。

⑥ 提出生物多样性保护与建设的目标、任务和保护建设的措施。

⑦ 对城市古树名木的保护进行统筹安排。

⑧ 确定分期建设步骤和近期实施项目，提出城市绿地系统规划的实施措施。

### 三、城市综合防灾减灾规划

**1. 城市综合防灾减灾规划的主要任务**

城市综合防灾减灾规划是城市总体规划的重要组成部分，是《城市规划编制办法》中要求的强制性内容之一。其主要任务：根据城市自然环境、灾害区划和城市定位，确定城市各项防灾指标，合理确定各项防灾设施的等级、规模；科学布局各项防灾措施；充分考虑防灾设施与城市设施的有机结合，制定防灾设施的统筹建设、综合利用、防护管理等的对策与措施。

**2. 城市综合防灾减灾规划原则**

为提供城市发展的良好环境，保障城市安全，城市综合防灾减灾规划应遵循以下原则。

① 城市综合防灾减灾规划必须按照有关法律规范和标准进行编制。近年来，国家发布了一系列关于防洪、消防、抗震、人民防空等一系列防灾减灾的法律、规范和国家标准，各地各部门也在此基础上制定了一系列地方性和行业性的法规和技术标准，这是制定城市防灾工程设施规划的依据。

② 城市综合防灾减灾规划应与各级城市规划及各专业规划相协调，若作为城市规划中的一项专业规划，则此规划应结合规划用地布局，并与其他专业规划相互协调。

③ 城市综合防灾减灾规划应结合当地实际情况，确定城市和地区的设防标准、制定防灾对策、合理布置各项防灾设施，做到远近期规划结合。

④ 城市综合防灾减灾规划应注重防灾工程设施的综合利用和有效管理。城市防灾工程设施投资巨大，保养维护困难，因此防灾工程设施的建设、维护和使用应考虑平灾结合，综

合利用。

**3. 城市综合防灾减灾规划的主要内容**

（1）城市总体规划中的主要内容　确定城市消防、防洪、人防、抗震等设防标准；布局城市消防、防洪、人防等设施；制定防灾对策与措施；组织城市防灾生命线系统。

（2）城市详细规划中的主要内容　确定规划范围内各种消防设施的布局及消防通道间距等；确定规划范围内地下防空建筑的规模、数量、配套内容、抗力等级、位置布局以及平战结合的用途；确定规划范围内的防洪堤标高、排涝泵站位置等；确定规划范围内疏散通道、疏散场地布局。

**4. 城市防灾减灾专项规划的主要内容**

（1）城市消防工程设施专项规划的主要内容

① 根据城市性质和发展规划，合理安排消防分区，全面考虑易燃易爆工厂、仓库和火灾危险较大的建筑、仓库布局及安全要求。

② 提出大型公共建筑（如商场、剧场、车站、港口、机场等）消防工程设施规划。

③ 提出城市广场、主要干路的消防工程设施规划。

④ 提出火灾危险性较大的工厂（如造纸厂、竹木器厂、易燃化学品厂）、仓库（如棉花、油料、粮食、化学纤维仓库）、汽车加油站等保障安全的有效措施。

⑤ 提出城市古建筑、重点文物单位安全保护措施。

⑥ 提出燃气管道、液化气站安全保护措施。

⑦ 制定城市旧区改造消防工程设施措施。

⑧ 初步确定消防站、点的分布规划。

⑨ 初步确定城市消防给水规划、消防水池设置规划。

⑩ 初步确定消防瞭望、消防通信及调度指挥规划。

⑪ 确定消防训练、消防车同路的规划。

（2）城市防洪工程设施专项规划的主要内容

① 对城市历史洪水特点进行分析，对现有堤防情况、抗洪能力进行分析。

② 被保护对象在城市总体规划和国民经济中的地位以及洪灾可能影响的程度，选定城市防洪设计标准和计算现有河道的行洪能力。

③ 确定规划目标和规划原则。

④ 制定城市防洪规划方案，包括河道综合治理规划、蓄滞洪区规划、非工程措施规划等。

（3）城市抗震工程设施专项规划的主要内容

① 抗震防灾规划的指导思想、目标和措施，规划的主要内容和依据等。

② 易损性分析和防灾能力评价，地震危险性分析，地震对城市的影响及危害程度估计，不同强度地震下的震害预测等。

③ 城市抗震规划目标、抗震设防标准。

④ 建设用地评价与要求。根据地震危险性分析、地震影响区划和震害预测，划出对抗震有利和不利的区域范围、不同地区适宜于建筑的结构类型、建筑层数和不应进行工程建设的地域范围。

⑤ 抗震防灾措施。各级避震通道及避震疏散场地（如绿地、广场等）和避难中心的设置与人员疏散的措施；对城市基础设施的规划建设要求，包括城市交通、通信、给排水、燃气、电力、热力等生命线系统及消防、供油网络、医疗等重要设施的规划布局要求；防止地

震次生灾害要求，包括对地震可能引起水灾、火灾、爆炸、放射性辐射、有毒物质扩散或者蔓延等次生灾害的防灾对策；重要建（构）筑物、超高建（构）筑物、人员密集的教育、文化、体育等设施的布局、间距和外部通道要求。

⑥ 防止次生灾害规划。主要包括水灾、火灾、爆炸、溢毒、疫病流行以及放射性辐射等次生灾害的危害程度、防灾对策和措施。

⑦ 震前应急准备及震后抢险救灾规划。

⑧ 抗震防灾人才培训等。

（4）城市防控工程设施专项规划的主要内容　依据特定的城市在全国的战略与经济地位，科学地预测城市在战时遭受空袭的规模与方式；按照城市的形态和结构特征，预测城市遭受空袭后的破坏程度；在此基础上科学地决策战时城市的疏散与留城人口，并以留城人口规模为依据，规划人防工程体系中各组成部分的规模、分布与保护等级；并依照城市总体规划、地下空间开发利用规划及其他各专业规划，确定人防工程的平时使用功能。

① 城市总体规划。对城市总体规模、布局、道路、建筑物密度、绿地、广场、水面等提出防护和控制要求；对城市的经济目标提出防护要求；对城市的供水、供电、供热、煤气、通信等基础设施提出防护要求；对生产储存危险、有害物质的工厂、仓库的选择、迁移、疏散方案及降低次生火灾程度的应急措施提出要求；对城市市区、市际交通线路系统的选线、布局及防护、输运方案提出要求；对人防警报器的布置和选点提出要求。

② 人防工程建设规划。确定城市人防工程的总体规模、防护等级和配套布局；确定人防指挥部、通信、人员掩蔽、医疗救护、物资储备、防空专业队伍、疏散通道等工程以及配套设施的规模和布局以及居住小区人防工程建设规模等；提出已建人防的改造和平时利用方案。

③ 人防工程建设与城市地下空间开发利用相结合规划。确定人防工程建设与城市地下空间开发利用相结合的主要方面和内容；确定规划期内相结合建设项目的性质、规模和总体布局；确定近期开发建设项目，并进行投资估算。

（5）城市地质灾害规划的主要内容　地质灾害主要有崩塌滑坡、泥石流、矿山采空塌陷、地面沉降、土地沙化、地裂缝、沙土液化以及活动断裂等，会对城市经济可持续发展产生重要影响。

① 地质灾害致灾自然背景及发育现状调查。针对城市地形地貌背景、气候降雨背景、地质构造特征及人类活动等情况进行调查，针对崩塌滑坡、泥石流、矿山采空塌陷、地面沉降、土地沙化、地裂缝、沙土液化以及活动断裂等地质灾害历史发生情况进行调查。

② 地质灾害易发区划。城市地质灾害规划应根据不同地质灾害的类型、发育强度、分布状况、发生发展趋势、危害目标（或潜在的危害对象）、发生频率、地形地质条件、气候降水条件及人类活动强度等因素，对城市地质灾害进行易发区划，可分为突发性地质灾害易发区、缓变性地质灾害易发区和地质灾害非易发区。地质灾害易发区划对城市规划布局具有重要的指导意义。

③ 地质灾害防灾减灾规划措施。建设比较完善的地质灾害监测、预报、预警、指挥系统；加强地质灾害防治科普知识宣传和教育工作；开展地质灾害风险区划与易损性评估、地质灾害防治的综合效益评估；进行地质灾害综合治理等。

**5. 其他综合防灾减灾规划的主要内容**

除以上灾害的种类外，各城市可根据需要的防、抗灾害具体情况，编制突发事件应急系统、气象灾害、森林防火、防危险化学品事故灾害等专项规划。

#### 四、城市环境保护规划

**1. 城市环境保护规划的基本概念和任务**

1999 年颁布的《中华人民共和国环境保护法》中明确提出了环境保护的基本任务，"保护和改善生活环境与生态环境，防治污染和其他公害，保障人体健康，促进社会主义现代化的发展"。由此可以看出环境保护的基本任务主要是两方面：一是生态环境保护；二是环境污染综合防治。

2008 年施行的《中华人民共和国城乡规划法》中第一条提出"为了加强城乡规划管理，协调城乡空间布局，改善人居环境，促进城乡经济社会全面协调可持续发展，特制定本法"。同时该法中明确提出环境保护等内容应作为城市总体规划、镇总体规划等强制性内容。

城市环境保护规划既是城市规划的重要组成部分，又是环境规划的主要组成内容。城市环境保护规划的任务是在城市环境调查、监测、评价、区划的基础上，协调城乡经济社会发展与环境保护的关系，提出对城市发展目标、规模和总体布局的调整意见和建议；宜居城市总体规划确定城市性质、规模、发展方向，制定环境保护技术政策，促进城乡经济社会全面协调可持续发展。

**2. 城市环境保护规划的主要内容**

按环境要素划分，城市环境保护规划可分为大气环境保护规划、水环境保护规划、固体废物污染控制规划、噪声污染控制规划。

（1）大气环境保护规划的主要内容　大气环境保护规划总体上包括了大气环境质量规划和大气污染控制规划，这两类规划相互联系、相互影响、相互作用，构成了大气环境规划的全过程。

① 大气环境质量规划。大气环境质量规划以城市总体布局和国家大气环境质量标准为依据，规定了城市不同功能区主要大气污染物的限值浓度。它是城市大气环境管理的基础，也是城市总体规划的重要组成部分。

② 大气污染控制规划。大气污染控制规划是实现大气环境质量规划的技术与管理方案。对于新建或污染较轻的城市，制定大气污染控制规划就是根据城市的性质、发展规模、工业结构、可供利用的资源状况、大气污染最佳适用控制技术及地区大气环境特征，结合城市总体规划中其他专业规划进行大气环境功能区划的合理布局。一方面为城市及其工业的发展提供足够的环境容量，另一方面提出可以实现的大气污染物排放总量控制方案。对于已经受到污染或部分污染的城市，制定大气污染控制规划的目的主要是寻求实现城市大气环境质量规划的简捷、经济和可行的技术方案和管理对策。大气环境污染控制模型是基于设计气象、环境目标、经济技术水平、污染特点等因素确定的。

（2）水环境保护规划的主要内容　水环境保护规划总体上包括饮用水源保护规划和水污染控制规划。

① 饮用水源保护规划的主要内容。饮用水源保护规划，应明确划分出水源保护区的保护界线，即对于水环境功能区划定的饮用水源地设一级及二级保护区，还可以根据需要在二级保护区外规定一定的水域及陆域作为水源准保护区。同时制定水源保护区污染防治规划，针对现有污染物提出治理措施，确定各保护区内污染防治措施。

② 水污染控制规划的主要内容。水污染控制规划以改善水环境质量和维护水生态平衡为目的，在水污染现状与趋势分析的基础上，结合水环境功能区划，计算水环境容量，论证达到水质目标所需的社会经济成本，依据当地社会经济发展水平和技术经济可行性，提出阶段性水质改善目标，合理确定规划期间可实现的污染治理任务。

水污染控制规划要与区域经济和社会发展规划以及城市总体规划、环境保护规划相协调。其主要内容应包含：对规划区域内的水环境现状进行调查、分析与评价，了解区域内存在的主要环境问题；根据水环境现状，结合水环境功能区划分的状况，计算水环境容量；确定水环境规划目标；对水污染负荷总量进行合理分配；制定水污染综合防治方案，提出水环境综合管理与防治的方法和措施。

(3) 噪声污染控制规划的主要内容　在城市环境质量和噪声污染现状与趋势分析的基础上，结合城市用地规划和声环境功能区划，提出噪声污染控制规划目标及实现目标所采取的噪声污染源控制方案。

① 噪声污染控制规划目标。噪声污染控制规划总体目标就是要为城市居民提供一个安静的生活、学习和工作环境。根据城市噪声污染现状和噪声污染预测情况，结合各噪声污染控制功能区的基本要求，确定规划区域内噪声控制目标。

② 噪声污染控制方案。噪声污染控制方案包括交通噪声污染控制方案、工业噪声污染控制方案、建筑施工噪声污染控制方案、社会生活噪声污染控制方案等。

(4) 固体废物污染控制规划的主要内容　固体废物污染控制规划是根据环境目标，按照资源化、减量化和无害化的原则确定各类固体废物的综合利用率与处理、处置指标体系并制定最终处理对策。

① 固体废物污染控制规划目标。根据总量控制原则，结合规划区域特点及经济、技术支撑能力，确定有关固体废物综合利用和处理、处置的数量与程度的总体目标。在此基础上根据不同行业、不同类型固体废物的预测量与环境规划总体目标的差距，明确固体废物的削减数量和程度，并落实到各部门、各行业的固体废物防治控制目标方案之中。

固体废物污染控制规划目标总体上要体现资源化、减量化和无害化的 3 "C" 基本原则。

② 规划指标。固体废物污染物防治规划指标主要包括：a. 工业固体废物（处置率、综合利用率）；b. 生活垃圾（城镇生活垃圾分类收集率、无害化处理率、资源化利用率）；c. 危险废物（安全处置率）；d. 废旧电子电器（收集率、资源化利用率）。

③ 规划内容。固体废物污染控制规划包括生活垃圾污染控制规划、工业固体废物污染控制规划、危险废物污染控制规划、医疗废物安全处置规划等。

**五、城市竖向规划**

**1. 城市用地竖向规划的目的和工作内容**

在城市规划工作中合理利用地形是达到工程合理、造价经济、景观美好的重要途径。在制定规划方案时，如果不考虑地形的起伏变化，为了追求某种形式的构图，任意开山填沟，其结果是既破坏自然地形的景观，又浪费大量的土石方工程费用。各单项工程的规划设计如果各自进行，互不配合，结果往往造成标高不统一，互不衔接，桥梁的净空不够，或一些地区的地面水无出路，道路标高与居住区标高不配合等，因此需要在规划时将城市用地的一些主要的控制标高加以综合考虑，使建筑、道路、排水的标高相互协调。配合城市用地的选择，使土石方工程量尽量减少，同时还要注意在城市地形地貌、建筑高度和形成城市大空间的美观要求方面加以研究。

城市用地竖向规划工作包括下列基本内容。

① 结合城市用地选择，分析研究自然地形，充分利用地形，对一些需要采用工程措施后才能用于城市建设的地段提出工程措施方案。

② 综合解决城市规划用地的各项控制标高问题，如防洪堤、排水干管出口、桥梁和道路交叉口等。

③ 使城市道路的纵坡度既能配合地形又能满足交通上的要求。

④ 合理组织城市用地的地面排水。

⑤ 经济合理地组织好城市用地的土方工程，考虑填方和挖方的平衡。

⑥ 考虑配合地形，注意城市环境的立体空间的美观要求。

城市用地竖向规划的工作，要与城市规划工作阶段配合进行。一般分为总体规划与详细规划阶段，各阶段的工作内容与具体做法要与该阶段的工作深度、所能提供的资料以及要求综合解决的问题相适应。

**2. 总体规划阶段的竖向规划**

对城市用地进行竖向规划，可以编制城市用地竖向规划示意图。图纸的比例与总体规划图相同，一般为 1/5000～1/10000，图中应标明下列内容。

① 城市用地组成及城市干路网。

② 城市干路交叉点的控制标高，干路的控制纵坡度。

③ 城市其他一些主要控制点的控制标高，包括铁路与城市干路的交叉点、防洪堤、桥梁等标高。

④ 分析地面坡向、分水岭、汇水沟、地面排水走向，还应有文字说明及对土方平衡的初步估算。

竖向规划首先要配合利用地形，而不应把改造地形、土地平整看作是主要方式。

在城市干路选线时，应尽量配合自然地形，避免因追求道路网的形式而不顾起伏变化的地形。要对自然坡度及地形进行分析，使干路的坡度既符合道路交通的要求而又不致填挖土方太多，地形坡度大时，道路一般可与等高线斜交，而避免与等高线垂直。同时还应注意干路不能没有坡度或坡度太小，以免路面排水困难或对埋设自流管线不利。干路的标高宜低于附近居住区用地的标高，如干路沿汇水沟选线，对于排除地面水和埋设排水管均有利。

对一些影响城市总体规划方案关系较大的控制点的标高要全面综合研究，必要时要放大比例尺，通过不同的规划方案进行比较。如确定通航河道上的桥梁控制标高时，首先要确定通航河道的洪水位，然后根据航道等级确定其净空限制，定出桥底标高，再加上桥梁的结构厚度，从而确定桥面标高。

铁路与城市干路立交口的控制标高也要在总体规划阶段确定，铁路坡度及标高一般不易改变。城市干路能否在净空限制高度的情况下通过，必要时也可以通过放大比例尺研究确定。在地形条件限制很严的情况下，有时为了解决合理的标高甚至需要局部调整干路系统。

**3. 详细规划阶段的竖向规划**

详细规划阶段的竖向规划的方法，一般有设计等高线法、高程箭头法、纵横断面法。

（1）设计等高线法（图 4-32） 以居住区为例，根据规划结构，在已确定的干路网中，确定居住小区内的道路线路，定出这些道路的红线。

对居住小区每一条道路做纵断面设计，以已确定的城市干路交叉口的标高及边坡点的标高，定出支路与干路交叉点的设计标高，从而求出每一条路的中心线设计标高。

以道路的横断面为基准，求出红线的设计标高。有时，道路红线的设计标高与居住小区内自然地形的标高相差较大，在红线以内可以做一段斜坡，不必要将居住小区内部的设计标高普遍压低，以免挖方太多。

居住小区内部的车行道，由外面道路引进，起点标高根据相接的城市道路的车行道边的设计标高而定，配合自然地形，减少土石方，定出沿线的设计标高。

在布置建筑物时应尽量配合原地形，采用多种布置方式，在照顾朝向的条件下，争取与

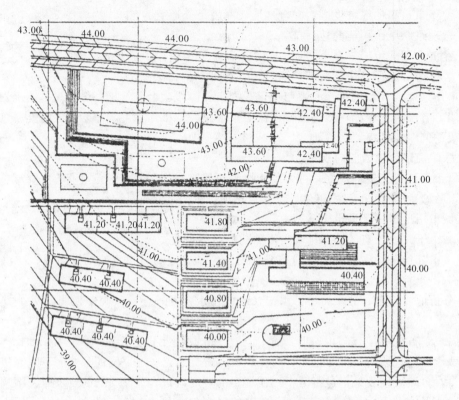

图 4-32　用设计等高线进行竖向规划的示例

资料来源：全国城市规划执业制度管理委员会. 城市规划

原理. 北京：中国计划出版社，2002：114.

等高线平行，尽量做到不要过大地改动原有的自然等高线，或只改变建筑物基底周围的自然等高线（即定出设计标高）。

居住小区内用地坡度较大时，可以建挡土墙，形成台地，以便布置建筑物，并能保持在底层房屋的前面有一块较平的室外用地。

居住小区的人行通道，坡度及线型可以更加灵活地配合自然地形，在某些坡度大的地段，人行通道不一定设计成连续的坡面，可以加一些台阶。

居住小区内的地面排水，根据不同的地形条件，采用不同方式。要进行地形分析，划分为几个排水区域，分别向邻近的道路排水。坡度大时要用石砌以免冲刷，部分也可用管沟，在低处设进水口。

经过上述步骤，已初步确定了居住小区四周的红线标高，内部车行道、房屋四角的设计标高，就可以连接成大片地形的设计等高线。连接时要尽量注意与同样高度的自然等高线相重复，这就意味着该部分用地完全可以不改动原地形。全部做出设计等高线，对经过竖向规划后的全部地形及建筑的空间布局可以一目了然。但是在实际应用时，可以按此原理，简化具体做法，即在地面上多标明一些设计标高，而不必要做成设计等高线。

设计等高线全部标出后，应估算一下土方平衡，目的是检查竖向规划的经济合理性。如土方量过大，应适当修改设计等高线（或设计标高），尽量做到土方量基本就地平衡。

工厂用地竖向规划的做法基本上与生活居住区相似。要按厂区用地的情况采用不同的更为简化的方式，一般可以分为连续式和重点式。如果建筑物、构筑物、道路、管线较密集，要对整个厂区用地做竖向规划；如厂房分散，道理管线较简单，只要对厂房附近用地做竖向规划，其余保留原地形。

确定必要的改造地形的工程措施，如挡土墙、斜坡的位置及设计标高。

大型广场（如集会广场）的竖向规划要解决土方问题及地面排水问题，需要做成有平缓坡度的折线形，在低处设进水口，并埋设地下排水管。

承重的大型场地，如公共交通或运输公司的停车场，除了土方与排水问题与一般大型广场相同外，还要铺承重及耐磨的、较厚的钢筋混凝土层，应注意混凝土块中的伸缩缝的划分问题。

（2）高程箭头法（图4-33）　根据竖向规划设计原则，确定出区内各种建筑物、构筑物的地面标高，道路交叉点、边坡点的标高，以及区内地形控制点的标高，将这些点的标高标注在居住区竖向规划图上，并以箭头表示区内各种类用地的排水方向。

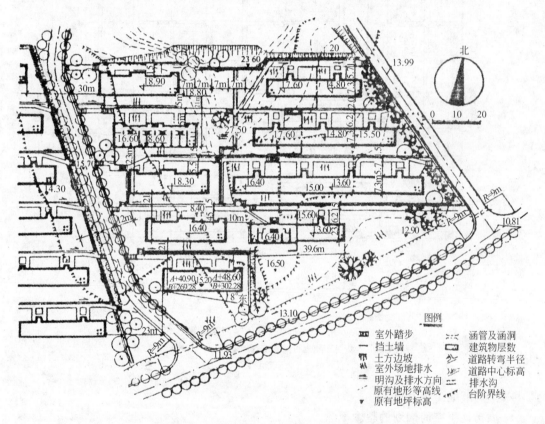

图 4-33　用高程箭头法进行竖向规划的示例
资料来源：全国城市规划执业制度管理委员会. 城市规划原理.
北京：中国计划出版社，2002：114.

高程箭头法的规划设计方法工作量小，图纸制作较快，且易于变动、修改，为居住区竖向设计一般常用的方法。缺点是比较粗略，确定标高要有充分的经验，有些部位的标高不明确，准确性差，仅适用于地形变化比较简单的情况。为弥补上述不足，在实际工作中也有采用高程箭头法和局部剖面的方法，进行居住区的竖向规划设计。

（3）纵横断面法　多用于地形比较复杂的地区。先根据需要的精度在所需规划的居住区平面图上绘出方格网。在方格网的每一交点上注明原地面标高和设计地面标高。沿方格网长轴方向称为纵断面，沿短轴方向称为横断面。其优点是对规划设计地区的原地形有一个立体的形象概念，容易着手考虑地形和改造（图 4-34）。

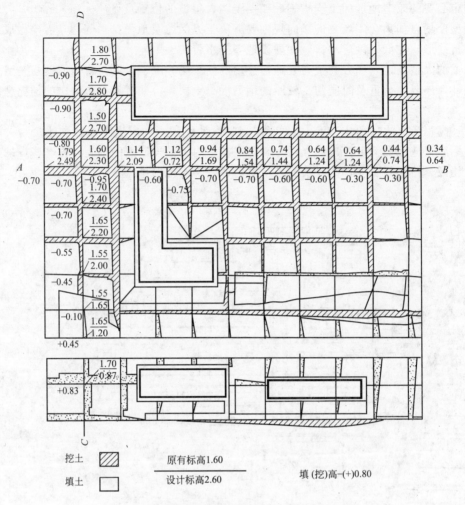

图 4-34　用纵横断面法进行竖向规划的示例
资料来源：全国城市规划执业制度管理委员会. 城市规划原理.
北京：中国计划出版社，2002：115.

## 六、城市地下空间规划

### 1. 城市地下空间规划的基本概念

（1）城市地下空间规划的基本概念

① 地下空间。地表以下，为了满足人类社会生产、生活、交通、环保、能源、安全、防灾减灾等需求进行开发、建设与利用的空间。

② 地下空间资源。人类社会为开拓生存与发展空间，将地下空间作为一种宝贵的空间资源。一般包括三方面含义：一是依附于土地而存在的资源蕴藏量；二是依据一定的技术经济条件可合理开发利用的资源总量；三是一定社会发展时期内有效开发利用的地下空间总量。

③ 城市地下空间需求预测。根据城市的社会、经济、规模、交通、防灾与环境等发展需求，在城市总体规划基础上，对于当前及未来城市地下空间资源开发利用的功能、规模、形态与发展趋势等方面做出科学预测。

④ 城市地下空间开发深度。城市地下空间资源开发利用的规划深度。

⑤ 城市公共地下空间。用于城市公共活动的地下空间，一般包括下沉式广场、地下商业服务设施中的公共部分、轨道交通车站以及城市公共地下空间和开发地块中规划规定的公共活动性地下空间等，是城市公共活动系统的重要组成部分。

（2）城市地下空间开发利用的意义 21世纪，大城市普遍面临人口、能源、环境、交通等问题，建设资源节约型、环境友好型社会，走可持续发展之路成为城市发展的科学方向。

地下空间是城市的重要组成部分，也是城市的宝贵资源。随着我国经济的快速发展和城市化水平的不断提高，地下空间的开发利用已进入一个比较快的发展时期，积极、科学、有序地开发利用地下空间，是节约土地资源、建设紧凑型城市、提高城市运行效率、增强城市防灾减灾能力的有效途径之一。

（3）城市地下空间规划的作用 城市地下空间规划是城市规划的重要组成部分。各级人民政府在组织编制城市总体规划时，应根据城市发展的需要，编制城市地下空间开发利用规划。

各级人民政府在编制城市详细规划时，根据城市发展需求，应依据城市总体规划和城市地下空间开发利用规划对城市地下空间开发利用做出具体规定。

地下工程建设具有不可逆转性和难以更改的特点，因而比地面工程更需要科学的统一规划和按规划有序进行建设，应做到地上、地下相互呼应、相互补充。通过编制城市地下空间规划，规范城市地下空间的开发利用，指导城市地下空间的有序规划建设。

**2. 城市地下空间规划的内容与方法**

（1）城市地下空间规划的基本原则 城市地下空间的开发和利用，应当与经济和技术发展水平相适应，遵循统筹安排、综合开发、合理利用的原则，充分考虑防灾、人民防空和通信等需要，并符合城市规划，履行规划审批手续。

① 应当以科学发展观为指导，以构建社会主义和谐社会为基本目标，坚持节约和集约利用资源，保护生态环境，保护人文资源，尊重历史文化，坚持因地制宜地确定城市地下空间资源开发利用的发展目标与战略，坚持以人为本，重视使用者的需求和心理感受，创造人性化和舒适性的地下空间环境，促进城市地上、地下全面协调可持续发展。

这包括以下三个方面的含义。

其一，进行地下空间开发，编制地下空间规划，应当与国家大的方针政策相一致，以科学发展观为指导，以构建社会主义和谐社会为目标，因地制宜地确定地下空间资源开发利用的目标与发展战略。

其二，要充分认识并利用地下空间在节约资源、生态环境保护、人文资源与历史文化保护等方面的作用。同时，城市地下空间与地上空间环境是相互作用、相互促进的。因此，地下空间规划必须与地面规划相协调，城市地上与地下空间资源的开发利用必须统一规划、综合开发、同步建设，才能实现地下空间资源对城市和谐协调发展的重要作用。

其三，随着地铁站点、地下综合体、地下商业和地下公共通道等设施的大规模规划建设，地下空间正逐步成为现代城市中重要的公共活动空间，地下空间环境的人性化设计也成为提升地下空间的吸引力、发挥地下空间机能的重要基础。由于地下空间的环境特性，在采光、通风、视觉形象塑造等方面具有不同于地上建筑的特点。因此，充分考虑人群的需求和心理感受，创造安全、健康、便捷、舒适的地下空间环境，将成为地下空间规划和设计成功的关键。

② 应当坚持政府组织、专家领衔、部门合作、公众参与、科学决策的原则。

地下空间规划作为城市规划体系中的一个综合性专项规划，与城市规划一样，带有很强的综合性与复杂性。为此，在编制地下空间规划的过程中，要坚持"政府组织、专家领衔、部门合作、公众参与、科学决策"的原则，保证地下空间规划成果的科学性、合理性、高效性和可操作性。

③ 应当以批准的城市总体规划、分区规划和详细规划为依据；应当遵守国家有关标准和技术规范，采用符合国家有关规定的基础资料；应当与人防、交通、市政、防灾等专项规划相衔接；应当加强城市综合防灾与安全防护设计，满足城市防御战争和自然灾害的双重需求；应当坚持城市地上、地下空间资源统筹规划、综合开发利用的原则。

（2）城市地下空间规划的编制体系

① 城市地下空间规划分为总体规划与详细规划两个阶段进行编制。其中，地下空间总体规划可以参照城市总体规划分为"总体规划纲要"和"总体规划"两个层次进行编制。前者一般对确定城市发展的主要目标、方向和内容提出原则性意见，作为"总体规划"编制的依据；后者一般覆盖某个行政区或者针对特定的地区，对地下空间的性质、功能、规模、总体布局和建设方针等做出合理安排。地下空间详细规划可以结合地上控制性详细规划和修建性详细规划单独编制相应的地下空间控制性详细规划和地下空间修建性详细规划。

② 城市中心区、地区中心、重要功能区等重点规划建设区，应当编制地下空间详细规划。

（3）城市地下空间规划的一般程序

① 城市地下空间规划由市人民政府依据城市总体规划，结合国民经济和社会发展规划以及土地利用总体规划，研究制定城市地下空间资源开发利用的发展方针和战略目标。

② 城市重点规划建设地区的地下空间控制性详细规划由城市人民政府规划主管部门依据已批准的城市地下空间总体规划（或者城市分地区地下空间总体规划）组织编制。

③ 城市地下空间修建性详细规划由有关单位依据地下控制性详细规划及规划主管部门提出的规划条件，委托城市规划编制单位编制。

④ 在城市地下空间总体规划的编制中，如果涉及资源与环境保护、城市发展目标与空间布局、城市综合防空防灾、城市地下交通体系、城市历史文化遗产保护等重大专题，应当在城市人民政府组织下，由相关领域的专家领衔进行专题研究。

⑤ 全市性地下空间总体规划应当纳入城市总体规划，各区（县）的地下空间总体规划由人民政府审批。在地下空间总体规划报送审批前，市人民政府应当依法采取有效措施，充分征求社会公众的意见。对地下空间总体规划进行调整，应当按规定向规划审批机关提出调整报告，经认定后依照法律规定组织调整。

⑥ 重点规划建设地区地下空间详细规划由市人民政府审批，其他地区由市规划主管部门审批。纳入控制性详细规划和城市设计中的地下空间规划，随相应规划一同审批。

（4）城市地下空间总体规划的基本任务和主要内容　城市地下空间总体规划的期限与城市总体规划同期，一般为 20 年，应当对城市地下空间资源开发利用的远景与空间布局提出设想。

① 城市地下空间总体规划的任务。城市地下空间总体规划的任务包括：提出省市地下空间资源开发利用的基本原则和建设方针，研究确定地下空间资源开发利用的功能、规模、总体布局与分层规划，统筹安排近、远期地下空间资源开发利用的项目，并制定各阶段地下空间资源开发利用的发展目标和保障措施。

② 城市地下空间总体规划的主要内容。城市地下空间总体规划的主要内容：城市地下空间开发利用的现状分析与评价；城市地下空间资源的评估；城市地下空间开发利用的指导思想与发展战略；城市地下空间开发利用的需求；城市地下空间开发利用的总体布局；城市地下空间开发利用的分层规划；城市地下空间开发利用的各专项设施的规划；城市地下空间规划的实施；城市地下空间的近期建设。

（5）城市地下空间控制性详细规划的任务和主要内容

① 城市地下空间控制性详细规划的任务。城市地下空间控制性详细规划的任务包括：以对城市重要规划建设地区地下空间资源开发利用的控制作为规划编制的重点，规定规划区内地下空间开发利用的各项控制指标，为地区地下空间开发建设项目的设计以及地下空间资源开发利用的规划管理提供科学依据。

② 城市地下空间控制性详细规划的主要内容。城市地下空间控制性详细规划的主要内容包括：根据城市地下空间的总体规划的要求，确定规划范围内各项地下空间设施的总体规划、平面布局和竖向分层等关系；对地块之间的地下空间链接做出指导控制。

结合各专项地下空间设施的开发建设特点，对地下空间的综合开发建设模式、运营管理提出建议。

地下空间控制性详细规划的成果包括规划文本、规划图纸、控制图则以及附件。

（6）城市地下空间修建性详细规划的任务和主要内容

① 城市地下空间修建性详细规划的主要任务。城市地下空间修建性详细规划的主要任务包括：以落实地下空间总体规划的意图为目的，依据地下空间控制性详细规划所确定的各项控制要求，对规划区内的地下空间平面布局、空间布置、公共通道、交通系统与主要出入口、景观环境、安全防灾等深入研究，协调公共地下空间与开发地块地下空间以及地下交通、市政、民防等设施之间的关系，提出地下空间资源综合开发利用的各项控制指标和其他规划管理要求。

② 城市地下空间修建性详细规划的主要内容。城市地下空间修建性详细规划的主要内容包括：根据城市地下空间总体规划和所在地区地下空间控制性详细规划的要求，进一步确定规划区地下空间资源综合开发利用的功能定位、开发规模以及地下空间各层的平面和竖向布局；结合地区公共活动特点，合理组织规划区的公共性活动空间，进一步明确地下空间体系中的公共活动系统；根据地区自然环境、历史文化和功能特征，进行地下空间的形体设计，优化地下空间的景观环境品质，提高地下空间的安全防灾功能；根据地区地下空间控制性详细规划确定的控制指标和规划管理要求，进一步明确公共性地下空间的各层功能、与城市公共空间和周边地块的连通方式；明确地下各项设施的设置位置和出入交通组织；明确开发地块内必须开放或鼓励开放的公共性地下空间的范围、功能和连通方式等控制要求。

# 第八节　城市近期建设规划

## 一、城市近期建设规划的作用与任务

### 1. 城市近期建设规划的作用

（1）在我国城市近期建设规划产生的背景　城市的总体规划是城市在一定年限内各个组成部分和各项建设的全面安排。总体规划的期限一般较长，要充分估计相当长时期内的发展要求，才能使城市健康地成长、顺利地建设，城市近期建设规划就是最近期内的或是当年的各项建设总的规划布置。1991年版的《城市规划编制办法》（1991年建设部令第14号）明确提出城市总体规划的内容应当包括"编制近期建设规划，确定近期建设目标、内容和实施部署"。由此可见，城市近期建设规划是城市总体规划的重要组成部分。

2002 年国务院下发的《关于加强城乡规划监督管理的通知》（国发【2002】13 号）指出：改革开放以来，我国城乡建设发展很快，城乡面貌发生显著变化。但近期来，在城市规划和建设中出现了一些不容忽视的问题，一些地方不顾当地经济发展水平和实际需要，盲目扩大城市建设规模；在城市建设中互相攀比，急功近利，贪大求洋，搞脱离实际、劳民伤财的所谓"形象工程"、"政绩工程"；对历史文化名城和风景名胜区重开发、轻保护；在建设管理方面违反城乡规划管理有关规定，擅自批准开发建设等。针对以上问题，建设部等九部委下发的《关于贯彻落实〈国务院关于加强城乡规划监督管理的通知〉的通知》明确要求全国各地要对照"国发 13 号文"的要求，依据批准的城市总体规划、国民经济和社会发展五年计划纲要，调整或编制 2005 年的近期建设规划。要求自 2003 年 7 月 1 日起，凡未按要求编制和调整近期建设规划的，将停止新申请建设项目的选址，项目不符合近期建设规划要求的，城乡规划部门不得核发选址意见书，计划部门不得批准建设项目建议书，国土资源行政主管部门不得受理建设用地申请。

在上述背景之下，作为保障规划实施的一个重要手段，城市近期建设规划从城市总体规划的一个内在组成部分演化和显化为一个独立规划，为宏观层次规划的实施搭建了一个平台。

2005 年建设部新颁布的《城市规划编制办法》（2005 年建设部令第 146 号）中，对近期建设规划的规定扩大为一章节，体现了规划编制的近远兼顾性，对近期建设规划的编制内容和方法明确了要求。第 35 条规定"近期建设规划到期时，应当依据城市总体规划组织编制新的近期建设规划"，第 36 条规定了近期建设规划的六项主要编制内容，侧重点在于近期建设用地布局、交通、市政、公共设施安排、居住用地以及城市环境综合治理。

2008 年 1 月 1 日开始施行的《中华人民共和国城乡规划法》第三章第三十四条明确提出"城市、县、镇人民政府应当根据城市总体规划、镇总体规划、土地利用总体规划和年度计划以及国民经济和社会发展规划，制定近期建设规划，报总体规划审批机关备案"，进一步确立了近期建设规划的法律地位。

（2）城市近期建设规划的作用　近期建设规划是城市总体规划、镇总体规划的分阶段实施安排和行动计划，是落实城市、镇总体规划的重要步骤，只有通过近期建设规划，才有可能实事求是地安排具体的建设时序和重要的建设项目，保证城市、镇总体规划的有效落实，各类近期建设项目的布局和建设时序，都必须符合近期建设规划，保证城镇发展和建设的健康有序进行。强调适时组织编制近期建设的规划的必要性，是十分重要的。

（3）城市近期建设规划编制工作的意义　通过近期建设规划的编制可以使得城市的开发建设更科学一些、更合理一些，在法定规划的指导下来依法开发建设，减少随意性和盲目性；可以确保城市有序开发，尽管从长期来看某个城市的布局是合理的，但这个城市的空间开发时序依然十分重要，会直接影响到城市的投入产出效益和经济运行效率。

编制近期建设规划的重要意义具体体现在以下三个方面。

① 完善城市规划体系的需要。总体规划从结构和战略的层面，更加宏观与原则，而近期建设规划则根据总体规划的目标制定实施总体规划的具体的近期安排，并对总体规划的实施效果做出跟踪、分析和判断，更加及时有效地指导城市建设。滚动编制近期建设规划有利于将建设单位的建设意图与政府发展方向、发展重点相结合，协调多方面利益达成共识，并通过对近期建设项目及土地供应的控制，有力地引导城市建设的发展方向，变被动管理为积

极主动的引导。近期建设规划在规划管理过程中既坚持了总体规划提出的长远目标、整体构思，确保了实施的严肃性，同时又充分考虑了现实条件，兼顾各方利益，并根据实施情况及时反馈修正，确保了规划的灵活性，使规划编制与规划管理紧密结合。

② 发挥规划宏观调控作用的需要。近期建设规划有利于发挥市场经济条件下城市规划对社会经济发展宏观调控的作用。近期建设规划在国民经济和社会发展五年计划总体目标的指引下，根据现有财力和环境条件，进一步明确城市发展重点，并以解决城市发展面临的实际问题为出发点，确定近期城市建设目标、重点发展区域，主要做好城市基础设施等公益性用地和建设项目的安排，对城市发展方向、空间结构、重大基础设施的建设起到积极的引导和控制作用。在当前投融资渠道不断拓宽的情况下，明确了新一轮城市发展方向和重点并取得社会广泛认同后，政府的有限投资往往起着关键的引导与示范作用。在近期建设规划中通过对重大基础设施建设项目的明确，将有力地引导城市建设资金的投入，通过基础设施的建设带动周边区域的发展，从而实现土地资源的优化配置和合理的城市发展方向。

③ 加强城市监督管理的需要。近期建设规划可以理解为政府和社会对于城市建设工作的共同行动计划，是对"近期开发边界"科学合理的制定，是对即将开展项目的统筹安排。规划一旦制定，对政府的工作就形成了一种约束，用以指导城市建设有计划有步骤地实施，增强城市规划的连续性。

**2. 城市近期建设规划的任务**

（1）城市近期建设规划的基本任务 城市近期建设规划的基本任务是：根据城市总体规划、镇总体规划、土地利用总体规划和年度计划、国民经济和社会发展规划以及城镇的资源条件、自然环境、历史情况、现状特点，明确城镇建设的时序、发展方向和空间布局，自然资源、生态环境与历史文化遗产的保护目标，提出城镇近期内重要基础设施、公共服务设施的建设时序和选址，廉价住房和经济适用住房的布局和用地，城镇生态环境建设安排等。

（2）城市近期建设规划与国民经济和社会发展规划的关系 近期建设规划制定的依据包括：按照法定程序批准的总体规划，国民经济和社会发展五年计划，土地利用总体规划以及国家的有关方针政策等。

首先，近期建设规划与国民经济和社会发展规划应在编制时限上保持一致，同步编制、互相协调，将计划确定的重大建设项目在城市空间中进行合理的安排和布局。其次，在调整对象、内容、编制审批程序、效力等方面互有侧重。国民经济和社会发展五年规划主要在目标、总量、产业结构及产业政策等方面对城市的发展做出总体性和战略性的指引，侧重于时间序列上的安排；近期建设规划则主要在土地使用、空间布局、基础设施支撑等方面为城市发展提供基础性的框架，侧重于空间布局上的安排。在空间资源短缺条件下，通过增加近期建设规划年度实施计划，以空间发展目标为核心，侧重于空间与用地安排，与现行的国民经济与社会发展五年规划、国民经济与社会发展年度计划、年度政府投资项目计划、年度政府财政预算（草案）相配合，可以较为有效地扭转政府现行计划侧重于资金与项目安排而缺乏空间上的统筹与协调的被动局面，形成对各项行动进行综合协调的有效保障机制，强化政府公共投资对城市发展的引导和调控作用，保证重大实施项目建设在公共投资方面能够形成合力，在引导城市发展方向上发挥重要的作用。

## 二、城市近期建设规划的内容

**1. 编制近期建设规划必须遵循的原则**

编制近期建设规划，必须坚持以科学发展观为指导，要按照加强和改善宏观调控的总要求，统一思想，深入研究，科学论证，坚持实施可持续发展战略，正确处理好近期建设与长远发展、资源环境条件与经济社会发展的关系，注重自然资源、生态环境和历史文化遗产的保护，切实提高规划的科学性和严肃性。

① 处理好近期建设与长远发展、经济发展与资源环境条件的关系，注重生态环境与历史文化遗产的保护，实施可持续发展战略。

② 与城市国民经济和社会发展计划相协调，符合资源、环境、财力的实际条件，并能适应市场经济发展的要求。

③ 坚持为最广大人民群众服务，维护公共利益，完善城市综合服务功能，改善人居环境。

④ 严格依据城市总体规划，不得违背总体规划的强制性内容，如图 4-35 所示。

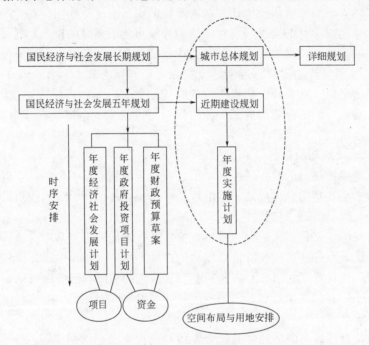

图 4-35　城市规划与政府操作体系的关系

资料来源：邹兵，钱征寒．近期建设规划与"十一五"规划协同编制设想．城市规划，2005(11)．

**2. 城市近期建设规划的基本内容**

近期建设规划以重要基础设施、公共服务设施和中低收入居民住房建设以及生态环境保护为重点内容，明确近期建设的时序、发展方向和空间布局。其具体内容是：依据总体规划，遵循优化功能布局、促进经济社会协调发展的原则，确定城市近期建设的空间布局，重点安排城市基础设施、公共服务设施用地和低收入居民住房建设用地以及涉及生态环境保护的用地，确定经营性用地的区位和空间布局；确定近期建设的重要的对外交通设施、道路广场设施、市政公用设施、公共服务设施、公园绿地等项目的选址、规模以及投资估算与实施时序；对历史文化遗产保护、环境保护、防灾等方面提出规划要求和相应措施；依据近期建设规划的目标，确定城市近期建设用地的总量，明确新增建设用地和利用存量土地的数量。

① 确定近期人口和建设用地规模，确定近期建设用地范围和布局。

② 确定近期交通发展策略，确定主要对外交通设施的主要道路交通设施布局。

③ 确定各项基础设施、公共服务和公益设施的建设规模和选址。

④ 确定近期居住用地安排和布局。

⑤ 确定历史文化名城、历史文化街区、风景名胜区等的保护措施，城市河湖水系、绿化、环境等的保护、整治和建设措施。

⑥ 确定控制和引导城市近期发展的原则和措施。

城市人民政府可以根据本地区的实际，决定增加近期建设规划中的指导性内容。

**3. 城市近期建设规划的强制性内容**

① 确定城市近期建设重点和发展规模。

② 依据城市近期建设重点和发展规模，确定城市近期发展区域。对规划年限内的城市建设用地总量、空间分布和实施时序等进行具体安排，并制定控制和引导城市发展的规定。

③ 根据城市近期建设重点，提出对历史文化名城、历史文化保护区、风景名胜区、生态环境等相应的保护措施。

**三、城市近期建设规划的编制方法**

《城市规划编制办法》和《城市近期建设规划暂行办法》中对近期建设规划的编制方法均未做具体要求，各个城市在具体实践中总结出了许多好的经验，可以概括成一个简单的框图（图4-36）。

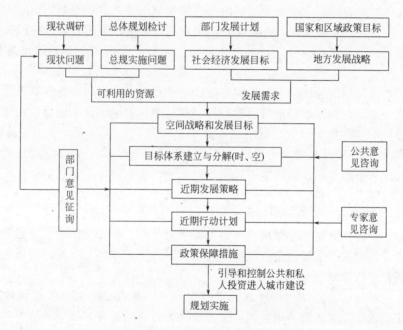

图 4-36　近期建设规划工作框图

资料来源：王富海，陈宏军，邹兵等. 近期建设规划：从"配菜"变成"正餐"

——《深圳市城市总体规划检讨与政策》编制工作体会. 城市规划，2002(12).

**1. 全面检讨总体规划及上一轮近期建设规划的实施情况**

对总体规划及上一轮近期建设规划的实施情况进行全面客观的检讨与评价是至关重要的。一方面，应对总体规划实施绩效进行评价，特别是找出实施中存在的问题；另一方面，寻找这些问题的原因，为后续的工作打好基础。具体的内容包括：对政府决策的作用、实施绩效及评价、总规实施中偏差出现的原因、在下一个近期规划中需要改进和加强的方面等。

**2. 立足现状，切实解决当前城市发展面临的突出问题**

近期规划必须从城市现状做起，改变从远期倒推的方法。因此要对现状进行充分的了解与认识，不仅要调查通常理解的城市建设现状，还要了解形成现状的条件和原因。因为现实状况是在现状的许多条件共同作用下形成的，如果不在条件的可能改变方面下工夫，所谓的规划理想便不可能成立；同时要改变以往仅凭简单事实就能归纳城市发展若干结论的草率判断法，而要从事务的多重关联性出发，对城市问题审慎地判断，这样才能较为正确地找出城市发展中的现实问题所在，从而有针对性地提出解决的办法。

**3. 重点研究近期城市发展策略，对原有规划进行必要的调整和修正**

在全国城市化加速发展的背景下，五年对于一个城市的发展并不是一个很短的周期。总体规划实施五年后，城市发展的环境可能有较大变化。因此，编制第二个近期规划，必须对城市面临的许多重大问题重新进行思考和分析研究，对五年前确立的城市发展目标和策略进行必要的调整，而不仅仅是局部的微调或细节的深化。面对急剧变动中的内外部发展环境与机遇、自身发展趋势与制约等因素，从产业布局、城市空间拓展与重构、推进城市化、生态保护、区域合作等方面深入研究，对城市的发展方向与策略有一个总体把握，从而确定未来五年的建设策略，并借此明确五年的建设目标，指导具体的用地布局与项目安排。

**4. 确定近期建设用地范围和布局**

一切城市建设与发展均离不开土地，城市土地既是形成城市空间布局的地域要素，又是人类活动及其影响的载体，它的配置与利用方式成为城市综合发展规划的核心内容，适度有序地开发与合理供应土地资源无疑是发挥政府宏观调控职能的关键环节。我国实行土地的社会主义公有制，在市场经济条件下，对土地资源的配置是政府宏观调控城市发展最主要的手段。

依据近期建设规划的目标和土地供应年度计划，遵循优化用地结构与城市布局、促进经济发展的原则，确定近期建设用地范围和布局。制订城市近期建设用地总量，明确新增建设用地和利用存量土地的数量；确定城市近期建设中用地的空间分布，重点安排公益性用地（包括城市基础设施、公共服务设施用地、经济适用房、危旧房改造用地），并确定经营性房地产用地的区位和空间布局；提出城市近期建设用地的实施时序，制定实施城市近期建设用地计划的相关政策。

**5. 确定重点发展地区，策划和安排重大建设项目**

要使政府公共投资真正能够形成合力，发挥乘数效应，拉动经济增长，必须从城市经营角度出发，确定近期城市发展的重点地区，与此同时，要对那些对于城市长远发展具有重大影响的建设项目进行策划和安排。

确定重点发展地区是近期建设规划的工作重点，同时也是体现总体规划效用的重要方面。分散无序的投资方式既形不成规模，又造成同类设施的重复建设，经济效益低下。城市近期建设规划的一个重要功能就是要确定城市总体规划实施的先后次序，要保证新建一片，就要建成一片，收益一片。

政府投资的重大建设项目，是城市政府通过财政和实体开发建设的手段影响城市开发和城市布局结构的重要方法，城市规划实际上是通过一个个项目的建设逐步实施的。因此，近期建设规划的工作重点，应当是在确定城市建设用地布局的基础上提出城市近期用地项目和建设项目，明确这些项目的规模、建设方式、投资估算、筹资方式、实施时序等方面的要求。对于那些对城市发展可能造成重大影响的项目，还必须对其开发运作过程、经营方式进行周密的策划和仔细安排，才能避免政府投资的失败。

**6. 研究规划实施的条件，提出相应的政策建议**

近期建设规划本身的性质就应当是城市政策的总体纲要，是关于城市近期发展的政策陈述；近期建设规划的编制，也并非仅仅是城市规划部门的工作，而是政府部门的实际操作，是政府行政和制定政策的依据，提出规划实施政策应是近期建设规划工作的一项内容。保障规划实施的政策体系，应由人口政策、产业政策、土地政策、交通政策、住房政策、环境政策、城市建设投融资政策和税收政策等组成；另外，根据城市发展中出现的突出问题，还应当制定具体的政策。在规划成果形式上，要以政策陈述为主要内容，所完成的文本应当是城市未来发展过程中所建议的政策框架，图、表等只是这些政策文本的说明。

**7. 建立近期建设规划的工作体系**

城市规划并非是单靠规划部门来实施的，而是由城市的各个部门来共同运作的，尤其是作为城市总体规划组成部分的近期建设规划，就更加需要依靠社会各个组成要素之间的相互协同作用。要使近期建设规划真正能够发挥对城市建设活动的综合协调功能，必须从以下几个方面努力。

① 将规划成果转化为指导性和操作性很强的政府文件。尽管城市总体规划的法律地位要高于五年计划等政府文件，但事实上它的综合协调功能和对城市资源的配置能力仍不及政府文件那样有效。基于这一现实，近期建设规划的成果不应只作为专业部门的技术报告，还应将规划成果转化为操作性很强的政府文件，才能真正成为政府及其各部门统一的行动纲领。在规划程序上，应当符合基本的政策决定程序，并且与城市行政、立法和执法程序及其要求相结合。

② 建立城市建设的项目库并完善规划跟踪机制。要将近期建设规划提出的建设项目进行进一步深化，明确这些项目的规模、建设方式、投资估算、筹资方式、实施时序等方面的要求，建立近五年城市建设的项目库，并对实施情况进行跟踪反馈，根据变化随时进行调整修正，使得政府对于目前进行的和下一步将开展的项目做到心中有数。

③ 建立建设项目审批的协调机制。未列入近期建设规划项目库的项目一般情况下不予审批，这样才能避免多头审批、政出多门的现象，有助于形成城市各部门在发展政策方面的协调、在城市资源的使用上的协调、在城市公共资金分配上的协调以及在城市重大建设项目的确定和安排序列上的协调等。

④ 建立规划执行的责任追究机制。近期建设规划所规定的内容应成为每年建设部检查城市规划建设工作情况时对照审查的重要依据。凡是违反近期规划的项目，不仅要停止建设，而且要追究有关领导和人员的责任。

⑤ 组织编制城市建设的年度计划或规划年度报告。在城市快速发展的背景下，以五年为周期的近期建设规划要对头一至两年的城市建设活动进行较为周密的策划安排尚有可能性，但要对四至五年的城市建设进行安排并保证其科学合理性，既无必要，也不可能。因此，要真正建立起城市总体规划的动态管理和滚动调校机制，引导城市建设合理有序地进行，仅靠编制以五年为周期的近期建设规划是不够的。应该在近期建设规划完成后，加强对规划实施的跟踪与反馈，在此基础上组织编制城市建设的年度计划或城市规划年度报告（即年度的"城市规划白皮书"），这对城市建设具有更重要的现实指导意义。

**四、城市近期建设规划的成果**

《城市规划编制办法》第37条规定"近期建设规划的成果应当包括规划文本、图纸，以及包括相应说明的附件。在规划文本中应当明确表达规划的强制性内容"。

根据编制办法的基本要求，各城市应结合实际需求编制完成近期建设规划成果。总体来看纳入总体规划成果中的近期建设规划成果相对简单，而独立编制的近期建设规划相对完整和全面。很多城市的近期建设规划还做了多项专题研究，提出了将规划转化为公共政策的措施。

下面以北京、深圳等城市的近期建设规划成果为例进行说明。

**1. 作为总体规划组成部分的近期建设规划成果**

作为总体规划组成部分的近期建设规划成果相对简单，一般是明确提出近期实施城市总体规划的发展重点和建设时序。以《北京城市总体规划（2004—2020）》为例，文本第十五章近期发展与建设，包括两条，第158条是"依据城市总体规划提出的城市发展目标和原则，明确近期实施城市总体规划的发展重点和建设时序，着重解决城市发展中的突出问题，按照集约紧凑的发展模式，逐步实施城市空间结构的调整与产业的整合，完善交通市政基础设施，提升公共服务设施水平，不断改善生态环境，保持良好发展态势，确保2008年夏季奥运会的成功举办，并为奥运会后北京经济社会的可持续发展奠定基础"。第159条是"近期建设重点"，提出了"①加快推动城市空间结构调整，加强市域生态环境和交通市政基础设施建设。②全面启动实施通州、顺义、亦庄等重点新城的建设。③加快中心城调整优化。④积极推进村镇建设。⑤加强旧城保护与资源整合。⑥积极配合《北京奥运行动规划》的落实与调整，切实搞好奥运场馆及其配套设施的建设，为奥运场馆赛后的有效利用创造条件"等具体条款。

**2. 独立编制的近期建设规划成果**

独立编制的近期建设规划成果包括规划文本、图纸和说明。

（1）文本内容　规划文本是对规划的各项目标和内容提出规定性要求的文件。下面以《深圳市近期建设规划（2006～2010）》为例具体说明。

文本包括以下内容。

① 总则：制定规划的目的、依据、原则，规划范围、规划年限等。

② 目标与策略：对建设用地规模与结构、建设标准、产业发展、公共设施、交通、市政设施以及生态环境等方面提出具体的目标与对策。

③ 行动与计划：确定近期重点发展方向与区域，提出具体的土地与设施的规划建设计划。

④ 政策与措施：制定保障近期建设实施的相关政策与措施。例如深圳市近期建设规划（2006～2010年），提出了实行空间分区管制政策、实施高效集约的建设用地政策、制定加强重点开发地区建设的政策、完善以提升城市功能为主旨的城市更新政策、建立面向多层次需求的公共住房政策、制定推动循环经济发展和节约型城市建设的政策、完善规划实施和管理监督制度。

⑤ 附则。

（2）说明和图纸

① 规划说明是对规划文本的具体解释。附表包括近期建设指标一览表、近期建设用地平衡表、近期新增建设用地结构表、近期新增建设用地时序表、近期重大公共设施项目一览表、近期重大交通设施项目一览表、近期重大市政设施项目一览表。

② 规划图纸包括市域城镇布局现状图、城市现状图、市域城镇体系规划图、近期建设规划图、近期道路交通规划图、近期各项专业规划图。图纸比例为：大、中城市为（1：10000）～（1：25000），小城市为（1：5000）～（1：10000），市（县）域城镇体系规划图的比例由编制部门根据实际需要确定。

以《深圳市近期建设规划（2006～2010）》为例，规划图纸包括建设用地现状图、用地供应与调整指引图、重点地区规划指引图、重大公共设施规划图、重大交通设施规划图、重大市政基础设施规划图。

# 第九节　城市总体规划成果

## 一、城市总体规划文本内容与深度要求

城市总体规划文本是对规划的各项目标和内容提出规定性要求的文件，采用条文形式。文本格式和文字应规范、准确、肯定，利于具体操作，在规划文本中应当明确表述规划强制性内容。

**1. 总则**

规划编制的背景、目的、基本依据、规划期限、城市规划区、适用范围以及执行主体。

**2. 城市发展目标**

社会发展目标、经济发展目标、城市建设目标、环境保护目标。

**3. 市域城镇体系规划**

市域城乡统筹发展战略；市域空间管制原则和措施；城镇发展战略及总体目标、城镇化水平；城镇职能分工、发展规模等级、空间布局；重点城镇发展定位及其建设用地控制范围；区域性交通设施、基础设施、环境保护、风景旅游区的总体布局。

**4. 城市性质与规模**

城市职能；城市性质；城市人口规模；中心城区空间增长边界；城市建设用地规模。

**5. 城市总体布局**

城市用地选择与空间发展方向；总体布局结构；禁建区、限建区、适建区和已建区范围及其空间管制措施；规划建设用地范围和面积，用地平衡表；土地使用强度管制区划及其控制指标。

**6. 综合交通规划**

对外交通：对外货运枢纽、铁路线路和站场用地范围、等级、交通能力；江、海、河港码头、货运及疏港交通用地范围；航空港用地范围及交通联结；公路与城市交通的联系，长途客运枢纽站的用地范围；管道运输位置。

城市道路系统：城市快速路及主、次干路系统布局；重要桥梁、立体交叉口、主要广场、停车场的位置。

公共交通：公共政策，公共客运交通和公共线路、站场分布；地铁、轻轨线路建设安排；客运换乘枢纽布局。

**7. 公共设施规划**

市级和区级公共中心的位置和规模；行政办公、商业金融、文化娱乐、体育、医疗卫生、教育科研、市场、宗教等主要公共服务设施的位置和范围。

**8. 居住用地规划**

住房政策；居住用地结构；居住用地分类、建设标准和布局（包括经济适用房、普通商品住房等满足中低收入人群住房需求的居住用地布局）、居住人口容量、配套公共服务设施的位置和规模。

**9. 绿地系统规划**

绿地系统发展目标；各种功能绿地的保护范围（绿线）；河湖水面保护范围（蓝线）；公共绿地系统指标；市、区级公共绿地及防护绿地、生产绿地布局；岸线使用原则。

**10. 历史文化保护**

城市历史文化保护及地方传统特色保护的原则、内容和要求；历史文化街区、历史建筑

保护范围（紫线）；各级文物保护单位的范围；重要地下文物埋藏区的保护范围；重要历史文化遗产的修整、利用和展示；特色风貌保护重点区域范围及保护措施。

**11. 旧区改建与更新**

旧区改建原则；用地结构调整及环境综合整治；重要历史地段保护。

**12. 中心城区村镇发展**

村镇发展与控制的原则和措施；需要发展的村庄；限制发展的村庄；不再保留的村庄；村镇建设控制标准。

**13. 给水工程规划**

用水量标准与总用水量；水源的选择及保护措施，取水方式，供水能力，净水方案；输水管网及配水干管布置，加压站位置和数量。

**14. 排水工程规划**

排水体制；污水排放标准，雨水、污水排放总量，排水分区；排水管、渠系统规划布局，主要泵站及位置；污水处理厂布局、规模、处理等级以及综合利用措施。

**15. 供电工程规划**

用电量指标，总用电负荷，最大用电负荷、分区负荷密度；供电电源选择；变电站位置、变电等级、容量，输配电系统电压等级、敷设方式；高压走廊用地范围、防护要求。

**16. 电信工程规划**

电话普及率、总容量；邮政设施标准、服务范围、发展目标，主要局所网点布置；通信设施布局和用地范围，收发信区和微波通道的保护范围；通信线路布置、敷设方式。

**17. 燃气工程规划**

燃气消耗水平、气源结构；燃气供应规模、供气方式；输配系统管网压力等级、管网系统；调压站、灌瓶站、贮存站等工程设施布置。

**18. 供热工程规划**

采暖热指标、供热负荷、热源及供应方式；供热区域范围、热电厂位置和规模；热力网系统、敷设方式。

**19. 环境卫生设施规划**

环境卫生设施布置标准；生活废弃物总量，垃圾收集方式，堆放及处理、消纳场所的规划及布局；公共厕所布局原则；垃圾处理厂位置和规模。

**20. 环境保护规划**

生态环境保护与建设目标；有关污染物排放标准；环境功能分区；环境污染的保护、治理措施。

**21. 综合防灾规划**

防洪：城市需建设地区（防江河洪水、防山洪、防海潮、防泥石流）范围，设施等级、防洪标准；设防方案，防洪堤坝走向，排洪设施位置和规模；排涝防渍的措施。

抗震：城市设防标准；疏散场地通道规划；生命线系统保障规划。

消防：消防标准；消防站及报警、通信指挥系统规划；机构、通道及供水保障规划。

**22. 地下空间利用及人防规划**

人防工程建设的原则和重点；城市总体防护布局；人防工程规划布局；交通、基础设施的防空、防灾规划；贮备设施布局；地下空间开发利用（平战结合）规划。

**23. 近期建设规划**

近期发展方向和建设重点；近期人口和用地规模；土地开发投放量；住宅建设、公共设施建设、基础设施建设。

**24. 规划实施**

实施规划的措施和政策建议。

**25. 附则**

说明文本的法律效力、规划的生效日期、修改的规定以及规划的解释权。

## 二、城市总体规划主要图纸内容与深度要求

（1）市域城镇分布现状图　图纸比例为 1∶5000～1∶20000，标明行政区划、城镇分布、城镇规模、交通网络、重要基础设施、主要风景旅游资源、主要矿藏资源。

（2）市域城镇体系规划图　图纸比例为 1∶5000～1∶20000，标明行政区划、城镇分布、城市规模、城镇等级、城镇职能分工、市域主要发展轴（带）和发展方向、城市规划区范围。

（3）市域基础设施规划图　图纸比例为 1∶5000～1∶20000，标明市域交通、通信、能源、供水、排水、防洪、垃圾处理等重大基础设施、重要社会服务设施、危险品生产储存设施的布局。

（4）市域空间管制图　图纸比例为 1∶5000～1∶20000，标明风景名胜区、自然保护区、基本农田保护区、水源保护区、生态敏感区的范围，重要的自然和历史文化遗产位置和范围、市域功能空间规划。

（5）城市现状图　图纸比例为 1∶5000～1∶20000，标明城市主要建设用地范围、主要干路以及重要的基础设施、需要保护的风景名胜、文化古迹、历史地段范围、风玫瑰、主要地名和主要街道名称。

（6）城市用地工程地质评价图　图纸比例 1∶5000～1∶25000，标明潜在地质灾害空间分布和强度划分、按防洪标准频率绘制的洪水淹没线、地下矿藏和地下文物埋藏范围、用地适宜性区划（包括适宜、不适宜和采取工程措施方能修建地区的范围）。

（7）中心城区四区划定图　图纸比例 1∶5000～1∶25000，标明禁建区、限建区、适建区和已建区范围。

（8）中心城区土地使用规划图　图纸比例 1∶5000～1∶25000，标明建设用地、农业用地、生态用地和其他用地范围。

（9）城市总体规划图　图纸比例为 1∶5000～1∶25000，标明中心城区空间增长边界和规划建设用地范围，标注各类建设用地空间布局、规划主要干路、河湖水面、重要的对外交通设施、重大基础设施。

（10）居住用地规划图　图纸比例 1∶5000～1∶25000，标明居住用地分类和布局（包括经济适用房、普通商品住房等满足中低收入人群住房需求的居住用地布局）、居住人口容量、配套公共服务设施位置。

（11）绿地系统规划图　图纸比例 1∶5000～1∶25000，标明各种功能绿地的保护范围（绿线）、河湖水面的保护范围（蓝线）以及市区级公共绿地、苗圃、花圃、防护林带、林地及市区内风景名胜区的位置和范围。

（12）综合交通规划图　图纸比例 1∶5000～1∶25000，标明主次干路走向、红线宽度、道路横断面、重要交叉口形式；重要广场、停车场、公共停车场的位置和范围；铁路线路及站场、公路及货场、机场、港口、长途汽车站等对外交通设施的位置和用地范围。

（13）历史文化保护规划图　图纸比例 1∶5000～1∶25000，标明历史文化街区、历史建筑保护范围（紫线）、各级文物保护单位的位置和范围、特色风貌保护重点区域范围。

(14) 旧区改建规划图　图纸比例 1：5000～1：25000，标明旧区范围、重点处理地段用地性质、改造分区、拓宽的道路。

(15) 近期建设规划图　图纸比例 1：5000～1：25000，标明近期建设用地范围和用地性质、近期主要新建和改建项目的位置和范围。

(16) 其他专项规划图纸　图纸比例 1：5000～1：25000，包括给水工程规划图、排水工程规划图、供电工程规划图、电信工程规划图、供热工程规划图、燃气工程规划图、环境卫生设施规划图、环境保护规划图、防灾规划图、地下空间利用规划图等。

### 三、城市总体规划附件内容与深度要求

城市总体规划附件包括规划说明、专题研究报告和基础资料汇编。

#### 1. 规划说明书

规划说明是对规划文本的具体解释，主要是分析现状，论证规划意图，解释规划文本。规划说明书的具体内容包括：城市基本情况；对上版总体规划的实施评价；规划编制背景、依据、指导思想；规划技术路线；社会经济发展分析；市域城乡统筹发展战略；市域空间管制原则和措施；市域交通发展战略；市域城镇体系规划内容；城市规划区范围；城市发展目标；城市性质和规模；中心城区禁建区、限建区、适建区和已建区范围及空间管制措施；城市发展方向；城市总体布局；中心城区建设用地、农业用地、生态用地和其他用地规划；建设用地的空间布局及土地使用强度管制区划；综合交通规划；绿地系统规划；市政工程规划；环境保护规划；综合防灾规划；地下空间开发利用的原则和建设方针；近期建设规划；规划实施步骤、措施和政策建议等内容。

#### 2. 相关专题研究报告

针对总体规划重点问题、重点专项进行必要的专题分析，提出解决问题的思路、方法和建议，并形成专题研究报告。

#### 3. 基础资料汇编

规划编制过程中所采用的基础资料整理与汇总。

### 四、城市总体规划强制性内容

#### 1. 确定规划强制性内容的意义和原则

① 确定规划强制性内容的意义。省域城镇体系规划、城市规划和镇规划涉及政治、经济、文化和社会等各个领域，内容比较综合。为了加强规划的实施及其监督，《城乡规划法》把规划中涉及区域协调发展、资源利用、环境保护、风景名胜资源管理、自然与文化遗产保护、公众利益和公共安全等方面的内容规定为强制性内容。确定规划的强制性内容，是为了加强上下规划的衔接，确保区域协调发展、资源利用、环境保护、自然与历史文化遗产保护、公共安全和公共服务、城乡统筹协调发展的规划内容得到有效落实，确保城乡建设发展能够做到节约资源、保护环境、和谐发展，促进城乡经济社会可持续发展，并且能够以此为依据对规划的实施进行监督检查。

规划期限内城市建设用地的发展规模，根据建设用地评定依据对规划的实施进行监督检查。规划的强制性内容具有以下几个特点：一是规划强制性内容具有法定的强制力，必须严格执行，任何个人和组织都不得违反；二是下位规划不得擅自违背和变更上位规划确定的强制性内容；三是涉及规划强制性内容的调整，必须按照法定的程序进行。

② 确定规划强制性内容的原则。一是强制性内容必须落实上级政府规划管理的约束性要求。二是强制性内容应当根据各地具体情况和实际需要，实事求是地加以确定，既要避免遗漏有关内容，又要避免将无关内容确定为强制性内容。三是强制性内容的表述必须明确、

规范，符合国家有关标准。

**2. 城市总体规划强制性内容**

（1）划定城市规划区范围 划定风景名胜区，自然保护区，湿地、水源保护区和水系等生态敏感区以及基本农田、地下矿产资源分布地区等市域内必须严格控制的地域范围。

（2）规划期限内城市建设用地的发展规模 根据建设用地评价确定的土地使用限制性规定；城市各类绿地的具体布局。

（3）城市基础设施和公共服务设施用地 包括：城市主干路的走向、城市轨道交通的线路走向、大型停车场布局；取水口及其保护区范围、给水和排水主管网的布局；电厂与大型变电站位置、燃气储气罐站位置、垃圾和污水处理设施位置；文化、教育、卫生、体育和社会福利等主要公共服务设施的布局。

（4）自然与历史文化遗产保护 包括：历史文化名城保护规划确定的具体控制指标和规定；历史文化街区、各级文物保护单位、历史建筑群、重要地下文物埋藏区的保护范围和界限等。

（5）城市防灾减灾 包括：城市防洪标准、防洪堤走向；城市抗震与消防疏散通道；城市人防设施布局；地质灾害保护；危险品生产储存设施布局等内容。

# 第五章 镇、乡和村庄规划

## 第一节 镇、乡和村庄规划的工作范畴及任务

### 一、城镇与乡村的关系

人类社会劳动的两次大分工形成了农村聚落和城市聚落。在我国的城乡关系中，城市和乡村作为两个相对的概念，存在着诸多差异。同时，城乡之间还存在着亦乡亦城的中间层面——镇。一般来讲，把人口规模较大的城市聚落称为城市，把人口数量较少、与农村还保持着直接联系的城市聚落称为镇。镇在我国是一级行政单元，镇以上是城市，镇以下是乡村。

#### 1. 我国的城乡划分

（1）我国的城乡行政体系 国家统计局《关于统计上划分城乡的暂行规定》及说明中，对城镇和乡村从行政体制上有比较明确的定义：城镇是指在我国市镇建制和行政区划的基础区域，乡村是指城镇以外的其他区域。城镇包括城区和镇区。城区是指在市辖区和不设区的市（包括不设区的地级市和县级市）中，街道办事处所辖的居民委员会地域，以及城市公共设施、居住设施等连接到的其他居民委员会地域和村民委员会地域。镇区是指在城区以外的镇和其他区域中，镇所辖的居民委员会地域，镇的公共设施、居住设施等连接到的村民委员会地域，常住人口在 3000 人以上独立的工矿区、开发区、科研单位、大专院校、农场、林场等特殊区域。乡中心区是指乡、民族乡人民政府驻地的村民委员会地域和乡所辖居民委员会地域。村庄是指农村村民居住和从事各种生产活动的区域，以及未划入城镇的农场、林场等区域。

《关于统计上划分城乡的暂行规定》以国务院关于市镇建制的规定和我国的行政区划为基础，以民政部门确认的居民委员会和村民委员会为最小划分单元，将我国的地域划分为城镇和乡村。这和《城乡规划法》中，城乡规划包括城镇体系规划、城市规划、镇规划、乡规划和村庄规划的划分体系基本一致。

（2）城乡的行政建制构成 我国的城市为人口数量达到一定规模，人口和劳动力结构、产业结构达到一定要求，基础设施达到一定水平，或有军事、经济、民族、文化等特殊要求，并经国务院批准设置的具有一定行政级别的行政单元，通常称设市城市，也称建制市。

在我国，除了建制市以外的城市聚落都称之为镇。其中具有一定人口规模，人口和劳动力结构、产业结构达到一定要求，基础设施达到一定水平，并被省（直辖市、自治区）人民政府批准设置的镇为建制镇，其余为集镇。县城关镇是县人民政府所在地的镇，其他镇是县级制以下的一级行政单元，而集镇不是一级行政单元。

图 5-1 表示了我国典型的城乡行政建制。以一个地级城市举例来看，它的市域由中心城市和由其所辖的县级市和县组成，中心城市是地级市的行政、经济、文化中心（一般下设区级建制，又称设区城市），它包括中心城区和所辖的乡、镇行政区。县级市由其城区和所辖的镇和乡组成。县和县级市平级，其区域经济和服务对象更侧重农村，它的中心是县政府所

在地镇，也称县城关镇或城厢，具有城市的属性。县下面辖有镇和乡。

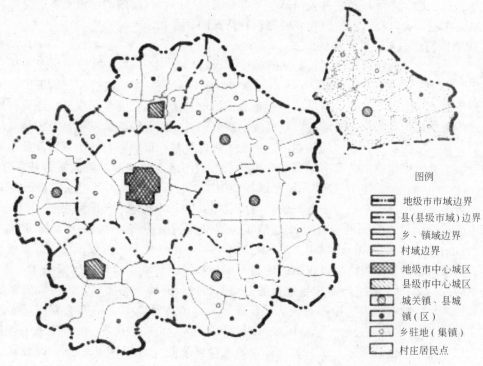

图例
- ▥▥ 地级市市域边界
- ▭▭ 县（县级市域）边界
- ▭▭ 乡、镇域边界
- ▭▭ 村域边界
- ▩ 地级市中心城区
- ▨ 县级市中心城区
- ◉ 城关镇、县城
- ● 镇（区）
- ◎ 乡驻地（集镇）
- ▭ 村庄居民点

图 5-1　我国行政地域城市、县、镇、村关系示意图

　　镇和乡一般是同级行政单元。传统意义上的乡是属于农村范畴的。乡政府驻地一般是乡域内的中心村或集镇，通常情况下没有城镇型聚落。而镇则有更多的含义。第一，在镇的建制中存在的镇区，总体上被认为是"小城镇"，镇区具有城镇的特性，与城市有更大的相似；第二，镇与农村有千丝万缕的联系，是农村的中心社区；第三，镇偏重于乡村间商业中心，在经济上是有助于乡村的。可以认为镇是城乡的中心地带，是城乡的桥梁和纽带，具有为农村服务的功能，也是农村地区城镇化的前沿。

　　镇和乡的下级单位是行政村，行政村可以是一个村落，也可以包括多个村落或自然聚落。行政村是我国最小的一级农村地区的基层组织。

　　（3）我国城乡建制的设置特点　　在我国，广义的市是指其行政辖区，既包括主城区，还包括主城区之外的城镇和农村地区（郊区），规划上一般称市域。镇属于城市聚落，有其自身的镇区，同时，镇也含有其所辖的其他集镇和农村区域，同样具有"城带乡"的二重性，规划上一般称镇域。镇与市的二重性有本质区别，市的社会经济活动是以"城"为中心，具有更强的聚集作用，其所辖的城镇和乡村的从属地位比较明显；而镇的社会经济活动是以"乡村"为服务对象，其聚集功能的产生，是经济发展的结果，其所辖乡村和集镇体现相对更多的自主性。

　　乡的设置是针对其农村地区的属性，这是乡与镇的典型区别。由于乡的社会经济发展背景处在农业社会的大环境下，乡所辖村虽然和镇所辖村一样，也体现一定的自主性，但经济产业条件使其不具备聚集的内因趋势，乡中心也不具备镇区的聚集条件，通常乡驻地的职能是行政管理和服务。

　　除了理论上的城乡差异，我国的城乡还存在着制度和政策性差异。由于我国城乡的二元结构，在城乡聚落的不同层次上反映出差异的变化。对于城市，人口主要是城市居民，城市建设是在国有土地上进行；而乡村人口基本上都是农村户口，村庄内的建设基本上全部属于集体用地。在城市和农村之间的镇和乡镇则两种情况同时存在。

### 2. 我国镇的由来与设置标准的演变

"镇"，作为地名的通名经历了长时间的演变过程。"镇"这一名称的最早出现，是公元4世纪的北魏时期，当时是国家设置于各地的军事组织，不是一级行政单元。到唐代，镇演变为一种小的军事据点。至五代时，镇的设置遍于内地，镇的官员除掌军权外，还握有地方实权。宋代为加强中央集权，大部分镇被罢废，以此同时，随着经济的发展，特别是商品交换的需要，在原有的草市、集市的基础上，出现了一批乡村小市镇，有些小市镇就是原来的军事据点，于是镇也由原来的军事据点演变成县以下的一级行政建制。清代实行城乡分治，规定府、厅、州、县治城厢为"城"，城厢以外的为镇、村庄、屯集，其中人口满五万者设镇，不足者设乡。民国时期的《县组织法》中规定，县以下的城镇地区设镇建制。

新中国成立以后，我国的设镇标准经历了三次变化。第一次是1955年，国务院发布《关于设置市、镇建制的决定》，规定"镇，是属于县、自治县领导的行政单位。县级或县级以上地方国家机关所在地，可以设置镇的建制，不是县级或县级以上地方国家机关所在地，必须是聚居人口2000人以上，有相当数量的工商业居民，并确有必要时，方可设置镇的建制。少数民族地区如有相当数量工商业居民，聚居人口虽不及2000，确有必要时，亦得设置镇的建制。"第二次是经过三年经济困难时期，1963年在《中共中央、国务院关于调整市镇建制，缩小城市郊区的指标》中，对原有设镇人口标准提高到2500人以上，而且具体化了总人口中的非农人口比例，并取消了政治上的特殊条件。这样，全国镇的数量大大减小，到1963年底只有4429个，到1980年减少到2874个，1982年第三次人口普查时仅剩2664个。第三次是1984年，随着经济体制改革的深入，调整了建镇标准，民政部《关于调整建制镇标准的报告》中规定，"总人口在20000人以下的乡，乡政府驻地非农业人口超过2000人的，或总人口在20000人以上的乡，乡政府驻地非农业人口占全乡人口10%以上的，可以设建制镇"，"少数民族地区、人口稀少的边远地区、山区和小型工矿区、小港口、风景旅游、边境口岸等地，非农业人口不足2000人，如确有必要，也可以设置镇的建制"。到1984年底，全国2366个县有6211个县辖建制镇，每镇平均人口2.165万人，其中非农业人口8417人。此外还有8万多个乡镇（非建制镇）。到2006年，建制镇的数量已达17645个。可以看出，设镇标准的变化是和国家的政治经济发展密不可分的。

### 3. "小城镇"

在镇、乡和村庄规划中，不可避免地要涉及小城镇的问题，充分了解小城镇的相关政策，对于规划的编制十分重要。"小城镇"一词具有广义性，它不是一个行政建制的概念，却具有一定的政策属性。总体而言，"小城镇"是建制镇和集镇的总称，建制镇是一级行政单元，而集镇不是一级行政单元。"小"字是相对于城市而言，人口规模、地域范围、经济总量、影响能力等较小而已，所以，有时候除了建制镇和集镇，县城关镇甚至小的城市都可以纳入"小城镇"的范畴。

不同部门对于小城镇所涵盖的范围有不同的解释。民政部门所说的"小城镇"专指"建制镇"，经济部门把"县级市"列入小城镇的范畴，建设部制定的《关于加强小城镇建设的若干意见》指出：建制镇要依据《城市规划法》、集镇要依据《村庄和集镇规划建设管理条例》等进行规划、建设和管理。这里的"小城镇"显然是指建制镇和集镇。

"小城镇"是指一个约定俗成的概念，并没有大家公认的严格界定，一般认为，提到小城镇，可能处于三个角度的考虑：一是说它属于一种规模描述，指那些规模较小的城镇；二是说它属于一种地域空间描述，指农业地区内那些以非农产业为主要职能的城镇化地区；三是说它是行政建制描述，其核心是建制镇。在现实工作中，小城镇更多情况下是一种政策概念，是有别于城市和乡村的一种居民点类型，因为其自身的特点和特殊的地位，党和国家出台了一系列专门政策，指导其建设和发展。

学术界不同研究领域对小城镇的含义、理解和研究重点上存在着差异。社会学界对于小城镇更注重其社会意义，即处在城市与乡村之间的过渡部位的社会形态、演变形式以及相关政策等，以推动整个社会的发展。地理学界注重小城镇地域形态的变化，以及相应的城镇体系和空间结构的演变、城镇人口等级结构的演变和城镇职能结构的演变。经济学界对小城镇更为关注的是其经济结构的演变、经济发展模式的形成、经济发展方向，特别是主导产业的确定以及与此相关的经济政策和发展战略的制定。城市规划专业重点关注小城镇的内部空间结构和经济布局、基础设施的建设、不同类型地区（不同自然环境、发展水平和特色等）小城镇的规划布局要求和方法。

## 二、镇、乡和村庄规划的工作范畴

### 1. 镇、乡和村庄规划的法律地位

《城乡规划法》把镇规划与乡规划作为法定规划，含在同一规划体系内，纳入同一法律管辖范畴，明确了镇政府和乡政府的规划责任。同时，《城乡规划法》将镇规划单独列出，顺应了我国城镇化建设的需求，有助于促进城乡协调发展。这种基于行政层级的规划体系，有利于明确基层政权的规划责任，通过规划为农村地区提供更好的公共服务，进而为小城镇的发展提供基本的法律保障。

《城乡规划法》中明确，在城乡规划体系中，制定镇规划、乡规划和村规划是不同的组成部分，并自成系统。镇、乡和村庄规划要更好地为社会主义新农村的建设服务，注意保护资源和生态环境，从满足乡村广大村民和居民需要出发，因地制宜，量力而行，实现农村和小城镇的经济、社会和生态环境的可持续发展。

所有的镇必须制定规划，而乡和村庄并非都必须编制规划，这基本上是把镇作为城市型居民点对待，有别于农村居民点相对宽泛的要求。

（1）镇规划的法律地位　1978年我国仅有建制镇2173个。这些镇以县城镇和工矿城镇为主，其经济社会结构和小城市相似，与周围农村的经济社会联系相对较弱。1989年通过的《城市规划法》中，将镇纳入到城市的范畴，指出"城市是指国家按行政建制设立的直辖市、市、镇"，初步确立了镇在我国城乡规划法规体系中的法律地位。依据我国宪法，镇与乡同为我国的基层政权组织，实行直接管理群众性自治组织（村民委员会、居民委员会）的体制，是实现城乡统筹的关键点。

进入新世纪后，我国经济社会发生了巨大变化，实现中国特色城镇化的条件发生了较大变化，镇的地位和作用面临着新的机遇和挑战。在这个时期，小城镇的发展呈现新的局面。到2006年，建制镇的数量已达17645个。以浙江省为例，目前全省2000多万农村劳动力已经有1200万以上在从事第二、第三产业。这种变化促使我国原有的城乡二元结构发生了根本性变化，以建制镇为核心的小城镇，在事实上构成了具有中国特色的城镇化进程的重要组成部分。建制镇正在发展成为农业为主、商贸旅游、工矿开发等多种产业为依托的、各具特色的新型小城镇。"镇"的概念和过去相比有着本质的区别。

我国原有城乡规划法律制度受到历史形成的城乡二元结构的影响，把城市和乡村分别对待。不同的法律和法规，分别就城市论城市、就乡村论乡村，不利于城乡统筹发展，还使得

处在中间的镇规划缺少法律依据，在一些地区无法进行有效的规划管制。目前全国约两万个建制镇中，相当大一部分是由原先的集镇在近些年来发展升格而形成的。从原有的立法角度来说，建制镇和集镇的规划分别依据《城市规划法》与《村庄和集镇规划建设管理条例》，对于集镇的规划，《村庄和集镇规划建设管理条例》是把集镇和村庄归于同一范畴，而在规划理论与方法上又多采用城市规划的基本思路。集镇到建制镇的行政级别的质变，是居民点发展的一种量变过程，但由于不同的法律，制度上的突变使得原来与村庄有着密切的联系的集镇在行政上成为建制镇后，具备了城市规划的法律属性。

镇这个称谓所描述的居民点位于城乡居民点体系的交界层次，总体上处于变化过程之中，具有明显的不稳定性，所以，镇的外延难以界定。这种含混的结果，是因为镇规划建设问题在立法上没有得到应有的重视，只是将其作为一种规模较小的城市一笔带过，或者将其雏形作为乡村中心，混同于一般村庄。镇的地位及其规划缺乏实事求是的定位和规范，导致了小城镇规划的法律规范薄弱。

镇规划的编制组织、编制内容随着形势的发展需要，应加强规划的综合协调和社会服务与管理职能，积极稳妥地推进中国特色的城镇化进程，保证镇的健康发展和社会主义新农村建设的正确方向。2007年11月28日颁布的《城乡规划法》将镇的规划单独设置，区别于城市规划、乡和村庄规划，使其成为一个独立的规划，是法律确定新的城乡规划体系的重要环节。《城乡规划法》还特别强调了小城镇建设和发展要为周边农村服务的要求，突出了小城镇作为农村地区经济和服务中心的角色。与此同时，《城乡规划法》顺应体制改革的需要和部分小城镇迅猛发展的现实，赋予一些小城镇拥有部分规划行政许可的权利。对于镇规划建设重点，法律提出了有别于城市和村庄的要求，这是考虑到镇自身特点提出的，是统筹城乡发展的重要制度安排。

（2）乡和村庄规划的法律地位　《城乡规划法》颁布前，我国乡村规划工作面临的问题，一是城乡分割的规划管理制度不能适应城镇化快速发展的需要，二是乡村规划的制定和管理相对滞后。乡和村庄规划管理薄弱，村庄建设散乱，既浪费了土地资源，又破坏了人居环境。部分乡、村庄没有规划，一些乡规划、村规划盲目模仿城市规划，没有体现农村特点，难以满足农民生活和农村发展的需要，无法真正实施。乡村规划缺乏强有力的法律规范，导致乡村建设难以逐步实现集约化发展。

近年来，随着各地贯彻落实党中央、国务院提出的一系列解决"三农"问题的政策措施，农民收入实现了较快增长，农民的生活观念和思想方式发生了重大变化，农村经济社会发展取得了巨大的成就。但与实现全面建设小康社会的目标相比，农村各项事业的发展还存在着较大差距，农民的生活质量不高，农村面貌依然落后。为了落实城乡统筹发展的要求和建设社会主义新农村的需要，必须做到规划先行、全面考虑、统筹协调、避免盲目建设，从根本上改变农村建设中存在的没有规划、无序建设和土地资源浪费的现象。

《城乡规划法》对乡规划和村庄规划的制定和实施做出了相关规定，明确了乡规划和村庄规划的编制组织、编制内容等，将城镇体系规划、城市规划、镇规划、乡规划和村庄规划统一纳入一个法律管理，确立了乡和村庄规划的法律地位，为真正实现统筹城乡发展，充分发挥城乡规划在引导城镇化健康发展、促进城乡经济社会可持续发展中的统筹协调和综合调控作用确定了法律基础。

**2. 镇规划的工作范畴**

我国除了建制市以外的城市聚落都称之为镇。镇人口数量较少，与农村还保持着直接联系。其中，具有一定人口规模，人口和劳动力结构、产业结构达到一定要求，基础设施达到一定水平，并被省（直辖市、自治区）人民政府批准设置的镇为建制镇。县城关镇是县人民政府所在地的镇，其他建制镇是县以下的一级行政单元。

在建设部颁布的《镇规划标准》中，对镇的定义是：镇是经省级人民政府批准设置。其中，涉及镇规划的规划区，镇域是镇人民政府行政的地域；镇区是镇人民政府驻地的建成区和规划建设发展区。《城乡规划法》第二十九条指出，镇的建设和发展应当结合农村经济社会发展和产业结构的调整，为周边农村提供服务。

（1）镇的现状等级层次——行政体系 镇的现状等级层次一般分为县城关镇（县人民政府所在地镇）、县城关以外的建制镇（一般建制镇）、集镇（农村地区）。我国县制是一个历史悠久、长期稳定的基层行政单元。县城关镇对其所辖乡镇进行管理，是县城内的政治、经济、文化中心，镇内的行政机构设置和文化设施比较齐全。县域以外建制镇也是一级行政单元，是县域内的次级小城镇，是农村一定区域内政治、经济、文化和生活服务中心。按国家规定，"集镇"包括"乡、民族乡人民政府所在地"和"经县人民政府确认的由集市发展而成的作为农村一定区域经济、文化和生活服务中心的非建制镇"两种类型。集镇不属于镇的规划范畴。

（2）镇的规划等级层次——规划体系 镇的规划等级层次在县域城镇体系中一般分为县城关镇、中心镇、一般建制镇。县城关镇广义上讲多为县域范围内的中心城市。中心镇指县域城镇体系中的各分区内，在经济、社会和空间发展中发挥中心作用，且对周边农村具有一定社会经济带动作用的建制镇，是带动一片地区发展的增长极核，在区域内的分布相对均衡。一般镇指县城关镇、中心镇以外的建制镇，其经济和社会范围影响仅限于本镇范围内，多是农村的行政中心和集贸中心。镇区规模普遍较小，基础设施水平也相对较低，第三产业和规模层次较低。

为体现政府的政策导向，适应并满足规划管理工作的需要，在规划中除明确"中心镇"以外，还应该确定规划期内拟重点扶持和发展的"重点镇"，其在分布上往往是不均衡的。重点镇是指条件较好，具有发展潜力，政策上重点扶持发展的镇。

（3）县城关镇（县人民政府所在地镇）规划的工作范畴 《镇规划标准》认为，由于县人民政府所在地镇与其他镇虽同为镇建制，但两者从其管辖的地域规模、性质职能、机构设置和发展前景来看却截然不同，两者并不处在同一层次上。县人民政府所在地的县城关镇的规划参照城市的规划标准编制。

编制县城关镇规划时，应编制县城城镇体系规划。县城城镇体系是县级人民政府行政地域内，在经济、社会和空间发展中有机联系的城、镇（乡）群体。

（4）一般建制镇（县城关镇外的其他建制镇）规划的工作范畴。就编制的内容而言，从《城乡规划法》第十七条中可以看到，镇规划的内容和城市规划的内容基本一致，各有侧重。城市的规划是以中心城市和城镇为核心，在城镇体系规划中进行宏观的区域协调，中心城市和城镇具有强势的核心作用，是地区的经济中心。县城关镇同样具有这样的作用。而就一般建制镇的工作范畴看，它的规划介于城市和乡村之间，服务农村，有其特定的侧重面，既是有着经济和人口聚集作用的城镇，又是服务镇域广大农村地区的村镇。因此，这些镇的规划有别于城市和乡村，它的存在是为农村第一产业服务，又有第二、第三产业的发展特征。

一般建制镇编制规划时，应编制镇域镇村体系规划，镇域镇村体系是镇人民政府行政地域内，在经济、社会和空间发展中有机联系的镇区和村庄群体。镇村体系村庄的分类有中心村和基层村（一般村），中心村是镇村体系中设有兼为周围村服务的公共设施的村，基层村是中心村以外的村。

### 3. 乡和村庄规划的工作范畴

在我国的行政体制中，乡和一般建制镇处在同一级别。乡人民政府是我国农村地区的基层政权组织，是县以下的农村行政区域。中华人民共和国建立之初曾设乡政权。1958 年人民公社化后撤销，实行政社合一的人民公社体制。1982 年的《中华人民共和国宪法》规定，恢复乡政权。到 1985 年 6 月将原有 5.6 万多个人民公社改建成 9.2 万多个乡（其中民族乡3144 个）。乡政权不设人民代表大会常设机关，也不设独立的审判和检察机关。政社分开后，乡政府的经济职能被分离出来，形成政党、政府、联社（农工商总公司、经济合作社、经济委员会）三套机构。

在建设部颁布的《村庄和集镇规划建设管理条例》中所称的集镇，是指乡、民族乡人民政府所在地和经县级人民政府确认由集市发展而成为农村一定区域经济、文化和生活服务中心的非建制镇。其规划区，是指集镇建成区和因集镇建设及发展需要实行规划控制的区域。

《镇规划标准》中明确，乡规划可按《镇规划标准》执行。这是由于镇与乡同为我国基层政权机构，且都实行以镇（乡）管村的行政体制，随着我国乡村城镇化的进展、体制的改革，使编制的规划得以延续，避免因行政建制的变更而重新进行规划，因此，乡规划也属于镇规划的工作范畴。在考虑乡规划的变化时，乡规划可以与镇规划采用同一标准，是指乡域总体规划，包括乡域村庄体系规划，采用与镇总体规划相同的工作方法。在乡域村庄体系中，一般分为中心村和基层村。乡政府所在地的村或集镇为乡中心区。

在目前为止，乡的建制还存在。应该看到，乡的存在，更依托于第一产业为主的农村地区，因此乡规划更注重为农村人口服务，为农村产业服务。由于行政体制和管理权限的不同以及不同的发展情况，乡中心集镇的规划可以按照《镇规划标准》参照镇区的编制方法编制，也可根据具体情况，依据《村庄和集镇建设管理条例》采用类似村庄规划的编制方法。

《村庄和集镇规划建设管理条例》所称的村庄，是指农村村民居住和从事各种生产的聚居点。其规划区，是指村庄建成区和因村庄建设及发展需要实行规划控制的区域。村庄规划的对象是农村地区，是对基层的行政单位所辖范围和居民点。村庄规划和乡规划同样都应当从农村实际出发，尊重农民意愿，体现地方和农村特色。在一些经济比较发达规模比较大的村庄，可以根据村庄发展建设的实际需要，研究村域发展，编制专项规划。目前，其规划编制的主要依据是《村庄和集镇规划建设管理条例》，所采用的技术标准是《村镇规划编制办法》。村庄、集镇规划区的具体范围，在村庄、集镇总体规划中划定。

### 4. 把握规划任务的属性

镇、乡和村庄的规划，不同经济发展水平地区、不同类别、不同等级应采用不同的发展策略，规划也要采用不同的编制手段。把握不同情况下的镇、乡和村庄的规划任务属性，体现的是规划编制中的实事求是的务实作风。

（1）确定不同乡镇的规划范畴　镇、乡和村庄作为我国基层的行政组织和居民点，都与广大农村地区有不同程度的关系。但由于我国地域广阔、地区差别大，不同地区不同发展条件的镇、乡和村庄，在规划编制的内容和方法上存在较大的差异。在规划编制中，如何把握规划任务的属性和范畴，不仅仅取决于规划对象的行政建制和级别，同时更重要的要看其经济社会特征，才能编制符合实际发展需要的可以指导建设的实事求是的规划。

从原有的相关法律、法规和条例看，建制镇和集镇分属《城市规划法》与《村庄和集镇规划建设管理条例》管辖。以《城市规划法》为指导的法规和相关条例以及规划编制办法，是比较有针对性的普遍意义上的规划办法，在规划编制中，镇、乡和村庄要按照各自所属的规划范畴组织规划编制，但在实际工作中应因地制宜地确定相应规划对象的规划类别，这一点在镇、乡和村庄规划中至关重要。确定规划的工作范畴，要对实际情况加以分析，研究镇、乡和村庄的经济类型、发展趋势、资源条件、社会和政治因素等问题，才能把握相应的工作范畴。切忌仅仅依照行政建制的划分，来简单确定规划工作的范畴。

（2）经济发达的镇、乡和村庄规划范畴采用更高层次 有些乡、集镇已经具有建制镇甚至小城市的特性，就不能纳入村镇规划范畴，而应以城镇规划考虑。比如，由于地域发展条件或其他经济发展的特别原因，某些乡级建制的地区经济发展水平较高，非农经济比例较大，人们的生产和生活方式早已不是传统的农耕方式，而是以现代制造业和现代服务业为主，虽然由于种种原因仍然保留乡的建制，但实际城镇化的趋势比较明显，无论是产业发展方向、功能结构，还是人口和建设规模以及经济规模，都已经超出了乡村的范畴，在规划编制思路和技术路线上需要从更高的层面和视角予以对待，可以将其纳入镇规划的工作范畴。

（3）不具备现实发展条件的乡镇规划范畴采用低一层次 有些建制镇仍处在第一产业的主导，仅仅具有建制镇的行政级别，可考虑纳入村镇规划的范畴。例如，一些山区镇，或许因为交通条件，或许因为生态限制要素，发展十分缓慢或不具备发展条件，而仅仅是因为行政建制的原因作为建制镇设置，其产业结构仍以农村第一产业为主，基本没有工业和服务业，镇的空间形态也主要是乡村面貌，其实际意义就是乡村，而不具备城镇的特质，其规划范畴在技术层面上应纳入乡规划的范畴。

（4）特殊情况下的镇、乡和村庄规划范畴 有的镇、乡和村庄，现状条件发展一般，但区位上有特殊的地位，或许已有或即将有良好的交通条件，或许和中心城市或村镇的核心建设区域临近，或许因为其他的社会、经济、政治的原因，在规划工作中需要考虑这些外部因素，来决定其规划的范畴。另外，尽管地区发展落后，人口稀少，但辖区面积很大，所以仍然要在本行政级别上确定规划范畴。

## 三、镇、乡和村庄规划的主要任务

### 1. 镇规划的主要任务

（1）镇规划的作用 按照《城乡规划法》的规定，镇规划是对镇行政区内的土地利用、空间布局以及各项建设的综合部署，是管制空间资源开发，保护生态环境和历史文化遗产，创造良好生活生产环境的重要手段，是指导与调控镇发展建设的重要公共政策之一，是一定时期内镇的发展、建设和管理必须遵守的基本依据。镇规划在指导镇的科学建设、有序发展、规划协调和社会服务等方面具有先导作用。

（2）镇规划的任务 镇规划的任务是对一定时期内城镇的经济和社会发展、土地使用、空间布局以及各项建设的综合部署与安排。

镇总体规划的主要任务是：综合研究和确定城镇性质、规模和空间发展形态，统筹安排城镇各项建设用地，合理配置城镇各项基础设施，处理好远期发展和近期建设的关系，指导城镇合理发展。

镇（乡）域规划的任务是：落实市（县）社会经济发展战略及城镇体系规划提出的要求，指导镇区、村庄规划的编制。对于区域范围内形成城乡覆盖的规划体系具有重要意义。

镇区总体规划的任务是：落实市（县）域城镇体系规划和镇域规划提出的要求，合理利用镇区土地和空间资源，指导镇区建设和详细规划的编制。

镇区控制性详细规划的任务是：以镇区总体规划为依据，控制建设用地性质、使用强度和空间环境，制定用地的各项控制指标和其他管理要求。控制性详细规划是镇区规划管理的依据，并指导修建性详细规划的编制。

镇区修建性详细规划的任务是：对镇区近期需要进行建设的重要地区做出具体的安排和

规划设计。

镇规划的具体任务包括：收集和调查基础资料，研究满足镇的经济社会发展目标的条件和措施；研究确定城镇的发展战略，预测发展规模，拟定分期建设的技术经济指标；确定城镇功能和空间布局，合理选择各项用地，并考虑城镇用地的长远发展方向；提出镇（乡）域镇村体系规划，确定镇（乡）域基础设施规划原则和方案；拟定新区开发和旧城更新的原则、步骤和方法；确定城镇各项市政设施和过程设施的原则和技术方案；拟定城镇建设用地布局的原则和要求；安排城镇各项重要的近期建设项目，为各单项工程设计提供依据；根据建设的需要和可能，提出实施规划的措施和步骤；控制性详细规划应详细制定用地的各项控制指标和其他管理要求；修建性详细规划直接对建设做出具体的安排和规划设计。

（3）镇规划的特点

① 镇规划的对象特点。我国镇的数量多，分布广，差异大，具有很强的地域性；镇的产业结构相对单一，经济具有较强的可变性和灵活性；镇的社会关系、生活方式、价值观念处于转型期，具有不确定性和可塑性；镇的基础设施相对滞后，需要较大的投入；镇的环境质量有待提高，生态建设有待改善，综合防灾减灾能力亟待加强；在地域发展中，镇的依赖性较强，需要在区域内寻求互补与协作；镇的形成和发展一般多沿综合交通走廊和经济轴线发展，对外联系密切，交通联系可达性强。

② 镇规划的技术特点。我国镇规划技术层次较少，成果内容不同于城市规划；规划内容和重点应因地制宜，解决问题具有目的性；规划技术指标体系地域性较强，具有特殊性；规划资料收集及调查对象相对集中，但因基数小，数据资料具有较大的变动性；原有规划技术水平和管理技术水平相对较低，更需正确引导以达到规划的科学性和合理性；规划更注重近期建设规划，强调可操作性。

③ 镇规划的实施特点。目前政策、法规和配套标准不够完善，支撑体系较弱，更需要具体的实施指导性；规划管理人员缺乏，需要更多的技术支持和政策倾斜性；不同地区、不同等级与层次、不同规模、不同阶段的镇差异性较大，规划实施强调因地制宜；镇的建设应强调根据自身特点，采用适宜技术和形成特色；我国的镇量大面广，规划实施强调示范性和带动性；镇的建设要强调节约土地、保护生态环境；镇的发展变化较快，规划实施动态性强。

**2. 乡和村庄规划的主要任务**

（1）乡和村庄规划的作用　乡规划和村庄规划是做好农村地区各项建设工作的先导和基础，是各项建设管理工作的基本依据，对改变农村落后面貌，加强农村地区生产生活服务设施、公益事业等各项建设，推进社会主义新农村建设，统筹城乡发展，构建社会主义和谐社会具有重大意义。

（2）乡和村庄规划的任务　第一，从农村实际出发，尊重农民意愿，科学引导，体现地方和农村特色。第二，坚持以促进生产发展、服务农业为出发点，处理好社会主义新农村建设与工业化、城镇化快速发展之间的关系，加快农业产业化发展，改善农民生活质量与水平。第三，贯彻"节水、节地、节能、节材"的建设要求，保护耕地与自然资源，科学、有效、集约地利用资源，促进广大乡村地区的可持续发展，保障构建和谐社会总体目标的实现。第四，加强农村基础设施、生产生活服务设施建设以及公益事业建设的引导与管理，促进农村精神文明建设，培育新型农民。

乡和村庄规划各阶段的主要任务如下。

乡和村庄的总体规划，是乡级行政区域内村庄和集镇布点规划及相应的各项建设的整体部署。包括乡级行政区域的村庄、集镇布点，村庄和集镇的位置、性质、规模和发展方向，村庄和集镇的交通、供水、供电、商业、绿化等生产和生活服务设施的配置。

乡和村庄的建设规划，应当在总体规划指导下，具体安排村庄和集镇的各项建设。包括住宅、乡（镇）村公共设施、公益事业等各项建设的用地布局、用地规划，有关的技术经济指标，近期建设工程以及重点地段建设具体安排。

村庄建设规划可以根据本地区经济发展水平，主要对住宅和供水、供电、道路、绿化、环境卫生以及生产配套设施做出具体安排。

# 第二节　镇规划的编制

## 一、镇规划概述

### 1. 镇规划的依据

（1）法律法规依据　镇规划的法律依据主要包括《中华人民共和国城乡规划法》、《中华人民共和国土地管理法》、《中华人民共和国环境保护法》、《城市规划编制办法》、《城市规划编制办法实施细则》、《城镇体系规划编制审批办法》、《村庄和集镇规划建设管理条例》以及各省（自治区）、地（市、自治州）、县（市、旗）村镇规划技术规定、村镇规划建设管理规定和村镇规划编制办法等。

（2）规划技术依据　镇规划技术依据为相关标准规范以及上位规划和相关的专项规划，主要包括《镇规划标准》和《村镇规划卫生标准》、城镇体系规划、城市总体规划、相关区域性专项规划、镇域土地利用总体规划等。

（3）政策依据　国家小城镇战略及社会经济发展对小城镇规划建设的宏观指导和相关要求；国家和地方对小城镇发展制定的相关文件；各省（自治区）、地（市、自治州）、县（市、镇）对本地区小城镇的发展战略要求；地方政府国民经济和社会发展计划；地方政府国民经济和社会发展计划；地方政府《政府工作报告》；上级政府及相关职能部门对小城镇建设发展的指导思想和具体意见。

### 2. 镇规划的原则

（1）宏观指导性原则　人本主义原则：充分利用现代文明成果，强调人文关怀，因地制宜地建立适合人类生存与发展和谐的人居环境，构筑具有一定乡土特色和地域特色的小城镇社会经济与文化发展模式。

可持续发展原则：坚持综合、长期、渐进的可持续发展战略，突显人口、经济、社会、资源与环境的协调发展。

区域协同、城乡协调发展原则：在区域社会经济发展整体战略指导下，谋求产业发展、人口分布、居民点建设、基础设施布点、生态环境改善的城乡有机整合，促进城乡经济、社会、文化相互渗透、相互融合，达成城市与乡村共生共荣、区域整体协调发展。

因地制宜原则：小城镇地区差异大，发展条件不同，要充分发挥特色优势，强化地域特色，采用适宜技术，走特色发展之路。

市场与政府调控相结合的原则：按市场经济规律进行资源合理配置，充分提高土地使用效率。对城镇公益设施实现政府的有效调控，保证小城镇社会、经济、环境的综合协调发展。

（2）规划技术原则　科学合理性原则：坚持科学合理性，兼顾小城镇规划的价值合理和技术合理。

完整性原则：全面考虑各项规划影响因素，完善各项规划内容。

独特性原则：挖掘特色要素，强化地域特色。

灵活性原则：注重适应性，加大规划弹性，留有发展余地。

创新性原则：探索新方法，应用新技术，促进体制创新。

集约性原则：节约资源，提高效益，促进集约化发展。

连续性原则：尊重历史，尊重现状，近远期结合，滚动发展。

可操作性原则：着眼长远，立于现实；政策到位，措施得力；强化规划的可操作性。

### 3. 镇规划的指导思想

制定和实施镇总体规划，必须以建立资源节约型、环境友好型城镇，构建和谐社会，服务"三农"，促进社会主义新农村建设为基本目标，坚持城乡统筹的指导思想。

首先，落实城市总体规划等上位规划对镇发展的战略要求，统筹考虑镇在市（县）域产业发展、功能配置、城镇空间中的地位与作用。立足引导，以产业发展带动城镇发展，明确发展方向与目标。第二，以促进城乡协调发展、全面落实科学发展观和建设社会主义新农村为出发点，坚持城乡统筹、协调发展，推动城乡一体化发展，完善并提高农村地区的设施建设与服务水平，全面解决"三农"问题。第三，依据自身区位、资源与特点，分类指导，突出优势，强化市政交通基础设施的服务与引导作用，保障市政交通基础设施建设，建立高效、便捷的城镇支撑体系，提升镇的综合辐射能力与区域带动能力。第四，全面履行政府在社会管理、公共服务方面的职能，构建和谐社会。通过镇中心区建设带动周边地区的城镇化，不断改善城乡生产生活条件。第五，强化生态环境和资源集约利用的前提地位，节约水、地、能源、原材料，加强生态环境的保护与建设，建设资源节约型和生态保护型社会；保护历史文化，尊重地方民族特色和优良传统，促进镇的经济、社会、环境的协调可持续发展。

镇的规划应带动农村经济和社会发展，加速城市化进程；应尊重规律、循序渐进、因地制宜、科学规划、深化改革、创新机制、统筹兼顾、协调发展；应突出重点，以点带面，强调集聚性和发挥服务功能；应严格执行有关法律、法规，并通过政策指导和规范化，推动镇的建设；应坚持适度标准，提高基础设施的服务水平；要保护耕地，集约利用土地，保护生态环境、优化人居环境；要注意保护文物古迹和自然景观，形成风貌特色。

### 4. 镇规划的阶段和层次划分

镇规划包含县人民政府所在地镇的规划和其他镇的规划，分为总体规划和详细规划，详细规划分为控制性详细规划和修建性详细规划。总体规划之前可增加总体规划纲要阶段。

县人民政府所在地镇的总体规划包括县域城镇体系规划和县城区规划，其他镇的总体规划包括镇域规划（含村镇体系规划）和镇区（镇中心区）规划两个层次。

镇可以在总体规划指导下编制控制性详细规划以指导修建性详细规划，也可以根据实际需要在总体规划指导下，直接编制修建性规划。

### 5. 镇规划的期限

镇的规划期限应与所在地域城镇体系规划期限一致，并且应编制分期建设规划，合理安排建设程序，使开发建设程序与国家和地方的经济技术发展水平相适应。一般来讲，镇总体规划期限为 20 年，近期建设规划可以为 5～10 年。镇总体规划同时可对远景发展做出轮廓性的规划安排。

## 二、镇规划的编制内容

### 1. 镇总体规划纲要

对于规模较大的镇，发展方向、空间布局、重大基础设施等不太确定，在总体规划之前可增加总体规划纲要阶段。总体规划纲要需论证城镇经济、社会发展条件，原则确定规划期内的发展目标；原则确定镇（乡）域镇村体系的结构与布局；原则确定规模和总体布局，选择城镇发展用地，提出规划区范围的初步意见。

**2. 县人民政府所在地镇规划编制的内容**

县人民政府所在地镇对全县经济、社会以及各项事业的建设发展起到统领作用，其性质职能、机构设置和发展前景都与其他镇不同，为充分发挥其对促进县域经济发展、统筹城乡建设、加快区域城镇化进程的突出作用，县人民政府所在地镇的总体规划应按照省（自治区、直辖市）域城镇体系规划以及所在市的城市总体规划提出的要求，对县域镇、乡和所辖村庄的合理发展与空间布局、基础设施和社会公共服务设施的配置等内容提出引导和调控措施。

（1）县域城镇体系规划主要内容　综合评价县域发展条件；制定县域城乡统筹发展战略，确定县域产业发展空间布局；预测县域人口规模，确定城镇化战略；划定县域空间管制分区，确定空间管制策略；确定县域城镇体系布局，明确重点发展的中心镇；制定重点城镇与重点区域的发展策略；划定必须制定规划的乡和村庄的区域，明确村庄布局基本原则和分类管理策略；统筹配置区域基础设施和社会公共服务设施，制定专项规划，专项规划应当包括交通、给水、排水、电力、邮政通信、教科文卫、历史文化资源保护、环境保护、防灾减灾、防疫等规划；制定近期发展规划，确定分阶段实施规划的目标及重点，提出实施规划的措施和有关建议。

（2）县城关镇区总体规划主要内容　分析确定县城性质、职能和发展目标，预测县城人口规模；划定规划区，确定县城建设用地的规模；划定禁止建设区、限制建设区和适宜建设区，制定空间管制措施；确定各类用地空间布局；确定绿地系统、河湖水系、历史文化、地方传统特色等的保护内容、要求，划定各类保护范围，提出保护措施；确定交通、给水、供电、邮政、通信、燃气、供热等基础设施和公共服务设施的建设目标和总体布局；确定综合防灾和公共安全保障体系的规划原则、建设方针和措施；确定空间发展时序，提出规划实施步骤、措施和政策建议。

**3. 一般建制镇规划编制的内容**

一般建制镇规划，应首先依据经过法定程序批准的所在地的城市总体规划、县域城镇体系规划，结合本镇的经济技术发展水平，对镇内的各项建设做出统筹布局与安排。

（1）镇域规划主要内容　提出镇的发展战略和发展目标，确定镇域产业发展空间；确定镇与人口规模；明确规划强制性内容，划定镇域空间管制分区，确定空间管制要求；确定镇区性质、职能及规模，明确镇区建设用地标准与规划区范围；确定镇村体系布局，统筹配置基础设施和公共设施，制定专项规划；提出实施规划的措施和有关建议，明确规划强制性内容。

（2）镇域镇村体系规划主要内容　调查镇区和村庄的现状，分析其资源和环境等发展条件，预测第一、第二、第三产业的发展前景以及劳动力和人口的流向趋势；落实镇区规划人口规模，制定镇区用地规划发展的控制范围；根据产业发展和生活提高的要求，确定中心村和基层村，结合村民意愿，提出村庄的建议调整思想；确定镇域内主要道路交通、公用工程设施、公共服务设施以及生态环境、历史文化保护、防灾减灾防疫系统。

（3）镇区总体规划主要内容　确定规划区内各类用地布局；确定规划区内道路网络，对规划区内的基础设施和公共服务设施进行规划安排；建立环境卫生系统和综合防灾减灾防疫系统；确定规划区内生态环境保护与优化目标，提出污染控制与治理措施；划定江、河、湖、库、渠和湿地等地表水体保护和控制范围；确定历史文化保护及地方传统特色保护的内容及要求。

**4. 镇规划的强制性内容**

规划区范围、规划区建设用地规模、基础设施和公共服务设施用地、水源地和水系、基本农田和绿化用地、环境保护、自然与历史文化遗产保护、防灾减灾等。

**5. 镇区详细规划编制的内容**

（1）镇区控制性详细规划主要内容　确定规划区内不同性质用地的界线；确定各地块主要建设指标的控制要求与城市设计指导原则；确定地块内的各类道路交通设施布局与设置要求；确定各项公用工程设施建设的工程要求；制定相应的土地使用与建筑管理规定。

（2）镇区修建性详细规划的主要内容　建设条件分析及综合技术经济论证；建筑、道路和绿地等的空间布局和景观规划设计；提出交通组织方案和设计；进行竖向规划设计以及公用工程管线规划设计和管线综合；估算工程造价，分析投资效益。

**三、镇规划编制方法**

**1. 镇规划的现状调研和分析**

（1）规划基础资料搜集　基础资料包括地质、测量、气象、水文、历史、经济与社会发展、人口、镇域自然资源、土地利用、工矿企事业单位的现状及规划、交通运输、各类仓储、经济和社会事业、建筑物现状、工程设施、园林、绿地、风景区、文物古迹、古民居保护、人防设施及其他地下建筑物、构筑物、环境等资料以及其他相关资料，包括年度政府工作报告、近五年统计年鉴、五年经济发展计划、地方志等。

详细规划的基础资料还包括：规划建设用地地形图，地质勘探报告，建设用地及周边用地状况，市政工程管线分布状况及容量，城镇建筑主要风貌特征分析等。

（2）现状调研的技术要点　现状调研要与相关上位规划要求保持一致，尤其在地区性道路系统、市政廊道和站点、生态安全系统等方面应符合有关专项规划的要求。在生态环境保护区、工程地质、地震地质、安全防护、绿化林地等方面应满足基本农田保护区、水源保护区、绿色空间等限建要求。

加强村庄整合规划研究，促进新农村建设，对涉及大规模村庄搬迁改造的规划项目应充分征求当地群众的意见，确保村庄改造搬迁先期实施，避免规划编制批复后项目难以实施或实施中断遗留各种问题。

对现状用地应增加用地权属的调查，对国有划拨用地、已出让国有用地使用权用地、农村集体土地进行全面分析，公平合理地统筹制定用地规划，避免因调查不清引起的规划纠纷。对现状土地使用情况进行调查统计，明确现状保留用地、可改造用地和新增用地，在规划时优先考虑存量土地的利用。

现状调查不仅应调查已经建成的项目，还应注意对已批未建项目（搁浅或暂停项目）、未批已建项目（手续不全或违法违章建设）进行认真逐一调查分析，在注重法律证据（是否有政府进行批复）的前提下与当地政府、建设单位和有关主管部门进行充分沟通，分析研究后再提出规划解决方案。

**2. 镇的性质的确定**

在镇规划编制过程中，镇的性质与规模是属于优先要确定的战略性工作。合理正确地拟定镇的性质与规模，对于明确其发展方向，调整优化用地布局，获取较好的社会经济效益都具有重要的意义。科学拟定镇的性质是搞好镇规划建设，引导社会经济健康发展的基本前提，也有利于充分发挥优势，扬长避短，促进镇经济的持续发展和经济结构的日趋合理。

确定镇的性质的依据有：区域地理条件、自然资源、社会资源、经济资源、区域经济水平、区域内城镇间的职能分工、国民经济和社会发展计划、镇的发展历史与现状。

确定性质的方法有定性分析和定量分析。定性分析通过分析镇在一定区域内政治、经济文化生活中的地位作用、发展优势、资源条件、经济基础、产业特征、区域经济联系和社会分工等，确定镇的主导产业和发展方向。定量分析在定性分析的基础上对城市的职能，特别是经济职能采用以数量表达的技术经济指标，来确定主导作用的生产部门；分析主要生产部门在其所在地区的地位和作用；分析主要生产部门在经济结构中的比重；通常采用同一经济技术指标（如职工数、产值、产量等），从数量上去分析，以其超过部门结构整体的 20%～30% 为主导因素；分析主要生产部门在镇用地结构中的比重，以用地所占比重的大小来表示。

镇性质的表述方法：区域地位作用＋产业发展方向＋城镇特色或类型。

### 3. 镇的人口规模预测

人口规模包括两个方面的内容：一是在规划期末小城镇的总人口，即镇域人口，应为其行政地域内户籍、寄住人口数之和，即镇域常住人口。二是规划期末镇区人口，即居住在规划区内的非农业人口、农业人口和居住一年以上的暂住人口。人口规模应以县域城镇体系规划预测的数量为依据，结合具体情况进行核定。人口规模预测还有以下方法。

综合分析法：将自然增长和机械增长两部分叠加，是镇规划时普遍采用的一种比较符合实际的方法。

经济发展平衡法：依据"按一定比例分配社会劳动"的基本原则，根据国民经济与社会发展计划的相关指标和合理的劳动构成，以某一类关键人口的需求总量乘以相应系数得出小城镇镇区人口总数。

劳动平衡法：劳动平衡法建立在"按一定比例分配社会劳动"的基本原理上，以社会经济发展计划确定的基本人口数和劳动构成比例的平衡关系来估算城镇人口规模。

区域分配法：以区域国民经济发展为依据，对镇域总人口增长采用综合平衡法进行分析预测，然后根据区域经济发展水平预测城市化水平，将镇域人口根据区域生产力布局和城镇体系规划分配给各个城镇或基层居民点。

环境容量法：根据小城镇周边区域自然资源的最大、经济及合理供给能力和基础设施的最大、经济及合理支持能力计算小城镇的极限人口容量。

线性回归分析法：线性回归分析法是根据多年人口统计资料所建立的人口发展规模与其他相关因素之间的相互关系，运用数理分析的方法建立数学预测模型。

机械人口增长应考虑的因素包括：根据产业发展前景及土地经营情况预测劳动力转移时，宜按劳动力转化因素对镇域所辖地域土地和劳动力进行平衡，预测规划区内人口数量，分析镇区类型、发展水平、地方优势、建设条件和政策影响以及外来人口进入情况等因素，确定镇区的人口数量。根据镇区的环境条件预测人口发展规模时，宜按环境容量因素综合分析当地的发展优势、建设条件、环境和生态状况等因素，预测镇区人口的适宜规模。建设项目已经落实、规划期内人口机械增长比较稳定的情况下，可按带眷情况估算人口发展规模；建设项目尚未落实的情况下，可按平均增长预测人口的发展规模。

### 4. 镇区建设用地标准

（1）镇区的用地规模 镇用地规模是规划期末镇建设用地的面积。镇用地规模计算需在镇人口规模预测的基础上，按照国家标准确定的人均镇建设用地指标计算。人均建设用地指标应为规划范围内的建设用地面积除以常住人口数量的平均数值，其中人口统计应与用地统计的范围相一致。由于镇的差异性比较大，通常镇的人均建设用地指标应在每人 $120m^2$ 以内，也可根据现状人均建设用地指标设定规划调整幅度，《镇规划标准》中考虑调整因素后，人均建设用地指标为每人 $60\sim140m^2$。特殊情况，如地多人少的边远地区的镇区，可根据所在省、自治区人民政府规定的建设用地指标确定。

（2）建设用地比例　根据《镇规划标准》，建设用地应包括用地分类中的居住用地、公共设施用地、生产设施用地、仓储用地、对外交通用地、道路广场用地、工程设施用地和绿地八大类。建设用地比例是人均建设用地标准的辅助指标，是反映规划用地内部各项用地数量的比例是否合理的重要标志。镇区规划中的居住、公共设施、道路广场以及绿地中的公共绿地四类用地占建设用地的比例，宜符合表 5-1 规定。

表 5-1　镇区规划建设用地比例

| 类别代号 | 类别名称 | 占建设用地比例/% | |
| --- | --- | --- | --- |
| | | 中心镇镇区 | 一般镇镇区 |
| R | 居住用地 | 28~38 | 33~43 |
| C | 公共设施用地 | 12~20 | 10~18 |
| S | 道路广场用地 | 11~19 | 10~17 |
| G1 | 公共绿地 | 8~12 | 6~10 |
| 四类用地之和 | | 64~84 | 65~85 |

邻近旅游区及现状绿地较多的镇区，其公共绿地所占建设用地的比例可大于所占比例的上限。

上述四类用地所占比例具有一定的规律性，其幅度基本可以达到用地结构的合理要求，而其他类用地比例，由于不同类型的镇区生产设施、对外交通等用地的情况相差极为悬殊，其建设条件差异较大，应按具体的情况因地制宜来确定。

（3）建设用地选择　建设用地宜选在生产作业区附近，并充分利用原有用地调整挖潜，同土地利用总体规划相协调。需扩大用地规模时，宜选择荒地、薄地，不占或少占耕地、林地和牧草地；建设用地宜选在水源充足，水质良好，便于排水、通风和地质条件适宜的地段；建设地段应避开河洪、海潮、山洪、泥石流、滑坡、风灾、地震断裂等灾害影响和生态敏感地段；应避开水源保护区、文物保护区、自然保护区和风景名胜区，位于或邻近各类保护区的镇区，应通过规划减少对保护区的干扰；应避开有开采价值的地下资源和地下采空区一级文物埋藏区，应避免被铁路、重要公路、高压输电线路、输油输气管线等穿越。在不良地质地带严禁布置居住、教育、医疗及其他公众密集活动的建设项目。

**5. 镇区用地规划布局**

（1）镇规划总体布局的影响因素及原则　城镇总体布局是对城镇各类用地进行功能组织。在进行总体布局时，应在研究各类用地的特点要求及其相互之间的内在联系的基础上，对镇内各组成部分进行统一安排和统筹布局，合理组织全镇的生产、生活，使他们各得其所并保持有机的联系。镇的总体布局要求合理科学，做到经济、高效，既满足近期建设的需要，又为长远发展留有余地。

镇总体布局的影响要素包括现状布局、建设条件、资源环境条件、对外交通条件、城镇性质、发展机制。

镇布局原则有旧城改造原则、优化环境原则、用地经济原则、因地制宜原则、弹性原则、实事求是原则。

（2）镇规划空间形态及布局结构　镇布局空间形态模式可分为集中布局和分散布局两大类。集中布局的空间形态模式可分为块状式、带状式、双城式、集中组团式四类。分散布局可分为分散组团式布局和多点分散式布局。

（3）居住用地规划布局　居住用地的选址应符合小城镇用地布局的要求，有利于生产，方便生活，具有适宜的卫生条件和建设条件；应具有合适建设的工程地质与水文地质条件；还应考虑在非常情况时居民安全的需要，如战时的人民防空、雨季的防汛防洪、地震时的疏散躲避等需要；并应综合考虑相邻用地的功能、道路交通等因素；应根据不同住户的需求，选定不同的类型，相对集中地进行布置；应减少相互干扰，节约用地。

新建居住用地优先选用靠近原有居住建筑用地的地段形成一定规模的居住区，便于生活服务设施的配套安排，避免居住建筑用地过于分散。旧区居住街巷的改建规划，应因地制宜体现传统特色和控制住户总量，并应改善道路交通，完善公用工程和服务设施，搞好环境绿地。

详细规划中居住组群的规划应遵守方便居民使用、住宅类型多样、优化居住环境、体现地方特色的原则，应综合考虑空间组织、组群绿地、服务设施、道路系统、停车场地、管线敷设等的要求，区别不同的建设用地进行规划。居住建筑的布置应根据气候、用地条件和使用要求来确定居住建筑的类型、朝向、层数、间距和组合方式；居住建筑的平面类型应满足通风要求；建筑的间距和通道的设置应符合镇的防灾要求。

居民住宅用地的规模应根据所在省、自治区、直辖市政府规定的用地面积指标进行确定，居住建筑的布置应满足日照标准。

（4）公共设施用地规划　公共设施按其使用性质分为行政管理、教育机构、文体科技、医疗保健、商业金融和集贸市场六类。

公共设施布置应考虑本身的特点及周围的环境，其本身不仅作为一个环境形成的因素，而且它们的分布对周围的环境有所要求。公共设施布置应考虑小城镇景观组织街景，创造具有地方特色的城市景观。

小城镇公共中心的布置方式有：布置在城区中心地段；结合原中心及现有建筑；结合主要干道；结合景观特色地段；采用围绕中心广场形成步行区或一条街等形式。

教育和医疗保健机构必须独立选址，其他公共设施宜相对集中布置，形成公共活动中心；商业和金融机构和集贸设施宜设在小城镇入口附近或交通方便的地段；学校、幼儿园、托儿所的用地，应设在阳光充足、环境安静、远离污染和不危及学生、儿童安全的地段，距离铁路干线应大于300m，主要入口不应开向公路；医院、卫生院、防疫站的选址，应方便使用和避开人流和车流量大的地段，并应满足突发灾害事件的应急要求。

集贸市场用地应综合考虑交通、环境与节约用地等因素进行布置。用地的选址应有利于人流和商品的集散，并不得占用公路、主要干路、车站、码头、桥头等交通量大的地段；不应布置在文体、教育、医疗机构等人员密集场所的出入口附近和妨碍消防车辆通行的地段；影响镇容环境和易燃易爆的商品市场，应设在集镇的边缘，并应符合卫生、安全防护的要求。集贸市场用地的面积应按平级规模确定，并应安排好大集时临时占用的场地，休集时应考虑设施和用地的综合。

（5）生产设施和仓储用地规划　工业生产用地应根据其生产经营的需要和对生活环境的影响程度进行选址和布置，一类工业用地可布置在居住用地或公共设施用地附近；二类、三类工业用地应布置在长年最小风向频率的上风侧及河流的下游，并应符合现行国家标准《村镇规划卫生标准》（GB 18055）的有关规定；新建工业项目应集中建设在规划的工业用地中；对已造成污染的二类、三类工业项目必须迁建或调整转产。

镇区工业用地的规划布局中，用地应选择在靠近电源、水源和对外交通方便的地段；同类型的工业用地应集中分类布置，协作密切的生产项目应临近布置，相互干扰的生产项目应予分隔；应紧凑布置建筑，宜建设多层厂房；应有可靠的能源、供水和排水条件以及便利的交通和通信设施；公用工程设施和科技信息等项目宜共建共享；应设置防护绿地和绿化厂区；应为后续发展留有余地。

进行农业生产及其服务设施用地的选址和布置时，农机站、农产品加工厂等的选址应方便作业、运输和管理；养殖类的生产厂（场）等的选址应满足卫生和防疫要求，布置在镇区和村庄长年盛行风向的侧风位和通风、排水条件良好的地段，并应符合现行国家标准的有关规定；兽医站应布置在镇区的边缘。

仓库及堆场用地的选址和布置，应按存储物品的性质和主要服务对象进行选址；宜设在镇区边缘交通方便的地段；性质相同的仓库宜合并布置，共建服务设施；粮、棉、油类、木材、农药等易燃易爆和危险品仓库严禁布置在镇区人口密集区，与生产建筑、公共建筑、居住建筑的距离应符合环保和安全的要求。

（6）公共绿地布局　公共绿地分为公园和街头绿地。公共绿地应均衡分布，形成完整的园林绿地系统。

公园在城镇中的位置，应结合河湖山川、道路系统及生活居住用地的布局综合考虑，方便居民能到达和使用。公园的选址应充分利用不宜于工程建设及农业生产的用地及起伏变化较大的用地。可选择在河湖沿岸，充分发挥水面的作用，有利于改善城镇小气候；可选择林木较多和有古树的地段；可选择名胜古迹及革命历史文物所在地；公园用地应考虑将来有发展的余地。

街头绿地的选址应方便居民使用，带状绿地以配置树木为主，适当布置步道及座椅等设施。

### 四、镇规划的成果要求

镇总体规划的成果应包括规划文本、图纸及附件（说明和基础资料汇编等），规划文本中明确表示强制性内容。

**1. 规划文本内容**

① 总则：规划位置及范围、规划依据及原则、发展重要条件和分析、规划重点、规划期限。

② 发展目标与策略：功能定位、发展目标。

③ 产业发展与布局引导。

④ 镇村体系规划：镇村等级划分和功能定位。

⑤ 城乡统筹发展与新农村建设：镇中心区与周边地区产业、公共服务设施、交通市政基础设施、生态环境建设等方面的统筹发展、新农村建设。

⑥ 规模、结构与布局：人口、用地规模、镇域空间结构与用地总体布局。

⑦ 社会事业及公共设施规划：教育、医疗、消防、邮政、文化、福利、体育等公共设施规划。

⑧ 生态环境建设与保护：建设限制性分区，河湖水系与湿地，绿化，环境污染防治。

⑨ 资源节约、保护与利用：土地、水、能源的节约保护与利用。

⑩ 交通规划：外部交通联系、公共交通系统、道路系统。

⑪ 市政基础设施：供水、雨水、污水、电力、燃气、供热、信息、环卫等。

⑫ 防灾减灾规划：防洪、防震、地质灾害防治、消防、人防、气象灾害预防、综合救灾。

⑬ 城镇特色与村庄风貌。

⑭ 近、远期发展与实施政策：近期发展与建设、村庄搬迁整治计划、实施政策与机制。

**2. 主要规划图纸**

镇规划的主要图纸包括：位置及周围关系图、现状分析图、镇域限制性要素分析图、镇域用地功能布局规划图、镇村体系规划图、镇区现状用地综合评价图、镇区土地使用规划图、公共设施规划分布图、绿地规划图、交通规划图、市政设施规划图、分期建设规划图等。

## 第三节 乡和村庄规划的编制

### 一、乡和村庄规划概述

**1. 乡和村庄规划编制的指导思想和原则**

制定乡和村庄规划，要充分考虑农民的生产方式、生活方式和居住方式对规划的要求，应当以科学发展观为指导，合理确定乡和村庄的发展目标与实施措施，节约和集约利用资源，保护生态环境，促进城乡可持续发展。

制定和实施乡和村庄规划，应当以服务农业、农村和农民为基本目标，坚持因地制宜、循序渐进、统筹兼顾、协调发展的指导思想。

《村镇和集镇规划建设管理条例》中明确，村庄、集镇规划的编制，应当遵循如下原则：根据国民经济和社会发展计划，结合当地经济发展的现状和要求以及自然环境、资源条件和历史情况等，统筹兼顾、综合部署村庄和集镇的各项建设；处理好近期建设与远景发展、改造与新建的关系，使村庄、集镇的性质和建设的规模、速度和标准同经济发展和农民生活水平相适应；合理用地，节约用地，各项建设应当相对集中，充分利用原有建设用地，新建、扩建工程及住宅应当尽量不占用耕地和林地；有利生产，方便生活，合理安排住宅、乡（镇）村企业、乡（镇）村公共设施和公益事业等的建设布局，促进农村各项事业协调发展，并适当留有发展余地；保护和改善生态环境，防治污染和其他公害，加强绿化和村容镇貌、环境卫生建设。

**2. 乡和村庄规划的阶段和层次划分**

乡规划分总体规划和建设规划两个阶段。乡总体规划包括乡域规划和乡驻地规划。

根据《村镇和集镇规划建设管理条例》，村庄、集镇规划一般分为总体规划和建设规划两个阶段。村庄、集镇规划的编制，应当以县域规划、农业区划、土地利用总体规划为依据，并同有关部门的专业规划相协调。

**3. 乡和村庄规划的期限**

乡的规划期限与镇的规划期限类似，应与所在地域城镇体系规划期限一致，并且应编制分期建设规划，合理安排建设程序，使建设程序与国家和地方的经济技术发展水平相适应。一般来讲，乡总体规划期限为 20 年，近期建设规划可为 5～10 年。乡总体规划同时可对远景发展做出轮廓性的规划安排。村庄规划期限比较灵活，一般整治规划考虑近期为 3～5 年。

### 二、乡和村庄规划编制的内容

**1. 乡规划编制的内容**

乡规划要依据经过法定程序批准的上位总体规划，结合乡的经济社会发展水平，对乡的各项建设做出统筹布局与安排。

（1）乡域规划的主要内容　提出乡产业发展目标以及促进农业生产发展的措施建议，落实相关生产设施、生活服务设施以及公益事业等各项建设的空间布局。确定规划期内各阶段人口规模与人口分布。确定乡的职能及规模，明确乡政府驻地的规划建设用地标准与规划区范围。确定中心村、基层村的层次与等级，提出村庄集约建设的分阶段目标及实施方案。统筹配置各项公共设施、道路和各项公用工程设施，制定各专项规划，并提出自然和历史文化保护、防灾减灾、防疫等要求。提出实施规划的措施和有关建议，明确规划强制性内容。

根据《村镇和集镇规划建设管理条例》，村庄、集镇总体规划是乡级行政区域内村庄和集镇布点规划及相应的各项建设的整体部署。村庄、集镇总体规划的主要内容包括：乡级行政区域的村庄和集镇布点，村庄和集镇的位置、性质、规模和发展方向，村庄和集镇的交通、供水、供电、商业、绿化等生产和生活服务设施的配置。

（2）乡驻地规划的主要内容　确定规划区内各类用地布局，提出道路网络建设与控制要求。对规划区内的工程建设进行规划安排；建立环境卫生系统和综合防灾减灾防疫系统；确定规划区内生态环境保护与优化目标，划定主要水体保护和控制范围；确定历史文化保护及地方传统特色保护的内容及要求；确定历史文化街区、历史建筑保护范围，确定各级文物保护单位、特色风貌保护重点区域范围及保护措施；规划建设容量，确定公用工程管线位置、管径和工程设施的用地界线，进行管线综合。

（3）乡的详细规划主要内容　确定规划区内不同性质用地的界限；确定各地块的建筑高度、建筑密度、容积率等控制指标；确定公共设施配套要求以及建筑后退红线距离等要求；提出各地块的建筑体量、体型、色彩等城市设施指导原则；根据规划建设容量，确定公用工程管线位置、管径和工程设施的用地界线，进行管线综合；对重点建设地块进行建筑、道路和绿地等的空间布局和景观规划设计、布置总平面图，并进行必要的竖向规划设计；估算工程量、拆迁量和总造价。

根据《村镇和集镇规划建设管理条例》，村庄、集镇建设规划的主要内容包括：住宅、乡（镇）村企业、乡（镇）村公共设施、公益事业等各项建设的用地布局、用地规划，有关的技术经济指标，近期建设工程以及重点地段建设具体安排。村庄建设规划的主要内容，可以根据本地区经济发展水平，参照集镇建设规划的编制内容，主要对住宅和供水、供电、道路、绿化、环境卫生以及生产配套设施做出具体安排。

**2. 村庄规划编制的内容**

村庄规划要依据经过法定程序批准的镇总体规划或乡总体规划，同时也要充分考虑所在村庄的实际情况，在此基础上，对村庄的各项建设做出具体的安排，其编制内容如下。

安排村域范围内的农业生产用地布局及为其配套服务的各项设施；确定村庄居住、公共设施、道路、工程设施等用地布局；确定村庄内的给水、排水、供电等工程设施及其管线走向、敷设方式；确定垃圾分类及转运方式，明确垃圾收集点、公厕等环境卫生设施的分布、规模，确定防灾减灾、防疫设施分布和规模；对村口、主要水体、特色建筑、街景、道路以及其他重点地区的景观提出规划设计；对村庄分期建设时序进行安排，提出三至五年内近期建设项目的具体安排，并对近期建设的工程量、总造价、投资效益等进行估算和分析；提出保障规划实施的措施和建议。

**3. 新农村建设的内容和相关政策**

我国城乡长期以来呈现出城乡分割、人才、资本、信息单向流动，城乡居民生活差距拉大，城乡关系呈现不均等、不和谐等发展状况。改革开放以来，中央政府非常重视农村问题，先后制定出台了关于"三农"问题的 8 个"一号文件"，积极推动了农村改革和发展，有力促进了农民增收和粮食增产，使我国农村发生了巨大的变化。

从 1982～1986 年，连续五个"一号文件"对具有划时代意义的农村改革进行了总结和部署，肯定了农村改革的方针政策。这些文件突破了传统的"三级所有、队为基础"的体制，明确了家庭联产承包责任制，取消了 30 年来农副产品统购派购的制度，对粮、棉等少数重要产品采取国家计划合同收购的新政策，文件还强调要进一步摆正农业在国民经济中的地位。

近年来，全国农民人均纯收入增长缓慢，城乡居民收入差距不断扩大。2004 年 1 月，《中共中央国务院关于促进农民增加收入若干政策的意见》下发，成为改革开放以来中央的第六个"一号文件"。2005 年 1 月，《中共中央国务院关于进一步加强农村工作提高农业综合生产能力若干政策的意见》，即第七个"一号文件"公布。文件要求牢固树立科学发展观，按照统筹城乡经济社会发展的要求，坚持"多予、少取、放活"的方针，调整农业结构，扩大农民就业，加快科技进步，深化农村改革，增加农业投入，强化对农业支持保护，切实加强农业综合生产能力建设，继续调整农业和农村经济结构，进一步深化农村改革，努力实现粮食稳定增产，力争实现农民收入较快增长，尽快扭转城乡居民收入差距不断扩大的趋势，促进农村经济社会全面发展。

2006 年 2 月，第八个"一号文件"《中共中央国务院关于推进社会主义新农村建设的若干意见》下发，提出按照"生产发展、生活宽裕、乡风文明、村容整洁、管理民主"的要求，协调推进农村经济建设、政治建设、社会建设和党的建设。意见中明确提出，要加强村庄规划和人居环境治理。随着生活水平提高和全面建设小康社会的推进，农民迫切要求改善农村生活环境和村容村貌。各级政府要切实加强村庄规划工作，安排资金支持编制村庄规划和开展村庄治理试点；可从各地实际出发制定村庄建设和人居环境的指导性目录，重点解决农民在饮水、行路、用电和燃料等方面的困难。加强宅基地规划和管理，大力节约村庄建设用地，向农民免费提供经济安全适用、节地节能节材的住宅设计图样，引导和帮助农民切实解决住宅与畜禽圈舍混杂问题，搞好农村污水、垃圾治理，改善农村环境卫生。注重村庄安全建设，防止山洪、泥石流等灾害对村庄的危害，加强农村的消防工作。村庄治理要突出乡村特色、地方特色和民族特色，保护有历史文化价值的古村落和古民宅。要本着节约原则，充分立足现有基础进行房屋和设施改造，防止大拆大建，防止加重农民负担，扎实稳步地推进村庄治理。

### 三、乡和村庄规划编制的方法

在《镇规划标准》中，由于镇与乡同为我国基层政权机构，且都实行以镇（乡）管村的行政体制，随着我国乡村城镇化的进展、体制的改革，使编制的规划得以延续，避免因行政建制的变更而重新进行规划，因此，乡规划的编制方法也采用《镇规划标准》。

村庄规划编制的重点是：村庄用地功能布局；产业发展与空间布局；人口变化分析；公共设施和基础设施；发展时序；防灾减灾。

#### 1. 村庄规划的现状调研和分析

现状调查与分析是村庄规划基础工作和重要环节，该阶段的工作直接影响到最后的规划成果质量。

（1）现状调查与分析工作的重点 现状调查：对村庄的基本情况如人口、经济、产业、用地布局、配套设施、历史文化等进行充分调查了解，调查的内容和深度与村庄规划的内容相结合。

分析问题：对存在的问题进行总结、分析和归纳，找出当地社会经济发展、村庄规划建设、配套服务设施等方面的问题和原因，分析问题注意结合当地的经济社会现实情况，分析问题的成因不仅有普遍意义，也要能反映当地的特点，并对后面的村庄规划有指导和借鉴作用。

规划构想：在现状调查与分析之后，应对现状村庄建设的主要问题有大致的了解，对村庄规划主要解决的问题有大致的想法，并与当地村干部和群众充分交换意见，针对现状问题分析和规划构想等进行探讨交流，听取村里的近远期建设想法。

（2）现状调查与分析的具体内容　村庄背景情况：周围关系，自然条件，地质条件，历史沿革等。

社会经济发展：产业发展，人均年收入，村集体企业，出租土地厂房，村民福利（儿童、老人、五保户等）。

人口劳动力：人口数量、劳动力、就业安置、教育、人口变化情况等。

用地及房屋：村域用地现状（包括村庄建设用地和各种农用地），村庄建设用地现状图，建筑质量（建筑年代）、建筑高度、空置房屋等。

道路市政：现状道路情况，机动车、农用车普及情况，停车管理，饮用水达标，黑水（厕所冲水）、灰水（洗漱污水）和雨水的收集处理，供电，电信，网络，有线电视，采暖方式，燃料来源，垃圾收集处理。

公共配套：商业设施，文化站，阅览室，医疗室，中小学、托幼，敬老院，公共活动场所，公园，健身场地，公共厕所，公共浴室等。

其他：历史文化和地方特色（古庙、传说等），村民住房形式和施工方式、室内装修、家电设备、建设成本、村民风俗、民主管理公共事物，村民合作组织等。

现状照片：照片可作为规划调研的说明和参考。除可拍摄上述场地、建筑、设施的照片外，还可拍摄村民活动、民风民俗、座谈访谈会、入户调查（需征得住家同意）、现场工作场景等。

相关规划：乡镇域规划，村庄体系规划，村庄发展规划设想，有关的专项规划，历史上进行过的村庄改造项目等。

**2. 村庄规划编制的技术要点和应注意的问题**

（1）村庄规划编制的技术要点　村庄规划应主要以行政村为单位编制，范围包括整个村域，如果需要合村并点的多村规划，其规划范围应包括合并后的全部村域。

村庄规划应在乡镇域规划、土地利用规划等有关规划的指导下，对村庄的产业发展、用地布局、道路市政设施、公共配套服务等进行综合规划，规划编制要因地制宜，有利生产，方便生活，合理安排，改善村庄的生产、生活环境，要兼顾长远与近期，考虑当地的经济水平。

统筹用地布局，积极推动用地整合。村庄规划人口规模的增加应以自然增长为主，机械增长不能作为规划的依据。用地布局应以节约和集约发展为指导思想，村庄建设用地应尽量利用现状建设用地、弃置地、坑洼地等，规划农村人均综合建设用地要控制在规定的标准以内。

村庄规划重点规划好公共服务设施、道路交通、市政基础设施、环境卫生设施等内容。

合理保护和利用当地资源，尊重当地文化和传统，充分体现"四节"原则，大力推广新技术。

（2）村长规划中应注意的问题　要重视安全问题，如河流防洪、塌方、泥石流等；教育设施的规划应分析当地具体情况，不一定要硬套人口规模指标；消防规划要注意农村的消防通道的规划，可结合村庄道路规划；市政、交通等公用设施的规划应充分结合当地条件，因地制宜；配套公共服务设施的配置不宜缺项（服务全覆盖），但是用地和建筑可以适当集中合并；新农村建设不应该以房地产开发带村庄改造，应避免大拆大建，力求有地方特色。

**3. 村庄规划的具体内容**

村庄规划的具体内容包括人口规模预测、建设用地规模、适合地方特点的宜农产业发展规划、劳动力安置计划。

用地布局规划：村域范围的用地规划，产业发展空间布局和自然生态环境保护；村庄范围的建设用地规划，居民区、产业区、公共服务设施用地布置，合理布局，避免不利因素，宅基地紧凑布置，保证公共设施的用地规模和合理位置。

绿化景观规划：村庄景观、景点规划，满足公共绿地指标，对绿化布置的建议等。

道路交通规划：村庄道路网、村庄道路等级、宽度，道路建设的调整和优化，停车设施考虑，公共车站布置等。

市政规划：供电、电信、给水、排水（雨水管沟，小型污水处理设施）、厕所、燃气解决方案、供暖节能方案。

公共服务设施规划：行政管理，教育设施，医疗卫生，文化娱乐，商业服务，集贸市场。村庄公共服务设施的规划应体现政府公共管理保障和市场自主调节两方面，综合考虑村庄经济水平和分布特点，可采取分散与共享相结合的布局方式，体现服务全覆盖的思路。

防灾及安全：现状有自然险情（泥石流、塌方等）、市政防护要求（如高压线、垃圾填埋场等）的村庄，应着力调查研究，规划提出可行的安全措施；农村消防（如消防通道）规划建设。

村庄规划中其他参考规划内容如下。

农村住宅设计：应紧密结合当地特点，针对不同地区特点设计有地方特色的农村住宅；结合当地农民的经济状况和生产、生活习惯，综合考虑院落和房屋的有机联系；建筑材料应考虑尽量利用当地材料，建筑风格宜采用当地形式；施工做法应考虑投资成本和工艺上的可行性，在建筑安全、节能保温、配套设施方面适当提高标准。

公共活动中心：充分利用当地景观资源、历史文化资源，结合布置文化设施、医疗卫生、行政管理、教育设施、商业服务等，创造富有活力的村庄公共活动中心。

适合农村的市政设施的设计，例如简易污水处理设施、雨水收集利用设施、污水渗坑过滤层、沼气利用技术、秸秆综合利用方法等。

**4. 村庄分类**

在镇村体系规划和一定区域的村庄体系规划中，需要对现有的村庄进行分类。在各种限制性要素的基础上，结合村庄现状发展情况，明确村庄的发展动力，确定在体系规划中的级别划定。

（1）村庄分类的影响因素 村庄分类的影响因素包括风险性生态要素、资源性生态要素、村庄规模和管理体制、历史文化资源保护等。

风险性生态要素是指那些直接影响村庄居住安全和居民生存的生态要素，对于这类地区应采取相应的防护措施，以保证村庄和居民的生存安全。受这些要素影响的地区包括：地质灾害危险与水土流失严重地区，如活动断裂带、危害严重的泥石流沟谷、滑坡危险区、塌陷险区、地裂缝所在地区、砂土液化地区、25°以上陡坡地区，水土保持、生态脆弱的地区；地下水严重超采区；洪涝调蓄地区；基础设施防护地区，如现状及规划高压走廊防护区、大型广播电视及发射设施保护区、污染源。

　　资源性生态要素是指那些直接影响资源保护、生态环境以及保障城市职能要求的生态要素，对于这类地区应采取相应的防护和限建措施，以保证城乡资源环境的可持续发展和城市功能的实现。受这些要素影响的地区包括：水环境与水源保护区；绿化保护地区；文物保护地区。

　　村庄规模过小造成配套设施建设成本大、效益低，尤其位于偏远山区的超小型农村居民点，公共设施配套更加困难，农民生活很不方便。因此，应根据农民意愿和经济发展情况适当迁并一些超小型农村居民点，减少自然村数量，促进农村居民点的合理布局。

　　对传统风貌特色明显的村落，要积极予以保留、保护并加以延续，合理利用。对城市化建设地区涉及的有保护价值的历史村落，要将村落保护和城市化建设有机结合，使传统文化与现代生活和谐共存。村庄发展要因地制宜，加强自然资源的保护和利用；要传承历史，加强传统风貌的保护和延续；要加强人文精神的保护和发扬。

　　（2）村庄的分类类别　综合农村居民点的区域功能、管理体制、调整方式、村庄自身规模等因素，按照有利于政府职能发挥，便于规划实施、设施配置、安全保障、产业发展的原则，对村庄进行综合分类。村庄可分为城镇化整理、迁建、保留发展三种类型，在此基础上制定区域分类指导的居民点布局调整策略。

　　城镇化整理型村庄是位于规划城市（镇）建设区内的村庄。这类村庄所在地区的特点是：城镇功能集中，建设密度高，土地使用高度集约。城镇化整理型村庄在发展策略上应实现城乡联动发展，将农民纳入城市社会服务体系，将农村社区管理纳入城市管理体制，避免新的"城中村"问题的出现。同时，将村庄改造费用计入城市建设成本，着力解决好农村集体经济财产权和为转型农民提供职业技术培训和就业服务问题。城镇化整理型村庄应与城镇发展同时进行城镇化改造，统筹安排失地农民的居住、就业、社会保障等问题，制定具体的政策和措施。

　　迁建型村庄是与生态限建要素有矛盾需要搬迁的村庄。这类村庄多位于地质灾害、蓄滞洪区、基础设施防护以及水源保护、城市绿化、自然保护区、文物保护等特殊功能区影响的地区，村庄建设受到一定限制。根据建设要素对村庄限制程度的不同，可将迁建村庄分为近期迁建、逐步迁建、引导迁建三种类型。近期迁建型村庄包括位于危害严重的泥石流沟谷、滑坡危险区、塌陷危险区、地裂缝外侧500m以内范围、现状及规划高压走廊防护区、大型广播电视发射设施保护区、地下水源核心区内的村庄。逐步迁建型村庄包括位于超标洪水分洪口门、地表水源一级保护区、自然保护区核心区、风景名胜区特级保护区、规划钉桩绿地、地质遗迹一级保护区、污水处理厂、垃圾填埋厂、垃圾焚烧厂、堆肥厂、粪便处理场防护区内的村庄。引导迁建型村庄包括位于紧邻城镇规划建设区周边的村庄和村庄建设用地规模特别小的行政村。

　　保留发展型村庄包括位于限建区内可以保留但需要控制规模的村庄和发展条件好可以保留并发展的村庄。可分为三种类型：保留控制发展型、保留适度发展型、保留重点发展型村庄。保留发展型村庄是新农村建设的主体，是未来乡村人口的主要聚集区。对于保留发展型村庄，政府应加大投入，充分尊重农民意愿，大力发展宜农产业，加强基础设施建设，完善公共服务配套，保护好生态环境，促进村庄全面、协调、可持续发展。要严格保护耕地，集约利用土地，大力推广节能新技术。村庄建设要突出乡村特色、地方特色和民族特色，保护有历史文化价值的古村落和古民宅，本着节约原则，充分立足现有基础进行房屋和设施改造，重点改善村容村貌、环境卫生，制定防灾减灾的措施，防止大拆大建，防止加重农民负担，循序渐进，量力而行，扎实稳步地推进。

**5. 村庄整治规划**

（1）村庄整治规划的重点　村庄的长远发展应遵循各级城乡规划的内容要求，村庄整治工作的重点应以近期工作为主，重点解决当前农村地区的基本条件较差、人居环境亟待改善等问题，兼顾长远。村庄整治应充分利用村庄现有房屋、设施以及自然和人工环境，通过政府帮扶与农民自主参与相结合的形式，分期分批整治改造农民急需的最基本的设施和其他相关的项目，以低成本投入、低资源消耗、不加重农民负担的方式改善农村人居环境。

（2）村庄整治规划的原则　应首先明确村庄整治工作中农村居民的实施主体和受益主体地位，尊重农民意愿，保护农民利益。必须充分利用已有的条件和设施，以现有设施的改造、维护作为主要工作内容。严禁盲目拆迁、强行推进，必须防止借村庄整治活动侵占农民权益、影响农村社会稳定的各类行为。

尊重农村建设实际，坚持因地制宜、分类指导的原则。应避免超越当地农村发展阶段，大拆大建、急于求成、盲目套用城镇标准和建设方式等行为，防止"负债搞建设"、大搞"新村建设"等情况的发生。各类设施整治应做到经济合理、管理方便，避免铺张浪费。

村庄整治的选点是非常主要的，应避免盲目铺开。应首先根据村庄规模大小及长期发展趋势，由县级以上人民政府确定分期分批整治的村庄选点。村庄选点宜以中型村、大型村及特大型村为主，不宜选择城乡规划中计划迁并的村庄。

村庄工程设施整治应考虑国家政策、相关专项规划的总体要求，在有条件的地区坚持"联建共享"的基本原则，以实现提高设施的使用效率、提高实施服务水平、节约建设维护成本的目的。当村庄安全防灾、垃圾、粪便处理、给排水等工程设施采取区域联建共享方式进行整治时，应统筹安排，协调布局，避免重复建设、浪费投资。

村庄整治应综合考虑中心内容的急需性、公益性和经济可承受性，量力而行地选择整治项目，分别实施；确定整治时序，分步实施。应根据村庄经济情况，结合本村实际和村民生产生活需要，按照轻重缓急程度，合理选择具体的整治项目。优先解决当地农民最急迫、最关心的实际问题，逐步改善村庄生产生活条件。

贯彻资源保护和节约利用原则，贯彻执行资源优化配置与调剂利用，切实执行节地、节能、节水、节材的方针，提倡自力更生、就地取材、厉行节约、多办实事。村庄发展所需的空间和物质条件，必须立足于土地节约利用和能源高效利用，积极开发和推广资源节约、替代和循环利用技术，根据当地实际，采用与村庄整治相适应的成熟技术、工艺、设备和材料。

严格保护村庄的自然生态环境和文化遗产，延续传统景观特征和地方特色，保持原有村落格局，展现民俗风情，弘扬传统文化，倡导乡风文明。村庄的自然生态环境具有不可再生性和不可替代性的基本特征，村庄整治过程中要注意保护性地利用。具有历史文化遗产和传统的村庄，是历史见证的实物形态，具有不可替代的历史价值、艺术价值和科学价值，整治过程中应重视保护和利用的关系，在保护的前提下发展，以发展促保护。严禁毁林开山、占用农田、破坏历史文化遗产等盲目建设行为。

应根据各类整治设施的不同特点，建立和完善运行维护管理制度，保障整治成果，保证各项设施整治后正常有效使用，保证相应公共物品和公共财物的持续稳定供给，发挥公共设施的长期效益。

（3）村庄整治规划的主要项目　村庄整治项目包括与农村居民生命安全、必要生产生活条件密切联系的基本整治项目及其他整治项目。基本整治项目包括：安全与防灾、给水工程设施、垃圾处理、粪便处理、排水工程设施、道路交通安全设施。其他整治项目包括：公共环境、坑塘河道、文化遗产保护、生活用能。

村庄整治应首先满足各项基本整治项目的相关要求，保证农村居民的基本生产生活条件。在此基础上，可根据当地农民意愿，结合本村实际开展其他项目的整治工作。

村庄整治以政府帮扶与农民自主参与相结合的形式，重点整治农村公共服务设施项目，对于农宅等非公有设施的整治应根据农民意愿逐步进行，规划中不应硬性规定。

**6. 村庄规划编制的成果要求**

村庄规划的成果应当包括规划图纸与必要的说明。规划的基本图纸包括村庄位置图、用地现状图、用地规划图、道路交通规划图、市政设施系统规划图等。

# 第四节　名镇和名村保护规划

## 一、历史文化名镇和名村

历史文化名镇、名村是我国历史文化遗产的重要组成部分，它反映了不同时期、不同地域、不同民族、不同经济社会发展阶段聚落形成和演变的历史过程，真实记录了传统建筑风貌、优秀建筑艺术、传统民俗民风和原始空间形态，具有很高的研究和利用价值。我国文物法规定"保存文物特别丰富并且具有重大历史价值或革命纪念意义的城镇、街道、村庄，由省、自治区、直辖市人民政府核定公布为历史文化街区、村镇，并报国务院备案"。

从 2003 年起，建设部、国家文物局分期分批公布中国历史文化名镇和中国历史文化名村，并制定了《中国历史文化名镇（村）评选办法》，规定如下。

（1）历史价值和风貌特色　建筑遗产、文物古迹比较集中，能完整地反映某一历史时期的传统风貌和地方特色、民族风情，具有较高的历史、文化、艺术和科学价值，辖区内存有清末以前或有重大影响的历史传统建筑群。

（2）原状保护程度　原貌基本保存完好，或已按照原貌整修恢复，或骨架尚存，可以整体修复原貌。

（3）具有一定规模　镇现存历史传统建筑总面积 5000m² 以上，或村现存历史传统建筑面积 2500m² 以上。

2003 年 10 月 8 日，建设部、国家文物局根据各地推荐，经专家评选及《中国历史文化名镇（村）评价指标体系》审核，公布第一批中国历史文化名镇 10 个，历史文化名村 12 个；2005 年 9 月 16 日公布第二批中国历史文化名镇 34 个，历史文化名村 24 个；2007 年 5 月 31 日公布第三批中国历史文化名镇 41 个，历史文化名村 36 个。目前中国历史文化名镇 85 个，名村总计 72 个，还有省级历史文化名镇、名村上百个。

## 二、名镇和名村保护规划的内容

历史文化名镇、名村批准公布后，所在地县级人民政府应当组织编制历史文化名镇、名村保护规划。历史文化名镇、名村的保护应当遵循科学规划、严格保护的原则，保持和延续其传统格局和历史风貌，维护历史文化遗产的真实性和完整性，继承和弘扬中华民族优秀传统文化，正确处理经济社会发展和历史文化遗产保护的关系。

《历史文化名城名镇名村保护条例》第十四条规定，保护规划应当包括下列内容：

① 保护原则、保护内容和保护范围。

② 保护措施、开发制度和建设控制要求。

③ 传统格局和历史风貌保护要求。

④ 历史文化街区、名镇、名村的核心保护范围和建设控制地带。

⑤ 保护规划分期实施方案。

历史文化名镇、名村应当整体保护，保持传统格局、历史风貌和空间尺度，不得改变与其相互依存的自然景观和环境。

### 三、名镇和名村保护规划的成果要求

保护规划成果由规划文本规划图纸和附件三部分组成。

**1. 规划文本**

表述规划意图、目标和对规划有关内容提出的规定性要求。文本表达应当规范、准确、肯定、含义清楚。它一般包括以下内容：村镇历史文化价值概述；保护原则和保护工作重点；村镇整体层次上保护历史文化名村、名镇的措施，包括功能的改善、用地布局的选择或调整、空间形态和视廊的保护、村镇周围自然历史环境的保护等；各级文物保护单位的保护范围、建设控制地带以及各类历史文化街区的范围界限，保护和整治的措施要求；对重要历史文化遗存修整、利用和展示的规划意见；重点保护、整治地区的详细规划意向方案；规划实施的管理措施等。

**2. 规划图纸**

用图像表达现状和规划内容。包括文物古迹、历史文化街区、风景名胜分布图；历史文化名镇、名村保护规划总图；重点保护区域界限图，在绘有现状建筑和地形地物的底图上，逐个、分张画出重点文物的保护范围和建设控制地带的具体界线；逐片、分线画出历史文化街区、风景名胜保护的具体范围；重点保护、整治地区的详细规划意向方案图。

**3. 附件**

包括规划说明和基础资料汇编。规划说明书的内容是分析现状，论证规划意图、解释规划文本等，规划文本和图纸具有同等的法律效力。

# 第六章 城乡总体规划实施

## 第一节 城乡规划实施的概念与作用

### 一、城乡规划实施的概念

城乡规划实施就是将预先协调好的行动纲领和确定的计划付诸行动,并最终得到实现。城乡规划实施是一个综合性的概念,从理想的角度讲,城乡规划实施包括了城市发展和建设过程中的所有建设性行为,或者说,城市发展和建设中的所有建设性行为都应该称为城乡规划实施的行为。

城市建设和发展是城市全社会的事业,既需要政府进行公共投资,也需要依靠社会的商业性投资,公共部门和企业、私人部门在城乡规划实施中都担当着重要的作用。

#### 1. 实施城乡规划的政府行为

政府根据法律授权负责城乡规划实施的组织和管理,其主要的手段包括以下四个方面。

(1) 规划手段 政府运用规划编制和实施的行政权力,通过各类规划的编制来推进城乡规划的实施。如,政府根据城乡规划和经济社会发展规划制定其他相关计划,如近期建设规划、土地出让计划、各项市政公用设施的实施计划等,使城乡规划所确定的目标和基本的布局得以具体落实。同时,政府根据城市总体规划,进一步组织编制城市分区规划和详细规划,使城市总体规划所确立的目标、原则和基本布局得到进一步的深化和具体化,从而引导和推动具体的建设活动的开展,保证总体规划的内容在具体建设活动中得到贯彻。

(2) 政策手段 政府根据城乡规划的目标和内容,从规划实施的角度制定相关政策来引导城市的发展。例如,根据城市总体规划所确定的城市性质和职能,制定产业发展政策,促使和推进城市产业结构的调整和完善。同时,可以通过制定规划实施的政策导引来引导城市开发建设行为,比如,对某些类型的开发进行鼓励或禁止,指定哪些地区鼓励哪些类型的开发或者对哪些地区限制开发等。

(3) 财政手段 政府运用公共财政的手段,调节、影响甚至改变城市建设的需求和进程,保证城乡规划目标的实现。这种手段大致可以分为以下两种类型。

第一种类型是政府运用公共财政直接参与到建设性活动中,这包括政府通过市政公用设施和公益性的建设,如道路、给排水、学校等,一方面以此来实施城乡规划所确定的城市基础性设施的建设项目,保证城市的有序运行,另一方面则可以以此来引导其他的土地使用的开发建设。在政府运用公共财政直接参与到建设性活动的过程中,还包括政府对具有社会福利保障性设施的开发建设,如建设公共住宅(如廉租房、经济适用房等)。

此外,政府也可以为实施城乡规划,与私人开发企业合作进行特定地区和类型的开发建设活动,如旧城改造和更新、开发区建设等。

第二种类型是政府通过对特定地区或类型的建设活动进行财政奖励,包括减免税收、提供资金奖励或者补偿、信贷保证等,从而使城乡规划所确定的目标和内容为私人开发所接受和推进。

（4）管理手段。政府根据法律授权通过对开发项目的规划管理，保证城乡规划所确定的目标、原则和具体内容在城市开发和建设行为中得到贯彻。这种管理实质上是通过对具体建设项目的开发建设进行控制来达到规划实施的目的。从管理行为来看，这是根据城市建设项目的申请来施行管理，其中包括对建设项目的选址、建设用地的规划管理和建设工程的规划管理等，同时通过对建设活动、建设项目的结果及其使用等的监督检查等，保证城市中的各项建设不偏离城乡规划所确立的目标。

**2. 实施城乡规划的非公共部门行为**

城乡规划实施的组织与管理，主要是由政府来承担，但这并不意味着城乡规划都是由政府部门来实施的，大量的建设性活动是由城市中的各类组织、机构、团体甚至个人来开展的。不可否认，私人部门的建设性活动是出于自身的利益而进行的，在此过程中往往以达到利益的最大化为目的，但只要遵守城乡规划的有关规定，符合城乡规划的要求，客观上就是在实施城乡规划。当然，私人部门也可以进行一些公益性的和公共设施项目的投资与开发，尽管其本身仍然是为了达到一定的私人或团体利益目标，但同样可以起到影响和引导其他开发建设的作用。

除了以实质性的投资、开发活动来实施城乡规划外，各类组织、机构、团体或者个人通过对各项建设活动的监督，也有助于及时纠正城市建设活动中所出现的偏差，保证规划目标的实现。

**二、城乡规划实施的目的与作用**

**1. 城乡规划实施的目的**

城乡规划实施的目的在于使经法定程序批准的城乡规划得到全面的实施，从而实现城乡规划对城市建设和发展的引导和控制作用，保证城市社会、经济及建设活动能够高效、有序、持续地进行。

城乡规划的核心作用必须通过城乡规划的实施管理才能得到真正的体现，城乡规划的制定目的在于规划能够得到实施，也即在城乡建设和发展的过程中能够起到作用。

**2. 城乡规划实施的作用**

城乡规划实施的首要作用就是使经过多方协调并经法定程序批准的城乡规划在建设和发展过程中发挥作用，保证城乡的各项建设和发展活动之间协同行动，提高城乡建设和发展中的决策质量，推进城市发展目标的有效实现。

城市始终是处于不断发展演变过程中，城市功能和其物质设施之间总是处于动态调整的过程中。城市的功能和社会需求会不断地发展和演变，城乡的物质性设施和空间结构需要不断地更新、完善和优化。城乡规划的实施就是为了使城市的功能与物质性设施及空间组织之间不断地协调。

# 第二节　城乡总体规划的实施管理

组织编制近期建设规划和控制性详细规划是城市总体规划实施组织的重要内容。城乡规划实施的组织，还应包括制定相应的规划实施的政策，比如促进、鼓励某类项目在某些地区的集中或者限制某类项目在该地区建设等，以对城市建设进行引导，保证城乡规划能够得到实施。

**一、城乡规划实施**

城乡规划实施的管理主要是指对城市建设项目进行规划管理，即对各项建设活动实行审批或许可、监督检查以及对违法建设行为进行查处等管理工作。通过对各项建设活动进行规划管理，保证各项建设能够符合城乡规划的内容和要求，使各项建设对城乡规划实施作出贡献，并限制和杜绝超出经法定程序批准的规划所确定的建设内容，保证法定规划得到全面和有效的实施。

根据国家《城乡规划法》的有关规定，现行的城乡规划实施管理的手段主要包括以下几项。

**1. 建设用地的管理**

在建设用地管理中，根据获得土地使用权的方式不同，分为以下两种情况。

① 对于以划拨方式提供国有土地使用权的建设项目，建设单位在报送有关部门批准或者核准前，应当向城乡规划主管部门申请核发选址意见书；经有关部门批准、核准、备案后，建设单位应当向城市、县人民政府城乡规划主管部门提出建设用地规划许可申请，由城市、县人民政府城乡规划主管部门依据控制性详细规划核查建设用地的位置、面积、允许建设的范围，核发建设用地规划许可证；建设单位在取得建设用地规划许可证后，方可向县级以上地方人民政府土地主管部门申请用地，经县级以上人民政府审批后，由土地主管部门划拨土地。

② 对于以出让方式提供国有土地使用权的建设项目，城市、县人民政府城乡规划主管部门应当依据控制性详细规划，提出出让地块的位置、使用性质、开发强度等规划条件，作为国有土地使用权出让合同的组成部分；以出让方式取得国有土地使用权的建设项目，在签订国有土地使用权出让合同后，建设单位应当持建设项目的批准、核准、备案文件和国有土地使用权出让合同，向城市、县人民政府城乡规划主管部门领取建设用地规划许可证。

城乡规划主管部门在建设工程完工后需按国务院规定对建设工程是否符合规划条件予以核实。未经核实或者经核实不符合规划条件的，建设单位不得组织竣工验收，建设单位在竣工验收后六个月内向城乡规划主管部门报送有关竣工验收资料。

**2. 建设项目实施的监督检查**

城乡规划主管部门对各项建设活动进行监督检查，并有权要求有关单位和人员提供与监督事项有关的文件、资料；要求有关单位和人员就监督事项涉及的问题做出解释和说明，并根据需要进入现场进行勘测；责令有关单位和人员停止违反有关城乡规划的法律、法规的行为。

**3. 社会监督**

社会监督是指市中的所有机构、单位和个人对城乡规划实施的组织和管理等行为的监督，其中包括对城乡规划实施管理各个阶段的工作内容和规划实施过程中各个环节的执法行为和相关程序的监督。

根据《城乡规划法》的规定，任何单位和个人都有权就涉及其利害关系的建设活动是否符合规划的要求向城乡规划主管部门查询。

任何单位和个人都有权向城乡规划主管部门或者其他有关部门举报或者控告违反城乡规划的行为。城乡规划主管部门或者其他有关部门对举报或者控告，应当及时受理并组织核查、处理。

**二、建设项目选址规划管理**

**1. 建设项目选址规划管理的概念**

建设项目选址规划管理，它是城市规划行政主管部门根据城市规划及其有关法律、法规对建设项目选址进行确认或选择，保证各项建设按照城市规划安排，并核发建设项目选址意见书的行政管理工作。

**2. 建设项目选址规划管理目的**

① 保证建设项目的布点符合城市规划。

② 对经济、社会发展和城市建设进行宏观调控。

③ 综合协调建设选址中的各种矛盾，促进建设项目前期工作的顺利进行。

**3. 建设项目选址规划管理内容与依据**

主要管理内容：选择建设用地地址。

主要管理依据：①建设项目的基本情况；②建设项目与城市规划布局的协调；③建设项目与城市交通通信、能源、市政、防灾规划和用地现状条件的衔接与协调；④建设项目配套的生活设施与城市居住区及公共服务设施规划的衔接与协调；⑤建设项目对于城市环境可能造成的污染或破坏与城市环境保护规划和风景名胜、文物古迹保护规划、城市历史风貌区保护规划等相协调。

### 三、建设用地规划管理

**1. 建设用地规划管理的内容**

① 控制土地使用性质和土地使用强度。土地使用强度是通过容积率和建筑密度两个指标来控制的，通过审核设计方案控制。

② 确定建设用地范围。

③ 调整城市用地布局。

④ 核定土地使用其他规划管理要求。

**2. 建设用地规划管理的程序及操作要求**

① 建设用地规划管理的程序为：申请程序；审核程序；核发程序。

② 操作要求

a. 申请建设用地规划许可证的范围。

b. 建设单位报送建设工程设计方案操作要求。不仅指建筑，还包括市政管线、道路、交通工程、建设工程、城乡规划行政主管部门要求报送的其他文件、图纸等。

c. 城乡规划行政主管部门审核建设工程设计方案操作要求。

d. 城乡规划行政主管部门批复建设工程设计方案操作要求。

e. 建设单位申请建设用地规划许可证操作要求。

f. 城乡规划行政主管部门核发建设用地规划许可证操作要求。

### 四、建设工程规划管理（含建筑、管线和市政交通工程）

**1. 建设工程规划管理的概念**

是城乡规划行政主管部门根据城乡规划及其有关法律、法规和技术规范，对各类建设工程进行组织、控制、引导和协调，审核规划方案、工程规划许可证的行政管理。

**2. 建设工程规划管理的目的与任务**

① 有效地指导各类建设活动，保证各类建设工程按照城乡规划的要求有序地建设。

② 维护城市公共安全、公共卫生、城市交通等公共利益和有关单位、个人的合法权益。

③ 改善城市市容景观，提高城市环境质量。

④ 综合协调对相关部门建设工程的管理要求，促进建设工程的建设。

**3. 工程规划管理的内容与依据**

（1）内容

① 建筑物使用性质的控制。

② 建筑容积率的控制。

③ 建筑密度的控制。

④ 建筑高度的控制。

⑤ 建筑间距的控制。

⑥ 建筑退让的控制。

⑦ 建设基地绿地率的控制。

⑧ 基地出入口、停车和交通组织的控制。

⑨ 建设基地标高控制。

⑩ 建筑环境的管理。

⑪ 各类公建用地指标和无障碍设施的控制。

⑫ 综合有关专业管理部门的意见。

（2）依据

① 城市规划依据。

② 法律、法规及方针政策依据。

③ 技术规范与标准。

**4. 建设工程规划管理的程序及操作要求**

（1）建设工程规划管理程序

① 申请程序。

a. 在原使用基地上建设且不改变土地使用性质的建筑工程。一是建设单位申请建筑工程规划设计要求并继以委托设计；二是建设单位送审建筑设计方案；三是建筑设计方案审定后，建设单位申请建设工程规划许可证。

b. 需要划拨、征用土地或原址改建需要改变原有土地使用性质的建筑工程。首先应经过建设用地规划管理程序获得建设用地规划许可证，在此基础上进入建筑工程规划管理程序。

② 审核程序。一是提出建筑工程规划设计要求；二是审核建筑设计方案；三是审理建筑工程的建设工程规划许可证。

③ 核发程序。

（2）建设工程规划管理操作要求

① 申请建设工程规划许可证的建筑物、构筑物范围。

② 建设单位申请建筑工程规划设计的操作要求。

③ 城乡规划行政主管部门核定建筑工程规划设计要点操作要求。

④ 建设单位送审建筑设计方案操作要求。

⑤ 城乡规划行政主管部门批复建筑设计方案操作要求。

⑥ 建设单位申请核发建设工程规划许可证操作要求。

⑦ 城乡规划行政主管部门核发建设工程规划许可证操作要求。

**五、历史文化遗产保护规划管理**

**1. 文物保护单位**

① 具有历史、艺术、科学价值的古文化遗址、古墓葬、古建筑、石窟寺和石刻。

② 与重大历史事件、革命运动和著名人物有关的、具有重要纪念意义、教育意义和史料价值的建筑物、遗址、纪念物。

③ 历史上各时代珍贵的艺术品、工艺美术品。

④ 重要的革命文献资料以及具有历史、艺术、科学价值的手稿、古旧书资料等。

⑤ 反映历史上各时代、各民族社会制度、社会生产、社会生活的代表性实物。

以上 5 类经过鉴定并通过一定的程序确定需要保护的文物，按国家文物保护法及实施细则规定实施保护的具有历史、艺术、科学价值的文物。

**2. 历史建筑保护单位**

① 在中国建筑史或城市规划建设史上具有一定地位和史料价值的建筑物、构筑物。

② 在建筑类型、空间、形式上有特色或具有较高艺术价值的建筑物、构筑物。

③ 在我国建筑科学技术发展方面具有重要意义的建筑物、构筑物。

④ 我国近代著名建筑师设计的代表性作品。

⑤ 反映某一城市或地区传统文化风貌和地方特色的标志性建筑。

上述 5 类建筑物、构筑物经过专家鉴定和必要的报批程序后被确定为历史建筑保护单位。

**3. 历史风貌地区的概念**

文物古迹比较集中，或能较完整地体现出某一历史时期传统风貌和民族地方特色的街区、建筑群、古镇、村落等，可根据它们的历史、科学、艺术价值，核定公布为地方各级历史文化保护区。

**4. 历史文化名城的概念**

历史文化名城应是"保存文物特别丰富，具有重大历史价值和革命意义的城市"。

**5. 历史文化遗产保护规划管理的意义**

① 保护历史文化遗产是抢救我国濒危历史文化资源的需要。

② 保护历史文化遗产是对人民群众和子孙后代进行爱国主义和历史唯物主义教育的需要。

③ 保护历史文化遗产是发展旅游业的需要。

④ 保护历史文化遗产是延续历史文脉，实现社会稳定和可持续发展的需要。

**6. 历史文化遗产保护规划管理的原则与方法**

一方面要保护好城市各时期留下的历史文化遗产，另一方面又要为城市的经济发展、功能更新和市民工作生活环境的改善创造条件。

（1）保护原则

① 历史文化名城保护的基本原则

a. 系统保护的原则。

b. 特色保护的原则。

c. 物质形态的保护与非物质形态的保护并重的原则。

② 历史风貌地区保护原则，是保护该地区的历史真实性、生活真实性和历史风貌完整性。

a. 开辟新区、保护古城。

b. 城市总体空间格局和历史标志的保护。

c. 城市宏观环境保护。

（2）保护方法

① 历史文化名城保护的方法

a. 法定历史建筑的保护。

b. 逐步整治。

c. 保护性更新。

② 历史风貌地区保护原则方法

a. 建筑本体保护。一般情况：第一，修缮；第二，调整使用。特殊情况：第一，整体位移；第二，建筑主体保存；第三，意象保存。

b. 建筑环境保护。一是划定法定历史建筑的保护范围和建设控制地带，加强保护建筑周围的建设管理。二是环境整治。

c. 财政支助和政策优惠。

**7. 文物和历史建筑保护单位以及历史风貌地区保护规划管理的内容与依据**

① 文物保护内容详见文物保护法的规定。

② 历史建筑的保护内容主要是建筑物实体和环境两个方面。

③ 历史风貌地区保护的内容可分为物质形态和非物质形态。

物质形态方面的保护概括为以下三要素：自然地理景观环境；独特的街道空间格局；历史建筑实体。

**8. 文物和历史建筑保护单位以及历史风貌地区保护规划管理的程序及操作要求可分为一般程序和特殊程序**

一般程序：就是将保护的规划管理纳入到建设工程的"一书两证"管理程序，法定历史建筑保护活动要求的控制。

特殊程序：主要是针对历史风貌地区具有历史文化意义的自然景观和风景区及法定历史保护建筑的保护而增加的必要程序。

## 六、城乡规划实施监督检查

**1. 城乡规划实施监督检查的概念与意义**

（1）城乡规划实施监督检查的概念　城乡规划实施的监督检查，是指城乡规划行政主管部门为了实现城市规划管理的目标，依照城市规划法律和法规批准的城市规划和规划许可，对城市的土地使用和各项建设活动实施城市规划的情况进行行政检查并查处违法用地和违法建设的行政执法工作。

（2）意义　城乡规划实施的监督检查，是城市规划管理中的一项重要工作，它涉及城市规划实施的最终结果是否实现规划管理的预期目标。

**2. 城乡规划实施监督检查的任务**

城乡规划实施监督检查的任务有以下几个方面。

① 城市土地使用情况的监督检查。包括两方面内容：一是对建设工程使用土地情况的监督检查；二是对规划建成地区和规划保留、控制地区的规划控制情况的监督检查。

② 对建设活动全过程的行政检查。具体任务有两项：一是建设工程开工前的订立红线界桩和复验灰线；二是建设工程竣工后的规划验收。

③ 查处违法用地和违法建设

a. 查处违法用地。建设单位或个人未取得城乡规划行政主管部门批准的建设用地规划许可证，或者未按照建设用地规划许可证核准的用地范围和使用要求使用土地的，均属违法用地，或属于违法审批。

b. 查处违法建设。无证建设、越证建设均属违法建设。

④ 对建设用地规划许可证和建设工程规划许可证的合法性进行监督检查。

⑤ 对建筑物、构筑物使用性质的监督检查。

**3. 城乡规划实施监督检查的特点与方法**

（1）特点

① 行政检查是城乡规划行政主管部门的具体行政行为，它以行政机关的名义进行。

② 行政检查是城乡规划行政主管部门的单向强制性行为，不需要征得建设单位或个人的同意。

③ 行政检查必须要依法进行，必须要有直接的法律依据。否则，建设单位或个人有拒绝检查的权利。

（2）方法

① 检查人员执行检查时，必须佩带公务标志、出示证件。

② 实施行政检查时，监督检查人员应当通知被检查人在现场，检查必须公开进行。

③ 检查在时间上必须及时，即从检查开始到结束不能超过正常时间。

④ 检查结果必须承担法律责任。

**4. 城乡规划实施监督检查的内容与操作要求**

（1）检查内容 按建设过程的不同阶段来确定。

① 道路规划红线订界。

② 复验灰线。

③ 建设工程竣工规划验收。

a. 建筑工程竣工规划验收内容。

b. 市政管线工程竣工规划验收内容。

c. 市政交通工程竣工规划验收内容。

（2）操作要求

① 建设工程复验灰线的操作要求。

② 建设工程竣工规划验收操作要求。

**5. 查处违法用地和建设的程序及操作要求**严格遵循立案调查、查勘取证、做出行政处罚决定、送达当事人等法规规定的工作程序。注意以下操作要求

（1）信息 信息来自四个渠道：一是公民、法人和其他组织来信、来访的举报；二是违法建设的单位或个人主动报告；三是城乡规划行政主管部门在审核建设工程项目时发现；四是规划监督检查人员在对建设工程检查和日常巡视检查时发现。

（2）准备资料 首先弄清三个问题：一是违法用地或违法建设所在地的详细规划情况；二是违法用地或违法建设所在地的地形、地貌资料；三是查实城乡规划行政主管部门是否核发规划许可证件以及规划许可证件核准的图纸的内容，确认是无证建设（用地）还是越证建设（用地）。

① 现场查勘。

② 草拟报告。

③ 通知停工。

④ 实施处罚。对应当给予行政处罚的建设单位和个人、施工单位、设计单位，城乡规划行政主管部门应当发给行政处罚决定书，并按照《中华人民共和国行政处罚法》规定的范围，先通知当事人，按照当事人要求确定是否组织听证。对违法建设依法处理后，城乡规划行政主管部门同意恢复施工的，应当及时发出恢复施工通知书，送达建设单位或个人、施工单位。对停止施工供应用电、用水的建设工程，同意恢复施工的，也应当及时通知供电、供水部门恢复供应施工用电、用水。当被行政处罚的违法建设单位和个人、设计单位、施工单位逾期未履行行政处罚决定，又未申请行政复议，也未向人民法院提出诉讼请求的，城乡规

划行政主管部门应当向人民法院提出诉讼外强制执行的要求，及时向人民法院递交申请执行书，其主要内容申请执行的请求事项和申请执行的理由。待人民法院审核同意后，积极主动配合人民法院强制执行。

## 第三节　城乡规划实施的影响因素

### 一、国家或地区政策

在政府层面，政府相关政策的制定和执行，即使这些政策主要是从行政行为的其他方面出发的，但与城乡规划之间也存在着千丝万缕的联系，如产业政策、教育政策、土地政策、环保政策等，这些政策与城乡规划之间的契合程度将会直接影响到城乡规划的实施。因此，行政统一原则的贯彻程度以及相应的机制和体制，都直接影响到城乡规划能否得到有效的实施。

### 二、城乡发展状况

城乡规划的实施都是需要通过一定的社会经济手段才能进行的，因此，城市发展的状况就决定了城乡规划实施的基本途径和可能。

城市所处的发展阶段决定了城市发展的基本方式和内在机理，从而对城乡规划实施的时序、内容和要求就完全不同，城乡规划实施的组织必须针对城市发展的具体情况，依据城市发展的内在规律和逻辑来积极应对。同时，社会经济发展的状况也会对城乡规划的实施带来影响，在经济全球化的背景下，世界经济格局的变化、全球市场的变动等都会影响到国家经济和城市经济的变化，在这样的变化情况下，城市建设和发展的重点、内容及其要求等都会随之发生变化，城乡规划所确定的发展路径和具体行动步骤等都将经受考验，比如，城市的产业类型及其空间分布、特定产业与其他产业之间的关联等。而房地产市场所存在的周期性特征，比如大规模的投资或投资紧缩等，都会影响到具体的开发内容、数量，同时也会影响到各项内容的空间分布，而政府对房地产市场的调节也同样需要应对具体的情况，从而影响到城乡规划的实施安排。

城市社会经济的发展状况也会对政府的财政状况产生影响，政府运用于城市建设的投资就会具有不同的特征，这将直接关系到公共设施、城市基础设施方面的投资。当然，这还不仅仅涉及经济的因素，同时也与政府的政策导向有着极大的关联。但无论如何，在不同的城市发展条件下，政府财政安排的重点和方向上的差异会造成对不同公共建设项目投资的变化，而这样的投资又会引导市场性的投资方向，从而整体性地影响到城乡规划的实施。

### 三、社会意愿与公众参与

城乡规划是一项全社会的事业，城乡规划的实施是由城市社会整体共同进行的，因此，城市社会中各个方面的参与及其态度、意愿等，是城乡规划能否得到有效实施的城市特定阶段的社会问题，决定了不同时期城市发展中的关注点，这些关注点往往决定了社会的整体反应。对于城乡规划实施而言，如何在综合协调的基础上有效解决或缓解这些社会问题，或者与社会整体的意愿相协同，就直接决定了社会各个方面是否会遵守规划，参与到规划过程并支持城乡规划的实施。

城乡规划的实施需要社会共同的遵守和共同参与，因此这就必然涉及法律保障和社会运作机制等方面的内容，而法律法规的制定以及社会运作机制等本身就是社会选择的结果。由此而言，社会公众对城乡规划的认知程度、对城乡规划作用的认识以及公众对城乡规划编制时的参与程度及其作用等，往往决定了公众是否有意愿来遵守和执行城乡规划，同时也决定了城乡规划实施阶段的参与情况。

在城乡规划实施阶段，由于不同的利益团体从自身的利益出发来认识公共利益和集体利益，除了自身所从事的建设性活动之外，还会通过对城乡规划实施管理、对具体项目建设的监督等途径来参与到规划实施的过程之中，从而对城乡规划实施产生影响。

### 四、法律保障

城乡规划既是政府行为的重要组成部分，同时又与社会各个方面的利益直接关联，而社会利益又具有多样性，在这样的条件下，只有通过法律制度的建设和保障，才有可能更好地调节社会利益关系，从而保证城乡规划的实施。

从政府行政行为的角度讲，所有行政工作的开展必须建立在依法行政的基础上，因此，只有通过法律法规的授权，政府才能开展具体的城乡规划行政工作。这样，法律法规的授权范围与程度以及实体性和程序性方面的规定，就决定了政府城乡规划实施的组织与管理的范围、具体的运作和操作程序等，也决定了政府对城乡规划实施中产生的不符合城乡规划要求的建设行为的惩处可能。

从社会公众的角度讲，法律法规所确定的准则和内容是社会集体行动的基础，因此，必须遵守相关法律法规的规定，遵守经法定程序批准的城乡规划，对于不遵守城乡规划的行为则可追究法律责任，从而保证城乡规划的有效实施。而对于在规划实施过程中出现的利益调整并影响到自身的合法利益的，当事人则可以通过法定的程序，在司法过程中进行维护并获得保障。

在通常情况下，法律法规的规定越是详尽、明确，城乡规划实施过程所受到的干扰越少。但很显然，一方面法律法规不可能穷尽城乡规划实施过程中的所有情况和可能性，另一方面在细节上过于明确和刚性的法律法规在发展变化中的适应性较差，由此也会造成在新情况下难以实施的问题。

### 五、城乡规划的体制

城乡规划的体制直接关系到规划实施的开展，同样关系到规划实施过程中出现的问题的处理方式，因此，不同的规划体制就有可能导致不同的规划实施的成效。

城乡规划编制的成果是规划实施的基础，而不同层次的规划成果间的关系直接决定了上层次规划是否能够得到有效实施。上层次规划尤其是城市总体规划等，都只有通过下层次规划才有可能得到实施，因此，一方面，对这些下层次规划的编制组织和审批以及实施而言，都可以看成是上层次规划的实施过程，另一方面，能否在体制上保证这些下层次规划符合上层次规划，并成为上层次规划实施的重要手段，就成为规划实施的重要方面。同样，城乡规划实施管理中的规划许可是否与经法定程序批准的规划相符合，或者说使法定规划成为城市建设的依据，也需要有体制上的保证，只有这样才能更好地实施规划。

由于不同的城市在城市发展阶段、城市建设状况、社会经济水平以及政府行政管理体制与机制等方面均不同，城市建设的重点、建设方式以及决策方式等都会有所不同，城乡规划运作机制也要求有所不同，生搬硬套其他城市的规划体制并不能保证城乡规划能够得有效的实施。

# 参 考 文 献

[1] 全国城市规划执业制度管理委员会. 城市规划原理. 北京：中国计划出版社，2008.

[2] 陆林主编. 人文地理学. 北京：高等教育出版社，2004.

[3] 惠劼主编. 全国注册城市规划师执业资格考试丛书——城市规划原理：北京：中国建筑工业出版社，2008-10-1.

[4] 吴志强主编. 城市规划原理. 第四版. 北京：中国建筑工业出版社，2010.

[5] 李德华主编. 城市规划原理. 第三版. 北京：中国建筑工业出版社，2001.

[6] 许学强，周一星，宁越敏编著. 城市地理学. 北京：高等教育出版社，1999.

[7] 中国城市规划学会，全国市长培训中心编著. 城市规划读本. 北京：中国建筑工业出版社，2003.

[8] 全国房地产估价师执业资格考试用书，《房地产基本制度与政策》. 北京：中国建筑工业出版社，2009.

[9] 郑国编著. 城市发展与规划. 北京：中国人民大学出版社，2009.

[10] 徐循初主编，汤宇卿副主编. 城市道路与交通规划（上册）. 北京：中国建筑工业出版社，2005.

[11] 徐循初主编，黄建中副主编. 城市道路与交通规划（下册）. 北京：中国建筑工业出版社，2007.

[12] 仇保兴. 城市经营、管治和规划变革. 城市规划，2004，（2）.

[13] 牛慧恩. 国土规划、区域规划、城市规划——论三者关系及其协调发展. 城市规划，2004，（11）.

[14] 陈闽奇. 苏锡常都市圈管治协调规划. 城市规划，2003，6.

[15] 周一星，杨焕彩. 山东半岛城市群发展战略研究. 北京：中国建筑工业出版社，2004.

[16] 居住区规划设计规范. GB 50180—1993（2002修订版）.

[17] 唐凯. 新形势催生规划工作新思路——致吴良镛教授的一封信. 城市规划，2004，（2）.

[18] 全国城市规划执业制度管理委员会. 城市规划管理与法规. 北京：中国建筑工业出版社，2009.

[19] 全国城市规划执业制度管理委员会. 城市规划法规文件汇编. 北京：中国建筑工业出版社，2009.

[20] 任致远. 城市规划依法行政导论. 北京：中国城市规划设计研究院学术情报中心，1992.

[21] 耿毓修. 城市规划管理. 上海：上海科学技术文献出版社，1998.

[22] 阮仪三，王景慧等. 历史文化名城保护理论与规划. 上海：同济大学出版社，1999.

[23] 孙施文. 城市规划法规读本. 上海：同济大学出版社，1998.

[24] 王国恩等. 城市规划中土地利用规划. 武汉：湖北科学技术出版社，1996.

[25] 周三多，陈传明，鲁明泓. 管理学——原理与方法. 上海：复旦大学出版社，1999.

[26] 赵景华. 现代管理学，济南：山东人民出版社，1999.

[27] 黄达强等. 行政管理学. 北京：高等教育出版社，1990.

[28] 修义庭，张光杰. 法学概念新编. 第三版. 上海：复旦大学出版社，1999.

[29] 胡建淼. 行政法学. 北京：法律出版社，1998.

[30] 叶南客，李芸. 战略与目标——城市管理系统与操作新论. 南京：东南大学出版社，2000.